KB118541

렛미인
LET
THE RIGHT ONE
IN

1

LÅT DEN RÄTTE KOMMA IN
by John Ajvide Lindqvist

Copyright ⓒ John Ajvide Lindqvist, 2004
Korean Translation Copyright ⓒ MUNHAKDONGNE Publishing Corp., 2009

This Korean edition is published by arrangement
with Ordfronts Förlag AB c/o Leonhardt&Høier Literary Agency
through Duran Kim Agency.
All rights reserved.

이 책의 한국어판 저작권은 듀란 킴 에이전시를 통해
Ordfronts Förlag AB c/o Leonhardt&Høier Literary Agency와
독점 계약한 (주)문학동네에 있습니다.
저작권법에 의해 한국 내에서 보호받는 저작물이므로
무단 전재 및 무단 복제를 금합니다.

이 도서의 국립중앙도서관 출판예정도서목록(CIP)은
서지정보유통지원시스템 홈페이지(http://seoji.nl.go.kr)와
국가자료공동목록시스템(http://www.nl.go.kr/kolisnet)에서 이용하실 수 있습니다.
(CIP제어번호: CIP2009002014)

렛미인
LET THE RIGHT ONE IN
1

욘 A. 린드크비스트 | 최세희 옮김

문학동네

미아, 나의 미아에게

차례

한국 독자 여러분께

믿어주셔야 한다. '칠 년 후에 서울이나 포항 사람들이 이 소설을 읽을 수도 있어.' 2002년 첫 소설 『렛미인』을 쓰기 시작하면서 이런 생각은 한 번도 해본 적이 없다는 것을. 솔직히 말하자면, 이야기가 하도 괴상해서 내 고국인 스웨덴에서조차 출간될 수 있을까 의심스러웠다. 스웨덴에는 이렇다 할 호러 전통이 존재하지 않기 때문이다.

일곱번째 혹은 여덟번째 찾아간 출판사에서도 거절당했을 때, 나는 출간을 포기하고 두번째 소설 『언데드 다루는 법』을 쓰기 시작했다. 그러다가 지푸라기에라도 매달리는 심정으로, 절대로 받아줄 것 같지 않았던 한 출판사에 『렛미인』의 원고를 보냈다. 그런데 자, 보시라! 그곳에서 흔쾌히 내 원고를 받아주었고, 그렇게 모든 것이 시작되었다.

출간된 지 두 달 만에 『렛미인』을 영화화하고자 하는 이십여 명에 달하는 영화감독, 제작자, 시나리오 작가들이 내게 러브콜을 보내왔다. 그러나 영화 〈렛미인〉이 현실이 된 것은 토마스 알프레드손 감독이 그 대열에 합류하고 나서였다. 그리고 결국 시나리오는 내가 쓰게 되었고, 완성된 영화가 한국에서 개봉되었고, 마침내는 나의 소설까지 정말이지 나로서는 뜻밖인 한국 독자 여러분의 손에 닿게 되었다.

한마디로 짜릿하다. 어느 정도인지 독자 여러분은 짐작할 수 있겠는가? 기자들에게 심심치 않게 받는 질문이 멋진 호러영화를 추천해달라거나 가장 좋아하는 호러영화가 무엇이냐는 것인데, 그때마다 나는 김지운 감독의 〈장화, 홍련〉을 추천한다. 그 영화 고유의 분위기와 지적인 시나리오, 날것 그대로의 호러적 요소들을 너무 사랑한 나머지 세 번이나 보았을 정도다. 부연하자면, 내가 같은 영화를 여러 번 본다는 건 예외적인 일이다.

영화 〈렛미인〉이 한국에서 어느 정도로 화제가 되었는지는 짐작할 수 없지만, 〈장화, 홍련〉이 독자 여러분이 호러장르에 바라는 정도에 값한다면 〈렛미인〉의 성공 정도도 가늠할 수 있다고 말해도 좋으리라. 〈렛미인〉에도 〈장화, 홍련〉에 상응하는 중요한 요소들이 존재한다. 나이 어린 주인공들이 위협적이고 닫힌 세상 속에서 느끼는 소외와 고독, 그리고 타자에 종속되는 과정 등등. 〈장화, 홍련〉이 여름을 배경으로 하고 있다면 〈렛미인〉은 겨울을 배경으로 한다는 정도가 차이랄까.

아, 영화 이야기를 했으니 한마디 더 해야겠다. 김지운 감독의 걸작만큼은 아니지만 〈거울 속으로〉와 〈여고괴담: 여우계단〉도 흥미롭게 보았다.

거기, 군산이나 여수의 독자 분들? 무슨 이야기를 더 하면 좋을까?

뱀파이어라는 설정을 빼면, 소설 『렛미인』은 나의 자전적인 이야기라는 이야기? 물론 그렇다. 바야흐로 소설이 출간된 지 칠 년이 된 지금, 저 멀고 먼 나라의 여러분이 내 유년 시절을 바탕으로 한 허구적이야기를 읽게 되었다고 생각하니 생경하면서도 가슴이 벅차오른다.

정말이지 꿈조차 꿔본 적이 없는 일이다.

모쪼록 즐겁게 읽어주시기 바란다.

여러분의 벗, 욘 아이비데 린드크비스트

장소

블라케베리.

그 이름을 들으면, 당신의 머릿속엔 코코넛가루를 뿌린 초콜릿볼이나 약물 같은 게 떠오를지도 모른다. 이른바 '품위 있는 삶'. 지하철역과 교외의 풍경을 떠올릴지도 모른다. 그 외에 다른 것을 생각하기는 어렵다. 다른 곳들에서도 마찬가지지만, 그곳에도 분명히 사람이 살고 있다. 그 때문에 그곳이 생겨난 것이고, 그렇게 해서 사람들은 살 터전을 갖게 된다.

물론 블라케베리는 자연발생적으로 생겨난 곳은 아니었다. 이곳에서 모든 것은 착수단계부터 면밀히 계획되었다. 그리고 사람들은 그들을 위해 마련한 곳으로 이주해왔다. 푸른 들판에 흙빛 콘크리트 건물들이 드문드문 서 있는 곳.

이 이야기가 시작되었을 때, 블라케베리라는 교외지역이 존재한 지는 삼십 년째였다. 보는 시각에 따라서는 개척자 정신이 깃든 곳쯤으로 상상할 수도 있으리라. 미지의 땅을 향하는 메이플라워 호. 그렇다, 사람의 손길을 기다리는 모든 텅 빈 건물들이 떠오른다.

그리고 여기, 그들이 오고 있다!

두 눈 가득 햇살과 미래를 담고 트라네베리 다리 위를 줄지어 오는 그들. 때는 1952년이다. 어머니들은 어린 자식들을 품에 안고, 유모차에 태우고, 그들의 손을 붙잡고 있다. 아버지들의 손에는 곡괭이나 삽 같은 것이 들려 있진 않았지만, 대신 주방기구와 실용적인 가구들을 짊어지고 있다. 무슨 노래를 부르는 것 같다. 아마 〈인터내셔널 가〉인 듯하다. 취향에 따라서는 〈보라, 우리가 예루살렘으로 올라가노니〉일 수도 있다.

크고, 새롭고, 현대적인 도시.

그러나 그곳이 원래부터 그랬던 것은 아니었다.

그들은 지하철을 타고, 혹은 차나 이삿짐 트럭을 타고 왔다. 차례차례로. 그들은 살림살이를 들고 완공된 아파트로 느릿느릿 들어섰다. 정확한 치수의 받침대와 선반 위에 소지품을 정리하고, 코르크 바닥에 가구를 배치했다. 빈 곳을 채울 물건들을 사들였다.

이사가 끝나자 그들은 눈을 들어 자신들의 것이 된 땅을 멀리 내다보았다. 그리고 문 밖으로 걸어나가 모든 땅에 이미 주인이 생겼음을 보았다. 이제부터는 있는 그대로에 순응할 일만 남았다.

중심가도 있었다. 아이들을 위한 널따란 놀이터도 있었다. 모퉁이를 돌면 펼쳐지는 널따란 녹지대도, 보행자 전용 보도도 있었다.

좋은 곳이었다. 이사 온 지 한 달 남짓 지났을 무렵, 사람들은 부엌에 삼삼오오 모여 그렇게 말했다.

"좋은 곳에 왔어."

오직 한 가지가 없었다. 과거. 아이들은 학교에서 역사에 관련한 특별활동을 할 일이 없었다. 오래된 제분소에 얽힌 이야기 정도라면 있었다. 스누스의 왕*이라든가 물가의 기묘한 옛집들에 관한 이야기도. 하지만 너무 오래된 이야기들이라 현재와는 아무런 연관이 없었다.

현재 3층 아파트들이 들어서 있는 곳은 예전에 숲 지대였다.

이곳에서, 과거에 얽힌 미스터리 따윌 기대해선 안 됐다. 이곳은 교회조차 없는 곳이었다. 거주자는 9천 명이나 되었는데, 교회는 부재했다.

그 사실을 떠올려보면 이곳의 현대성과 합리성에 대해 얼마간 이해할 수 있으리라. 그들이 역사와 공포라는 유령에서 얼마나 자유로웠는지에 대해서도.

한편으로는 그들이 얼마나 무방비 상태였는지도 짐작할 수 있다.

그들이 이사 오는 걸 본 사람은 아무도 없었다.

12월, 천신만고 끝에 경찰이 이삿짐 트럭 운전사를 추적해냈지만 그는 그것에 대해 그다지 할 말이 없었다. 그의 일지에는 10월 18일. 노르셰핑-블라케베리(스톡홀름)라고만 적혀 있었다. 그는 한 아버지와 예쁘고 어린 딸을 태웠다고 기억했다.

"아, 하나 더 있다. 그 사람들은 가구라곤 거의 가지고 있지 않았어요. 소파, 안락의자, 그리고 침대가 하나 있었나, 없었나. 일이야 진짜 쉬웠죠. 그리고…… 맞다, 꼭 밤에 이사를 해야 한다고 했어요. 그러면 돈이 더 들 거라고 내가 말했죠. 야간 추가수당 등등이요. 그런데도

---

* 스웨덴 전통 습식 무연담배 스누스를 말한다. 스누스 입담배를 만든 19세기 말의 사업가 크누트 융뢰프는 블라케베리에 제분소를 세운 인물이기도 하다.

괜찮대요. 뭔 일이 있건 밤에 해야 한댔어요. 그게 진짜 중요한 거 같습니다. 근데 뭔 일 있었어요?"

운전사는 자기 트럭에 태웠던 사람들에 관한 이야기를 들었다. 그는 두 눈이 휘둥그레져서 다시 고개를 숙여 일지에 적힌 글자들을 들여다보았다.

"제기랄, 난 이제 죽은 목숨이로군……"

제 손으로 쓴 글자를 보면서도 진저리가 쳐지는지, 그는 우거지상이 되었다.

10월 18일. 노르셰핑-블라케베리(스톡홀름).

그는 그들을 그곳에 들인 장본인이었다. 한 남자와 그의 딸을.

그는 어느 누구에게도 그 이야기를 하지 않을 생각이었다. 평생토록.

1부

그런 친구를 두다니 행운이구나

사랑의 고뇌가 너희의 환상을 깨뜨릴 것이다
소년들이여!

시브 말름크비스트, 〈사랑의 고뇌〉

맹세코 살인은 하고 싶지 않았어요
난 천성적으로 악한 사람이 아니에요
그런 짓을 저지른 건 단지
당신한테 더욱 매력적으로 보이고 싶어서였어요
그런데, 별로였나요?

모리시, 〈최후의 저명한 국제적 플레이보이〉

1981년 10월 21일 수요일

"그래, 이게 무엇인 것 같나요?"

벨링뷔 경찰서 소속 군나르 홀름베리 경사는 흰색 가루가 든 비닐봉투를 들어 보였다.

헤로인 같아 보였지만, 과감히 입 밖으로 꺼내어 말하는 아이는 없었다. 그런 것에 대해 조금이라도 알고 있다는 의심을 받고 싶지 않아서였다. 헤로인 주사. 그걸 해본 형제나, 형제의 친구가 있는 경우는 더했다. 여자아이들마저 아무 말이 없었다. 경찰은 봉투를 흔들었다.

"베이킹파우더 같나요? 아니면 밀가루?"

더듬더듬 아니라는 대답이 흘러나왔다. 경찰이 6학년 B반 아이들은 죄다 천치라고 생각하는 게 싫었던 것이다. 봉투 안에 든 것의 정체를 알아낼 길이 없다 해도 수업의 주제는 약물이니 확실한 결론에 도달할 수는 있으리라. 경찰은 교사 쪽으로 돌아섰다.

"요새 실과시간에 뭘 가르치시기에 이렇죠?"

교사는 미소를 지으며 어깨를 으쓱할 뿐이었다. 아이들이 와 웃음을 터뜨렸다. 저 경찰 아저씨가 마음에 든 것이다. 그는 수업 전에 몇몇 남자애들에게 총을 만져보게 해주기도 했다. 장전은 되어 있지 않았지만, 그만 해도 대단한 일이었다.

오스카르의 가슴은 금방이라도 터질 것 같았다. 그는 질문의 답을 알고 있었다. 알고 있는데도 아무 대답도 하지 못한다는 것은 가슴 아픈 일이었다. 오스카르는 경찰이 자기를 봐주길 바랐다. 자기를 보고, 네 말이 맞았다고 말해주었으면 바랐다. 바보짓이라는 걸 알면서도 그는 손을 들었다.

"거기?"

"헤로인, 맞죠?"

"그래, 맞았어요." 경찰은 자상하게 오스카르를 바라보았다. "어떻게 알았지요?"

그가 무슨 말을 할까 궁금한 아이들의 고개가 일제히 오스카르를 향했다.

"아, 그게요, 책도 많이 읽고 뭐……"

경찰은 고개를 끄덕였다.

"아, 그래요. 좋은 거죠, 독서." 그는 작은 봉투를 흔들었다. "하지만 이딴 것에 빠지면 독서할 시간이 충분치가 않아요. 이 정도면 값이 얼마나 나갈 것 같나요?"

오스카르는 더 말할 필요가 없었다. 자기를 봐주고 말을 걸어줬으니 이젠 됐다. 경찰에게 책을 많이 읽는다는 이야기까지 했다. 그 정도면 바라던 것 이상이었다.

그는 백일몽 속으로 빠져들었다. 수업이 끝나면 경찰이 다가와 그에게 관심을 보이며 옆에 앉을까. 그러면 그는 모든 것을 말하리라. 그러면 경찰도 이해할 것이다. 그의 머리를 쓰다듬어주며 괜찮다고 말해줄 것이다. 그를 안아주며 말하리라……

"고자질쟁이 새끼가 재수 없게……"

욘니 포슈베리의 손가락이 그의 옆구리를 있는 힘껏 찔러왔다. 욘니는 형이 약물 패거리들과 어울려 다니기 때문에 별별 희한한 말을 알고 있었고, 반의 다른 아이들은 그런 것들을 금세 주워들었다. 욘니라면 그 가루 봉지가 얼마나 하는지 정확히 알고 있었겠지만, 그는 고자질하지 않았다. 경찰에게 아무 말 하지 않았다.

쉬는 시간이 되었고, 오스카르는 맥없이 옷걸이 옆을 서성거렸다. 욘니는 그를 때릴 심산이었다. 어떻게 해야 피할 수 있을까. 여기 복도에 서 있을까, 아니 밖으로 나갈까? 욘니와 반 아이들은 문 밖으로 일제히 쏟아져나가 운동장으로 달려나갔다.

맞다. 경찰이 운동장에 주차를 해놓았기 때문에 누구라도 원하면 가서 볼 수 있었다. 경찰이 있는 한 욘니도 그를 두들겨팰 엄두를 내진 못할 것이었다.

오스카르는 쌍여닫이로 된 건물 현관문으로 걸어가 문 위에 난 유리창 밖을 내다보았다. 짐작대로 반 아이들 모두가 순찰차 주변에 몰려들어 있었다. 오스카르도 가고 싶었지만, 부질없는 일이었다. 경찰이 있건 없건 누군가 그를 꿇어앉힐 거고, 다른 누군가는 그의 팬티자락을 엉덩이에 낄 때까지 잡아당길 테니까.

그래도 이번 쉬는 시간만큼은 무사했다. 오스카르는 밖으로 나가 건물 뒤쪽으로 살금살금 걸어서 화장실로 들어갔다.

들어가자마자 귀를 기울인 후, 헛기침을 했다. 기침 소리가 화장실

칸마다 울려퍼졌다. 그는 팬티 안에 손을 넣어 재빨리 오줌공을 꺼냈다. 낡은 매트리스에서 떼어낸 귤 크기의 스폰지 조각에 자기 고추 크기의 구멍을 뚫어 만든 것이었다. 그는 그것의 냄새를 맡았다.

그랬다, 또 팬티에 오줌을 지렸다. 그는 수돗물에 공을 헹군 후 힘껏 쥐어 물기를 짜냈다.

요실금. 그렇게들 불렀다. 전에 약국에서 슬쩍한 팸플릿에서 읽은 적이 있었다. 대개 나이 든 여자들이 앓는 거라고 했다.

그리고 나도.

팸플릿에는 치료약을 살 수 있다고 나와 있었지만, 굳이 용돈을 쓰면서까지 약국 카운터 앞에서 창피를 당하고 싶지는 않았다. 엄마한테 말한다는 것도 안 될 말이었다. 엄마가 가슴 아파할 거라는 생각만으로도 진절머리가 났다.

그에게는 오줌공이 있었고, 그러니까 한동안은 괜찮을 것이다.

밖으로 한 발짝 내딛는데 목소리가 들려왔다. 오스카르는 오줌공을 손에 쥐고 가장 가까운 화장실 칸 안으로 들어갔고, 바깥문이 열림과 동시에 문을 잠갔다. 그리고 누가 문 아래로 보더라도 발이 보이지 않게 소리없이 좌변기 위로 올라가 몸을 한껏 웅크렸다. 숨도 쉬지 않으려고 했다.

"돼지새끼야?"

역시나, 욘니였다.

"야, 돼지새끼, 여기 있냐?"

미케도 있었다. 최악질에 해당하는 두 자식이었다. 사실 더 나쁜 놈은 토마스지만 그는 그래도 직접 때리거나 할퀴는 짓은 거의 하지 않았다. 그 정도로 영악했다. 지금은 경찰에게 알랑거리는 모양이었다.

오줌공이 발각되기라도 하면 토마스야말로 두고두고 그걸로 해코지하고 망신을 줄 놈이었다. 반면 욘니와 미케는 무작정 두들겨패겠지만 그건 상관없었다. 그렇게 된다면 어떤 면에서는 운이 좋은 것일 수도 있었다……

"돼지새끼, 너 여기 있는 거 다 알아."

그들은 오스카르가 있는 칸을 확인했다. 문을 흔들었다. 쾅쾅 두들겨댔다. 오스카르는 두 팔로 두 다리를 꽉 그러안고 행여 비명을 지를세라 이를 악다물었다.

꺼져! 날 가만히 좀 놔둬! 좀 가만 놔두란 말이야!

이제 욘니는 나긋나긋한 목소리로 말하고 있었다.

"귀여운 돼지, 지금 안 나오면 우린 널 수업 끝나고 족칠 수밖에 없잖니. 그랬으면 좋겠어?"

한동안 침묵이 흘렀다. 오스카르는 조심조심 숨을 내쉬었다.

그들은 문을 발로 차고 주먹으로 쳐댔다. 화장실 안이 쩌렁쩌렁 울렸고, 화장실 문의 잠금장치가 안쪽으로 휘기 시작했다. 그들이 돌이킬 수 없을 정도로 미치기 전에 문을 열고 나가야 했지만, 그럴 수가 없었다.

"돼지새끼야?"

그는 수업 중에 손을 들었고, 존재의 선언을, 그가 중요한 것을 알고 있음을 표명했다. 그에겐 금지된 일이었다. 그들에겐 그를 괴롭혀야만 하는 이유가 차고도 넘쳤다. 그는 너무 뚱뚱했고, 너무 못생겼고, 너무 재수없었다. 그러나 진짜 문제는 그가 존재한다는 것 그 자체였고, 그의 존재가 상기시키는 모든 것이 죄였다.

아마도 그들은 다짜고짜 그에게 '세례식'부터 거행할 것이다. 그의 머리를 변기에 처박고 물을 내릴 것이다. 그들이 어떤 짓을 꾸며내건 일단 끝나면 엄청난 해방감이 느껴졌다. 그러니 언제고 떨어져나갈 수밖에 없을 잠금장치를 직접 잡아빼주고, 그들이 실컷 재미보게 해주는 게 나을지도 몰랐다.

오스카르는 잠금장치가 부서지는 소리와 함께 볼트가 튕겨나오는 것을, 문이 벌컥 열려 벽에 쾅 부딪치는 것을, 득의만만하게 웃고 있는 미케 시스코브의 얼굴을 멍하니 보았고, 그제야 깨달았다.

그런 식으로 게임이 돌아가지 않으리라는 것을.

그는 잠금장치를 잡아빼지 못했을 것이고, 그들도 무작정 옆칸에서 넘어오는 식으로 나올 리가 없었다. 그건 게임의 규칙이 아니었다.

그들에겐 사냥꾼의 도취감이라는 규칙이, 그에겐 먹잇감의 공포라는 규칙이 있었다. 그들이 막상 그를 생포하면 재미가 사라지기 때문에, 처벌은 마땅히 행해야 할 의무 이상의 것이었다. 그가 너무 빨리 몸을 내주면 그들은 사냥 대신 처벌을 내리는 데 더 많은 정력을 쏟을 수도 있었다. 그건 더 끔찍했다.

욘니 포슈베리가 머리를 힘껏 디밀었다.

"똥을 싸지르려면 변기 뚜껑을 열어야지, 너도 알잖아. 자, 돼지처럼 꽥꽥대봐."

오스카르는 돼지처럼 꽥꽥댔다. 그것도 게임의 일부분이었다. 꽥꽥 하고 울면 그들은 가끔 그걸로 끝낼 때도 있었다. 처벌받는 중에 자신의 구역질나는 비밀이 탄로날까 두려워 이번에는 더욱 공을 들였다.

정말 돼지처럼 코끝을 찡그리며 꽥꽥대고, 꿀꿀거리고 또 꽥꽥댔다. 욘니와 미케는 웃음을 터뜨렸다.

"병신 돼지새끼, 더 해, 더 꽥꽥대라니까."

오스카르는 계속 했다. 두 눈을 질끈 감고 계속 울어댔다. 손바닥에 손톱이 박히도록 두 주먹을 있는 힘껏 쥐고 계속 울어댔다. 입에서 단내가 나도록 꿀꿀대고 꽥꽥거렸다. 이윽고 울음을 멈추고 오스카르는 눈을 떴다.

그들은 가고 없었다.

그는 변기 위에 파묻히다시피 쭈그리고 앉은 채 바닥을 내려다보았다. 바닥 타일에 붉은 점이 보였다. 뚫어져라 보는데 코에서 또 한 방울이 떨어졌다. 그는 휴지를 뜯어 콧구멍을 틀어막았다.

겁에 질리면 가끔 그럴 때가 있었다. 아니나 다를까, 오늘도 코피가 흐르기 시작했다. 가끔은 그 덕을 보기도 했다. 그를 때리려다가도 벌써부터 피 흘리는 걸 보고 관둘 때도 있었으니까.

오스카르 에릭손은 한 손에는 휴지 뭉치를, 다른 손에는 오줌공을 들고 쭈그리고 앉아 있었다. 코피를 흘렸고, 바지를 적셨고, 말을 너무 많이 했다. 구멍이란 구멍에서 죄다 줄줄 샜다. 곧 바지에 똥도 쌀 것 같았다. 돼지새끼.

그는 일어나 화장실 밖으로 나왔다. 핏방울이 떨어져도 닦지 않았다. 누구든 보고 궁금해하길. 누군가 여기서 살해당한 거라고 생각하길. 정말 여기서 살해당한 사람이 있으니까. 그것도 백번이나.

❉

호칸 벵츠손, 마흔네 살에 이제 막 배가 불룩하게 나오고 머리가 벗어지기 시작한 주소 불명의 남자는 지하철에 앉아 창밖으로 새로운 거처가 될 곳을 응시하고 있었다.

실제로 보니 좀 흉물스러운 곳이었다. 노르셰핑이 더 나았을 뻔했다. 그러나 그렇게 생각하고 나니, 이 서부 교외지역이 전에 티브이에서 본 시스타니 링케뷔니 할룬베리엔이니 하는 스톡홀름의 이민자 밀집지역하고는 완전히 다른 곳처럼 보였다. 이곳은 달랐다.

"다음 정차할 곳은 록스타입니다."

다른 곳보다 좀더 부드럽고 둥글둥글한 맛이 있었다. 비록 진짜 마천루가 있긴 했어도.

그는 고개를 젖혀 전력회사 바텐팔의 꼭대기 층을 올려다보았다. 노르셰핑에 그만큼 높은 빌딩이 있는지 기억나지 않았다. 중심가 쪽으로는 한 번도 가본 적이 없었으니 당연한 일이었다.

그는 다음 역에서 내릴 예정이었다. 그렇지 않았나? 그는 출입문 위에 붙어 있는 지하철 노선도를 보았다. 맞다, 다음 역이었다.

"출입문에서 한 발 물러서주십시오. 문이 곧 닫힙니다."

누가 그를 보고 있는 건 아닐까?

아니었다. 이 칸에는 사람도 별로 없는데다, 전부 석간신문에 머리를 묻고 있었다. 내일이면 그에 관한 기사가 실릴 것이다.

그의 시선은 여성속옷 광고에 가 멈췄다. 한 여자가 검정색 레이스 팬티에 브래지어 차림으로 유혹적인 포즈를 취하고 있었다. 미친 짓거리였다. 어디를 봐도 벌거벗은 살갗 천지였다. 어쩌자고 저런 걸 허용해주는 걸까? 저런 것들이 사람들의 머릿속에, 사랑에 어떤 영향을 끼칠까?

그는 떨리는 손을 무릎에 얹었다. 말할 수 없을 만큼 초조했다.

"정말 다른 방법은 없을까?"

"다른 방법이 있다면 내가 당신을 이런 식으로 내몰겠어?"

"아니, 그래도……"

"다른 방법은 없어."

다른 방법은 없었다. 그는 해야만 했다. 그것도 실수 없이. 그는 전화번호부에서 지도를 점검한 후 안성맞춤으로 보이는 숲 지대를 택했고, 가방을 챙겨 나왔다.

다리 사이에 놓인 아디다스 가방의 로고는 진작에 칼로 떼버렸다. 노르셰핑에서 그 때문에 문제가 있었다. 누군가 가방의 상표를 기억해냈고, 경찰은 그들의 집에서 멀지 않은 곳에 있는 쓰레기 적재함에서 그가 버린 가방을 찾아냈다.

오늘 그는 가방을 집까지 가져갈 것이다. 조각조각 잘게 자르면 화장실 변기에 버릴 수 있을 것이다. 원래 그렇게 하는 건가?

그런데 이번 일은 어떻게 성사시키지?

"이번 역은 이 열차의 종점입니다. 모든 승객들은 이번 역에서 하차해주십시오."

열차는 승객들을 게워냈고, 호칸은 가방을 들고 인파의 행렬을 따라갔다. 안에 든 것들 중 무게가 나갈 만한 것은 고작 가스 깡통뿐이었는데도 가방이 무겁게 느껴졌다. 그는 형장으로 향하는 사형수처럼 보일까 두려워 태연하게 걸으려고 사력을 다했다. 사람들이 이상한 낌새를 챌 빌미를 주어서는 안 됐다.

그러나 그의 두 다리는 플랫폼에 용접되어 붙어버리고 싶은 건지 천근만근이었다. 그냥 여기 이대로 있으면 어떻게 될까? 꼼짝 않고 서서, 근육 한 점 움찔하지 않고, 말 그대로 한 발짝도 움직이지 않는다면? 밤이 내리기를, 그를 발견하고, 와서 잡아가줄…… 누군가를 불러줄 사람을 기다린다면. 어딘가로 그를 데려가줄 누군가를.

그는 평소 속도를 유지하며 멈추지 않고 걸었다. 오른발. 왼발. 이젠 물러설 수 없었다. 일을 그르치면 무시무시한 일이 일어날 것이다. 상상할 수 있는 최악의 일이.

출구 밖으로 나와서야 그는 주위를 둘러보았다. 그의 방향감각은 신통치 않았다. 숲 지대로 가려면 어느 쪽으로 가야 하지? 당연히 아무한테도 물어봐서는 안 됐다. 운에 맡겨야 했다. 계속 걷는 거다, 그렇게 이겨내는 거다. 오른발, 왼발.

다른 방법이 분명 있을 거야.

그러나 다른 방법을 생각해낼 수가 없었다. 확실한 조건들이, 확실한 기준들이 있었다. 그런 점들을 고려하면 결국 이 방법밖에 없었다.

그는 전에도 두 번 이 짓을 저질렀고, 두 번 다 망쳤다. 벡셰 시절만큼 참담한 건 아니었지만 어쩔 수 없이 이사를 가야 할 정도였다. 오늘 그는 잘해내서 칭찬을 받을 작정이었다.

어쩌면 애무까지도.

두 번. 그는 이미 실패했다. 세번째라고 뭐가 다를까? 어떤 경우에도 달라질 건 없었다. 사회의 판결도 마찬가지일 것이다. 종신형.

그렇다면 도덕적으로는? 그 꼬리를 몇 번이나 감을 것인가, 미노스 왕이여?*

그가 걷고 있는 공원길은 꺾어지다가 다시 한참을 들어가면 숲으로 이어졌다. 지도에서 찾은 바로 그 숲이어야만 했다. 가스 깡통과 칼이 가방 안에서 덜그럭거렸다. 그는 내용물이 서로 부딪치지 않게 하려고 애썼다.

---

* 단테의 『신곡』 중 「지옥편」에 등장하는 인물. 지옥문 앞에서 망자의 죄가를 판단하고 형벌을 내리는 존재이다. 미노스가 몇 번 꼬리를 감느냐에 따라 죄인이 지옥의 몇 번째 고리에 가게 되는지가 결정된다.

앞쪽에 한 아이가 나타났다. 여덟 살쯤 돼 보이는 여자아이가 방과 후 책가방을 엉덩이에 부딪치며 집으로 걸어가고 있었다.

안 돼, 절대로!

여기까지다. 저렇게 어린 아이는 안 된다. 그러느니 차라리 고꾸라져 죽는 편이 낫다. 여자아이는 노래를 부르고 있었다. 그 노래를 들을 요량으로 그는 발걸음을 빨리해 여자아이에게 다가섰다.

"가느다란 한 줄기 햇살이 내 오두막 창으로 살며시 들어와……"

요즘 애들도 저 노래를 부른단 말인가? 저애 선생님이 나이가 많은지도 모르겠다. 아직도 사람들이 저 노래를 부른다니 얼마나 좋은 일인가. 그는 제대로 듣고 싶어서 아이의 머리칼이 풍기는 향기를 맡을 수 있을 정도로 가까이 다가갔다.

호칸은 걸음을 늦추었다. 소란을 피워선 안 되었다. 여자아이는 공원길에서 벗어나 숲으로 난 좁은 길목에 들어섰다. 맞은편에 있는 집에 사는 모양이었다. 이런 곳을 아이 혼자 걷게 놔둔 부모를 생각했다. 저렇게 어린 애를.

그는 멈추고는, 여자아이가 멀어져 숲속으로 사라질 때까지 그 자리에 서 있었다.

계속 가렴, 꼬마야. 가다 말고 숲속에서 놀면 안 돼.

그는 일 분쯤 근처 나무에서 우는 푸른 머리되새의 노랫소리에 귀를 기울이며 기다렸다. 그러고는 아이가 사라진 쪽으로 걸음을 옮기기 시작했다.

＊

오스카르는 수업을 마치고 집으로 가는 길이었다. 머리가 무거웠다. 그렇게 돼지 흉내를 내는 식으로 간신히 처벌을 면하고 나면 기분은 어김없이 더욱 참담해졌다. 처벌을 받는 쪽이 더 나았을 것이다. 그도 알고 있었다. 하지만 몸에 가해지는 처벌을 떠올리면 감당할 수가 없어졌다. 어떤 지경으로 전락하든 몸을 피하는 쪽이 나았다. 자존심 따위야.

로빈 후드와 스파이더맨에겐 자존심이 있었다. 존 왕자나 닥터 옥터퍼스가 그들을 궁지에 몰아넣으면 그들은 어떤 일이 닥치건 위기의 면전에 침을 뱉었다.

하지만 스파이더맨이 뭘 알았을까? 그는 불가능한 때조차 용케 위기를 모면했다. 액션 만화의 주인공이니 다음 호를 위해 살아남아야 했다. 그에겐 거미의 힘이, 오스카르에겐 돼지 멱따는 소리가 있었다. 살아남으려면 닥치는 대로 수를 써야 했다.

오스카르는 자신을 위로하고 싶었다. 더러운 하루를 보냈으니 보상이 좀 필요했다. 욘니와 미케랑 마주칠 위험을 무릅쓰고 그는 블라케베리 중심가에 있는 슈퍼마켓 서비스를 향해 걸었다. 진정할 시간을 벌려고 계단 대신 지그재그로 난 진입로 쪽으로 발을 질질 끌면서 갔다. 땀을 빼려는 게 아니라, 마음을 가라앉히기 위해서였다.

약 일 년 전, 오스카르는 다른 슈퍼마켓 체인점인 콘숨에서 도둑질을 하다 잡힌 적이 있었다. 경비원이 엄마에게 연락하려 했지만 엄마는 직장에 있었고, 오스카르는 엄마 전화번호를 알지 못했다. 정말, 정말로 몰랐다. 일주일 내내 전화벨이 울릴 때마다 끌탕했지만, 정작 엄마 앞으로 온 것은 달랑 편지 한 장이었다.

멍청하긴. 봉투엔 여봐란듯이 '스톡홀름 주 경찰청'이라고 씌어 있었고, 당연히 오스카르는 봉투를 열어 자신이 저지른 범죄에 대한 통보를 읽은 다음, 편지를 받아 읽었음을 확인시키기 위해 엄마의 서명을 위조해 답장을 보냈다. 그는 겁쟁이일지는 몰라도 바보는 아니었다.

그건 그렇고, 겁쟁이라는 게 무엇인가? 그가 하려는 짓이 겁쟁이들이 하는 짓이던가? 그는 오리털 점퍼 속을 다임, 얍, 코코, 바운티 따위의 초콜릿바로 가득 채웠다. 마지막으로 배와 바지 사이에 자동차 모양 젤리 한 봉지를 쑤셔넣은 후 계산대로 가서 둠레클루바 막대사탕 한 개를 내밀고 그 값만 지불했다.

집으로 오는 길에 오스카르는 고개를 한껏 쳐들고 통통 튀듯이 걸었다. 그는 아무나 발길질을 해도 되는 돼지새끼가 아니라, 위험에 맞서서 살아남은 대도大盜였다. 그는 그들 모두를 속여넘길 기지를 갖추었다.

아파트 단지 내 마당 앞에 있는 정문만 통과하면 무사했다. 그의 적들 중에 입센가탄이 형성한 커다란 원형 구획 안에 위치한, 좀더 작고 불규칙한 원을 그리고 있는 이 아파트 단지에 사는 아이는 없었다. 이중의 보호 링. 이곳에서 그는 안전했다. 이 단지 마당에 있는 동안은 어떤 굴욕적인 일도 일어나지 않았다. 기본적으로는 그랬다.

오스카르는 이곳에서 자랐고, 학교에 들어가기 전에 친구를 사귄 곳도 이곳이었다. 심각하게 왕따를 당하기 시작한 것은 5학년이 되어서였다. 그해 말 그는 본격적으로 표적 신세가 되었고, 다른 반 친구들까지 눈치챌 정도였다. 그에게 같이 놀자고 전화를 거는 아이들은 하나둘씩 줄어들었고, 이젠 거의 한 명도 남지 않았다.

스크랩북을 만들기 시작한 것도 그즈음이었다. 그는 곧바로 스크랩북 놀이를 할 셈으로 집을 향하고 있었다.

휘이이이이!

윙윙거리는 소리가 들리더니 무언가가 그의 발을 쾅 들이받았다. 짙은 빨간색 무선조종 자동차가 그에게서 물러나고 있었다. 자동차는 뒤를 돌아 빠른 속도로 그가 사는 건물 현관 앞 둔덕으로 올라갔다. 문 오른편으로 이어지는 가시덤불 뒤에 톰미가 서 있었다. 긴 안테나가 그의 배에서 빼쪽하게 솟아올라 있었다. 그가 소리 죽여 웃었다.

"놀랐지?"

"진짜 빠르다, 그거."

"그래, 맞아. 이거 살래?"

"얼만데?"

"삼백."

"안 돼. 그만 한 돈이 어디 있다고."

톰미는 오스카르에게 가까이 오라고 손짓하고는 둔덕 위에 있는 자동차를 돌려 엄청난 속도로 내려오게 조종했고, 자동차가 커다란 바퀴자국을 그리며 그의 발 앞에 멈춰 서자 그것을 집어들어 툭툭 털고는 목소리를 낮춰 말했다.

"가게에선 구백짜리야."

"어."

톰미는 자동차를 보다가 오스카르를 위아래로 자세히 훑어보았다.

"그럼 이백. 새거라니까."

"그래, 끝내준다. 근데……"

"근데 뭐?"

"아냐."

톰미는 고개를 끄덕였고, 자동차를 다시 내려놓더니 덤불 사이로 가도록 조종했다. 자동차는 커다랗고 울퉁불퉁한 바퀴를 부르르 떨더니, 커다란 빨래건조대 주변을 돌다 산책로 쪽으로 질주해 비탈길 아래로 더 나아갔다.

"내가 해봐도 돼?"

톰미는 오스카르의 값어치라도 계산하는 것 같은 표정으로 보다가 리모컨을 건네면서 그의 윗입술을 가리켰다.

"맞았어? 피가 났네. 여기."

오스카르는 입술을 훔쳤다. 집게손가락에 갈색 딱지 부스러기가 묻어났다.

"아냐, 그냥……"

말하지 마라. 아무 소용 없다. 톰미는 네 살 위의, 거친 아이였다. 그는 맞받아치라는 식으로 말할 거고 오스카르는 '당연하지'라고 대답하겠지만, 그래봤자 톰미의 눈에는 더더욱 존중할 가치가 없는 놈으로 비칠 것이다.

오스카르는 잠시 자동차를 가지고 놀다가 다시 톰미가 조종하는 것을 지켜보았다. 돈이 있어 그와 거래를 할 수 있다면 좋겠다고 생각했다. 둘 사이의 거래를. 그는 주머니에 손을 넣어 사탕을 만지작거렸다.

"다임 줄까?"

"아니, 별로 안 좋아해."

"얍은?"

톰미가 리모컨에서 고개를 들었다. 미소를 짓고 있었다.

"둘 다 갖고 있어?"

"어."

"훔쳤나?"

"……어."

"좋아."

톰미는 손을 뻗었고, 오스카르가 얍을 한 개 건네주자 받아 청바지 뒷주머니에 찔러넣었다.

"고마워. 또 보자."

"잘 가."

집까지 무사히 오자, 오스카르는 사탕을 몽땅 침대에 늘어놓았다. 다임부터 시작해 두 개 들이를 거쳐 제일 좋아하는 바운티로 마무리할 작정이었다. 그런 다음 과일 향이 나는 자동차 모양 젤리로 일종의 입가심을 하는 거다.

그는 침대 바로 옆에 그것들을 먹을 순서대로 한 줄로 죽 늘어놓았다. 냉장고에서 엄마가 반쯤 마시다 말고 호일로 주둥이를 막아둔 코카콜라를 발견했다. 완벽했다. 그는 약간 김이 빠진 콜라를 더 좋아했고, 특히 단것과 함께 먹으면 금상첨화였다.

오스카르는 호일을 걷어낸 병을 단것들 옆에 놓은 후, 침대 위로 몸을 던져 배를 깔고 엎드려 책꽂이의 책들을 유심히 바라보았다. '칼라 코라르 시리즈'*는 거의 다 있었고, 시리즈의 하이라이트만 모아놓은 책도 한 권 있었다.

그가 소장한 컬렉션의 대부분은 예전에 무가 생활정보지를 보고 2백 크로나에 산 쇼핑백 두 개 분량의 시리즈였다. 그는 지하철을 타고 미솜마르크란센까지 가서 약도를 따라 아파트가 보일 때까지 걸었다. 문

---

* 1970년대부터 80년대까지 스웨덴에서 인기를 끈 호러소설 시리즈. 총 80여 권이 나왔으며, 권당 독립적인 에피소드가 각각 다른 작가에 의해 씌어졌다.

을 열어준 사람은 희멀건하니 뚱뚱한 남자로, 나직하고 걸걸한 목소리로 말했다. 다행히 남자는 들어오라고 하지 않았고, 쇼핑백 두 개를 가지고 나와 2백 크로나를 받고는 고개를 끄덕이더니 "재미있게 보렴" 하고 문을 닫았다.

오스카르가 불안해진 것은 그때였다. 그전까지 몇 달 동안이나 시리즈의 전前 권들을 찾아 쇠데르말름의 예트가탄에 있는 만화 헌책방들을 뒤지다시피 한 터였다. 그런데 전화 너머의 남자는 자기가 바로 그 옛날 책들을 가지고 있다고 말했다. 모든 게 너무 쉬웠다.

오스카르는 남자의 눈이 미치지 않는 곳에 오자마자 쇼핑백들을 내려놓고 안을 뒤져보았다. 속은 게 아니었다. 2호부터 46호까지, 마흔다섯 권의 책이 들어 있었다.

어디 가서도 이 책들은 못 구할 것이다. 그것도 단돈 2백에!

남자가 두려워진 것도 무리는 아니었다. 남자의 보물을 훔친 것이나 다름없었으니까.

그럼에도 그의 스크랩북에 비하면 그것들은 아무것도 아니었다.

오스카르는 만화책 더미 아래의 비밀 장소에서 스크랩북을 꺼냈다. 스크랩북 자체는 벨링뷔에 있는 올렌스 백화점에서 훔친 커다란 스케치북에 지나지 않았다(그것을 그는 옆구리에 끼고 태연히 걸어나왔다. 누가 이런 그를 겁쟁이라 하는가?). 그러나 스크랩북의 내용은……

오스카르는 다임 초콜릿바의 껍질을 벗겨 크게 한 입 깨물고, 이 사이에서 오도독 하며 으깨지는 익숙한 식감을 음미하며 스크랩북을 펼쳤다. 첫번째는 〈헴메츠 슈날〉*에서 스크랩한 것으로, 미국의 40대 여

---

* 중년 여성들을 독자층으로 하는 교양 잡지.

자 살인마에 관한 기사였다. 여자는 체포되기 전까지 열네 명의 노인을 비소로 독살했고, 법정에서 전기의자 형을 선고받았다. 아니나 다를까 그녀는 독극물 주사로 사형을 집행해달라고 요구했지만, 여자가 살던 주에서는 예전부터 써온 의자를 사용했다.

전기의자에서 사형당하는 광경을 보는 것은 오스카르의 꿈 중 하나였다. 전기의자에 앉으면 피가 끓고 몸이 불가능한 각도로 뒤틀린다는 글을 읽은 적이 있었다. 머리칼이 불타는 것도 상상했지만 그런 믿음을 뒷받침할 만한 공식적인 출처는 없었다.

그래도, 진짜 끝내줘.

페이지를 넘겼다. 다음 타자는 일간지 〈아프톤블라뎃〉에서 오려낸 것으로, 스웨덴 토막 살인마에 관한 기사였다. 조잡한 여권사진. 어디서나 볼 수 있는 노인네처럼 보였다. 그러나 그는 자기 집 사우나에서 남창 둘을 살해하고 전기톱으로 토막낸 다음 사우나 뒤뜰에 묻었다. 오스카르는 다임을 마저 먹고 남자의 얼굴을 자세히 들여다보았다. 아무나 대입할 수 있는 평범한 얼굴.

이십 년 후엔 내가 될 수도 있어.

✳

호칸은 망보기에 좋은 곳, 오솔길 양쪽을 샅샅이 볼 수 있는 장소를 찾아냈다. 숲속으로 더 들어가다가 중앙에 나무 한 그루가 서 있는 안전한 공터에 이르자 그는 가방을 내려놓았다. 그리고 흡입식 전신마취제인 할로테인 가스가 든 작은 깡통을 코트 속의 권총집에 넣었다.

이제 남은 것은 기다리는 일뿐이었다.

한때는 나도 이다음에 자라서
아버지와 어머니만큼 세상을 잘 알았으면 했지⋯⋯

학교를 떠난 후 누가 그 노래를 부르는 것을 들은 적이 없었다. 알리스 텡네르*였나? 좋은 노래들이 모두 사라져버렸음을, 이제는 아무도 노래하지 않게 되었음을 생각하라. 마찬가지로, 좋았던 것들이 모두 사라져버렸음을 생각하라.

아름다움에 대한 존중의 말소. 그것이 오늘날 이 사회의 특징이었다. 위대한 장인들의 작품은 기껏해야 비꼬는 데 동원되거나 광고에 쓰일 뿐이었다. 미켈란젤로의 〈아담의 창조〉에서 이제 보이는 건, 불꽃이 튀는 자리를 차지한 청바지였다. 그 작품의 핵심은 (최소한 그가 보기에는) 서로의 집게손가락만 맞닿을 듯, 그러나 실은 닿지 않은 채 있는 전대미문의 두 육체였다. 그들 사이에 1밀리미터 남짓한 공간이 존재했다. 그리고 그 공간 안에 생명이 있었다. 작품의 조소적 크기와 풍성한 세부묘사는 그저 구도이자 배경막으로, 중심에 위치한 결정적 여백을 강조하기 위한 것이었다. 비어 있는 그 공간에야말로 모든 것이 담겨 있었다.

그런 자리를 누군가 청바지로 덮어버린 것이다.

누군가 오솔길을 따라 걸어오고 있었다. 심장이 쿵쾅대는 소리가 귀청을 때리는 가운데 호칸은 쭈그리고 앉았다. 틀렸다. 노인과 개 한 마리. 초장부터 두 건이나 그르치다니. 먼저 개부터 짖지 못하게 입을 막

---

* 스웨덴의 음악 교사이자 작곡가이며 오르간 연주자로, 많은 동요를 작곡했다.

아야 하고, 다른 하나는 질적으로 형편 없었다.

고작 이만큼의 털 때문에 그렇게 꽥꽥대고 난리였나? 돼지털을 깎은 그가 말했다.

호칸은 손목시계를 들여다보았다. 두 시간 후면 날이 저물 것이다. 앞으로 한 시간 안에 적당한 사람이 나타나지 않으면 이것저것 가릴 것 없이 닥치는 대로 덤벼들어야 할 판이었다. 어두워지기 전에 집에 돌아가야 했다.

노인이 뭐라고 말을 했다. 그를 본 건 아닐까? 아니었다. 자기 개에게 말하고 있었다.

"기분 좋으니, 아가? 그렇게 산책이 하고 싶었니? 집에 가면 아빠가 간소시지 줄게. 아빠의 예쁜 딸한테 주는 맛 좋고 굵직한 간소시지란다."

호칸이 두 손에 머리를 묻고 한숨을 내쉬자, 할로테인 깡통이 가슴을 눌러왔다. 박복한 것들. 아름다움이 없는 세상에 사는, 청승맞게 고독한 모든 사람들.

그는 몸을 떨었다. 오후를 넘어서자 바람이 맵차져 가방 안에 넣어둔 우비를 가져와야 하나 싶어졌다. 안 된다. 그러면 재빨리 움직여야할 때 둔해질지도 몰랐다. 게다가 사람들의 의심을 살 확률도 커졌다.

20대의 젊은 여자 둘이 지나갔다. 안 된다. 두 명을 상대할 자신은 없었다. 그들의 대화가 띄엄띄엄 들려왔다.

"……여자는 그냥 낳겠다던데……"

"……어쩜 그렇게 생각이 없을까. 남자가 정신을 차려야지……"

"……여자 잘못이지 뭐…… 어쩌자고 피임약도 안 챙겨 먹었대……"

"……남자 쪽도 책임은 있지……"

"……상상이 가? ……그 사람이 아빠가 되다니……"

임신한 여자친구. 책임을 지지 않으려는 남자. 새삼스러울 것도 없었다. 늘 있는 일이었다. 누구나 자기 생각만 한다. 나의 행복, 나의 미래란 말만 할 뿐이다. 진정한 사랑은 자신의 삶을 다른 사람의 발밑에 내려놓는 것이지만, 그런 면에서 오늘날의 인간들은 불능이다.

추위 때문에 팔다리가 떨어져나갈 것 같았다. 우비가 있건 없건 움직임은 굼떠질 것이다. 그는 코트에 손을 집어넣고 가스 깡통의 제동장치를 눌렀다. 쉿쉿 하는 날카로운 소리. 제대로 작동된다. 그는 제동장치를 원위치시켰다.

호칸은 몸을 데울 셈으로 제자리에서 뜀뛰기를 하며 팔을 철썩철썩 쳤다. 제발 누구라도 오기를. 혼자이기를. 손목시계를 보았다. 삼십 분 후면 가야 했다. 아무나 와다오. 바라노니 제발, 사랑하는 이를 위해.

그러나 나는 아이의 마음을 갖고 싶어.
아이는 하느님 왕국의 존재이니……

✳

오스카르가 스크랩북을 끝까지 보고 초콜릿을 다 먹어치웠을 무렵 날이 어두워지기 시작했다. 단것을 너무 많이 먹고 나면 으레 그렇듯 멍했고 약간의 죄책감도 들었다.

두 시간 후면 엄마가 온다. 대개는 함께 저녁을 먹고 영어와 수학 숙제를 했다. 그런 후엔 책을 읽거나 엄마와 티브이를 보았다. 하지만 오늘은 볼 만한 프로그램이 하나도 없었다. 그러면 그들은 핫초콜릿과 달콤한 시나몬롤을 먹으며 이야기를 나눌 것이다. 그런 후에 잠자리에 들겠지만, 내일 일이 걱정되어 잠을 이루지 못할 것이다.

전화 걸 상대가 한 명이라도 있다면 오스카르는 전화를 했을 것이다. 물론 요한이 심심하기를 바라며 전화를 걸 수는 있었다.

요한은 같은 반이었고 같이 어울릴 땐 재미있게 노는 편이었지만, 막상 선택의 여지가 있을 때 그가 오스카르를 택하는 법은 없었다. 요한은 아무런 할 일이 없을 때만 전화를 했다. 오스카르 쪽에서 먼저 전화를 할 수는 없었다.

집 안은 조용했다. 아무 일도 일어나지 않았다. 콘크리트 벽은 그를 에워싼 채 봉인되어 있었다. 그는 무릎에 손을 얹고 침대에 앉아 있었다. 배 속이 단것으로 꽉 차 더부룩했다.

꼭 무슨 일이 일어날 것 같았다. 바로 지금.

그는 숨을 멈추고 귀를 기울였다. 불쾌한 두려움이 스멀스멀 솟아올랐다. 뭔가 다가오고 있었다. 벽에서 무색의 가스가 새어나와 무시무시한 형체가 되어 그를 집어삼킬 것 같았다. 그는 경직된 채로 앉아 숨을 참고 귀를 기울였다. 기다렸다.

그 순간은 지나갔다. 오스카르는 다시 숨을 쉬었다.

그는 부엌으로 가 물 한 잔을 마시고 자석판에 붙어 있는 가장 큰 부엌칼을 떼어 손에 쥐었다. 아빠가 가르쳐준 대로 칼날을 엄지손톱에 대고 긁어보았다. 무뎠다. 그는 칼을 칼갈이에 대고 몇 번 갈아준 후 다시 긁어보았다. 손톱에 보일 듯 말듯 미세한 금이 생겼다.

됐어.

그는 칼집 대신 신문지에 칼을 둘둘 말아 테이프를 감은 후 바지와 왼쪽 엉덩이 사이에 찔러넣었다. 칼자루만 밖으로 나오게 했다. 걸어

보았다. 왼쪽 다리를 향해 있는 칼날의 각도를 사타구니 쪽으로 바꾸었다. 불편했지만 걸을 만했다.

현관에서 오스카르는 재킷을 걸쳤다. 문득 방에 어수선하게 널려 있는 초콜릿 껍질들이 마음에 걸렸다. 치우기 전에 엄마가 올까 싶어서 전부 주워모아 재킷 주머니에 쑤셔넣었다. 숲의 바윗돌 아래에 몰래 갖다 버리면 됐다.

다시 한번, 그는 아무 증거도 흘리지 않았는지 확인했다.

게임은 이미 시작되었다. 오스카르는 무시무시한 대량 학살자였다. 이제껏 열네 명이나 죽였는데도 단 하나의 단서도 남기지 않았다. 머리카락 한 올도, 사탕 껍질 한 장도. 경찰은 그런 그를 두려워했다.

이제 그는 밖에 나가 숲으로 가서 다음 희생양을 고를 작정이었다.

이상한 일이지만 그는 이미 희생양의 이름과 생김새를 훤히 꿰뚫고 있었다. 긴 머리에 눈이 크고 못되먹게 생긴 욘니 포슈베리. 오스카르에게 애걸하고 목숨을 구걸하고 돼지처럼 꽥꽥대겠지만 소용없다. 이 칼은 유언이 될 것이고 대지가 그의 피를 받아 마시리라.

오스카르는 책을 읽다가 발견한 그 문장이 마음에 들었다.

"대지가 그의 피를 받아 마시리라."

집 현관문을 잠그고 칼자루에 손을 얹은 채 건물 밖으로 걸어나오는 동안 오스카르는 그 문장을 만트라처럼 계속해서 읊었다.

대지가 그의 피를 받아 마시리라. 대지가 그의 피를 받아 마시리라.

보통 때라면 건물 오른쪽 끝에 있는 출구로 갔겠지만, 이번에는 왼쪽으로 가서 다른 두 건물을 지나 자동차가 진입할 수 있는 출구를 거쳐 밖으로 나갔다. 내부 요새를 떠난 것이다. 입센가탄을 건너 언덕 아래로 걸어갔다. 이제 외부 요새를 떠났다. 그는 숲을 향해 계속 갔다.

대지가 그의 피를 받아 마시리라.

그날 들어 두번째로, 오스카르는 이만 하면 행복하다고 생각했다.

＊

호칸이 스스로 부과한 제한 시간이 십 분밖에 남지 않았을 때, 한 소년이 오솔길을 따라 걸어내려왔다. 열셋 혹은 열넷 정도 돼 보였다. 완벽했다. 원래는 오솔길 반대쪽 끝으로 몰래 내려가 점찍은 희생양을 향해 걸어갈 계획이었다.

그러나 지금 그의 두 다리는 정말로 땅에 박힌 듯 요지부동이었다. 소년은 무심히 오솔길을 따라 걷고 있었고, 호칸은 서둘러야 했다. 일초가 지날 때마다 그에 비례해 성공의 가능성도 줄어들었다. 그런데도 다리가 움쩍달싹하지 않았다. 그는 마비된 채 서서 선택된 자, 완벽한 자, 점점 다가오며 그가 서 있는 곳 근처, 바로 그의 앞에서 막 멈춰 서려는 소년을 보았다. 조금 있으면 모든 게 너무 늦어버렸다.

해야 돼. 해야 돼. 해야 돼.

하지 못하면 제 목숨을 끊을 작정이었다. 빈손으로 집에 돌아갈 수는 없었다. 새삼스러울 것 없었다. 그 아니면 소년이었다. 가라, 그리고 선택하라.

마침내 그는 움직였지만 너무 늦어버렸다. 그래서 유난스럽지 않게 조용히 소년과 마주치지 못하고, 숲을 빠져나오려 비틀거리다 그만 소년의 코앞으로 튕겨나오고 말았다. 병신. 미련 곰탱이. 이제 소년은 의심을 품고 경계할 것이다.

"저기!" 그는 큰 소리로 소년을 불렀다. "잠깐만!"

소년이 멈춰 섰다. 뛰어가버리지 않은 것만으로도 고마울 지경이었다. 뭐든 말을, 아니 부탁을 해야 했다. 그는 영문을 몰라 긴장한 채 서 있는 소년에게 다가갔다.

"저기…… 지금 몇 시인지 알 수 있을까?"

소년의 시선이 호칸의 손목시계에 가 닿았다.

"아, 그게, 내 시계가 멈춰버렸거든."

자기 시계를 보는 소년의 몸이 긴장했다. 소년도 달리 어쩔 수가 없었을 것이다. 소년이 대답하길 기다리며 호칸은 손을 코트에 집어넣고 집게손가락을 제동장치 위에 얹었다.

✻

오스카르는 언덕을 걸어내려가 인쇄소 앞을 지났고, 숲으로 향한 길로 꺾어들어갔다. 배 속은 묵직하게 내리누르던 느낌이 가시고 이제 취기처럼 차오르는 기대감으로 가득했다. 숲으로 가는 내내 그를 사로잡았던 환상이 이젠 현실처럼 느껴졌다.

그는 살인자의 눈으로, 혹은 열두 살 소년이 동원할 수 있는 상상력으로 빚어낸 살인자의 시선에 푹 빠져 세계를 보았다. 아름다운 세계였다. 그가 주도할 수 있는 세계, 그의 행동 하나하나에 미세하게 반응하는 세계.

그는 욘니 포슈베리를 찾아 숲길을 따라 걸었다.

대지가 그의 피를 받아 마시리라.

날이 저물기 시작했다. 말없는 군중처럼 그를 에워싼 나무들은, 저희 중 하나가 희생양으로 정해져 있다는 사실에 두려워하며 그의 사소한 행동 하나에도 동요했다. 그러나 살인자는 그들 무리를 뚫고 지나가버렸다. 이미 그의 시야에 먹잇감이 포착됐다.

욘니 포슈베리는 50미터쯤 떨어진 언덕 꼭대기에 서 있었다. 양손을 엉덩이에 얹고, 얼굴엔 이를 드러낸 미소를 처바르고서. 제 딴엔 늘하던 걸 할 거라고 생각하는 모양이었다. 오스카르를 바닥에 무릎 꿇린 다음, 코를 틀어막고 솔잎과 이끼 등속을 입에 처넣는 것 말이다.

하지만 이번엔 그가 틀렸다. 그에게 다가가는 건 오스카르가 아니라 살인마였고, 그 살인마의 손은 칼자루를 단단히 그러쥐고 전의를 가다듬고 있었다.

살인마는 서두르는 법 없이 보무도 당당하게 욘니 포슈베리에게 다가가 그의 눈을 똑바로 보며 말했다. "잘 있었나, 욘니."

"안녕, 돼지새끼. 누구가 이렇게 늦게까지 싸돌아다녀도 된댔어?"

살인마는 칼을 꺼냈다. 그리고 그대로 찔렀다.

❋

"어, 다섯시…… 십오분이네요."

"그렇구나. 고맙다."

소년은 자리를 뜨지 않고 그대로 선 채 호칸을 빤히 쳐다보았다. 그틈을 타 호칸은 소년에게 더 가까이 다가설 수 있었다. 소년은 미동도 없이 서서 눈으로 그를 좇았다. 이제 지옥이 펼쳐질 것이다. 소년도 뭔가 잘못되었다는 걸 감지했다. 처음엔 웬 남자가 숲에서 튀어나와 몇 시냐고 묻더니, 이젠 나폴레옹처럼 한 손을 코트에 찔러넣은 포즈를 취하고 있으니 말이다.

"그 안에 뭐 있어요?"

소년이 호칸의 가슴께를 가리켰다. 호칸은 머릿속이 텅 비어버려 어떻게 해야 할지 알 수 없었다. 그는 가스 깡통을 꺼내 소년에게 보여주었다.

"그게 뭐예요?"

"할로테인 가스."

"왜 그런 걸 갖고 다녀요?"

"그건……"

깡통에 연결된 마스크의 스폰지 부분을 만지작거리며 호칸은 무슨 말이든 하려고 애썼다. 그러나 거짓말을 할 수는 없었다. 그놈의 저주받은 성격 탓이었다.

"그게…… 내가 이런 쪽 일을 하거든."

"무슨 일을 하는데요?"

소년은 긴장이 풀린 모양이었다. 그는 호칸이 숲속 공터에 놔둔 것과 비슷해 보이는 스포츠백을 들고 있었다. 호칸은 가스 깡통을 든 손으로 가방을 가리켰다.

"운동하러 가던 중이었니? 아니면……"

소년이 자기 가방을 내려다보는 순간을 그는 놓치지 않았다.

두 팔을 확 뻗어 빈손으로 소년의 뒤통수를 감싸쥐고 다른 손으로 깡통에 연결된 마스크를 그의 입에 대고 눌렀다. 호칸이 제동장치를 풀자 왕뱀이 쉬익쉬익 하는 소리가 났다. 소년은 머리를 뒤로 빼려고 안간힘을 썼지만 호칸의 필사적인 악력 때문에 옴짝달싹할 수 없었다.

소년은 몸부림치며 뒤로 물러섰지만 호칸도 따라붙었다. 뱀처럼 쉭쉭거리는 소리는 그들이 오솔길에 쌓인 대팻밥 더미 위로 쓰러지면서 나는 소리에 묻혀버렸다. 함께 길바닥에서 몸부림치는 동안에도 호칸의 두 손은 여전히 소년의 뒤통수와 마스크를 단단히 붙잡고 있었다.

소년이 몇 번 숨을 몰아쉬더니 그의 손아귀 안에서 늘어지기 시작했다. 그래도 호칸은 어김없이 마스크를 똑바로 고정한 채 주변을 둘러보았다.

본 사람은 아무도 없다.

깡통에서 나는 소리가 고약한 편두통처럼 그의 머릿속을 울렸다. 그는 제동장치를 잠궈 원위치시킨 후 소년의 몸 아래 깔려 있는 손을 빼고무밴드를 풀어 소년의 머리 뒤로 넘겨 잡아당겼다. 마스크가 고정되었다.

그는 욱신거리는 팔로 일어서서 먹잇감을 물끄러미 바라보았다.

소년은 코와 입 위에는 마스크를, 가슴엔 할로테인 깡통을 얹고 두 팔을 늘어뜨린 채 누워 있었다. 호칸은 다시 한번 주위를 둘러본 후 소년의 가방을 들어 그의 배에 올려놓았다. 그런 후 소년을 들쳐업은 후 가방을 들고 공터로 향했다.

근육량이 많은지 소년은 생각보다 무거웠다. 의식을 잃은 존재감.

가스 새는 소리가 전기톱처럼 머리통을 헤집는 와중에도 그는 소년을 질척한 땅 위로 옮기느라 숨을 헐떡거렸다. 가스 소리를 듣지 않으려고 일부러 더 크게 소리내어 숨을 몰아쉬었다.

마침내 목적지에 이르렀을 때는 팔에 감각이 없고 등에선 식은땀이 줄줄 흘렀다. 가장 움푹한 곳에 소년을 내려놓고, 그도 옆에 뻗어버렸다. 사위가 고요해졌다. 소년의 가슴이 솟아올랐다 꺼졌다. 넉넉잡아도 팔 분쯤 지나면 소년은 깨어날 것이다. 그러나 그렇게 되지는 않을 것이다.

호칸은 소년 옆에 누워 얼굴을 빤히 바라보다가 집게손가락으로 애무했다. 소년에게 좀더 바짝 몸을 붙이고 힘을 주어 그 늘어진 몸뚱이를 품에 끌어안았다. 그리고 뺨에 부드럽게 입을 맞추고 "날 용서해줘"라고 속삭인 후에야 몸을 일으켜 일어났다.

바닥에 무방비 상태로 쓰러져 있는 몸뚱이를 보고 있으니 눈물이 걷잡을 수 없이 쏟아질 것 같았다. 그래도 아직 자신을 추스를 힘이 남아 있었다.

평행세계들. 속편한 생각이었다.

한 평행세계에서 그는 막 하려던 일을 포기했다. 그 세계에서 그는 제 갈 길을 갔고, 소년은 깨어나 도대체 무슨 일이 일어난 건지 궁금해했다.

그러나 이 세계라면 사정이 달랐다. 이 세계에서 호칸은 가방을 놔둔 곳으로 갔다. 서둘러 가방을 열었다. 그리고 재빨리 우비를 걸치고 연장을 꺼냈다. 칼, 밧줄, 커다란 깔때기, 5리터들이 플라스틱 물통.

그는 그것들을 전부 소년 옆 땅바닥에 늘어놓고 마지막으로 다시 한번 소년을 바라보았다. 그런 후 밧줄을 들고 일을 시작했다.

＊

그는 찌르고, 찌르고, 또 찔렀다. 첫 일격을 당한 후 욘니는 상황이 평소와는 다르게 흘러가리라는 걸 깨달았다. 깊이 찔린 뺨에서는 피가 줄줄 흘렀고, 그는 도망치려 했지만 살인마가 한발 더 빨랐다. 살인마가 재빨리 몇 번 손을 놀린 것만으로 무릎 뒤 힘줄이 끊어졌고, 욘니는 그대로 쓰러져 이끼에 파묻힌 채 몸부림치며 살려달라고 애원했다.

그러나 살인마는 물러설 생각이 없었다. 살인마가 그에게 덮쳐 대지로 하여금 그의 피를 받아마시게 하자…… 욘니는…… 돼지처럼 비명을 질러댔다.

오늘 화장실에서 내게 저지른 짓에 대해 한 번 찌르고. 일전에 날 속여 너 클포커를 치게 만든 것에 대해 한 번 또 찔러주마. 그리고 그동안 나에게 지껄인 모든 말에 대한 대가로 네 입술을 도려내주지.

욘니의 몸에 난 모든 구멍에서 피가 흘러나오고 있었다. 그는 이제 못된 말을 할 수도, 못된 짓을 할 수도 없었다. 그는 죽은 지 오래였다. 오스카르는 그의 부릅뜬 눈알을 퍽퍽 쑤시는 것으로 마무리한 다음, 자신이 한 짓을 둘러보았다.

자빠진 욘니 노릇을 하던 썩어 쓰러진 나무의 굵직한 가지는 난도질이 되어 있었고, 밑둥은 구멍 뚫린 자국으로 가득했다. 아직 서 있을 때의 욘니라고 생각하고 찔렀던 멀쩡한 나무 아래엔 나무 부스러기가 한가득 흩어져 있었다.

칼을 쥐고 있는 오른손에서 피가 흘렀다. 손목 바로 옆에 작은 상처가 나 있었다. 한참 찔러댈 때 칼날이 미끄러져 베인 것이었다. 이런 용도에 적합한 칼이 아니었다. 그는 손을 핥아 혀로 상처를 씻어냈다. 그가 음미하는 건 욘니의 피였다.

신문으로 만든 칼집으로 마지막 핏자국을 닦아낸 후 칼을 도로 집어넣고 집으로 가기 시작했다.

몇 년 전만 해도 적들의 소굴인 그 숲이 무서웠으나 이젠 고향처럼, 은신처처럼 느껴졌다. 그가 지나가자 나무들이 공손하게 뒤로 물러섰다. 사방이 칠흑같이 깜깜해졌지만 그에게는 일말의 두려움도 없었다. 다음 날 무슨 일이 일어난다 해도 전혀 걱정되지 않았다. 오늘 밤 그는 기분 좋게 잠들 것이다.

단지 마당으로 돌아온 오스카르는 집에 들어가기 전에 마음을 가라앉힐 셈으로 잠시 모래밭 가장자리에 앉았다. 내일 더 좋은 칼을, 뭐라고 부르는지는 모르겠지만 칼날과 칼자루 사이에 보호대가 달린 칼을 구할 생각이었다…… 그럼 손을 다칠 일은 없겠지. 어차피 또다시 할 일이니까.

멋진 게임이었다.

10월 22일 목요일

엄마가 부엌 식탁 너머로 손을 뻗어 오스카르의 손을 꽉 잡았다. 그녀의 눈에는 눈물이 맺혀 있었다.

"무슨 일이 있어도 절대로 혼자 숲에 가면 안 돼, 내 말 알겠니?"

어제 벨링뷔에서 오스카르 또래의 소년이 살해당했다. 석간에 관련 기사가 실렸고, 그의 엄마는 집에 왔을 때 완전히 넋이 나가 있었다.

"하마터면…… 아니 생각조차 하고 싶지 않다."

"하지만 벨링뷔에서 일어난 일이잖아."

"넌 애한테 이런 짓을 저지르는 작자가 지하철을 타든 걸어서든 두 정거장 거리도 올 수 없을 거라고 생각하는 거니? 굳이 여기 블라케베리까지 걸어와 똑같은 짓을 다시 할 리가 없다고? 숲에서는 오래 있었니?"

"아니."

"오늘부터는 단지 마당 밖으론 나가지 마라…… 경찰에서 범인을 잡을 때까지.”

“그럼 학교도 가지 말라고?”

“당연히 학교는 가야지. 하지만 학교가 파하면 곧장 집으로 오고, 엄마가 집에 올 때까지 아파트 단지 밖으로 나가면 안 돼.”

“너무해.”

엄마의 눈에 비친 고통에 분노가 더해졌다.

“살해당하고 싶은 거니, 뭐니? 네가 숲에 갔다가 죽어버리면, 네가 숲속에 뻗어 있는 동안 엄마는 여기 앉아 걱정이나 하고 있고…… 내 아들이 짐승 만도 못한 놈의 손에 난도질 당하고 있는데……”

엄마의 눈에서 눈물이 솟구쳤다. 오스카르는 엄마의 손을 감쌌다.

“숲에 안 갈게, 엄마. 약속할게.”

엄마가 그의 뺨을 어루만졌다.

“내 새끼, 엄마한텐 너밖에 없어. 너한테는 어떤 일도 일어나선 안 돼. 그랬다간 이 엄마도 죽어버릴 거야.”

“음. 근데 그 사람 정확히 어떻게 한 거야?”

“무슨 소리니?”

“그거. 살인.”

“내가 어떻게 알겠니? 그 미친놈이 칼로 남자애를 찔렀단다. 애는 죽고. 그 아이 부모는 이제 살아도 사는 게 아니지.”

“신문에 자세히 나와 있지 않아?”

“차마 읽어볼 엄두도 안 나더라.”

오스카르는 〈엑스프레센〉*을 가져와 기사가 있는 면을 펼쳤다. 살인

---

* 스웨덴의 양대 타블로이드 신문 중 하나로, 자유주의 우파 논조가 강하다.

사건 기사가 네 면이나 되었다.

"너 그런 거 읽으면 안 돼."

"그냥 뭐 좀 확인하려고. 이거 내가 가져가도 돼?"

"그냥 하는 말이 아니야. 그 기사는 읽지 마. 그런 무서운 걸 읽는 건 너한테 조금도 도움이 되지 않아."

"오늘 밤 티브이에서 뭐 하나 보려는 거야."

오스카르가 신문을 방으로 가져가려고 챙기며 자리에서 일어서자 엄마는 어정쩡하게 그를 품에 안더니 젖은 뺨을 아들의 뺨에 갖다댔다.

"우리 아들, 엄마가 너 때문에 얼마나 걱정하는지 안 보이니? 너한테 행여 무슨 일이 일어나기라도 하면—"

"알아요, 엄마, 알아. 조심할게."

오스카르는 잠깐 엄마를 안아준 후 조심스럽게 몸을 빼고 자기 뺨에 묻은 엄마의 눈물을 닦으며 방으로 갔다.

대단한 일이 벌어졌다.

생각해보니 소년이 살해당한 시간과 그가 숲에서 놀던 시간이 겹쳤다. 아쉬운 건 죽은 게 욘니 포슈베리가 아니라 벨링뷔에 사는 모르는 남자애라는 것이었다.

그날 오후 벨링뷔는 온통 장례식 분위기였다. 집에 오는 길에 그 헤드라인을 보았다. 근거 없는 짐작에 지나지 않을 수도 있었지만, 오스카르가 보기엔 광장을 오가는 사람들이 평소에 비해 말이 많아지고 느릿느릿 걷는 것 같았다.

그날 그는 철물점에 가서 황홀할 정도로 잘빠진 3백 크로나짜리 사냥칼을 훔쳤다. 들킬 경우를 대비해 변명 거리도 준비해놓았다.

"죄송해요, 아저씨. 전 그냥 살인자가 너무 무서워서요."

그게 통하지 않을 경우, 눈물 몇 방울을 쥐어짜낼 수도 있었을 것이다. 그럼 그냥 보내줄 거라는 건 의심할 여지가 없었다. 하지만 그는 잡히지 않았고, 칼은 비밀 장소의 스크랩북 바로 옆에 잘 숨겨두었다.

생각해봐야 했다.

오스카르가 한 게임이 어떤 식으로든 그 살인을 조장했다고 할 수 있을까? 그럴 것 같지는 않았지만 그렇다는 생각을 완전히 떨쳐버릴 수가 없었다. 그가 읽은 책들은 온통 그런 내용이었다. 누군가가 한 장소에서 생각한 것이 다른 장소에서 어떤 행동을 유발하는 것.

염력. 부두교.

그러나 정확히 어디서, 언제, 아니 무엇보다 어떤 식으로 살인을 저지른 걸까? 만약 쓰러진 몸뚱이가 칼자국투성이라면, 오스카르는 자신의 손이 가공할 능력을 갖추었을 가능성에 대해 진지하게 생각해봐야 했다. 그리고 그는 그 능력을 통제하는 법을 배워야 할 터였다.

아니면 혹시…… 그 '나무' 때문일까…… 그게 연결고리인 거야.

그가 베어버린 썩은 나뭇가지. 거기에 뭔가 특별한 것이 있어서, 나무에 대고 무슨 짓을 했건 그 기운이…… 멀리 퍼져나간 걸지도 몰랐다.

좀더 구체적인 정보들이 필요했다.

오스카르는 살인사건에 대한 기사를 모조리 찾아 읽었다. 그의 학교에 와서 마약에 대해 이야기했던 경찰의 사진이 나와 있었다. 지금 단계에서 딱히 더 끌어낼 수 있는 이야기가 없었다. 증거를 확보하기 위해 국립 범죄과학수사 연구소의 전문가들이 현장에 파견되었다. 기다리며 상황을 지켜볼 수밖에 없었다. 학교 앨범에 실린 살해당한 소년의 사진도 게재되어 있었다. 오스카르는 한 번도 본 적이 없는 얼굴이었다. 소년은 욘니와 미케랑 닮았다. 벨링뷔 학교에도 오스카르 같은 애가 있어서 자유의 몸이 되었는지도 몰랐다.

소년은 핸드볼 연습을 하러 벨링뷔 체육관에 가던 길이었고 이후 집에 돌아오지 않았다. 연습은 다섯시 반에 시작되었다. 소년은 다섯시쯤 집에서 나왔을 것이다. 그렇다면 그 중간의 어느 순간— 오스카르는 머리가 빙빙 도는 것 같았다. 시간대가 딱 맞았다. 그런데다 소년도 숲에서 살해당했다.

정말 그런 건가? 내가 정말로……?

열여섯 살 소녀가 저녁 여덟시에 시체를 발견하고 경찰에 신고했다. 기사에 따르면 소녀는 '심각한 쇼크 상태'에 빠져 병원 치료중이라고 했다. 시체 상태에 관한 언급은 전혀 없었지만, 소녀가 심각한 쇼크 상태라는 말은 시체가 어떤 식으로든 토막났음을 의미했다. 기사에는 으레 '쇼크 상태'라고만 나온다.

해가 진 숲에서 소녀는 무엇을 하고 있었던 걸까? 따분하기 짝이 없는 거였겠지. 솔방울을 줍거나 뭐 그런 것. 그런데 소년이 어떤 식으로 살해당했는지에 대해선 왜 한마디도 없는 걸까? 범죄현장을 찍은 사진뿐이었다. 경찰은 가운데에 커다란 나무 한 그루가 있는 공터가 위치한 평범한 숲 지대에 접근금지 테이프를 쳐놓았다. 내일이나 모레쯤이면 촛불들과 함께 '어째서 이런 일이?' '네가 그리울 거야' 등의 메시지가 적힌 판때기 따위로 가득한 그곳 사진이 실릴 것이다. 스크랩북에 비슷한 사건들의 기사를 모아온 오스카르에게는 안 봐도 뻔한 일이었다.

결국 모든 것은 우연의 일치에 지나지 않을지도 몰랐다. 그런데 그렇지 않다면?

오스카르는 방문 쪽으로 귀를 기울였다. 엄마가 설거지를 하고 있었다. 그는 침대에 누워 칼을 꺼냈다. 손잡이는 손에 딱 맞았고, 어제 썼던 부엌칼보다 세 배는 더 무거웠다.

그는 침대에서 일어나 칼을 쥐고 방 한가운데 섰다. 칼은 아름다웠고, 그것을 쥐고 있는 손에 권력을 부여했다.

부엌에서 접시 부딪치는 소리가 들렸다. 그는 허공에 대고 몇 번 칼을 쑤셨다. 살인마. 그가 힘을 조절하는 법을 배웠다면 욘니, 미케, 토마스는 다시 그를 괴롭히지 못할 것이다. 그는 한 번 더 쑤시려다가 그만두었다. 밖에서 누가 볼지도 몰랐다. 밤이었고, 그의 방엔 불이 켜져 있었다. 밖을 보았지만 보이는 건 유리창에 비친 자신의 모습뿐이었다.

살인마.

그는 칼을 도로 비밀 장소에 넣어두었다. 이건 그냥 게임일 뿐이었다. 이런 일은 현실에서는 일어나지 않았다. 그래도 그는 구체적인 정보들을 알고 싶었다. 지금 당장 알고 싶었다.

✳

톰미는 모터사이클 잡지를 건성으로 넘기며 안락의자에 앉아 고개를 까딱거리면서 콧노래를 부르고 있었다. 이따금 잡지를 높이 치켜들어, 엔진의 실린더 크기와 최고 속력에 대한 설명이 따로 붙어 있어 더 재미난 사진을 소파에 앉아 있는 라세와 로반에게 보여주었다. 천장에 갓도 없이 매달린 알전구의 빛이 반짝거리는 잡지 종이에 반사되어, 시멘트와 목재로 마감한 벽에 고양이 눈 같은 희미한 빛을 비췄다.

다른 아이들은 좀이 쑤셔 안달이었다.

톰미의 어머니는 벨링뷔 경찰서에서 근무하는 스타판과 사귀는 사이였다. 톰미는 스타판을 그다지 좋아하지 않았다. 싫어한다는 편이 맞았다. 스타판은 세상사에 통달한 것처럼 구는 느끼한 목소리의 남자였다. 신앙심도 깊었다. 하지만 덕분에 톰미는 엄마를 통해 그가 해주는 이런저런 얘기를 얻어들을 수 있었다. 스타판은 엄마 같은 사람에게 해선 안 되는 이야기들을 했고, 엄마 역시 톰미에게 옮겨서는 안 되는 이야기들을 했다. 그러나……

가령, 그런 경로로 톰미는 경찰이 이슬란스토리엣의 라디오 가게에서 벌어진 절도사건을 어디까지 수사했는지 알 수 있었다. 자신과 로반, 라세가 저지른 사건이었다.

범인들은 아무 흔적도 남기지 않았다. 그의 엄마가 한 말을 그대로 옮기자면 그랬다. "범인들이 아무 흔적도 남기지 않았다지 뭐니." 스타판이 그랬다고 했다. 하다못해 도주 자동차에 대한 인상서도 없었다고 했다.

톰미와 로반은 열여섯 살로 고등학교 1학년이었다. 라세는 열아홉 살로, 뇌기능 장애가 있어서 울브순다의 LM 에릭손 공장에서 철재부품 정리 일을 했다. 그래도 그에게는 운전면허증이 있었다. 가게를 털기 전에 그들은 범행에 사용한 흰색 사브-74의 번호판을 마커로 변조했다. 아무도 본 사람이 없었으니 그건 문제될 것도 없었다.

그들은 훔친 물건들을 늘 만나는 지하창고 맞은편의, 한 번도 사용되지 않은 방공호에 숨겨두었다. 볼트커터로 사슬을 제거한 다음 자물쇠를 새로 달았다. 훔치는 것 자체가 목표였기 때문에 그것들로 뭘 해야 할지는 딱히 생각이 없었다. 라세가 일터의 친구에게 2백 크로나를 받고 카세트플레이어 한 개를 판 게 전부였다.

장물들에 손대지 않고 한동안 숨어 지내는 게 최선이었다. 그리고 라세가 더는 장물을 팔지 못하게 해야 했다. 그도 그럴 것이, 라세의 엄마의 말을 빌리면 그는 좀…… 모자란 데가 있기 때문이었다. 그러나 이제 그짓을 한 지도 이 주나 지났고, 경찰도 다른 일로 정신이 없었다.

톰미는 계속 잡지를 넘기며 혼자 미소를 짓고 있었다. 옙, 옙. 뭔가 대단한 것에 홀딱 빠져 있었다. 로반은 손가락들로 자기 허벅지를 두드리고 있었다.

"야야, 다들 박수."

톰미가 또 한번 잡지를 들어 보였다.

"가와사키. 3백 큐빅. 연료분사 시스템에—"

"야, 집어치워. 얘기 좀 해봐."

"뭐…… 살인사건?"

"그래!"

톰미는 그 문제에 대해 생각하기라도 하듯 입술을 깨물었다.

"어떻게 된 거래?"

라세는 잭나이프를 접듯이 허리를 구부리며 커다란 덩치를 앞으로 기울이며 물었다.

"어, 박수나 치자니깐."

톰미는 잡지를 옆으로 치우고 그를 바라보는 시선과 마주했다.

"진짜 그 이야기를 듣고 싶은 거야? 엄청 무서운데."

"쳇, 그게 뭐?"

라세는 더없이 거칠게 나왔지만 톰미는 그의 눈에 스치는 불안을 읽었다. 정말로 라세를 겁주려면 표정을 일그러뜨리고 우스꽝스러운 목소리로 말하고 그만 하라는 그의 애원을 무시하기만 하면 됐다. 한번은 톰미와 로반이 톰미 엄마의 화장품으로 좀비처럼 꾸미고 전구를 빼버리고 라세를 기다린 적이 있었다. 결국 라세는 오줌을 지렸고 로반의 짙은 청색 아이섀도 아래에 멍을 남겼다. 그후로 둘은 라세를 겁주는 것에 대해 조심스러워졌다.

이제 라세는 어떤 이야기라도 들을 준비가 됐음을 보여주려는 듯 허리를 곧추 펴고 팔짱을 끼고 앉아 있었다.

"알았어, 그럼. 그러니까…… 이건 흔히들 아는 그런 살인사건이 아니야. 알겠지? 경찰이 발견했을 때 죽은 애는…… 나무에 걸려 있었어."

"무슨 소리야? 매달려 있었던 거야?" 로반이 물었다.

"그래, 매달려 있었어. 근데 목을 맨 건 아니야. 발이었어. 그러니까 거꾸로 나무에 매달려 있었던 거지. 발이 묶여서."

"웃기고 자빠졌네― 그렇게 해서 죽을 것 같냐?"

톰미는 로반의 지적이 흥미로웠는지 그를 한참 바라보다가 말을 이어갔다.

"맞아. 안 죽지. 근데 누가 걔 목을 땄어. 그럼 당연히 죽지. 목 전체가 따져 있었어. 그러니까…… 멜론처럼."

그는 손가락으로 목을 그어 보이며 칼이 지나간 자리를 표시했다.

라세가 제 목을 보호하듯 목에 손을 가져갔다. 그는 천천히 고개를 저었다. "그런데 왜 그렇게 매달려 있었대?"

"뭐, 니 생각은 어떤데?"

"몰라."

톰미는 아랫입술을 꼬집으며 생각에 잠겼다.

"이해가 안 가는 부분을 이야기해줄게. 우선 목을 따면 사람이 죽잖아. 피가 진짜 많이 날 거라는 건 알 수 있지?"

라세도 로반도 고개를 끄덕였다. 톰미는 무르익은 기대 속에서 잠시 아무 말도 않다가 급기야 폭탄을 던졌다.

"그런데 아래 땅바닥에…… 그 사람이 매달려 있던 자리 아래 말이야. 피가 거의 없었어. 몇 방울만 떨어져 있었다고. 그런데 그렇게 매달려 있으면 피가 몇 리터는 쏟아졌을 게 분명하거든."

지하 방은 침묵에 잠겼다. 라세와 로반은 멍하니 앞만 보고 있었다. 이윽고 로반이 고쳐앉은 다음 말했다.

"알겠다. 다른 데서 살해한 다음 거기로 옮긴 거야."

"흐음. 근데 그럴 거면 살인자는 왜 굳이 그 사람을 나무에 매단 거지? 누굴 죽이면 대개는 시체를 없애버리고 싶어하잖아."

"그게…… 미친놈이라서 그런가보지."

"그래, 그럴 수도 있겠다. 근데 난 뭔가 다른 게 있는 것 같아. 누구 도살장에 가본 적 있어? 거기서 돼지를 어떻게 하게? 도살하기 전에 피를 전부 빼버리거든. 어떻게 피를 빼는지 알아? 거꾸로 매달아. 갈고리에 걸어서. 그다음에 돼지 목을 따."

"그럼 네 말은…… 뭐야, 살인자가…… 개를 돼지처럼 잡을 생각이었다는 거야?"

"어어?" 라세는 자기를 놀리는 건지 아닌지 확신할 수 없는 눈빛으로 톰미를 보았다가 로반을, 다시 톰미를 보았다. 그런 눈치가 아닌 걸 확인하고 나서야 그가 말했다.

"거기서 그래? 돼지를?"

"응. 어떻게 한다고 생각했는데?"

"무슨 기계를 쓰는 줄 알았지."

"그게 더 낫다고, 그렇다고 생각하는 거야?"

"아냐, 근데…… 그때 돼지는 살아 있나? 그렇게 거꾸로 매달려 있을 때."

"응, 살아 있어. 미친 듯이 버둥거리고 꽥꽥대지."

톰미는 돼지 우는 소리를 냈고, 라세는 시선을 무릎 쪽으로 떨어뜨리며 몸을 소파에 묻었다. 로반이 일어나 몇 걸음 왔다갔다하더니 다시 앉았다.

"근데 말이 안 돼. 살인자가 거기서 개를 도살할 작정이었다면 온통 피바다여야지."

"너도 다른 사람들처럼 살인자가 개를 도살할 작정이었다고 생각하는구나. 내 생각은 달라."

"아, 그래? 네 생각은 어떤데?"

"내 생각에 그 사람은 피가 필요했던 거야. 그래서 피를 구하려고 개를 죽인 거야. 그 사람, 피를 가지고 도망쳤을 거야."

로반은 천천히 고개를 끄덕이다 입가에 난 커다란 여드름의 딱지를 뜯었다. "그래. 근데 왜? 마시려고? 아님 뭐?"

"그럴걸. 예를 들자면."

톰미와 로반은 각자 속으로 그 살인과 이후에 벌어진 과정을 재연하느라 여념이 없었다. 잠시 후 라세가 고개를 쳐들고 그들을 보았을 때 그의 눈에는 눈물이 맺혀 있었다.

"바로 죽겠지? 돼지 말이야."

톰미도 그에 못지않은 진지한 눈으로 라세의 눈을 보았다.

"아니."

＊

"잠깐 나갔다 올게."

"안 돼."

"바로 앞, 마당에 있을 건데."

"거기 말고 다른 덴 안 돼, 알겠니?"

"그럼요, 그럼."

"시간 되면 엄마가 부르러 갈까……"

"아니, 시간 맞춰 올게. 시계 찼으니까. 부르러 오지 마세요."

오스카르는 재킷을 걸치고 모자를 썼다. 부츠를 신다 말고 재빨리 방으로 되돌아가 칼을 꺼내 재킷 속에 찔러넣었다. 부츠 끈을 맸다. 거실에서 다시 엄마의 목소리가 들려왔다.

"밖에 춥다."

"모자 썼어."

"머리에?"

"아니. 발에."

"농담할 일이 아니다, 오스카르. 얼마나 추운지 너도 알잖니……"

"금방 갔다 올게."

"……귀가 시려울 텐데……"

그는 걸어나와 손목시계를 보았다. 일곱시 십오분. 프로그램 시작까지는 사십오 분이 남았다. 톰미 형과 다른 형들은 지하 아지트에 있겠지만 거기에 갈 엄두는 나지 않았다. 톰미 형은 괜찮지만 다른 형들은…… 특히나 본드를 불고 있다면 야릇한 망상에 빠져 있을지도 몰랐다.

그래서 그는 아파트 단지 한가운데 있는 놀이터로 갔다. 가끔 축구 골대로 쓰이기도 하는 큰 나무 두 그루, 미끄럼틀이 달린 정글짐, 모래밭, 타이어 세 개를 사슬에 연결한 그네들이 있는 곳. 그는 타이어 그네 중 하나에 앉아 천천히 왔다갔다했다.

오스카르는 이곳의 밤을 좋아했다. 사방으로 그를 에워싼 수백 개의 불 켜진 창문들, 어둠 속에 앉아 있는 그. 안전하다는 느낌과 동시에 느껴지는 고독. 그는 칼집에서 칼을 잡아뺐다. 반짝반짝 빛나는 칼날에 창문 불빛까지 비쳤다. 달.

핏빛 달……

오스카르는 자리에 일어나 나무 한 그루 쪽으로 살금살금 다가가 말을 걸었다.

"뭘 쳐다봐, 이 병신새끼야? 뒤지고 싶어?"

나무에게선 아무 대답도 없었다. 오스카르는 조심스럽게 칼로 나무를 찔렀다. 섬세하고 매끈한 날 끝을 다치게 하고 싶지 않았다.

"자꾸 꼬라보면 이렇게 되는 거야."

오스카르가 칼을 돌리자 나무줄기에서 쐐기모양의 작은 나무조각들이 튀어나왔다. 한 조각의 살점. 그가 속삭였다.

"어서 해봐. 돼지처럼 꽥꽥거려보라고."

그러다 멈췄다. 무슨 소리가 들린 것 같았다. 오스카르는 엉덩이께에 칼을 대고 주위를 둘러보았다. 칼날을 눈높이까지 들어올려 살펴보았다. 칼끝은 전과 다름없이 매끄러웠다. 그는 칼날을 거울 삼아 정글짐에 맞춰 비추어보았다. 누군가 그곳에, 조금 전까지만 해도 아무도 없었던 그곳에 서 있었다. 얼룩 하나 없는 금속에 비친 흐릿한 윤곽. 그는 칼을 내리고 정글짐 위를 똑바로 올려다보았다. 있었다. 그러나 벨링뷔의 살인마는 아니었다. 어린아이였다.

빛이 환했기 때문에 오스카르는 그 아이가 한 번도 본 적 없는 소녀라는 것을 알 수 있었다. 그는 정글짐 쪽으로 몇 걸음 걸어갔다. 소녀는 미동도 없이, 그대로 거기 서서 그를 바라보고 있었다.

그는 한 걸음 더 다가섰다가 덜컥 겁이 났다. 무엇 때문에? 자기 자신 때문에. 그는 손에 칼을 그러쥐고 소녀 쪽으로, 그것으로 소녀를 찌르려고 다가서고 있었다. 아니다, 그런 게 아니었다. 하지만 잠시나마 그런 느낌이 들었다. 그애는 겁나지 않았을까?

오스카르는 멈춰 서서 칼을 칼집에 넣은 후 도로 재킷 안에 넣었다.

"안녕."

소녀는 대답하지 않았다. 이제 오스카르는 소녀와 가까이 있었기 때문에 그녀의 검은 머리칼, 작은 얼굴, 큰 눈을 볼 수 있었다. 소녀는 두 눈을 커다랗게 뜨고 말없이 그를 내려다보고 있었다. 소녀의 하얀 손은 철봉을 잡고 있었다.

"안녕이라고 했는데."

"들었어."

"왜 대답 안 해?"

소녀는 어깨를 으쓱했다. 그의 예상과 달리 소녀의 목소리는 높지 않았다. 오스카르 또래의 목소리 같았다.

소녀는 어딘지 이상했다. 어깨까지 내려온 검은 머리. 동그란 얼굴, 작은 코. 〈헴메츠 슈날〉어린이 페이지에 들어 있는 종이인형 같았다. 정말…… 예뻤다. 하지만 뭔가 분위기가 달랐다. 소녀는 모자도 쓰지 않았고 재킷도 걸치지 않았다. 모질게 추운 날씨에 얇은 분홍색 스웨터 한 장만 걸치고 있었다.

소녀는 좀전에 오스카르가 찔러댔던 나무 쪽을 향해 고갯짓을 했다.

"뭐 하는 거야?"

오스카르는 얼굴이 빨개졌다. 하지만 밤이니까 소녀에겐 보이지 않았을 것이다.

"연습."

"무슨 연습?"

"살인자가 올지도 모르니까."

"살인자라니?"

"벨링뷔의 살인자. 남자애 하나가 죽었잖아."

소녀는 한숨을 내쉬고 달을 우러러보았다. 그러더니 다시 앞으로 몸을 수그렸다.

"겁나?"

"아니, 근데 살인자라면, 그게…… 자길 보호할 수 있으면 좋잖아. 너 여기 살아?"

"응."

"어디?"

"저기." 소녀는 오스카르네 옆 건물 현관문을 가리켰다. "너희 옆집."

"내가 사는 곳을 어떻게 알았어?"

"창문으로 널 본 적이 있어."

오스카르의 두 뺨이 달아올랐다. 둘러댈 말을 생각하는데 소녀가 정글짐 꼭대기에서 몸을 날리더니 그의 앞에 착지했다. 2미터도 넘는 높이에서.

체조나 뭐 그런 운동을 하는 애구나.

소녀의 키는 그와 거의 같았지만 훨씬 더 말랐다. 몸에 딱 맞는 분홍색 스웨터의 가슴께는 젖멍울이 전혀 지지 않은 채 굴곡 없이 평평했다. 핏기 없는 조막만 한 얼굴 위의 눈동자는 새카맣고 엄청나게 컸다. 소녀는 그의 앞에서 허공으로 한 손을 치켜올렸는데, 자신을 향해 들이닥치는 무언가를 물리치려는 것 같았다. 소녀의 손가락은 잔가지마냥 길고 앙상했다.

"난 네 친구가 될 수 없어. 그렇게 알고 있어."

오스카르는 두 손을 엇갈리게 가슴에 포갰다. 재킷 안의 칼의 윤곽이 그대로 느껴졌다.

"뭐?"

소녀가 한쪽 입가를 올리며 어렴풋하게 미소를 지었다.

"이유를 알고 싶어? 그냥 그렇다는 얘기야. 그렇게 알고 있으라고."

"어, 그래."

소녀는 뒤돌아 오스카르에게서 멀어져 자신이 사는 건물을 향해 걸었다. 그녀가 몇 발짝 갔을 때 오스카르가 말했다.

"왜 내가 너랑 친구하고 싶을 거라고 생각했어? 너 진짜 바보구나."

소녀가 멈춰 섰다. 그리고 잠시 미동도 없이 서 있었다. 그런 후 뒤돌아 다시 오스카르에게 다가와서는 바로 앞에서 멈춰 섰다. 소녀는 손에 깍지를 낀 채 팔을 떨어뜨렸다.

"뭐라고 했어?"

오스카르는 두 팔로 자기 몸을 더욱 세게 끌어안았고, 한 손을 칼에 댄 채 시선을 바닥으로 떨어뜨렸다.

"그런 말을 하다니…… 너 진짜 바보라고."

"아, 그래, 내가?"

"그래."

"미안해. 그런데, 그게 그냥 그렇다고."

그들은 50센티미터쯤 거리를 두고 가만히 서 있었다. 오스카르는 계속 바닥만 내려다보고 있었다. 소녀에게서 이상한 냄새가 났다.

일 년쯤 전 오스카르는 키우던 개 보비가 한쪽 발이 감염되어 결국 안락사를 시켜야 했다. 마지막 날, 그는 학교를 마치고 집에 돌아와 아픈 개와 나란히 누워 몇 시간 동안 함께 있다가 작별 인사를 했다. 소녀에게서는 그때 보비한테서 나던 냄새와 비슷한 냄새가 났다. 오스카르는 코끝을 찡그렸다.

"이 이상한 냄새 너한테서 나는 거 맞아?"

"그럴 거야."

오스카르는 고개를 들어 소녀를 보았다. 그렇게 말한 걸 후회했다. 분홍색 스웨터 차림의 소녀는…… 한없이 가녀려 보였다. 그는 팔을 풀고 소녀 쪽을 가리켰다.

"춥지 않아?"

"아니."

"왜?"

소녀가 얼굴을 잔뜩 찌푸리자, 일순 지금보다 훨씬 나이가 들어 보였다. 마치 금방이라도 울음을 터뜨릴 것 같은 노파 같았다.

"추운 게 어떤 건지 잊어버린 것 같아."

소녀는 재빨리 돌아서더니 자기 집 문 쪽으로 다시 걸어갔다. 오스카르는 그 자리에 그대로 서서 소녀를 바라보았다. 소녀가 육중한 현관문에 이르렀을 때, 그는 소녀가 두 손으로 문을 잡아당겨야 할 거라고 생각했다. 하지만 소녀는 문손잡이를 한 손으로 움켜잡더니 꽤 거칠게 잡아당겼고, 그 바람에 문이 벽에 붙어 있는 스토퍼에 쾅 부딪쳤다가 반동으로 튕기더니 소녀의 뒤에서 닫혔다.

오스카르는 두 손을 주머니에 넣었다. 슬퍼졌다. 보비가, 아빠가 임시로 만들어준 관에 누워 있던 보비의 모습이 떠올랐다. 목공시간에 만든 십자가를 꽁꽁 언 땅에 망치로 박았더니 십자가가 두 동강이 났던 것도.

십자가를 새로 하나 더 만들어야 했다.

10월 23일 금요일

호칸은 다시 지하철 좌석에 앉아 시내로 가고 있었다. 호주머니에는 고무밴드로 묶은 1천 크로나 지폐 열 장이 들어 있었다. 그 돈으로 멋진 일을 할 작정이었다. 한 생명을 구할 것이었다.

1만 크로나는 큰돈이었다. 세이브더칠드런 캠페인*에서는 '1천 크로나면 한 가정을 일 년간 먹여살릴 수 있습니다'라고 하니, 스웨덴 같은 곳에서도 1만 크로나면 한 생명을 구할 수 있을 것이다.

그런데 누구의 생명을? 그리고 어디서?

정처 없이 걷다가 처음 만나는 약물 중독자에게 무작정 돈을 건네주며 희망을 걸어보는 건…… 됐다. 게다가 어쨌거나 나이가 어려야만 했다. 그도 바보짓이라는 건 알았지만, 그런 사진에 나오는 것처럼 울고 있는 아이가 이상적일 터였다. 눈물이 그렁그렁 맺혀 돈을 받아든

---

* 1919년에 설립되어 현재 28개국에 지국을 두고 있는 국제아동권리기관.

아이, 그런 다음······ 그런 다음 어쩔 건데?

그는 우덴플란 역에서 내렸고, 스스로도 영문을 모른 채 스톡홀름 시립도서관 쪽으로 걸어갔다. 칼스타드에 살던 시절, 그는 고등학교 국어교사였다. 살 집도 있었던 그 시절, 스톡홀름 시립도서관은 일반적으로······ 멋진 곳이라고 알려져 있었다.

책이나 잡지에서 사진으로 익히 보아온 둥근 지붕이 시야에 들어오자, 비로소 그는 그곳으로 향한 이유를 깨달았다. 멋진 곳이기 때문이었다. 패거리 중 하나, 아마 예트였을 것이다. 그에게서 사람들이 그런 곳에서 돈을 주고 섹스를 사는 과정에 대해 들은 적이 있었다.

호칸은 한 번도 그래본 적이 없었다. 돈을 주고 섹스를 사는 것.

한번은 예트, 우베, 토르그뉘가 예트의 지인이 베트남에서 데려온 여자의 아들을 구해왔다. 열두어 살처럼 보이던 소년은 사람들이 자기에게 뭘 바라는지 알고 있었고, 시달린 만큼 후한 대가를 받았다. 그런데도 호칸은 도저히 마음이 동하지 않았다. 그는 바카르디를 탄 콜라를 홀짝거리며, 사람들이 모인 방 안에서 몸부림치고 뱅글뱅글 도는 소년의 벌거벗은 몸을 음미했다.

그러나 거기까지였다.

소년은 차례차례로 그들에게 입으로 해주었고, 호칸의 차례가 되었을 때 그의 입 안에 딱딱한 결절 같은 것이 생겨났다. 그 모든 상황이 견딜 수 없을 만큼 역겨웠다. 방 안은 흥분제와 술과 곰팡이 냄새로 가득했다. 우베의 정액 한 방울이 소년의 뺨에서 반짝이고 있었다. 소년이 호칸의 가랑이 사이로 몸을 기울였을 때 그는 소년의 머리를 옆으로 밀어내버렸다.

다른 사람들은 그를 비웃고, 욕하고, 위협까지 했다. 그는 목격자였으므로 공범이 되어야 했다. 그들은 양심의 가책을 느끼는 그를 비웃었지만 그런 건 호칸에게 문제가 되지 않았다. 모든 것이 더없이 추했다. 예트가 사는 방 하나짜리 통근자 아파트엔 그런 이벤트를 위해 마련된 가지각색의 안락의자 네 개가 놓여 있었고, 스테레오에서는 댄스밴드 음악이 흘러나왔다.

호칸은 자신의 몫에 해당하는 돈을 냈고, 다시는 그들을 만나지 않았다. 그에겐 모아둔 잡지와 사진과 영화가 있었다. 그거면 족했다. 아마 양심의 가책을 느꼈을지도 모르겠다. 그리고 그 가책은 그런 상황에 대한 환멸이라는 형태로 그때 딱 한 번 나타났을 뿐이었다.

그런데 지금 난 어쩌자고 시립도서관으로 가고 있는 거지?

어쩌면 책을 한 권 대출할지도 몰랐다. 삼 년 전의 화재가 그의 삶과, 그가 모은 책들을 모두 태워버렸다. 그래, 선행을 베풀기 전에 알름크비스트의 역사소설 『여왕의 왕관』을 빌려도 되겠다.

오늘 아침 도서관은 조용했다. 노인과 학생들이 대부분이었다. 그는 찾던 책을 금방 찾아내어 처음 몇 구절을 읽었다.

틴토마라*! 이 두 가지는 모두 순백색이다.

순결함—비소砒素.

도로 서가에 꽂았다. 참담했다. 책을 보니 옛날 생각이 났다.

그는 그 작품을 좋아해서 수업시간에 다루기도 했다. 첫 몇 줄만 읽었는데도 독서용 안락의자가 그리워졌다. 그 의자는 그의 소유였던

---

* 19세기 스웨덴의 소설가 알름크비스트의 작품 『여왕의 왕관』에 등장하는 자웅동체 주인공.

집, 책으로 가득한 집에 있어야만 했고, 그는 다시 일을 시작했어야 했다. 그랬어야 했고, 그러려고 했다. 그러나 그는 사랑을 발견했고, 그것이 지금의 삶을 결정했다. 그 삶에 독서용 안락의자는 없었다.

그는 책을 들고 있던 손에서 그 흔적을 지우려는 듯 두 손을 비벼대며 근처 열람실로 걸어들어갔다.

열람실엔 긴 테이블이 있었고 사람들이 책을 읽고 있었다. 말, 말, 말. 열람실 제일 뒤쪽에 가죽재킷 차림의 소년이 있었다. 소년은 의자를 살짝 뒤로 빼고 앉아 사진집의 책장을 건성으로 넘기고 있었다. 호칸은 그가 있는 쪽으로 갔고, 지리학 서가에 관심 있는 척하면서 이따금씩 소년을 힐끔힐끔 훔쳐보았다. 결국 소년은 고개를 들었고, 그와 시선이 마주치자 질문하듯 양 눈썹을 치켜올렸다.

할래?

아니, 그는 그러고 싶지 않았다. 열다섯 살쯤 되었을까, 소년의 밋밋한 동유럽 풍 얼굴은 여드름투성이였고, 눈은 가느다랗고 움푹 들어가 있었다. 호칸은 어깨를 으쓱하고 열람실을 나갔다.

정문 밖으로 소년이 그를 따라오더니 엄지손가락을 들어 보이며 물었다. "불 있어요?"

호칸은 고개를 저었다. "담배 안 피웁니다."

소년은 영어로 말했다.

"오케이."

소년은 라이터를 꺼내더니 담배에 불을 붙이고는 연기 사이로 호칸을 뚫어져라 바라보았다. "어떤 거 좋아해요?"

"아니, 난……"

"어린애구나. 애 좋아해요?"

호칸은 사람들이 들락거리는 정문 앞에 소년을 그냥 두고 저쪽으로 걸어갔다. 생각할 필요가 있었다. 이렇게 단도직입적으로 나올 거라곤 예상하지 못했다. 그저 예전에 예트가 한 말이 사실인지 확인하려는, 일종의 장난에 지나지 않았다.

소년이 그를 따라오더니 돌벽 옆에 서 있는 그에게 바싹 다가섰다.

"얼마나 어리면 돼요? 여덟? 아홉? 어렵긴 한데, 그래도—"

"됐어!"

정말로 그가 그런 변태새끼로 보이는 걸까? 어리석은 생각이었다. 우베도, 토르그뷔도 이렇다 할 만큼…… 별나게 생기지 않았다. 평범한 직업을 가진 평범한 사내들이었다. 부친에게서 어마어마한 유산을 물려받은 예트만큼은 원하는 게 무엇이든 마음껏 탐닉할 수 있었다. 빈번한 외유 끝에 그는 어느 모로 봐도 소름 끼치는 모습으로 변해버렸다. 축 늘어져 다물어질 줄 모르는 입가, 흐리멍덩한 눈동자.

호칸이 언성을 높이자 소년은 말을 멈추었지만 여전히 그 가느다란 눈으로 그를 꼼꼼히 살피고 있었다. 소년은 담배를 한 모금 빨더니 땅바닥에 떨어뜨려 한 발로 비벼끄고는 기지개를 켰다.

"몇 살?"

"아니, 난 그냥……"

소년이 반걸음 정도 다가왔다.

"몇 살?"

"나는…… 그게…… 열두 살."

"열두 살? 열두 살짜리가 좋아요?"

"어…… 그래."

"남자애죠."

"그래."

"알았어요. 기다려요. 2번이에요."

"뭐라고?"

"2번. 화장실."

"아, 그래."

"십 분만요."

소년은 가죽재킷의 지퍼를 올리고는 계단 아래로 사라졌다.

열두 살. 2번 화장실 칸. 십 분.

이건 정말, 정말이지 덜떨어진 짓이었다. 행여 경찰이 지나가기라도 하면. 몇 년간의 경험으로 그들도 이런 종류의 거래에 대해선 익히 알고 있을 게 분명했다. 그럼 끝장이었다. 경찰이 그를 그저께 그가 저지른 일과 연관시키면, 그것으로 끝장이었다. 이래선 안 되었다.

화장실에 가서 한번 보고, 그걸로 끝내는 거다.

화장실에는 아무도 없었다. 소변기 한 개와 칸막이 세 개. 2번이면 가운데 칸막이가 틀림없었다. 그는 자물통에 1크로나 동전을 집어넣어 돌리고는 안으로 들어갔다. 문을 닫고 좌변기에 걸터앉았다.

벽은 휘갈겨쓴 낙서로 가득했다. 시립도서관 이용자에게서 기대할 만한 내용과는 영 거리가 멀었다. 여기저기 문학적인 인용문이 보였다.

날 망쳐줘, 날 맺어줘, 날 묻어줘, 날 물어줘.

그러나 외설적인 그림과 음담패설이 대부분이었다.

평화를 지키기 위한 살상은 처녀성을 지키기 위한 빠구리 같은 것.

여기 내가 앉아 있노라

기운이 넘쳐흐르누나

오줌 갈기러 왔다가

정액을 싸줬으니

누군가에게는 전화를 걸어볼 마음을 불러일으킬 것 같은 전화번호들이 인상적이리만큼 많이 적혀 있었다. 그중 몇몇은 서명까지 해놓았는데, 어쩐지 진심이 느껴졌다. 다른 사람을 골탕 먹이려고 수작을 부리는 부류 같지만은 않았다.

자, 이제 다 보았다. 여기서 나가야 했다. 가죽재킷 소년이 무슨 꿍꿍이인지는 전혀 알 길이 없었다. 호칸은 자리에서 일어나 변기에 대고 오줌을 눈 후, 다시 앉았다. 왜 오줌을 눴지? 사실 나가고 싶지 않았다. 스스로 그 이유를 알고 있었다.

혹시 모르니까.

바깥문이 열렸다. 그는 숨을 죽였다. 마음 한구석으로는 경찰이기를 바랐다. 발로 화장실 문을 차서 열고 그를 곤봉으로 흠씬 두들겨팬 후 체포해줄 덩치 큰 남자 경찰이었으면.

낮은 목소리들, 가만가만 옮기는 발소리들, 가볍게 문 두드리는 소리.

"네?"

다시 두드리는 소리. 그는 걸쭉해진 침을 꿀꺽 삼키고, 잠긴 문을 열었다.

열한두 살쯤 되어 보이는 소년이 서 있었다. 금발에 하트형 얼굴. 얇은 입술과 감정이 담기지 않은 크고 파란 눈. 그의 체격엔 너무 크다 싶은 빨간색 누비재킷을 입고 있었다. 바로 뒤에 좀더 나이가 많은, 아까 그 가죽재킷 소년이 서 있었다. 그는 다섯 손가락을 펴 보였다.

"오백."

소년이 '백'이라고 했을 때 '빽'이라고 들렸다.

호칸은 고개를 끄덕였고, 나이가 더 많은 쪽 소년은 더 어린 소년을 조심스럽게 칸 안으로 안내한 후 문을 닫았다. 5백은 좀 많지 않나? 크게 상관은 없지만 그래도……

그는 돈을 주고 산 소년을 바라보았다. 내가 고용했다. 약에 취했을까? 그럴 수도. 소년의 눈빛은 아득했고, 초점이 맞지 않았다. 소년은 반 미터 떨어진 문에 등을 대고 서 있었다. 키가 너무 작아서 아이의 눈을 들여다보려고 굳이 고개를 들 필요조차 없었다.

"안녕."

소년은 대답 없이 다만 고개를 흔들더니, 그의 가랑이를 가리키며 손가락으로 시늉을 해 보였다. 바지 지퍼를 내려요. 그는 시키는 대로 했다. 소년은 한숨을 내쉬고 다른 시늉을 해 보였다. 자지를 꺼내요.

소년이 시키는 대로 하면서 호칸은 두 뺨이 달아오르는 것을 느꼈다. 새삼스럽지도 않았다. 그는 소년의 명령에 따르고 있었다. 그에게는 스스로의 의지란 게 없었다. 지금 여기서 이 짓을 하는 사람은 그가 아니었다. 그의 작은 성기는 조금도 발기가 되지 않아, 변기 뚜껑 쪽으로 내리기조차 힘들었다. 귀두가 차가운 표면에 닿는 순간, 살짝 간지러웠다.

그는 눈을 가늘게 뜨고, 앞에서 움직이고 있는 소년이 사랑하는 이라고 상상했다. 잘 되지 않았다. 그가 사랑하는 이는 아름다웠다. 지금 몸을 숙이고 머리를 그의 가랑이 가까이 대려는 이 소년은, 그렇지 않았다.

이 아이의 입.

소년의 입이 어딘지 이상했다. 소년이 목표물에 입을 대기 전에 그는 소년의 이마를 손으로 막았다.

"너 입이?"

소년은 도리질하더니 그의 손을 밀치며 하던 걸 계속하려고 했다. 그러나 이제 호칸은 할 수가 없었다. 이런 경우가 있다는 걸 들은 적이 있었다.

그는 엄지손가락으로 소년의 윗입술을 밀어올렸다. 이가 하나도 없었다. 그 짓거리를 더 잘하라고, 누군가 아이의 이를 죄다 부수거나 뽑아버린 것이다. 소년이 일어서면서 두 팔로 누비재킷에 감싸인 제 가슴을 끌어안자 거품이 꺼지는 듯한, 속삭이는 듯한 소리가 났다. 호칸은 성기를 다시 바지 안으로 밀어넣고 지퍼를 올린 후, 바닥을 내려다보았다.

이렇겐 안 되지. 이렇게는 안 돼.

그의 시선에 뭔가 들어왔다. 쭉 뻗은 손. 다섯 손가락. 5백.

호칸은 호주머니에서 지폐뭉치를 꺼내 통째로 소년에게 주었다. 소년은 고무밴드를 벗기고 가느다란 손가락으로 지폐 열 장을 세더니, 다시 고무밴드로 묶고는 돈뭉치를 높이 치켜들었다.

"왜요?"

"네 입…… 때문에. 이를…… 새로 해넣을 수 있지 않을까 싶어서……"

소년이 희미하게 미소 지었다. 활짝 웃는 게 아니라 입꼬리만 올라간 미소였다. 어쩌면 호칸의 바보짓이 우스웠는지도 몰랐다. 소년은 잠시 생각하더니, 돈뭉치에서 1천 크로나짜리 지폐 한 장을 빼내 바깥쪽 주머니에 넣고 나머지는 안쪽 호주머니에 넣었다. 호칸은 고개를 끄덕였다.

소년은 문의 걸쇠를 풀고는 주저했다. 그러더니 돌아서서 호칸의 뺨을 어루만졌다.

"감다함미다."

호칸은 손을 내밀어 소년의 손을 덮어쥐고는, 자기 뺨에 대고 눈을 감았다. 다른 누군가의 손길이었다면.

"날 용서해다오."

"네."

소년이 손을 거두었다. 바깥문이 쾅 닫힌 후에도 그 온기는 여전히 호칸의 뺨에 남아 있었다. 그는 칸막이 안에 남아 누군가 벽에 남긴 낙서들을 계속해서 보았다.

당신이 어떤 사람이건 간에, 당신을 사랑합니다.

그 바로 아래 또다른 사람이 이렇게 써놓았다.

끝내주는 자지를 원하십니까?

호칸이 지하철역으로 돌아가 몇 푼 남지 않은 돈을 털어 석간신문을 살 때까지도 그 온기는 오래도록 뺨에 남아 있었다. 살인사건 기사가 네 면에 걸쳐 실려 있었다. 그가 일을 저지른 공터의 사진도 나와 있었다. 촛불과 꽃들로 가득했다. 그는 뚫어져라 사진을 들여다보았지만 이렇다 할 감정이 느껴지지 않았다.

너희가 알아만 준다면. 나를 용서해다오, 그러나 너희가 알아만 준다면.

❋

학교를 마치고 집으로 오는 길에 오스카르는 소녀의 집에 난 두 개의 창문 아래 멈춰 섰다. 가장 가까운 창문과 그의 방 창문 사이는 고작 3미터 거리였다. 블라인드가 드리워진 직사각형 창문은 짙은 잿빛 콘크리트 벽에 대비되는 밝은 잿빛이었다. 수상쩍어 보였다. 아무래도…… 좀 이상한 가족이 사는 모양이었다.

마약 중독자들.

오스카르는 주위를 둘러보고 건물 입구 앞으로 걸어가 입주자 명패를 보았다. 다섯 개의 성姓이 플라스틱 글자로 깔끔하게 붙어 있었다. 한 줄이 비어 있었다. 예전에 그 줄에 있던 '헬베리'라는 글자는 하도 오래돼서, 햇빛에 바랜 명패 위에 거뭇한 윤곽만 남아 있었다. 그러나 새로운 입주자의 이름은 없었고, 쪽지조차 붙어 있지 않았다.

그는 계단을 뛰어올라 소녀의 집 문 앞으로 갔다. 그곳도 마찬가지였다. 아무것도 없었다. 가늘고 긴 우편물 투입구 위의 명패는 텅 비어 있었다. 아무도 살지 않는 집처럼.

어쩌면 그녀가 거짓말을 했을지도 몰랐다. 여기 살지 않을 수도 있었다. 하지만 그녀는 이 문으로 걸어들어갔다. 확실했다. 하지만 그거야 얼마든 할 수 있는 일이었다. 만약 그녀가—

아래층의 건물 입구가 열렸다.

그는 뒤돌아 재빨리 계단을 뛰어내려갔다. 그애가 아니기를. 그가 쫓아다닌다고 생각할지도…… 하지만 그녀가 아니었다.

계단을 반쯤 내려갔을 때 오스카르는 한 번도 본 적 없는 남자와 맞부딪쳤다. 키가 작고 다부진 체격에 머리가 반쯤 벗어지고, 부자연스러울 만큼 입을 크게 벌려 미소 짓는 남자였다.

남자는 오스카르를 보더니 고개를 들고 끄덕였는데, 여전히 누가 입가를 잡아당기는 듯 광대 같은 미소를 짓고 있었다.

오스카르는 입구 앞에 멈춰 서서 귀를 기울였다. 열쇠가 뽑히고 문이 열리는 소리가 들렸다. 소녀의 집 문이었다. 남자는 소녀의 아빠인지도 몰랐다. 맞았다. 오스카르는 실제로 약물 중독자는 본 적도 없었지만, 남자는 아파 보였다.

걔가 이상한 것도 당연하네.

오스카르는 놀이터로 내려가 모래밭 가에 앉아 혹여 블라인드가 걷힐까 싶어 계속 소녀의 집 창문을 주시했다. 화장실 창문까지 안에서 뭔가로 가린 것 같았다. 간유리를 낀 유리창이 다른 집보다 어둠침침해 보였다.

그는 주머니에서 루빅스 큐브를 꺼냈다. 큐빅을 돌리자 빠각빠각 끽끽 소리가 났다. 짝퉁이었다. 정품이라면 좀더 매끄럽게 돌아갔겠지만 다섯 배는 더 비쌌고, 벨링뷔에 있는 보안이 철저한 장난감 가게에서나 살 수 있었다.

두 면 모두 같은 색으로 맞춰놓았는데, 세번째 면에서 딱 한 조각이 맞지 않았다. 그것까지 맞추려면 어쩔 수 없이 완성한 두 면을 뒤섞어야 했다. 그는 큐브를 여러 방향으로 돌리는 방법을 소개한 〈엑스프레센〉 기사를 보관하고 있었다. 그 덕에 두 면은 어떻게 맞추었지만, 그러고 나자 훨씬 더 어려워졌다.

오스카르는 큐브를 바라보며 무작정 돌리는 것 말고 해결할 수 있는 방법을 생각해보려고 했다. 허사였다. 그의 머리로는 감당이 안 됐다. 그는 그 속을 파악하려는 것처럼 큐브를 이마에 대고 눌렀다. 답이 나오질 않았다. 그는 큐브를 반 미터쯤 떨어진 모래밭에 놓고 뚫어져라 바라보았다.

미끄러져라, 미끄러져라, 미끄러져라.

그런 걸 염력이라고 부르고, 미국에서는 실험도 했다. 그런 능력이 있는 사람들이 있었다. ESP. 초감각적 지각능력. 그런 능력을 가질 수 있다면 오스카르는 물불을 가리지 않았을 것이다.

그런데 어쩌면…… 어쩌면 할 수 있을지도 모른다.

오늘 학교에서는 그렇게 끔찍하진 않았다. 토마스 알스텟이 오스카르의 의자를 학교식당에 숨겨놓으려고 했지만, 그가 제때 보았다. 그걸로 끝이었다. 그는 칼을 들고 숲으로, 그 나무로 갈 작정이었다. 좀더 심각한 걸 시도해보자. 어제처럼 흥분하지 말고.

조용히 그리고 정연하게 나무를 쑤시고 난도질하고, 그러는 내내 마음속에 떠올린 토마스 알스텟의 얼굴에만 집중하는 거다. 하지만…… 마음은 온통 그 살인자에 쏠려 있었다. 저 바깥 어딘가에 있는 **진짜 살인자**.

아니다. 그는 살인자가 잡힐 때까지 기다려야 했다. 하지만 평범한 살인자라면 실험은 소용이 없어질 터였다. 오스카르는 큐브를 보면서 자신의 눈과 큐브를 연결하는 끈 하나가 있다고 상상했다.

미끄러져라, 미끄러져라, 미끄러져라.

아무 일도 일어나지 않았다. 오스카르는 큐브를 호주머니에 넣고 일어나 바지에 묻은 모래를 털어내고 소녀의 창문을 바라보았다. 여전히 블라인드가 드리워져 있었다.

그는 스크랩북을 정리하려고 방으로 들어가, 벨링뷔 살인사건에 관한 기사들을 오려붙였다. 조만간 많은 기사가 나올 것이다. 한 번 더 일어난다면 더더욱. 실제로 그렇게 되기를 바라는 마음이 없지 않았다. 가급적 블라케베리에서 일어나기를.

그러면 경찰이 학교에 올 것이고, 선생님들은 심각해지고 걱정하고, 그런 분위기가 될 것이다. 그는 그런 게 좋았다.

※

"다시는 안 해. 네가 뭐라고 하건."

"호칸……"

"안 돼. 말 그대로— 안 돼."

"난 죽을 거야."

"그럼 죽어."

"진심이야?"

"아니, 아니야. 하지만 너도 할 수 있잖아."

"난 아직 너무 약해."

"넌 약하지 않아."

"그런 일을 하기엔— 너무 약하다고."

"아, 그럼 나도 모르겠다. 그래도 다시는 안 해. 너무— 끔찍해. 너무……"

"알아."

"넌 몰라. 너한텐 달라, 그건……"

"나한테 어떤 건지 당신이 어떻게 알아?"

"몰라. 하지만 적어도 너는……"

"내가 그런 걸 좋아할 거라고 생각해?"

"모르겠다. 어떤데?"

"싫어."

"물론 싫겠지. 그래, 어쨌거나…… 난 이제 다시는 안 할 거야. 이런 일에서 나보다 더 한 수 위인 사람들…… 널 도와준 적이 있는 사람들이 있을 거야."

"……"

"그렇지?"

"응."

"그래."

"호칸?"

"사랑한다."

"응."

"넌 나를 사랑하니, 티끌만큼이라도?"

"내가 당신을 사랑한다고 말하면 다시 그 일을 해줄 거야?"

"아니."

"그렇다면 당신 말은, 어쨌든 내가 당신을 사랑해야 한다는 거잖아."

"너는 내가 널 살 수 있게 도와주는 만큼만 날 사랑할 뿐이야."

"맞아. 그게 사랑 아니야?"

"내가 그짓을 하지 않아도 네가 날 사랑할 거라는 생각이 든다면……"

"그러면?"

"……그럼 다시 할 수 있을지도 몰라."

"당신을 사랑해."

"못 믿겠어."

"호칸. 한 며칠은 버틸 수 있겠지만 그후엔……"

"그렇다면, 날 어떻게든 사랑하도록 해봐."

✳

금요일 밤의 중국식당. 여덟시 십오분이었고, 모두 모여 있었다. 모두가, 아니다. 집에서 티브이 퀴즈쇼 〈놋크네카나〉*를 보고 있는 칼손이 없었지만, 상관없었다. 크게 아쉬울 것은 없었다. 그는 파장 무렵에 슬며시 나타나선 자기가 얼마나 많은 문제를 맞췄는지 자랑하는 사람이었다.

문 바로 옆 구석진 곳에 있는 6인용 테이블에는 라케, 모르간, 라리 그리고 요케가 앉아 있었다. 요케와 라케는 어떤 종류의 어류가 민물과 바닷물 가리지 않고 살 수 있는지에 대해 얘기하고 있었다. 라리는 석간신문을 읽고 있었고, 모르간은 어디 있는지 안 보이는 확성기에서 중국풍의 졸렬한 경음악이 아닌 다른 음악이 나오면 거기에 맞춰 다리를 건들거렸다.

그들이 앉은 테이블에는 맥주 몇 잔이 놓여 있었다. 바bar 너머 벽에는 그들의 얼굴이 걸려 있었다.

식당 주인은 문화혁명 당시 권력층을 풍자적으로 그렸다는 이유로 강제로 중국을 떠나야 했다. 이제 그는 자신의 재능을 단골을 위해 사용했다. 벽에는 단골들을 펠트펜으로 정성스레 그린 열두 점의 캐리커처가 걸려 있었다.

패거리의 모든 남자들. 그리고 비르기니아. 남자들의 캐리커처는 클로즈업해서 독특한 면을 과장해 그렸다.

라리는 고랑이 패었다고 해도 좋을 주름진 얼굴과 직각으로 솟은 터무니없이 큰 귀 때문에, 양순하지만 굶주림에 시달리는 코끼리처럼 보였다.

요케의 캐리커처는 무성한 눈썹이 강조되어 있었는데, 그림 속 그의

---

* 스웨덴 공영방송 스웨덴 텔레비전에서 방영한 1980년대에 퀴즈쇼.

눈썹은 미간에서 만나 나이팅게일이 지저귀는 장미덤불로 변모했다.

모르간은 특유의 스타일 때문에 젊은 엘비스 프레슬리처럼 보였다. 커다란 구레나룻과 '들썩들썩 뼈와 살이 타는 사랑을 나눠요, 베이비 Hunka-hunka-burning-loooove'라고 말하는 것 같은 표정이 그랬다. 기타를 들고 엘비스처럼 포즈를 취한 작은 몸집에 모르간의 머리가 얹혀 있었다. 모르간은 그 그림에 대해 겉으로 인정하는 것보다 내심 훨씬 흡족해했다.

라케는 대개 수심 어린 표정이었다. 그림 속의 두 눈을 크게 뜬 모습은 그의 고통을 한층 더 부각시켰다. 그는 담배를 물고 있었고, 연기가 그의 머리 위로 모여 먹구름이 되었다.

비르기니아는 유일하게 전신이 그려져 있었다. 휘황찬란한 세퀸 드레스*를 입은 그녀는 별처럼 빛났고, 멍하니 그녀를 바라보는 돼지 떼에 에워싸인 채 두 팔을 활짝 벌리고 있었다. 비르기니아는 식당 주인에게 부탁해 똑같은 그림을 한 장 더 그려달라고 해서 집으로 가져갔다.

그리고 다른 이들을 그린 그림들이 있었다. 그들 패거리가 아닌 사람들. 발을 끊은 몇몇과 이제는 세상을 떠난 몇몇이었다.

살리는 어느 날 밤 식당에서 집으로 가는 길에 자기 집 건물 계단에서 넘어져 얼룩덜룩한 콘크리트에 머리가 깨졌다. 구르칸은 간경변에 걸려 내출혈로 죽었다. 죽기 몇 주 전인 어느 날 저녁, 그는 셔츠를 걷어올리고 배꼽부터 넓게 펼쳐진, 붉은 거미집 같은 혈관이 비쳐 보이는 배를 모두에게 보여주었다. 그는 "살 떨리게 비싼 문신이야"라고 말했고, 얼마 안 가 세상을 떠났다. 사람들은 그의 그림을 테이블에 올려

---

* 작은 금속판을 비늘처럼 붙여 만든 드레스.

놓고 저녁 내내 그림에 대고 건배하는 것으로 그를 추모했다.

칼손을 그린 그림은 없었다.

오늘 금요일 밤은 그들이 함께한 마지막 밤이 될 것이다. 내일이면 그들 중 한 명이 영원히 사라져버릴 것이다. 다만 추억으로만 남을 그림 한 장이 더 늘어날 것이다. 그리고, 모든 것이 달라질 것이다.

✳

라리는 신문을 내리더니 돋보기 안경을 테이블 위에 놓고 잔을 들어 맥주를 한 모금 마셨다. "미치겠군. 이딴 작자의 머릿속엔 도대체 무슨 생각이 들어 있는 거야?"

그는 한 중년 남자 사진이 삽입된 벨링뷔 학교의 사진 위로 '충격에 휩싸인 아이들'이라는 헤드라인이 박힌 면을 보여주었다. 모르간이 신문을 힐끗 보더니 손가락으로 가리켰다.

"그 남자가 그럼?"

"아니, 그건 교장이고."

"내 눈엔 살인자처럼 보이는데. 인상이 딱 그래."

요케가 신문 쪽으로 한 손을 뻗었다.

"나도 보여줘."

라리가 신문을 건네주자 요케는 팔을 쭉 편 채로 신문을 들고 그 사진을 노려보았다.

"내 눈엔 보수당 정치꾼처럼 보이는구먼, 뭐."

모르간이 고개를 끄덕였다.

"내 말이 그 말이야."

요케는 라케가 사진을 볼 수 있도록 신문을 치켜들었다.

"자네 생각은 어때?"

라케는 마지못해 쳐다보았다.

"아, 모르겠어. 그딴 건 보기만 해도 소름 끼쳐서."

라리는 자기 잔에 입김을 불고는 셔츠자락으로 닦았다.

"잡히겠지. 저런 짓을 해놓고 도망치진 못해."

모르간은 손가락으로 테이블을 두드리다가 손을 뻗어 신문을 받아들었다.

"아스널은 어땠어?"

라리와 모르간은 잉글랜드 저질 축구로 화제를 옮겼다. 요케와 라리는 말없이 앉아 감질나게 맥주를 홀짝이며 담배에 불을 붙였다. 곧 요케는 대구가 발트 해에서 멸종되어가고 있다는 둥, 대구 어업의 전반적인 상황에 대해 떠들어대기 시작했다. 그렇게 저녁나절이 지나고 있었다.

칼손은 내내 보이지 않았다. 그런데 열시가 좀 못 되어 그들 중 누구와도 면식이 없는 한 남자가 식당에 들어왔다. 대화의 열기가 한층 고조된 터라, 남자가 제일 구석자리 테이블에 앉을 때까지 아무도 신경 쓰지 않았다.

요케가 라리 쪽으로 몸을 기울였다.

"저 친구, 누구야?"

라리는 조심스레 바라보다가 고개를 저었다.

"몰라."

낯선 사내는 위스키를 큰 잔으로 시켜 단숨에 마셔버리더니 한 잔 더 주문했다. 모르간이 나지막하게 휘파람을 불었다.

"아주 심각한 형씨로구먼."

사내는 자기가 주목의 대상이 된 것을 눈치채지 못한 것 같았다. 테이블에 못 박힌 듯 꼼짝 않고 앉아 두 손을 골똘히 들여다보는 모습이, 세상의 온갖 근심이 담긴 배낭이라도 지고 있는 것 같았다. 그는 빠르게 두번째 잔을 비우더니 세번째 잔을 주문했다.

웨이터가 몸을 수그리고 그에게 뭐라고 말했다. 사내는 호주머니를 뒤적이더니 지폐 몇 장을 꺼내 보여주었다. 웨이터는 자기 말뜻은 그런 게 아니었다는 제스처를 취했지만, 당연히 그의 행동에는 그런 뜻이 담겨 있었다. 웨이터는 사내가 주문한 술을 가지러 자리를 떴다.

다른 사람들이 사내의 지불 능력에 의문을 품는 것도 무리는 아니었다. 사내의 옷은 불편한 곳에서 잠을 잔 것처럼 구겨져 있었고 꼬질꼬질했다. 벗어진 머리 주변을 고리처럼 감싼 머리카락은 가닥가닥 흩어진 채 반 정도는 양 귀에 걸쳐져 있었다. 분홍빛이 도는 넓적한 코와 튀어나온 턱이 두드러져 보이는 얼굴이었다. 그 사이에 놓인 작고 도톰한 입술은 혼잣말이라도 하는 듯 이따금 움찔거렸다. 주문한 위스키가 나왔을 때도 그의 표정은 전혀 바뀌지 않았다.

패거리는 아까 떠들던 주제로 돌아갔다. 울프 아델손이 과거의 예스타 보만보다 더 개판일 것인가?* 가끔씩 라케만 혼자 있는 사내를 바라보았다. 잠시 후, 사내가 술을 네 잔째 비웠을 때 그가 말을 꺼냈다.

"아무래도…… 저 친구한테 합석하자고 해야 하는 거 아냐?"

모르간이 아까보다 한층 더 가라앉아 보이는 사내를 보았다.

"아니, 왜? 뭣 하러? 마누라한테 버림받고, 고양이도 죽고, 인생은

---

* 울프 아델손은 1981년 당시 보수당 당수였으며, 예스타 보만은 바로 그전의 보수당 당수였다.

개판이고. 안 봐도 뻔해."

"혹시 알아? 우리한테 한 잔씩 쏠지."

"그럼 또 얘기가 달라지지. 그렇다면 저 친구도 암환자 예비군에 껴주자고." 모르간이 어깨를 으쓱했다. "난 아무래도 상관없어."

라케는 라리와 요케를 보았다. 그들이 가볍게 동의의 뜻을 표하자 라케는 자리에서 일어나 사내의 테이블 쪽으로 다가갔다.

"안녕하세요."

사내는 고개를 들어 라케를 보았다. 눈빛이 터분했다. 그의 앞에 놓인 술잔은 거의 비어 있었다. 라케는 테이블 맞은편 의자에 양손을 얹고 사내 쪽으로 몸을 수그렸다.

"혹시 괜찮으시면 저희 자리에서 같이…… 한잔하시죠."

사내는 천천히 고개를 젓더니, 만취해 흐트러진 동작으로 손사래를 치며 제안을 거절했다.

"아뇨, 됐습니다만. 여기 앉으시겠어요?"

라케는 의자를 잡아빼고 앉았다. 사내는 남은 술을 끝까지 들이켜더니 웨이터를 손짓해 불렀다.

"한잔하실래요? 제가 사죠."

"그렇다면, 저도 같은 걸로 할까요."

라케는 잘 알지도 못하는 사람에게 비싼 걸 사달라는 것처럼 들리는 게 싫어 제 입으로 '위스키'란 말을 꺼내지 않은 것이었지만, 사내는 그저 고개만 끄덕이더니 웨이터가 오자 손가락 두 개를 펼쳐 보이며 라케 쪽을 가리켰다. 라케는 의자에 등을 기댔다. 여기서 마지막으로 위스키를 시킨 지 얼마나 됐지? 삼 년? 최소한 그랬다.

사내가 대화를 트고 싶은 기미를 보이지 않자 라케는 헛기침을 한 후 말했다. "요새 날씨 정말 춥죠."

"네."

"곧 눈을 볼 거 같아요."

"음."

위스키가 왔고, 잠시 대화는 필요없게 되었다. 라케까지 더블을 마시자 그의 등 뒤로 쏟아지는 패거리의 시선이 따가울 정도였다. 몇 모금 홀짝거리다 그는 잔을 치켜들었다.

"건배. 감사합니다."

"건배."

"이 근방에 사세요?"

좀전까지만 해도 전혀 생각하지 못했던 상황인 듯, 사내는 허공을 응시했다. 라케는 사내가 고개를 주억거리는 것이 질문에 대한 대답인지, 아니면 사내가 누군가와 속으로 하는 대화의 일부인지 종잡을 수가 없었다.

라케는 술을 한 모금 더 홀짝거렸고, 사내가 다음 질문에도 대답하지 않으면 혼자 있고 싶을 뿐 누구하고도 얘기하고 싶지 않은 것으로 해석하기로 했다. 그럴 경우 라케는 잔을 비우고 패거리한테 돌아갈 작정이었다. 그로선 얻어마신 값을 다했다. 그는 사내가 대답하지 않기를 바랐다.

"그렇다면, 시간은 어떻게 때우세요?"

"전⋯⋯"

사내는 이맛살을 찌푸렸고, 그의 입가가 경련하듯 치켜올라가더니 이죽거리는 미소를 짓다가 다시 제자리로 돌아갔다.

"⋯⋯남을 좀 돕고 산달까요."

"아, 네. 어떤 일을 하시면서요?"

사내의 눈에 경계의 빛이 스쳐 지나갔다. 그가 똑바로 바라보자 라케는 엉덩이 바로 위를 개미에게 물린 것처럼 일순 등골이 오싹해졌다.

그때 사내가 한 손으로 눈을 비비더니, 바지 주머니에서 1백 크로나 지폐 몇 장을 꺼내 테이블에 올려놓고 자리에서 일어났다.

"죄송합니다. 저는 이만……"

"그러시군요. 술 잘 마셨습니다."

라케는 물주에게 술잔을 들어 보였지만, 사내는 벌써 옷걸이로 가서 어색한 손놀림으로 코트를 벗기고는 식당을 나갔다. 라케는 패거리를 등지고 앉아 앞에 놓인 지폐더미를 바라보았다. 5백 크로나에 달하는 지폐들. 위스키 한 텀블러가 60크로나니까 이 한 번의 나들이로 총 다섯, 어쩌면 여섯 텀블러까지 얻은 셈이었다.

라케는 누가 볼세라 곁눈질을 했다. 웨이터는 저녁식사만 하고 가는 노부부의 계산을 해주느라 정신이 없었다. 일어서면서 라케는 지폐 중 한 장을 꼬깃꼬깃 뭉쳐 제 호주머니에 슬쩍 집어넣고 원래 테이블로 돌아갔다.

반쯤 가다 그는 다시 돌아와서는 사내의 잔에 남은 위스키를 자기 잔에 쏟아부어 챙겨가지고 갔다.

어느 모로 보나 성공적인 저녁이었다.

✳

"오늘 티브이에서 〈놋크네카나〉 하잖니!"

"알아요. 시간 맞춰서 올게."

"삼십 분 후면…… 시작하는데."

"알아요."

"어딜 가는 건데?"

"밖에요."

"뭐 꼭 〈놋크네카나〉를 봐야 하는 건 아니지. 엄마 혼자 봐도 돼. 정말로 나가야 하는 거면."

"아니…… 시간 맞춰서 온다니까."

"알았다. 크레이프 데워놓고 기다릴게."

"아니, 그러지 마세요…… 이따 돌아올게요."

오스카르는 갈등했다. 〈놋크네카나〉는 그들 모자의 티브이 애청목록 중 하이라이트에 속했다. 엄마는 티브이를 보면서 먹으려고 새우를 채워넣은 크레이프를 만들어놓기까지 했다. 자리를 잡고 앉아 엄마와 함께 부푼 마음으로 기다리지 않고 밖에 나가는 건…… 기대를 저버리는 일임을 그는 잘 알고 있었다.

그러나 날이 저문 후 내내 창가에 서 있던 오스카르는 방금 소녀가 옆 건물에서 나와 놀이터로 가는 것을 보았다. 보자마자 그는 창가에서 물러섰다. 소녀가 생각하기에 그가…… 혹시라도 그렇게 보이고 싶진 않았다.

그는 오 분 기다렸다가 옷을 입고 나갔다. 모자는 쓰지 않았다.

＊

놀이터에 소녀의 모습은 보이지 않았다. 어제처럼 정글짐 높은 곳 어딘가에 앉아 있는지도 몰랐다. 소녀네 집 창문에는 여전히 블라인드가 드리워져 있었지만 집 안에서는 불빛이 흘러나왔다. 어두컴컴한 사각형 화장실 창문만 빼고.

오스카르는 모래밭 가에 앉아 기다렸다. 굴속에서 짐승이 나오기를 기다리는 심정이었다. 한동안은 무작정 앉아 있기로 했다. 소녀가 나타나지 않으면 아무 일도 없었다는 듯 다시 집으로 돌아가려고 했다.

그는 뭐든 해야 할 것 같아 루빅스 큐브를 꺼내 돌리기 시작했다. 귀퉁이의 한 조각 때문에 전전긍긍하느라 진이 다 빠진 김에 아예 처음부터 시작할 마음으로 골고루 뒤섞었다.

찬 공기 때문에 빠각빠각 하는 큐브 소리가 한층 더 커져서 꼭 작은 기계가 돌아가는 것처럼 들렸다. 오스카르의 시야 한구석으로 정글짐에 앉아 있다가 일어서는 소녀의 모습이 들어왔다. 그는 큐브를 돌리는 손을 멈추지 않고 한쪽 면을 같은 색깔로 맞추었다. 소녀는 선 채로 꼼짝도 하지 않았다. 그는 불안해서 속이 다 울렁거릴 지경이었지만, 소녀 쪽으로 눈길을 돌리지 않았다.

"또 왔네?"

오스카르는 고개를 들어 놀란 척하고는 뜸을 들이다가 대답했다.

"너도."

소녀는 아무 말도 하지 않았고, 오스카르는 다시 큐브를 돌렸다. 손이 곱았다. 어두워서 색깔을 구별하는 것이 힘들어서 제일 구별하기 쉬운 흰색만 골라 맞추었다.

"왜 여기 앉아 있는 거야?"

"넌 왜 거기 위에 있는데?"

"혼자 있고 싶어서 온 거야."

"나도."

"왜, 집에 들어가지?"

"네가 가. 내가 너보다 이 동네에 더 오래 살았어."

자, 어쩌냐. 흰색 면을 다 맞춘 터라 더는 계속할 수 없었다. 다른 색깔은 큼지막한 짙은 회색 덩어리로 보였다. 오스카르는 아무렇게나 이리저리 돌려댔다.

다시 올려다봤을 때 소녀는 정글짐 철봉에 서서 막 뛰어내리려는 참이었다. 소녀가 착지했을 때 오스카르는 배 속이 다 떨리는 것 같았다. 자기가 똑같이 했다면 다쳤을 것이다. 그러나 소녀는 고양이처럼 사뿐히 착지해 그가 있는 쪽으로 걸어왔다. 그는 다시 큐브로 눈길을 돌렸다. 소녀가 앞에 와 섰다.

"그게 뭐야?"

오스카르는 고개를 들어 소녀를 봤다가 큐브를 봤다가 다시 소녀를 보았다.

"이거?"

"응."

"뭔지 몰라?"

"몰라."

"루빅스 큐브야."

"뭐라고?"

이번에 오스카르는 또박또박 말해주었다.

"루, 빅, 스, 큐, 브."

"그게 뭔데?"

오스카르는 어깨를 으쓱했다.

"장난감."

"퍼즐?"

"그래."

오스카르는 큐브를 소녀에게 내밀었다.

"해볼래?"

소녀는 큐브를 받아들어 돌리고는 한 면도 빠짐없이 꼼꼼히 살폈다. 오스카르는 웃었다. 과일을 살펴보는 원숭이 같았다.

"정말 한 번도 본 적 없어?"

"없어. 어떻게 하는 건데?"

"이렇게……"

오스카르는 다시 큐브를 받아들었고, 소녀는 그의 옆에 앉았다. 그는 소녀에게 큐브를 돌리는 방법과 모든 면을 같은 색깔로 맞추어야 한다는 것을 보여주었다. 소녀가 큐브를 받아들고 돌리기 시작했다.

"색깔이 보여?"

"말이라고 하니."

소녀가 큐브를 돌리는 동안 오스카르는 소녀를 몰래 훔쳐보았다. 소녀는 어제와 똑같은 분홍색 스웨터를 입고 있었다. 소녀가 추위를 타지 않는 걸 이해할 수가 없었다. 그는 재킷을 입었는데도 가만히 앉아 있으니 추워지기 시작했다.

말이라고 하니.

소녀의 어른 같은 말투도 우스웠다. 소녀는 어쩌면 그보다 나이가 많을지도 몰랐다. 몸은 그렇게 왜소했지만. 터틀넥 스웨터 밖으로 쑥 빠진 가늘고 새하얀 목이 뾰족한 턱으로 이어졌다. 마네킹 같았다.

바람이 막 오스카르 쪽으로 불어오자 그는 입으로 숨을 들이켰다 다시 내뿜었다. 마네킹에게서는 역한 냄새가 났다.

얘는 목욕이란 걸 생전 안 하나?

묵은 땀 냄새보다 더 고약했다. 곪은 상처를 감았던 붕대를 풀었을 때 나는 냄새와 비슷했다. 소녀의 머리도……

용기를 내어 소녀를 유심히 본 순간—소녀는 홀린 듯 큐브에 집중하고 있었다—그는 소녀의 머리칼이 온통 떡이 져 타래 형태로 얼굴 주변에 드리워져 있음을 발견했다. 풀이나…… 진흙을 이겨 바른 것 같았다.

소녀를 관찰하던 오스카르는 코로 공기를 들이켜는 바람에 하마터면 토할 뻔한 걸 가까스로 참았다. 그는 일어나서 그네 쪽으로 걸어가 앉았다. 그녀와 가까이 앉아 있을 수가 없었다. 소녀는 신경쓰지 않는 듯했다.

잠시 후 그는 일어서서 다시 소녀가 앉아 있는 곳으로 걸어갔다. 소녀는 여전히 큐브에 온통 정신이 팔려 있었다.

"야, 저기, 나 지금 집에 들어가야 되거든."

"응……"

"큐브……"

소녀는 동작을 멈췄다. 잠시 주저하다가, 말없이 그에게 큐브를 내밀었다. 오스카르는 큐브를 받아들고 소녀를 보다가 도로 건넸다.

"내일까지 가지고 있어도 돼."

소녀는 받지 않았다.

"아니야."

"왜?"

"내일 여기 못 올지도 몰라서."

"그럼 내일모레까지. 더 오래는 안 된다?"

소녀는 잠시 생각하더니 큐브를 받았다.

"고마워. 잘하면 내일 올 수도 있을 거야."

"여기?"

"응."

"그래. 잘 있어."

"잘 가."

놀이터를 떠나는 오스카르의 등 뒤로 큐브 돌아가는 소리가 계속 들려왔다. 소녀는 그 얇은 스웨터 차림으로 거기 남아 있을 모양이었다. 저런 차림으로 돌아다니게 놔두다니, 소녀의 어머니와 아버지는 분명…… 색다른 사람들인 것 같았다. 저러다 방광염에 걸리기라도 하면 어쩌려고.

❄

"어디 갔다 온 거야?"

"밖에."

"술 마셨지?"

"그래."

"다시는 그러지 않기로 약속했잖아."

"약속은 네가 한 거지. 그건 뭐야?"

"퍼즐. 그러고 다니는 건 당신한테 좋지 않아—"

"어디서 났지?"

"빌렸어. 호칸, 당신은—"

"빌리다니, 누구한테?"

—

"호칸. 이러지 마."

"그럼 날 행복하게 해줘."

"내가 어떻게 해줬으면 좋겠어?"

"널 만지게 해줘."

"알았어. 하지만 조건이 하나 있어."

"안 돼, 안 돼, 안 돼. 그건 안 돼."

"내일 꼭 해줘야 돼."

"안 돼. 딱 한 번도 안 돼. '빌렸다'니 무슨 말이야? 넌 절대 빌리는 법이 없잖아. 어쨌든 그게 뭐야?"

"퍼즐."

"퍼즐이라면 많이 갖고 있잖아? 넌 나보다 퍼즐에 더 신경쓰지. 퍼즐. 포옹. 퍼즐. 누가 너한테 그걸 줬어? 누가 줬냐고 물었잖아!"

"호칸. 그만 해."

—

"비참해 미칠 것 같아."

"도와줘. 한 번만. 그럼 힘을 내서 나 자신을 추슬러볼게."

"그래, 바로 그거야."

"당신은 내가 벗어나길 원치 않는 거야."

—

"난 뭣 때문에 필요한 건데?"

"당신을 사랑해."

"아니, 그렇지 않아."

"사랑해. 나름대로는."

"그런 건 없어. 사랑하거나 사랑하지 않거나, 둘 중 하나야."

"정말?"

"그래."

"그렇다면 생각 좀 해봐야겠어."

10월 24일 토요일

교외 특유의 신비스러움은 수수께끼가 존재하지 않는다는 데 있다.
요한 에릭손

토요일 아침, 오스카르의 집 앞에는 두툼한 광고 전단지 묶음이 세 개 놓여 있었다. 엄마가 전단지 접는 걸 도와주었다. 사백팔십 개의 세트는 각기 다른 세 장의 전단지로 이루어져 있었다. 그는 한 세트에 약 14외레씩 받았다. 최악의 경우 한 장짜리를 받아 배달하고 7외레를 받았다. 최고의 경우(접는 품이 그만큼 더 든다는 점에서 최악일 수도 있는데) 다섯 장짜리 한 세트에 25외레까지 받을 수 있었다.

오스카르에게는 대형 아파트 단지들이 그의 구역 안에 있다는 이점이 있었다. 그는 시간당 백오십 세트까지 배달할 수 있었다. 구역을 다 도는 데는, 중간에 돌릴 전단지가 떨어져 집에 들르는 것까지 포함해 네 시간이 걸렸다. 다섯 장짜리 세트를 배달하는 날엔 집에 두 번 들러야 했다.

늦어도 화요일까지는 배달해야 했는데, 오스카르는 대개 토요일에 전부 배달했다. 한꺼번에 해치우는 것이다.

오스카르는 부엌 바닥에, 엄마는 부엌 테이블 앞에 앉아 있었다. 재미나는 일은 아니었지만 그는 부엌을 난장판으로 만드는 걸 즐겼다. 어마어마한 잡동사니들은 조금씩 정리되면서, 야무지게 접은 전단지 세트들로 터질 듯한 종이 쇼핑백 하나, 둘, 셋, 네 개로 차례대로 변신했다.

그의 엄마가 쇼핑백 중 하나에 전단지 세트 묶음을 하나 더 넣더니 고개를 절레절레 흔들었다.

"아, 정말 싫구나."

"뭐가?"

"이 일 꼭 해야겠니…… 문을 열고 나온 사람이 혹시라도…… 엄마는 네가 이런 일 안 했으면 좋겠는데……"

"그럴 일이 뭐 있겠어?"

"세상엔 별별 미친 사람들이 다 있다고."

"그렇긴 해요."

거의 매주 토요일, 모자는 방식만 다를 뿐 이런 내용의 대화를 나누었다. 그 전날인 금요일 밤 엄마는 살인사건 때문이라도 아들이 이번 토요일에는 배달을 나가지 않을 거라고 생각했다. 그러나 오스카르는 누구건 그에게 '안녕'이라고 말만 걸어와도 하늘이 쩌렁쩌렁 울리도록 비명을 지르겠다고 약속했고, 그제야 엄마는 단념했다.

지금까지 그를 집 안으로 들이려 하거나 그 비슷한 짓을 하려 한 사람은 없었다. 한 노인이 문 밖으로 나와 자기 우편함에 '이따위 쓰레기'를 집어넣었다고 고래고래 소리를 지른 적은 있었지만, 다음부터 그 노인의 집만 피하니 문제는 없었다.

노인은 이번 주에 미용실 특별행사로 단독 2백 크로나에 하이라이트를 넣은 헤어컷을 해준다는 소식을 모르고 지낼 것이다.

열한시 반에 전단지 접기를 끝낸 오스카르는 구역을 돌기 시작했다. 전단지 쇼핑백을 통째로 버리는 건 부질없는 짓이었다. 회사에선 늘 그에게 확인 전화를 했고 무작위로 검사를 했다. 그가 반년 전 전화를 걸어 일을 지원했을 때부터 회사는 그점을 분명히 했다. 괜한 엄포였는지도 모르지만, 그는 패장을 부릴 엄두를 못 냈다. 게다가 그에게는 이런 일을 굳이 마다할 이유가 없었다. 적어도 처음 두 시간 동안은.

가령, 종종 오스카르는 조국을 점거한 적들에 항거하는 정치선전물을 퍼뜨리는 극비 임무를 수행하는 첩보원 흉내를 냈다. 그는 개를 데리고 다니는 노부인으로 감쪽같이 변장한 적군들을 경계하며 살금살금 복도를 통과했다.

그렇지 않으면, 모든 건물들이 굶주린 짐승이나 입이 여섯 개 달린 용이고, 그가 먹여주는 광고 전단지처럼 생긴 숫처녀의 육체가 그것들의 유일한 영양공급원이라고 상상하기도 했다. 그가 짐승의 아가리에 쑤셔넣을 때마다 전단지들은 비명을 질렀다.

막판 두 시간 동안 — 오늘처럼 두번째로 돌고 난 직후인 — 그는 일종의 마비 상태에 시달렸다. 다리는 계속해서 앞으로 나아가고, 팔은 기계적으로 움직였다.

쇼핑백을 내려놓은 후, 여섯 개의 전단지 세트를 팔 아래 낀 채 건물 현관 문을 열고 첫번째 집에 도착하면, 왼쪽 팔로 우편함 뚜껑을 밀고 오른손으로 전단지를 집어넣는다. 두번째 문에서도 똑같이……

일을 끝내고 자신이 사는 단지로 와서 소녀의 집 문 앞에 이른 오스카르는 가만히 서서 귀를 기울였다. 나지막하게, 라디오 소리가 들렸다. 다른 소리는 들리지 않았다. 그는 문의 우편물 투입구로 전단지를 밀어 떨어뜨리고는 기다렸다. 아무도 나오지 않았다.

언제나처럼 그는 자기 집 문의 투입구에 전단지를 집어넣은 후, 문을 열고 들어가 전단지를 집어 쓰레기통에 넣는 것으로 일을 끝냈다.

오늘 일은 끝났다. 67크로나를 더 벌었다.

엄마는 벨링뷔로 장을 보러 나가고 없었다. 온 집 안이 오스카르의 차지였다. 뭘 해야 할지는 알 수 없었지만.

그는 부엌 싱크대 밑 그릇장을 열고 들여다보았다. 주방용품들과 휘젓개와 오븐 검온기. 또다른 서랍에서는 펜과 종이와 함께 엄마가 구독을 시작했다 레시피를 구성하는 재료가 너무 비싼 바람에 구독을 중단한 요리시리즈의 레시피 카드들이 들어 있었다.

그다음에는 거실로 가서 장식장을 열어보았다.

엄마의 코바늘 뜨개도구(아니, 대바늘 뜨개도구인가?). 계산서와 영수증이 들어 있는 서류철. 천 번도 넘게 펼쳐본 사진첩. 다 풀지 못한 십자말풀이가 실린 묵은 주간지들. 안경집 속의 돋보기 안경. 반짇고리. 두 모자의 여권, 민간인 인식표*(전에 그는 이 인식표를 달고 다니겠다고 졸랐지만, 엄마는 전쟁이 나지 않는 한 안 된다고 했다), 사진 한 장, 반지 등등이 들어 있는 작은 나무상자.

오스카르는 딱히 무엇을 찾는지도 모른 채 장식장과 서랍들을 뒤져댔다. 비밀. 정황을 뒤바꿀 만한 어떤 것. 난데없이 장식장 뒤에서 튀어나온 썩어가는 고기조각. 혹은 빵빵한 풍선. 아무거나. 비일상적인 어떤 것.

그는 사진을 꺼내 들여다보았다.

---

* 스웨덴에서는 1960년 이래 모든 국민에게 인식표가 발급되었다.

그의 세례식 사진이었다. 엄마가 아기 오스카르를 두 팔로 안고 카메라를 응시하고 있었다. 그때만 해도 엄마는 날씬했다. 오스카르는 긴 푸른 리본이 달린 세례복을 입고 있었다. 엄마 옆에는 정장을 입은 것이 불편한 듯한 표정의 아빠가 있었다. 손을 어디에 둬야 할지 몰라 양 옆구리에 뻣뻣하게 늘어뜨린 모습이 차려 자세를 하고 있는 것 같았다. 아빠는 아기를 똑바로 보고 있었다. 태양이 그들 세 가족을 눈부시게 비추고 있었다.

오스카르는 아빠의 표정을 유심히 관찰하며 사진을 더 가까이 들여다보았다. 아빠는 자부심이 넘쳐 보였다. 자부심이 넘쳐 보이면서 정말로…… 어색해 보였다. 아버지가 된 건 기쁘지만 정작 어떻게 행동해야 할지는 모르는 남자. 오스카르는 그가 한 행위의 결과였다. 세례식을 치른 것은 오스카르가 태어난 지 여섯 달을 꽉 채운 후였지만, 아빠의 모습은 아들을 그날 처음 보는 것 같다고 해도 무리가 아닐 정도였다.

그러나 엄마는 확신에 찬 모습으로 편안하게 오스카르를 안고 있었다. 카메라에 비친 그녀의 표정에 깃든 것은 자부심보다는…… 경계심에 가까워 보였다. 더는 다가오지 마. 엄마의 표정은 그렇게 말하고 있었다. 당신 코를 물어뜯어버릴 거야.

아빠는 몸을 앞으로 약간 수그리고 있었는데, 더 가까이 서고 싶은데도 실제로는 그럴 엄두를 내지 못하는 것처럼 보였다. 그것은 가족사진이 아니었다. 두 모자의 사진이었다. 그리고 그 옆에는 표정으로 미루어보건대 아버지인 듯한 한 남자가 서 있었다. 하지만 오스카르는 아빠를 사랑했고, 엄마도 사랑했다. 나름대로. 어떤 일이 있었건. 그 모든 일들의 결과와 상관없이.

오스카르는 반지를 꺼내 거기에 새겨진 글씨를 읽었다. 에릭 22/4 1967.

오스카르가 두 살 때 그들은 이혼했다. 그후 둘 다 다른 배우자를 만나지 못했다. "그렇게는 안 되더구나." 둘 다 똑같은 말을 했다.

오스카르는 반지를 제자리에 놓고 나무상자의 뚜껑을 닫은 후 장식장에 도로 집어넣었다. 엄마가 한 번이라도 반지를 들여다보기나 했는지, 왜 간직하고 있는지 알 수 없었다. 순금 반지였다. 10그램은 되겠지. 4백 크로나 어치는 되겠다.

오스카르는 다시 재킷을 걸치고 단지 마당으로 나갔다. 네시밖에 되지 않았는데 벌써 어둑어둑해지고 있었다. 숲에 가기에는 시간이 너무 늦었다.

건물 밖을 지나가던 톰미가 오스카르를 보더니 멈춰 섰다.

"잘 있었냐?"

"안녕."

"뭐 좀 해?"

"글쎄…… 전단지 배달을 하는 정도."

"그게 돈이 되냐?"

"조금은. 한 칠팔십 크로나. 한 번 할 때마다."

톰미는 고개를 끄덕였다.

"워크맨 살래?"

"글쎄. 어떤 건데?"

"소니 워크맨. 오십."

"새거야?"

"그럼. 상자 포장까지 되어 있어. 헤드폰도 있고. 더도 말고 딱 오십."

"지금은 돈이 없어. 당장은 그래."

"그 일을 해서 칠팔십 크로나 번다면서."

"그래, 근데 월급으로 받아. 받으려면 한 주 더 남았어."

"좋아. 지금 받고 나중에 나한테 돈을 줘."

"그러지 뭐……"

"좋아. 저기 가서 기다려, 갖고 나올게."

톰미가 놀이터 쪽을 고갯짓으로 가리켰고, 오스카르는 거기 벤치로 걸어가 앉았다. 잠시 후 일어나 정글짐 쪽으로 갔다. 소녀는 없었다. 그는 해선 안 되는 짓이라도 저지른 것처럼 황급히 벤치로 돌아와 다시 앉았다.

조금 있으니 톰미가 와서 상자를 건네주었다.

"일주일 후에 오십, 알았지?"

"으응."

"요새 뭐 듣냐?"

"키스."

"걔네 앨범 뭐?"

"〈얼라이브〉."

"〈디스트로이어〉는 없냐? 듣고 싶으면 빌려줄게. 들어봐."

"좋아."

오스카르는 '키스'의 더블 앨범 〈얼라이브〉를 몇 달 전에 샀지만 한 번도 듣지 않았다. 대개는 그들의 콘서트 사진을 보는 정도였다. 그들의 화장한 얼굴은 멋졌다. 살아 있는 호러영화 캐릭터 같았다. 그리고 피터 크리스가 부른 노래 중에서 〈베스〉*는 정말 좋았지만 다른 노래는 너무…… 멜로디도 없고 딱히 매력이 없었다. 〈디스트로이어〉는 좀 나을지도 모르겠지만.

톰미는 가려고 자리에서 일어났다. 오스카르는 상자를 움켜쥐었다.

"톰미 형."

"응?"

"그 남자애 말야. 살해당한 애. 혹시 알아……? 어떻게 살해당한 거야?"

"응. 목이 따져서 나무에 매달려 있더래."

"그럼…… 칼에 찔린 게 아니야? 그러니까 살인범이 칼로 찌른 거 아니야? 가슴에다 말이야."

"아니, 목에만, 목. 쓱싹— 하고!"

"알았어."

"뭐, 딴 거는?"

"없어."

"나중에 보자."

"응."

오스카르는 생각에 잠겨 벤치에 가만히 앉아 있었다. 하늘은 짙은 자줏빛이었고, 첫 별(금성일까?)이 벌써부터 선명하게 보였다. 그는 엄마가 퇴근하기 전에 워크맨을 숨겨두려고 자리를 털고 일어났다.

오늘 밤 그는 소녀를 만날 것이고, 큐브를 돌려받을 것이다. 블라인드는 여전히 내려진 채였다. 그애가 정말 저기에 사는 걸까? 하루 종일 소녀와 소녀의 아버지는 뭘 하고 지낼까? 소녀에게는 친구가 있을까?

----

* '키스'는 1972년에 결성된 퍼포먼스 성격이 강한 록밴드로 악마주의적인 메이크업으로 유명하다. 피터 크리스는 '키스'의 전 멤버로 보컬과 드럼을 담당했다. 그가 부른 〈베스〉는 1976년 작 〈디스트로이어〉의 수록곡으로 발라드 스타일의 히트넘버이다.

아마 없을 것이다.

✳

"오늘 밤에는—"

"뭐 하고 있었어?"

"샤워했어."

"원래는 잘 안 하잖아."

"호칸. 오늘 밤엔 어떻게든……"

"안 해. 말했잖아."

—

"이렇게 부탁하는데도?"

"이건 그런 문제가 아니야…… 그거 말곤 어떤 거든 할게. 말만 해.
다 할게. 차라리 내걸 마셔. 자, 여기 칼 있어. 싫어? 그럼 내가 직접—"

"집어치워!"

"왜? 차라리 내 걸 뽑아준다니까? 샤워는 왜 했어? 너한테서……
비누 냄새가 나."

"나더러 어쩌라고?"

"난 못 한다고!"

"그렇군."

"앞으로 어쩔 거지?"

"내가 직접 하겠어."

"그래서 샤워한 거야?"

"호칸……"

"다른 일이라면 기꺼이 널 도울 거야. 다른 일이라면 어떤 거든. 나
는……"

"그래, 알았어. 됐어."

"미안해."

"그래."

"조심해. 나는…… 늘 조심했어."

            ❉

쿠알라룸푸르, 프놈펜, 메콩, 랑군, 충칭……

오스카르는 주말 숙제로 답을 채워넣은, 지도를 복사한 종이를 들여
다보았다. 그 이름들은 아무런 감흥도 불러일으키지 않았다. 단순한
글자들의 조합에 지나지 않았다. 자리에 앉아 지리부도를 보며, 복사
한 지도에 표기된 대로 실제로 그곳에 진짜 도시와 강이 있다는 사실을
확인할 때마다 그는 일종의 만족감을 느꼈다.

그렇다, 그가 도시 이름들을 외우면 엄마가 시험을 볼 것이다. 그는
점으로 표시한 곳을 짚으며 그곳의 낯선 외국어로 된 지명을 말할 것이
다. 충칭, 프놈펜. 엄마는 감탄할 것이다. 물론, 머나먼 곳에 존재하
는 장소들을 가리키는 이상한 이름들은 재미있었다. 하지만……

왜?

4학년이 되면 학생들은 스웨덴 지리부도를 복사한 유인물들을 받았
다. 그때도 오스카르는 전부 달달 외웠다. 외우는 거라면 자신 있었다.
하지만 지금은?

그는 스웨덴에 있는 강 이름을 하나라도 떠올려보려고 했다.

에스칸, 베스칸, 피스칸……

그 이름들이 있던 줄에 같이 있던 건데. 에트란이었나. 맞다. 하지만 어디 있는 거지? 모른다. 충칭이나 랑군도 몇 년 후면 같은 신세가 될 것이다.

무의미하다.

그곳들은 존재하지 않았다. 설령 존재한다 해도…… 그가 직접 볼 일은 절대 없을 것이다. 충칭? 충칭 같은 곳에서 그가 뭘 할 것인가? 그건 지도 위에 큼지막하게 흰색으로 표시된 지역이자 작은 점에 지나지 않았다.

오스카르는 직선 위에 간신히 중심을 잡고 있는, 자신이 휘갈겨쓴 글씨들을 보았다. 그게 학교였다. 그것 이상은 없었다. 이런 게 학교란 곳이었다. 이래라저래라 명령하고, 학생은 시키는 대로 따라 하는 곳. 모든 것은 선생들이 숙제를 내주기 위한 구실에 지나지 않았다. 의미 없는 일이었다. 줄 위에 시피플락스, 부벨리벵이니, 스핏 같은 이름을 써 넣어도 상관없을 것이다. 똑같이 아무 의미도 없을 것이다.

다만 그러면 선생들이 틀렸다고 말한다는 게 유일한 차이였다. 선생들은 정답이 아니라고 말할 것이다. 그러고는 지도를 가리키며 '봐라, 여기에 충칭이라고 씌어 있잖니, 시피플락스가 아니라'라고 말할 것이다. 누군가 지어낸 이름이 지리책에 있기 때문이라니, 논거가 너무 빈약했다. 그것이 진실이라는 근거는 없었다. 지구도 실제로는 평평한데, 뭔가 다른 이유로 함구하고 있는 건지도 몰랐다.

수평선 너머로 추락하는 배. 용.

오스카르는 책상 앞에서 일어났다. 숙제는 끝났다. 선생님이 괜찮다고 할 만한 글자들로 채웠다. 그럼 됐다.

일곱시가 지났다. 소녀가 밖에 나와 있지 않을까? 그는 창문에 얼굴을 대고, 어둠 속에서 좀더 잘 보려고 두 손을 동그랗게 모아 눈가로 가져갔다. 놀이터에서 뭔가 움직인 것 같았는데.

그는 현관으로 나갔다. 엄마는 거실에서 대바늘 뜨개질인지 코바늘 뜨개질인지를 하고 있었다.

"잠깐 나갔다 올게."

"또 나간다고? 엄마랑 시험 보기로 했잖니."

"그건 좀 이따가 해요."

"이번에 아시아 지리로 하기로 했지?"

"응?"

"네가 한 연습문제지 말이야. 아시아 아니야?"

"어. 그런 거 같아. 충칭."

"어디 있는 거지? 중국?"

"몰라요."

"몰라요가 뭐야, 너—"

"금방 올게."

"알았다. 조심해. 모자 쓰고 나가니?"

"그럼."

오스카르는 모자를 외투 주머니에 넣고 나갔다. 놀이터까지 반쯤 갔을 때 그의 눈은 어둠에 익숙해져서, 전과 다름없이 정글짐에 앉아 있는 소녀를 알아볼 수 있었다. 그는 소녀의 아래쪽으로 가서 두 손을 주머니에 넣고 섰다.

오늘 소녀는 달라 보였다. 여전히 분홍색 스웨터를 입고 있었지만 (다른 옷은 아예 없는 걸까?), 머리가 전처럼 엉클어져 보이지 않았다.

단정한, 까만 머리칼이 찰랑거렸다.

"있었네."

"안녕."

"안녕."

오스카르는 앞으로는 무슨 일이 있어도 다른 사람에게 '있었네'라고 말하지 않겠다고 다짐했다. 참을 수 없을 만큼 바보천치 같았다. 소녀가 일어섰다.

"올라와."

"그래."

오스카르는 구조물 위로 기어올라가 소녀 바로 옆에 앉고는, 들키지 않게 조심조심 코를 킁킁거렸다. 이제 소녀에게선 나쁜 냄새가 나지 않았다.

"오늘은 냄새가 좀 나아졌니?"

오스카르는 얼굴을 붉혔다. 소녀는 미소 짓더니 그에게 무언가를 내밀었다. 그의 큐브였다.

"빌려줘서 고마워."

오스카르는 큐브를 받아들고 보았다. 다시 보았다. 최대한 밝은 쪽을 향해 이리저리 돌려가며 한 면도 빼놓지 않고 보았다. 다 맞춰져 있었다. 각 면이 같은 색이었다.

"이거 분해했어?"

"무슨 말이야?"

"그러니까…… 다 뜯어냈다가…… 하나하나 색깔 맞춰서 꽂은 거 아니냐고."

"그렇게도 할 수 있어?"

오스카르는 분해했다 도로 조립해서 헐거워졌는지 확인하려고 조각
마다 만져보았다. 그도 큐브를 분해해본 적이 있었다. 하지만 한 조각
만 잘못 끼워도 제대로 움직이지 않는 바람에 결국은 모든 면을 같은
색으로 맞추겠다는 생각 자체를 잊어버렸을 정도였다. 물론 그가 큐브
를 분해하고 다시 맞췄을 때도 헐거워지진 않았지만, 그렇다고 진짜로
이 소녀가 다 맞춘 걸까?

"너 분해해서 맞춘 거 맞지."

"아닌데."

"이거 생전 처음 본다고 했잖아."

"그랬지. 재미있더라. 고마워."

오스카르는 혹여 큐브가 무슨 일이 있었는지 얘기라도 해줄까 싶어
그것을 더 가까이 들여다보았다. 이유는 모르겠지만 소녀가 거짓말을
하는 게 아니라는 게 믿겼다.

"다 맞추는 데 얼마나 걸렸어?"

"서너 시간 정도. 다시 맞추면 그보다는 빨리 할 거 같은데."

"끝내준다."

"그렇게 어렵지 않던데."

소녀가 그에게로 몸을 돌렸다. 동공이 어찌나 큰지 홍채까지 다 채
울 정도였고, 건물에서 흘러나온 빛이 그 까만 표면에 비친 것을 보고
있으려니 소녀의 머릿속 저 멀리에 도시 하나가 있는 것 같았다.

목 끝까지 끌어올린 터틀넥 스웨터 때문에 가녀린 몸이 더욱 도드라
져 보였고, 그래서인지 소녀는 꼭……만화 캐릭터 같았다. 소녀의 피
부, 그 결에 대해서 그는 몇 주 동안 사포로 다듬은 나무 버터나이프의
비단결 같은 단면 말고는 비교 대상을 떠올릴 수가 없었다.

오스카르는 헛기침을 했다.

"너 몇 살이야?"

"몇 살처럼 보이니?"

"열넷, 열다섯."

"그 정도로 보여?"

"응. 아니면…… 근데, 아니야?"

"열두 살이야."

"열두 살!"

버럭 소리를 지를 만했다. 어쩌면 한 달 후 열세 살이 되는 그보다 더 어릴 수도 있었다.

"생일이 몇 월이야?"

"몰라."

"몰라? 아니…… 그럼 언제 생일파티를 하는데?"

"파티 같은 거 안 해."

"그래도 너희 엄마나 아빠는 알 거 아니야."

"아니. 우리 엄마는 돌아가셨어."

"아. 그렇구나. 어떻게 돌아가셨어?"

"몰라."

"그럼 너희 아빠가 알 거 아니야?"

"아니."

"그러면…… 그럼 너는…… 너는 선물 같은 거 하나도 못 받겠네?"

소녀가 그에게 한 걸음 더 다가섰다. 소녀의 숨결이 그의 얼굴에 와 닿았고, 소녀가 그의 그림자 안으로 들어서자 소녀의 눈에 비치던 도시의 불빛이 꺼졌다. 이제 소녀의 눈동자는 머리에 뚫린 구슬만 한 구멍 두 개였다.

얘는 너무 슬픈 거야. 진짜 너무 너무 슬픈 거야.

"응, 난 선물은 하나도 못 받아. 언제까지나."

오스카르는 뻣뻣하게 고개를 끄덕였다. 그를 둘러싼 세계가 존재하기를 멈추었다. 오직 두 개의 구멍과, 사라져버리는 한 번의 숨결만이 존재했다. 그들의 호흡이 뒤섞여 솟아올랐다 흩어졌다.

"나한테 선물 주고 싶니?"

"응."

그의 목소리는 속삭임이라고도 하기 힘들었다. 숨을 내쉬며 새어나온 것에 가까웠다. 소녀의 얼굴이 가까이 있었다. 그의 시선은 버터나이프 단면 같은 소녀의 뺨에 가 닿았다.

그래서 그는 소녀의 눈이 변하는 것을, 눈초리가 가느다래지며 표정이 달라지는 것을 보지 못했다. 소녀의 윗입술이 올라가며 작고 칙칙한 흰색 송곳니 두 개가 드러나는 것을 보지 못했다. 다만 그는 소녀의 뺨을 응시했고, 소녀가 그의 목에 입을 갖다대려는 순간 손을 뻗어 그녀의 얼굴을 쓰다듬었다.

소녀는 일순 몸이 굳더니 뒤로 물러섰다. 소녀의 눈은 아까 전의 모습을 되찾았고, 도시의 불빛도 다시 들어섰다.

"왜 그런 거야?"

"미안해, 내가……"

"뭐 한 거야?"

"나는……"

오스카르는 여전히 큐브를 쥐고 있는 손으로 시선을 떨어뜨리고는 손의 힘을 풀었다. 어찌나 꽉 쥐고 있었던지, 손바닥에 모서리 자국이 깊이 패어 있었다. 그는 큐브를 소녀에게 내밀었다.

"가질래? 가져도 돼."

소녀는 천천히 고개를 저었다.

"아니. 네 거잖아."

"너 이름…… 이 뭐야?"

"엘리."

"내 이름은 오스카르야. 이름이 뭐라고? 엘리?"

"그래."

소녀는 갑자기 안절부절 못하는 것 같았다. 그녀의 시선은 무언가를, 그녀가 찾을 수 없는 무언가를 찾아 헤매는 듯 부산하게 왔다갔다 했다.

"나…… 이제 가볼게."

오스카르는 고개를 끄덕였다. 소녀는 아주 잠깐 그를 똑바로 보더니, 돌아서서 갔다. 그녀는 경사진 곳에 올라가 잠시 주저했다. 그러더니 주저앉아 바닥까지 미끄럼질해 내려가 자기 집 쪽으로 걸어가기 시작했다. 오스카르는 큐브를 그러쥐었다.

"내일 보자."

소녀는 멈춰 서더니 뒤돌아보지 않은 채 "그래"라고, 가라앉은 목소리로 말하고는 계속 걸어갔다. 오스카르는 소녀를 지켜보았다. 소녀는 집으로 가지 않고 거리 쪽으로 나 있는 아치형 입구를 통과해 나갔다. 그리고 이내 사라졌다.

오스카르는 다시 큐브를 보았다. 믿기지가 않았다.

그는 한 줄을 한 방향으로 비틀어 통일성을 무너뜨렸다. 그러고는 다시 원상태로 돌려놓았다. 이대로 간직하고 싶었다. 한동안만이라도.

요케 벵츠손은 영화를 보고 집으로 돌아가며 혼자 킬킬거렸다. 〈요절복통 동반여행〉*은 끝내주게 재미있었다. 특히나 두 남자가 영화 내내 이리 뛰고 저리 뛰며 '페페네 술집'을 찾는 장면은 일품이었다. 한 명이 술에 떡이 된 친구를 휠체어에 태우고 세관을 통과하면서 "인발리도!"**라고 말하는 장면은 또 어떻고! 우라질, 진짜 웃겼다.

그도 영화처럼 패거리 중 한 명과 함께 여행을 떠나면 어떨까? 그런데 누구랑?

칼손은 너무 따분해 시계가 멈춘 것 같을 것이고 이틀 만에 사람을 질리게 할 거다. 모르간은 술이 과해지면 고약하게 구는 친구인데, 술값까지 싸면 불보듯 뻔했다. 라리 정도면 괜찮을 텐데 심한 약골이라는 게 문제였다. 결국엔 그를 휠체어에 태우고 돌아다녀야 할 것이다. "인발리도."

아니다. 그런 친구라면 오직 한 명, 라케가 적격이었다.

둘이라면 한 주 동안 꽤 재미나게 지낼 수 있을 것이다. 그러나 라케는 교회 쥐만큼이나 가난한 친구라 경비를 충당할 수 없을 것이다. 한 자리에 앉아 밤마다 맥주를 마시고 담배를 피워대는 것까지는 상관없었지만, 그가 카나리아 제도 여행에 필요한 경비를 마련하지 못하리란 건 자명했다.

현실을 직시하는 게 좋겠다. 중국식당의 단골들 중 여행친구로 적당

---

* 1980년 스웨덴에서 빅히트한 코미디 영화. 우연히 짝을 이루어 카나리아 제도로 여행을 떠난 두 남자의 좌충우돌을 그렸다.
** 스페인어로 '불구자'라는 뜻.

한 재목은 단 한 명도 없었다.

혼자 갈 수 있을까?

스티그 헬메르도 혼자 갔다. 세상에 둘도 없을 실패작 인생이 말이다. 혼자 가서 울레를 만났고, 모든 게 활짝 폈다. 여자랑 데이트도 하고, 일사천리였다. 그런 일이라면 요케에게도 문제될 건 없었다. 마리아가 개만 데리고 그를 떠난 지도 팔 년이었고, 그후로 쭉 그는 어느 누구하고도, 말 그대로 연애 한 번 하지 못했다.

그를 원할 사람이 있기는 할까? 없으란 법 있나. 그래도 그는 라리만큼 못생기진 않았다. 물론 술 때문에 얼굴과 몸이 상하긴 했지만, 어느 정도는 제법 관리를 했다. 가령 오늘만 해도 그는 아홉시가 가깝도록 한 방울도 입에 대지 않았다. 물론 중국식당에 가기 전에 진토닉 두어 잔을 마실 작정이었지만.

여행에 대해선 좀더 생각해봐야겠다. 어차피 지난 몇 년 동안 그랬듯 이번에도 공수표로 돌아갈 공산이 컸다. 그래도 꿈은 늘 꿀 수 있는 것 아닌가.

그는 홀베리스가탄과 블라케베리 학교 사이에 난 공원 산책로를 따라 걸었다. 주위는 깜깜했다. 30미터 간격으로 가로등이 서 있었고, 왼편 언덕배기에 있는 중국식당이 등대처럼 반짝였다.

오늘 밤은 앞뒤 가리지 말고 곧장 식당으로 갈까…… 아니다. 돈이 너무 많이 든다. 필경 다른 치들은 복권이라도 맞은 거라고 넘겨짚을 것이고, 그가 한 잔씩 쭉 돌리지 않으면 쪼잔한 구두쇠라고 놀려댈 것이다. 집으로 가서 먼저 한 잔 걸치는 게 좋겠다.

그는 굴뚝에 붉은 외눈이 달린 것처럼 보이는, 안에서부터 나지막하게 그르렁대는 소리가 들려오는 세탁소 앞을 지나갔다.

어느 날 밤, 그는 곤드레만드레 취해 집에 돌아오다 일종의 환각을 경험한 적이 있었다. 멀쩡하던 굴뚝이 뚝 떨어져 언덕에서 구르기 시작하더니 으르렁거리고 쉭쉭대며 굴러오는 것이었다.

꼼짝없이 당하겠다는 생각에 그는 두 손을 머리에 얹고 산책로 위에 몸을 웅크렸다. 겨우 팔을 내리고 보니 굴뚝은 위풍당당하고 꿋꿋하게 제자리를 지키고 있었다.

비엔손스가탄 지하도에서 제일 가까이 있는 가로등이 깨져서 길 아래로 난 통로는 칠흑 같은 구멍이었다. 만약 술을 마시고 오는 길이라면 좀 멀더라도 지하도 옆 계단으로 올라가 비엔손스가탄 쪽으로 걸어갔을 것이다. 술을 마시면 어둠 속에서 그런 괴이한 환몽을 볼 때가 있었다. 그런 이유로 그는 늘 불을 켜둔 채 잠자리에 들었다. 그러나 지금은 냉철할 정도로 맑은 정신이었다.

그는 곧 죽어도 계단으로 가고 싶었다. 정신이 멀쩡한데도 취중 환몽이 세계에 대한 그의 인식에 조금씩 스며들기 시작한 것이다. 그는 산책로에 우두커니 서서 혼자 힘으로 생각을 정리했다.

'뇌가 녹기 시작한 거야.'

이거 하나만큼은 분명히 해두자, 요케. 정신 똑바로 차리고 지하도를 지나 조금만 더 가는 거야. 그것도 못 하면 넌 카나리아 제도에도 못 가는 거라고.

어째서?

넌 늘 조금이라도 힘들겠다 싶으면 바로 배에서 뛰어내려버리는 쪽이잖아. 상황을 불문하고 눈곱만큼도 버티지 않는 게 네 법칙이잖아. 그런 깜냥으로 어디 여행사 직원에게 전화를 걸어 새 여권을 발급받고 여행에 필요한 것들을 살 수 있겠어? 딴 건 그렇다 쳐도 이만큼의 거리도 지나지 못하는 주제에 알지도 못하는 곳에 발을 들일 배짱이 생기겠냐고?

제대로 지적했어. 그런데 그래서 뭐 어쩌라고? 지하도를 지나갈 수 있으면 카나리아 제도에도 갈 수 있다, 이거지?

보아하니, 내일 전화로 티켓을 예약하겠구먼. 테네리페 섬*이야, 요케. 테네리페 섬.

그는 눈부신 태양이 내리쬐는 해안과 앙증맞은 모형 파라솔을 씌운 술을 상상하면서 다시 걷기 시작했다. 될 대로 되라, 저질러버리자. 오늘 밤엔 식당에 가지 말자, 아무렴. 그는 그냥 집에 가서 신문 광고란을 훑어볼 것이다. 팔 년. 자신을 추스르느라 온갖 푸닥거리를 해야 했던 징글징글한 세월.

그가 야자수에 대해 막 생각을 하려는 찰나(카나리아 제도에 야자수가 있었던가? 영화에 야자수가 한 그루라도 나왔던가?), 그 소리가 들려왔다. 어떤 목소리. 그는 지하도 중간에 멈춰 서서 귀를 기울였다. 저쪽에서 신음하는 목소리가 들렸다.

"도와주세요……"

침침한 불빛에 어지간히 익숙해졌는데도 요케의 눈에는 바람에 실려들어와 수북이 쌓인 가랑잎 더미의 윤곽만 겨우 보였다. 아이의 목소리 같았다.

"누구요? 거기 누구 있어요?"

"도와주세요……"

그는 주위를 둘러보았다. 아무것도 보이지 않았다. 어둠 속에서 부스럭대는 소리가 들리더니, 가랑잎 더미가 움직이는 게 보였다.

---

* 스페인 령領 카나리아 제도에서 가장 큰 섬.

"제발, 도와주세요."

요케는 그대로 가버리고 싶은 강렬한 충동을 느꼈다. 하지만 불가능했다. 아이가 다쳤다. 누군가 아이를 해친 걸지도 모른다.

그 살인자가!

벨링뷔의 살인자가 블라케베리까지 온 것이다. 하지만 이번 희생양은 용케 살아 있다……

이런, 맙소사.

그는 그런 일에 엮이고 싶지 않았다. 테네리페 섬과 기타 등등을 향해 가던 길이었다. 그렇다 한들 달리 어떻게 하겠는가. 그는 목소리가 들리는 쪽으로 몇 걸음 다가섰다. 그의 발밑에서 가랑잎이 바스러졌고, 그제야 몸뚱이가 보였다. 몸뚱이는 가랑잎 더미에 파묻혀 배 속의 태아처럼 웅크리고 있었다.

젠장할, 젠장할.

"무슨 일이니?"

"도와주세요……"

그즈음 요케의 눈은 어둠에 완전히 익어서 아이가 희멀건 팔을 뻗은 것을 볼 수 있었다. 알몸인 걸 보니 강간을 당한 모양이었다. 아니다. 더 가까이 다가섰을 때 그는 아이가 알몸이 아니라 분홍색 윗도리만 걸치고 있음을 보았다. 몇 살일까? 열 살이나 열두 살. '친구란 것들'이 이 남자애를 해코지했는지도 몰랐다. 아니 여자애일지도. 여자애라면 믿기 힘들지만.

그는 아이의 옆에 가서 쭈그리고 앉아 손을 내밀었다.

"무슨 일이 있었니?"

"도와주세요. 저 좀 일으켜주세요."

"다쳤어?"

"네."

"무슨 일이 있었는데?"

"저 좀 일으켜주세요……"

"등을 다쳤니?"

요케는 군 시절 의무병으로 복무한 터라, 목이나 등 쪽에 부상을 입은 사람은 먼저 머리를 고정하지 않고 들어올리면 안 된다는 걸 알고 있었다.

"등을 다친 건 아니지? 그렇지?"

"아니에요. 좀 일으켜주세요."

어찌해야 할지 환장할 노릇이었다. 만약 아이를 집으로 데려가면 경찰은 괜한 생각을 할 게 뻔하고……

남자애인지 여자애인지 모르는 그 아이를 식당으로 데려가 그곳에서 앰뷸런스를 불러야 할 것이었다. 그래, 그렇게 하자. 그 역시 몸 상태가 양호하진 않았지만 아이의 체구가 워낙 작고 깡말라서(여자애가 분명했다) 식당까지는 그럭저럭 안고 갈 수 있을 것 같았다.

"그래. 전화할 수 있는 데까지 데려다줄게, 됐지?"

"네…… 감사합니다."

'감사합니다'라는 말이 그의 가슴을 쳤다. 이런 상황에서 몸을 사리다니, 그는 인간이길 포기한 놈인가? 자, 이제라도 정신을 차렸으니 소녀를 도와줄 것이다. 그는 조심조심 왼팔을 소녀의 오금에, 다른 팔은 목 뒤로 가져갔다.

"자. 일어서자."

"으음."

소녀는 무게가 거의 나가지 않았다. 25킬로그램이나 나갈까. 영양 실조인지도 몰랐다. 집에 문제가 있거나 거식증일 수도 있었다. 계부나 다른 누군가가 소녀를 학대했는지도 몰랐다. 더럽게 비참한 신세구나.

소녀는 그의 어깨에 팔을 두르더니 뺨을 그의 어깨에 가져다댔다. 그는 어떻게든 해낼 작정이었다.

"기분이 어떠니?"

"괜찮아요."

그는 미소 지었다. 온몸에 훈훈한 기운이 퍼져나갔다. 이러니저러니 해도 결국 그는 착한 사람이었다. 소녀를 품에 안고 들어서면 다른 사람들이 어떤 표정을 지을지 상상이 갔다. 처음엔 다들 도대체 어쩔 작정이냐며 기막혀하겠지만, 시간이 갈수록 그에게 감동할 것이다. "잘했어, 요케"라는 둥.

새로운 인생, 목하 계획중인 새 출발의 환상을 만끽하며 식당을 향해 발걸음을 옮기기 시작하던 그는 문득 목에 통증을 느꼈다. 아 씨팔, 뭐야 이거? 벌에 쏘였나 싶어 그는 왼손으로 벌을 쫓아버리고 목을 만져 확인하고 싶었다. 그러나 아이를 내려놓을 수는 없었다.

어리석게도 그는 고개를 돌려 목을 보려고 했다. 당연히 그 각도에서 자기 목을 본다는 건 불가능했다. 어차피 소녀가 아래턱을 그의 목 위쪽에 눌러대고 있어서 고개를 돌릴 수도 없었다. 목에 두른 소녀의 팔에 점점 힘이 가해지자 고통은 더욱 심해졌다. 그제야 그는 사태를 파악했다.

"이게 무슨 짓이야?"

소녀의 턱이 그의 턱과 목 사이를 오르락내리락할 때마다 목의 통증은 점점 더 참기 힘들어졌다. 따뜻한 액체가 뚝뚝 떨어지며 그의 가슴을 따라 흘러내렸다.

"그만 해!"

요케는 소녀를 떼어버리려고 했다. 의식적인 반응이 아니라, '내 목에서 떼어버려야 한다'는 지극히 자연스러운 반사신경이었다.

하지만 소녀는 떨어지지 않았다. 오히려 찰거머리처럼 그의 목을 팔로 휘감고 ― 맙소사, 이 작은 소녀의 어디에서 그런 힘이 나오는지 ― 두 다리로 그의 둔부를 감고 조였다.

네 개의 팔다리가 인형을 휘감듯 그의 몸을 조이며 매달렸고, 그동안 그녀의 턱은 예의 그 상하운동을 계속했다.

요케는 그녀의 머리를 붙잡아 자기에게서 떼어놓으려고 안간힘을 썼지만, 맨손으로 자작나무에서 뻗어나온 싱싱한 가지를 뜯어내려는 꼴이었다. 그녀의 머리는 접착제로 붙인 듯 그의 몸에 딱 달라붙어 떨어지지 않았다. 그를 조이는 힘은 또 어찌나 센지, 폐가 눌려 절로 숨을 토해냈지만 다시 들이마실 수가 없었다.

그는 산소 부족으로 비틀대며 뒷걸음질했다.

소녀는 갉아대던 것을 멈추었고, 그의 귀엔 이제 조용히 핥는 소리만 들렸다. 그와 정반대로 소녀의 팔 힘은 단 한순간도 풀릴 줄 몰랐다. 빨아 삼키는 것과 비례해 그를 옥죄는 힘도 더 세졌다. 나지막하게 으스러지는 소리와 함께 뻐근한 통증이 그의 가슴 전체로 퍼졌다. 이미 갈비뼈 두어 대가 부러진 상태였다.

이젠 비명을 지를 만큼의 숨도 남아 있지 않았다. 마른 가랑잎들 사이에서 이리저리 비틀대며 그는 맥이 다 빠진 손으로 소녀의 머리를 몇 번 쳤다. 세상이 빙글빙글 돌고 있었다. 멀찍이 가로등 불빛이 부나

방처럼 눈앞에서 나풀거렸다.

그는 균형을 잃고 뒤로 자빠졌다. 머리가 깨지면서 마지막으로 들은 것은 그 밑에 있던 가랑잎들이 바스러지는 소리였다. 눈 깜짝할 사이에 그는 자갈 포장도로에 쓰러졌고, 그와 동시에 세계도 사라져버렸다.

＊

오스카르는 졸음기 없는 또렷한 정신으로 침대에 누워 벽지를 바라보고 있었다.

아까 엄마와 함께 〈머펫 쇼〉*를 보았지만 조금도 집중할 수가 없었다. 미스 피기는 무슨 이유에서인지 화가 나 있었고, 커밋은 곤조를 찾아 헤매고 있었다. 성질 고약한 노인 하나가 극장 발코니에서 떨어졌다. 하지만 오스카르는 다른 데 정신이 팔려 그 이유를 설명하는 장면을 놓치고 말았다.

티브이를 보고 나서 엄마와 핫초콜릿과 시나몬롤을 먹었다. 엄마하고 뭔가 얘기를 나눴는데 뭐였는지 통 기억이 나질 않았다. 부엌 소파를 파란색으로 칠한다고 했나? 그랬던 것 같았다.

그는 벽지를 뚫어져라 보았다.

침대가 맞닿아 있는 벽은 숲속 초원을 사진으로 찍어 만든 벽지로 도배되어 있었다. 둥치가 넓은 나무와 푸른 잎새들. 때때로 그는 침대에 누워 머리와 가장 가까이 있는 잎새들에서 형상이 떠오른다고 상상했다. 보기만 해도 떠오르는 두 개의 형상이 있었다. 다른 형상들은 더

---

* 어린이 교육프로그램 〈새서미 스트리트〉의 창시자 짐 핸슨이 영국에서 제작한 코미디 인형쇼.

노력해야 불러낼 수 있었다.

이제 그 벽에 새로운 의미가 덧붙었다. 맞은편, 숲 건너편에…… 엘리가 있었다. 오스카르는 누운 채로 한 손을 초록빛 벽에 대고 건너편의 광경을 상상해보았다. 벽 너머의 방이 그애의 방일까? 그애도 지금 침대에 누워 있을까? 그는 벽을 엘리의 뺨으로 변모시켜 초록빛 잎새들을, 그녀의 부드러운 살결을 쓰다듬었다.

벽 너머에서 목소리가 들려왔다.

그는 벽을 쓰다듬다 말고 귀를 기울였다. 한 목소리는 새되었고, 다른 목소리는 낮았다. 엘리와 엘리의 아빠였다. 둘은 싸우는 것 같았다. 그는 더 잘 들으려고 벽에 귀를 바짝 댔다. 에이씨…… 유리컵만 있었어도. 자리를 뜬 동안 그들의 대화가 중단될지도 몰라 일어나 가지고 올 엄두가 나지 않았다.

무슨 얘기들을 하는 거지?

화난 목소리는 엘리의 아빠였다. 엘리의 목소리는 거의 들리지 않았다. 오스카르는 한 마디라도 건지려고 집중했다. 간간이 욕설이 들리고, '……말도 못 하게 잔인한'이란 말과 함께 뭔가 부딪쳐 넘어졌는지 쿵 소리가 들렸다. 그애를 때린 걸까? 오스카르가 엘리의 뺨을 만졌을 때 엘리네 아빠가 본 건 아닐까? ……그게 가당키나 한 이야기인가?

이제 엘리가 말하고 있었다. 오스카르는 그녀가 목청을 돋우었다 낮추는 부드러운 어조만 감지할 수 있을 뿐, 한 마디도 알아들을 수 없었다. 그 남자한테 맞았는데도 저런 목소리로 말하는 건가? 그녀를 때리다니 있을 수 없는 일이었다. 정말 때린 게 맞다면 오스카르는 남자를 죽여버릴 작정이었다.

그는 슈퍼히어로 '플래시'*처럼 몸을 떨어 벽을 진동하게 할 수 있다면 얼마나 좋을까 생각했다. 벽을 뚫고 숲을 통과해 벽 너머로 가서 사태를 파악한 후, 만약 엘리에게 도움이 필요하다면 안심을 시키고 뭐든 해줄 텐데.

이제 건너편은 조용했다. 심장이 빨아들일 듯 소용돌이치는 박동으로 두방망이질치는 소리만 귀청을 때렸다. 오스카르는 침대에서 일어나 책상으로 가서 지우개가 가득 담겨 있는 플라스틱 컵을 뒤집어엎었다. 빈 컵을 들고 침대로 돌아와 컵의 입구 쪽을 벽에, 바닥 쪽을 귀에 가져다댔다.

그래봤자 들리는 건 옆집의 방에서 난다고 말하기 힘들 정도로 멀리서 철컥대는 소리뿐이었다. 뭘 하고 있는 거지? 그는 숨을 참았다. 갑자기 꽝 하고 굉음이 터졌다.

권총 소리!

그 남자가 권총을 빼든 거였구나— 아니, 그럴 리가 없었다. 현관문을 거세게 닫는 소리가 벽까지 울린 것이었다.

오스카르는 침대에서 훌쩍 뛰어내려 창가로 다가갔다. 잠시 후 한 남자가 나타났다. 엘리의 아빠였다. 그는 한 손에 가방을 들고 빠르고 화가 난 듯한 보폭으로 단지 입구 쪽으로 가더니 시야에서 사라져버렸다.

어쩌지? 따라갈까? 뭣 하러?

그는 다시 침대로 돌아왔다. 평소보다 더 오랫동안 상상의 나래를 펼친 것에 지나지 않았다. 엘리도 오스카르와 엄마가 가끔 그러듯 아빠와 말다툼을 한 것이다. 오스카르의 엄마도 그가 정말 큰 잘못을 저

---

* DC 코믹스 『플래시』의 주인공. 빛보다 빨리 달리는 세상에서 가장 빠른 사나이.

질렀을 때 집에서 나가버린 적이 있었다.

그래도 한밤중은 아니었잖아.

가끔 엄마는 오스카르가 못되게 굴 때면 그를 두고 도망가버리겠다고 으름장을 놓기도 했다. 오스카르는 엄마가 절대 그럴 리 없다는 걸 알았고, 엄마도 그가 안다는 걸 알고 있었다. 어쩌면 엘리의 아빠는 좀더 강하게 엄포를 놓는 척하는 건지도 몰랐다. 그래서 한밤중에 가방까지 싸들고 벌컥 나가버린 걸지도 몰랐다.

오스카르는 손바닥과 이마를 벽에 지그시 누른 채 누워 있었다.

엘리, 엘리. 거기 있니? 아빠가 널 때린 거야? 슬퍼? 엘리……

방문을 두드리는 소리에 오스카르는 흠칫했다. 한순간이었지만 엘리의 아빠가 그하고도 한판 하려고 쳐들어온 줄만 알고 간이 콩알만해졌다.

그러나 엄마였다. 엄마는 가만히 방 안으로 들어왔다.

"오스카르. 자니?"

"으응."

"별건 아니고…… 새로 이사 온 사람들 때문에…… 옆집 사람들 말이야. 방금 옆집에서 난 소리 들었지?"

"아니."

"너도 다 들었잖니. 남자가 소리 지르고 정신 나간 것처럼 문을 꽝닫고 나갔잖아. 세상에나. 가끔 난 이 집에 남정네가 없는 게 천만다행이란 생각까지 한다니까. 여자만 불쌍하지. 여자는 본 적 있니?"

"아니."

"엄마도 못 봤어. 그러고 보니 남자도 본 적이 없네. 하루 종일 블라인드를 쳐놨더라. 알코올중독자들일지도 몰라."

"엄마."

"응?"

"나 잘래."

"그래, 미안하다, 애야. 엄마가 좀 놀라서…… 잘 자렴. 푹 자라."

"응."

엄마는 방을 나가 조용히 문을 닫았다. 알코올중독자? 그래, 정말 그럴지도 몰라.

오스카르의 아빠도 주기적으로 지나치다 싶을 만큼 퍼마셨다. 아빠와 엄마가 같이 살지 않게 된 것도 그 때문이었다. 아빠도 과음을 하면 그렇게 행패를 부릴 때가 있었다. 손찌검 같은 건 절대 하지 않았지만 목이 쉬도록 고래고래 소리를 질러대고 문이 부서져라 닫고 물건을 부술 때가 있었다.

갑자기 어떤 생각이 떠올라 오스카르는 기분이 좋아졌다. 못된 생각이었지만 그래도 즐거웠다. 만약 엘리의 아빠가 알코올중독자라면 둘에겐 공통점이, 서로 통하는 특별한 게 생기는 것이다.

오스카르는 벽에 이마를 기대고 두 손을 얹었다.

엘리, 엘리. 지금 네 기분이 어떤지 난 잘 알아. 내가 널 도와줄게. 널 구해줄게.

엘리……

❋

두 눈은 활짝 열려, 동공이 풀린 채 지하도의 둥근 천장을 응시하고 있었다. 호칸이 마른 가랑잎을 털어내자 엘리가 늘 입고 있었던, 그러나 이젠 남자의 가슴팍 위에 버려진 얇은 분홍 스웨터가 드러났다. 호칸은 스웨터를 주워들어 코로 가져가 냄새부터 맡으려다 뭔가 끈적끈적한 것에 흠칫했다.

그는 스웨터를 도로 남자의 가슴팍에 떨어뜨렸고, 납작한 휴대 술병을 꺼내 벌컥벌컥 세 모금을 들이켰다. 보드카는 활활 타오르는 불로 지지듯 목구멍을 넘어가 배 속을 뜨겁게 집어삼켰다. 차디찬 돌바닥에 앉아 죽은 남자를 바라보는 호칸의 엉덩이 밑에서 가랑잎들이 바스러졌다.

남자의 머리가 어딘지 이상했다.

그는 가방을 뒤적여 손전등을 찾아냈다. 산책로로 누가 오지 않는지 확인한 후 전등을 켜서 남자를 비추어보았다. 불빛 아래 남자의 얼굴은 핏기 없이 희누런 색깔이었고, 무슨 말을 하려다 만 듯 입이 반쯤 벌어져 있었다.

호칸은 속에서 치밀어오르는 것을 눌러삼켰다. 그가 사랑해 마지않는 존재가, 그에겐 단 한 번도 허하지 않은 가까운 거리를 이 남자에게는 허락했다는 생각을 하니 화가 치밀어올랐다. 분노를 태워버리고 싶은 마음에 한 손으로 더듬더듬 술병을 찾던 그가 갑자기 주춤했다.

목.

목 부근에 넓고 새빨간 자국이 목걸이처럼 빙 둘러져 있었다. 호칸은 시체 위로 몸을 수그리고, 엘리가 피를 빨아먹기 위해 낸 상처를 보았다.

놈의 살에 입술을 댄 거야.

— 하지만 그것만으로는 목⋯⋯걸이⋯⋯처럼 보이는 자국이 나지는 않는다.

호칸은 손전등을 끄고 크게 심호흡했다. 비좁은 공간에서 무의식중에 몸을 뒤로 기댔다가 그만 시멘트 벽에 벗어진 뒤통수가 긁혔다. 바늘로 쑤셔대는 듯한 고통을 참으려고 그는 이를 악다물었다.

남자의 목 쪽 살은 너덜너덜하게 찢겨 있었는데…… 머리통이 360도 돌려졌기 때문이었다. 완전히 한 바퀴가 돌아간 것이다. 목뼈는 뚝 부러져버리고.

호칸은 진정하려고 눈을 감고 천천히 숨을 들이켰다 내쉬면서, 벌떡 일어나 당장이라도 멀리, 이 모든 것에서부터 멀리…… 도망치고 싶은 충동을 억눌렀다. 시멘트 벽이 그의 뒤통수를 압박해왔고, 몸 아래로 돌멩이들이 느껴졌다. 왼쪽과 오른쪽으로 난 산책길로 가면 행인들이 보고 경찰을 부를 수도 있었다. 그리고 그의 앞에는……

별 거 아냐. 그냥 죽은 사람이라고.

그래. 하지만…… 저 머리는.

그는 머리통이 간신히 붙어 있는지까지 굳이 알고 싶지 않았다. 시체를 들면 떨어져나갈 수도 있었다. 호칸은 몸을 웅크리고 무릎 사이에 이마를 묻었다. 그가 사랑하는 이가 이런 짓을 저질렀다. 맨손으로.

그 소리, 머리통이 비틀려 꺾일 때 뻐걱 하고 났을 소리를 상상하자 목구멍 깊숙한 곳에서 무언가 치받쳐올라오는 듯했다. 이런 몸뚱이는 두 번 다시 만지고 싶지 않았다. 그냥 여기 앉아 있자. 연옥의 산기슭에 앉아 있는 벨라쿠아*처럼 새벽이 오길 기다리자. 기다리다보면……

지하철 역 쪽에서 사람들이 걸어오고 있었다. 호칸은 시체 가까이의

---

*『신곡』 중 「연옥편」에서 등장하는 단테의 친구. 단테가 연옥 입구에 앉아 있는 친구에게 왜 들어가지 않느냐고 묻자, 벨라쿠아는 연옥으로 들어가 정화의 형벌을 받으려면 살아 있을 때 참회를 늦춘 만큼 기다려야 한다고 대답한다.

가랑잎 더미에 납작 엎드려 얼음처럼 차가운 돌바닥에 이마를 댔다.

어쩌자고? 어쩌자고 머리통을…… 이 꼴로 만들어놓은 거냐?

전염 위험. 병균이 신경계까지 도달하도록 놔둬선 안 된다. 목을 완전히 비틀어버려 몸의 전원을 내려야 한다. 전부 예전에 들었던 것들이었다. 그때는 이해하지 못했지만, 이젠 알았다.

발걸음들이 빨라지면서 목소리가 점점 멀어졌다. 이제 사람들은 계단을 올라가고 있었다. 호칸은 다시 일어나 앉아 시체의 윤곽과 입을 쩍 벌린 얼굴을 힐끗 내려다보았다. 목을 완전히 비틀어버리지 않으면…… 시체가 일어나 앉아 제 몸에 붙은 가랑잎을 떨어낼 거란 말인가?

입술 사이로 과장되게 킬킬거리는 웃음이 비어져나왔고, 그 소리가 새 울음소리처럼 지하도 벽에 굴절되어 울려퍼졌다. 그는 한 손으로 아플 정도로 입을 철썩 때리며 틀어막았다. 그런 이미지. 시체가 나뭇잎을 헤치고 일어나 나른한 손짓으로 재킷에 붙은 가랑잎들을 털어내는 모습.

시체를 어떻게 처리할 것인가?

처리해야 할 근육, 지방, 뼈가 못해도 80킬로그램은 될 것이다. 분쇄해버리기. 토막내기. 묻어버리기. 태워버리기.

화장터.

그렇지. 시체를 거기까지 가져간 후, 몰래 들어가 감쪽같이 태워버리는 거다. 아니면 버려진 아이마냥 그냥 문 밖에 내버리고, 불에 태우는 거라면 사족을 못 쓰는 그곳 사람들이 경찰에 연락하는 수고는 건너뛰고 확 태워주길 기도하는 거다.

안 돼. 방법은 단 하나뿐이었다. 오른편 산책로를 따라 쭉 가다가 숲을 지나면 병원 쪽으로 물가가 있었다.

그는 핏덩이가 엉겨붙은 윗도리를 남자의 코트 안에 쑤셔넣고 가방을 어깨에 멘 후, 자신의 양손을 시체의 등과 오금으로 밀어넣었다. 일어섰을 때 조금 비틀대긴 했지만 이내 균형을 잡았다. 예상대로 머리통이 부자연스러운 각도로 젖혀지더니, 아래턱이 닫히며 뻐걱 하는 소리가 났다.

물까지는 얼마나 가야 할까? 수백 미터는 가야 할 것이다. 누가 지나가기라도 하면? 속수무책이었다. 그러면 모든 게 끝장이었다. 그러나 어떤 면에서는 해방일 수도 있었다.

※

하지만 지나가는 사람은 아무도 없었다. 땀을 흘려 모락모락 김이 나는 몸으로 물가에 무사히 도착하자, 그는 물 위로 드러눕다시피 옆으로 자란 버드나무 둥치 끝까지 소리 죽여 걸어갔다. 물가에 있는 커다란 두 개의 돌덩어리에 밧줄을 묶어 시체의 두 발에 단단히 연결했다. 그러고는 약간 더 긴 밧줄로 올가미를 만들어 시체의 가슴을 묶은 다음, 가능한 한 멀리 끌고 가서 놓아버렸다.

그는 나무 둥치에 앉아 물 위에서 두 다리를 가만히 흔들면서, 물거품이 이는 가운데 이따금 파문이 일다가 차츰 잔잔해지는 검은 거울 속을 한참 동안 뚫어져라 바라보았다.

해낸 것이다.

추운데도 땀방울이 솟아 이마를 타고 흘러내려 눈으로 들어가 따끔따끔했다. 긴장한 탓에 온몸이 욱신욱신했지만 그래도 그는 해냈다. 시

체는 그의 발 바로 아래, 세상이 알지 못하는 곳에 숨겨져 있다. 존재
하지 않았다. 수면 위로 솟구쳐오르던 물거품이 사라지면서 아무것도
남지 않았다…… 저 아래 죽은 몸뚱이가 있다고 말해주는 것은 아무것
도 없었다.

수면 위로 별 몇 개가 반짝였다.

2부

굴욕

……그들은 마틴이 한 번도 가본 적 없는 곳으로 차를 몰았다.
튀스카 보텐과 블라케베리를 지나 먼 곳으로.
그리고 국경을 질주해 이미 알고 있는 세상을 향했다.
얄마르 쇠데르베리, 『마틴 비룩스의 청춘』

그러나 스쿡스로에게 마음을 빼앗긴 자는
두 번 다시 회복하지 못할 것이니
그의 영혼은 다만 달빛 어린 꿈에 애가 닳을 뿐,
이승의 연인 같은 건 거들떠보지도 않으리……
빅토르 뤼드베리, 「아름답지만 사악한 숲의 정령」

일요일자 신문들에 벨링뷔 살인사건을 더 자세히 다룬 기사가 실렸다. 헤드라인은 다음과 같았다.

'제의적祭儀的 살인의 희생양?'

소년의 사진, 숲속의 공터. 나무.

그러나 이제 벨링뷔 살인자는 이구동성으로 떠들어대는 주제가 아니었다. 공터를 장식했던 꽃들은 시들었고, 촛불은 꺼졌다. 현장에서 찾아낼 수 있는 모든 증거를 확보한 경찰이 홍백색 막대사탕 무늬의 접근금지 테이프를 걷은 지도 오래였다.

일요일자 신문기사는 세간의 관심을 다시 불러일으켰다. '제의적 살인'이라는 머리말은 또다른 살인이 일어날 수 있음을 의미했다. 그렇지 않은가? 제의란 반복해 행하는 것이다.

한 번이라도 그 오솔길에 간 적이 있거나, 하물며 근처에라도 간 적이 있는 사람에게는 이야깃거리가 생겼다. 숲에서도 그곳이 유독 소름이 끼치는 곳이라는 말. 아니면, 그 부근은 너무나 아름답고 고요해 정말이지 그런 일이 일어날 거라는 생각은 꿈에서도 해본 적이 없다는 말.

소년과 알고 지냈던 사람들은, 하다못해 겨우 안면만 있는 이들까지 나서서 그가 정말로 건실한 청소년이었고 살인자야말로 더없이 악독한 놈이라고 말했다. 사람들은 그 살인사건을 사형제를 정당화할 만한 사례로 즐겨 들었다. 원칙적으로 그런 것들에 반대하는 이들조차 그랬다.

딱 하나가 모자랐다. 살인자의 사진. 사람들은 대수롭지 않아 보이는 공터와, 소년의 미소 짓는 얼굴을 응시했다. 그런데 이런 범죄를 저지른 범인의 몽타주 한 장 없이, 그저…… 사건만이 존재하는 것이었다.

그렇기 때문에 납득될 수도, 받아들여질 수도 없는 일이었다.

그리고 10월 26일 월요일, 경찰은 스웨덴 역사상 최대규모의 마약 밀매단을 검거했다고 발표했다. 다섯 명의 레바논인이 체포되었다.

레바논인.

이쯤 되면 여러분의 머릿속에 뭔가 집히는 바가 있을 것이다. 5킬로그램의 헤로인. 다섯 사람. 1킬로그램당 한 명의 레바논인.

무엇보다도 이 레바논인들 역시 헤로인을 밀수하는 내내 스웨덴의 광범위한 사회복지제도의 덕을 톡톡히 보았다. 그들의 사진은 실리지 않았지만, 그 때문에 볼멘소리를 하는 사람은 없었다. 말 안 해도 그들이 어떻게 생겼는지 알고 있으니까. 아랍인. 말이 필요없다.

제의적 살인사건 역시 외국인의 소행이라는 공론이 생겼다. 그쪽 아랍 국가들에선 피의 제사가 공공연히 행해지니, 앞뒤가 착착 맞지 않은가? 무슬림을 보라. 플라스틱 십자가인지 뭔지, 하여간 그네들이 목에 거는 걸 자식들의 목에 걸어 보낸다. 지뢰제거 일을 하는 어린아이들. 여러분도 들어봤을 것이다. 잔인한 족속들. 이란. 이라크. 레바논인들.

그런데 월요일 석간신문에 경찰이 공개한 용의자의 몽타주 스케치가 실렸다. 어린 소녀가 용의자를 목격했다. 경찰은 시간을 들여, 모든 사전 조치를 취해 용의자의 몽타주를 구성했다.

평범한 스웨덴인. 유령 같은 얼굴에 공허한 시선. 이제 사람들은 이구동성으로 말했다. 그래, 이것이야말로 살인자의 얼굴이야. 가면을 쓴 것 같은 그 얼굴이 공터에서 서서히 다가오는 광경을 떠올리는 데 특별한 상상력이 필요하지는 않았다. 그리고……

서부 교외지역 거주자 중 그 유령 그림과 닮은 남자라면 누구나 사람들이 자기 얼굴을 유심히 뜯어보는 것에 시달렸다. 그들은 집으로 돌아와 거울 속의 얼굴을 들여다보았지만, 어느 하나 비슷한 구석을 찾을 수가 없었다. 잠자리에 들어서는 다음 날 아침 어떻게든 외모를 바꿔야 하나, 그러다 도리어 의심을 사는 건 아닐까 고민했다.

결국 신경쓸 필요 없다는 결론을 내리게 될 터였다. 사람들은 금세 다른 생각에 정신이 팔릴 테니까. 스웨덴은 전과는 다른 나라가 될 것이었다. 더럽혀진 국가. 그 사건을 이야기할 때마다 끊임없이 등장하는 단어였다. 더럽혀지다.

몽타주와 닮은 남자들이 잠자리에서 헤어스타일을 바꾸면 생길 이점에 대해 곰곰 생각하는 동안, 소련 잠수함 한 대가 칼스크루나 해안* 밖을 선회하고 있다. 잠수함이 항로를 이탈하려는 가운데, 포효하는

---

* 스웨덴 남동쪽에 위치한 해안지역.

엔진 소리가 스톡홀름 군도 건너편까지 쩌렁쩌렁 울린다. 누구 하나 조사에 나서지 않는다.

잠수함은 수요일 아침, 순전히 우연하게 발견될 것이다.

10월 28일 수요일

학교는 온갖 소문으로 술렁거렸다. 한 교사가 쉬는 시간에 라디오에서 들은 내용을 반 아이들에게 말했고, 점심시간 즈음에는 전교생이 알게 되었다.

러시아인들이 쳐들어왔다.

지난 한 주 동안 아이들의 입에 가장 많이 오른 화제는 벨링뷔의 살인자였다. 많은 아이들이 그를 본 적이 있다고 말했고, 몇몇은 그에게 공격을 받았다고 우기기까지 했다.

아이들은 스케치로 그린 듯 흐릿한 얼굴로 학교 앞을 지나는 모든 사람에게서 살인자의 얼굴을 보았다. 나이가 지긋하고 추레한 차림의 남자가 지름길로 가겠다고 학교 운동장을 가로질렀을 때, 아이들은 비명을 지르며 제일 가까운 건물로 도망을 쳤다. 개중 담력 좀 있다는 남자애들은 아이스하키 스틱으로 무장하고 남자를 때려눕히려고까지 했다. 다행히 누군가 남자가 광장에서 온 동네 알코올중독자라는 걸 확인해주었고, 아이들은 남자를 놓아주었다.

그런데 이제는 러시아인이 쳐들어온 것이다. 아이들은 러시아인들에 대해선 별로 아는 게 없었다. 독일인이랑 러시아인이랑 벨만이 있었는데 말이야, 따위의 우스갯소리가 오갔다.* 러시아인들은 아이스하키에서는 세계 최고였다. 불리기로는 소비에트 연방이었다. 미국인들과 마찬가지로 우주까지 날아간 이들이었다. 미국은 러시아로부터 자국을 보호하기 위해 중성자탄을 만들었다.

점심시간에 오스카르는 요한과 그런 이야기를 나누었다.

"러시아도 갖고 있을까? 중성자탄 말이야."

요한은 어깨를 으쓱했다. "당연하지. 그 잠수함에도 하나 싣고 왔을걸."

"비행기가 있어야 폭탄을 떨어뜨릴 수 있는 거 아니었어?"

"에, 아냐. 로켓에 넣어서 어디에서건 쏠 수 있게 한다니까."

오스카르는 하늘을 올려다보았다.

"그럼 잠수함에도 실을 수 있다고?"

"그렇다니까. 어디건 집어넣을 수 있어."

"중성자탄이 터지면 사람들은 죽는데 집은 멀쩡하게 서 있는 거지."

"바로 그렇지."

---

* 스웨덴 초등학생들이 즐겨 하는 우스갯소리인 '벨만 시리즈'를 일컫는다. 18세기 음유 시인인 칼 미카엘 벨만에서 유래한 이 시리즈는 벨만과 국적이 다른 두 사람이 등장하는 우스운 이야기들로 구성되어 있다. 예를 들면 이런 식이다. 노르웨이인과 러시아인과 벨만이 있었다. 그들은 돼지우리에서 누가 더 오래 버티는가 내기를 했다. 노르웨이인이 이 분 만에 뛰쳐나오며 외쳤다. "돼지들이 방귀를 뀌었어!" 러시아인들도 오 분 만에 뛰쳐나오며 외쳤다. "돼지들이 방귀를 뀌었어!" 벨만이 들어간 지 십 분 후 돼지들이 뛰쳐나오며 외쳤다. "벨만이 방귀를 뀌었어!"

"동물들은 어떻게 될까?"

요한은 잠시 그에 대해 생각했다.

"걔네도 죽지 뭐. 딴 건 몰라도 큰 동물들은."

그들은 모래밭 가장자리에 앉아 있었는데, 더 어린 아이들은 아무도 놀고 있지 않았다. 요한이 커다란 돌멩이를 집어들어 던지자, 떨어진 자리에서 모래알들이 소용돌이 모양으로 솟구쳐올랐다.

"꽝! 다 죽었다!"

오스카르는 좀더 작은 돌멩이를 집었다.

"아니다! 생존자가 하나 있다. 푸슈우우욱! 뒤에 미사일이 떨어진다!"

그들이 돌멩이와 자갈돌로 전세계 모든 도시를 전멸시켰을 때, 뒤에서 목소리가 들려왔다.

"뭐 하고 자빠졌나?"

그들은 뒤를 돌아보았다. 욘니와 미케였다. 목소리의 주인공은 욘니였다. 요한은 손에 들고 있던 돌멩이를 아무렇게나 던져버렸다.

"어— 그냥……"

"너한테 한 말 아니거든? 돼지새끼, 너 말이야, 너. 뭐 하고 자빠졌냐고?"

"돌멩이 던졌어."

"뭣 하러?"

요한은 몇 발짝 뒤로 물러서더니 열심히 신발 끈을 고쳐묶기 시작했다.

"그냥— 별 이유 없어."

욘니가 모래밭을 바라보다가 별안간 팔을 쭉 뻗는 바람에 오스카르는 움찔했다.

"여긴 어린애들이 노는 데야. 알아, 몰라? 네가 모래밭을 망쳐놓고 있잖아."

미케는 서글픈 듯 고개를 저었다. "돌멩이 때문에 아이들이 넘어질지도 몰라."

"이거 다 네가 치워, 이 돼지새끼야."

요한은 여전히 신발 끈을 묶느라 여념이 없었다.

"내 말 알아들었어? 이거 네가 다 치우라고."

오스카르는 어떻게 해야 할지 결정을 내리지 못하고 가만히 서 있었다. 물론 욘니는 모래밭 따위는 안중에도 없었다. 늘 그런 식이었다. 아까 던진 돌멩이들을 다 치우려면 십 분은 족히 걸릴 것이고, 요한은 거들지 않을 것이다. 곧 종이 울릴 것이다.

싫어.

그 말이, 성령처럼 그에게로 왔다. 난생처음 '하느님'이라고 말할 때, 그 말이 다름아닌…… 진짜 하느님을 의미하는 것처럼.

오로지 욘니가 시켰다는 이유로, 모두 교실로 돌아간 후에도 돌멩이를 줍는 자신의 모습이 머릿속을 스쳐 지나갔다. 하지만 다른 광경도 떠올랐다. 모래밭에 서 있는, 오스카르네 아파트 단지 놀이터에 있는 것 같은 정글짐.

오스카르는 고개를 저었다.

"뭐라는 거야?"

"싫어."

"싫다고 했냐? 너 오늘따라 머리가 잘 안 돌아가냐? 내가 이거 주우라고 했지, 그 말은 네가 하라는 소리야."

"싫어."

종이 울렸다. 욘니는 오스카르를 노려보며 그 자리에 서 있었다.

"너도 이게 무슨 소리인지 모르겠지, 응? 미케."

"응."

"학교 끝나고 손 좀 봐주자."

미케는 고개를 끄덕였다.

"이따 보자, 돼지새끼."

욘니와 미케가 들어갔다. 요한이 신발 끈을 다 묶고 일어섰다.

"바보 같은 짓이었어."

"알아."

"미쳤냐? 왜 그랬어?"

"그냥……" 오스카르는 정글짐을 보았다. "그냥 그랬어. 별 거 없어."

"이 바보야."

"그러게."

＊

오스카르는 수업이 끝났는데도 책상 주변을 서성거렸다. 백지 두 장을 꺼낸 후, 교실 뒤편에서 백과사전을 가져와 책장을 넘기기 시작했다.

맘모스…… 메디치…… 몽골…… 모르페우스…… 모스

그래, 여기 있다. 모스 알파벳의 점과 기호들이 한 페이지의 4분의 1을 차지했다. 그는 백지에 크고 알아보기 쉬운 필체로 코드를 베끼기 시작했다.

A = .-

B = -...

C = -.-.

다 베낀 후 다른 백지에 또 한번 썼다. 썩 마음에 들지 않았다. 종이를 집어던지고, 다시 좀전보다 훨씬 깔끔하게 기호와 글자들을 베끼기 시작했다.

물론 여러 장 중 한 장은 깨끗이 써야 한다는 것이 중요했다. 엘리에게 줄 한 장. 그러나 베껴쓰는 일 자체도 재미있었고, 무엇보다 교실에 계속 머물 구실도 되었다.

엘리와 오스카르가 밤마다 만난 지도 일주일이었다. 어제 오스카르는 밖에 나가기 전에 벽을 두드렸고, 엘리가 답을 해왔다. 그러고 나서 그들은 동시에 밖으로 나갔다. 그때 오스카르는 그런 식으로 연락하는 걸 하나의 체계로 발전시키자고 생각했고, 마침 모스 알파벳이 있으니……

오스카르는 다 쓴 종이들을 자세히 들여다보았다. 좋은데. 엘리가 좋아할 것이다. 그처럼 그녀도 퍼즐을, 체계를 좋아했다. 그는 종이를 접어 책가방에 넣고 의자에 두 팔을 기대고 있었다. 배 속이 묵직해지는 것 같았다. 교실 벽에 걸린 시계가 세시 이십분을 지나고 있었다. 그는 책상 서랍에서 『저주 받은 천사』*를 꺼내 네시까지 읽었다.

그들이 두 시간이나 기다리지는 않을 것이다. 그렇지 않은가?

만약 욘니가 시킨 대로 돌멩이들을 치웠다면 지금쯤 집에 갔을 것이다. 무사히. 물론, 돌멩이를 줍는 것은 지금까지 그들이 시켜서 한 일

---

* 스티븐 킹의 소설. 염력으로 불을 붙이는 능력을 가진 여자아이가 주인공으로 등장한다.

중 최악도 아니었다. 후회가 밀려왔다.

지금이라도 하면 될까?

방과 후에 남아 있었다고 말하면 내일 받을 벌이 좀 가벼워지지 않을까? 그리고……

그래, 그렇게 해야겠다.

오스카르는 가방을 주섬주섬 챙겨 모래밭으로 나갔다. 다 정리하는 데는 십 분 정도밖에 걸리지 않을 것이다. 내일 이 이야기를 하면 욘니는 웃으면서, 그의 머리를 탁탁 치며 '돼지새끼 착한데' 같은 말을 할 것이다. 아무리 생각해봐도 그 편이 더 나았다.

그는 곁눈질로 정글짐을 보고는, 가방을 모래밭 옆에 내려놓고 돌멩이를 줍기 시작했다. 처음에는 큰 것을 주웠다. 런던, 파리. 돌멩이를 줍는 동안 그는 세계를 구원하고 있다고 상상했다. 끔찍한 핵폭탄이 투하된 후 수습하는 중이라고. 돌을 들어올리자 무너진 집에 있던 생존자들이 개미굴을 빠져나오는 개미떼처럼 엉금엉금 기어나왔다. 그런데 폭탄이 집은 안 부수지 않나? 아, 그럼 원자폭탄도 몇 개 섞여 있었던 모양이다.

오스카르가 돌멩이들을 내려놓으려고 모래밭 가장자리로 걸어갔을 때, 그들이 거기 서 있었다. 상상놀이에 골몰해 있던 탓에 오는 소리를 듣지 못한 것이었다. 욘니, 미케. 그리고 토마스까지. 그들은 기다란 개암나무 가지를 하나씩 들고 있었다. 회초리. 욘니는 회초리로 돌멩이 하나를 가리켰다.

"저기도 하나 있어."

오스카르는 들고 있던 돌멩이들을 와르르 내려놓고 욘니가 가리키는 돌멩이를 집어들었다. 욘니는 고개를 끄덕였다. "잘했어. 널 기다리고 있었다. 돼지새끼. 오래 기다렸다고."

"근데 토마스가 오더니 네가 여기 있다고 말해주더라."

미케가 말했다.

토마스의 눈은 내내 표정이 없었다. 초등학교 때 오스카르와 토마스는 친구였고 단지 마당에서 자주 함께 놀았다. 하지만 4학년에서 5학년으로 올라가기 전 여름이 지나자 토마스는 달라졌다. 말투가 바뀌었고, 더 성숙해졌다. 오스카르는 선생들이 토마스를 학급에서 가장 똑똑한 아이로 여긴다는 걸 알고 있었다. 선생들이 그를 대하는 걸 보면 알 수 있었다. 토마스에게는 컴퓨터가 있었고 장래희망이 의사였다.

오스카르는 들고 있던 돌멩이를 토마스의 얼굴에 그대로 던져버리고 싶었다. 떠들어대느라 벌어져 있는 입 안으로 곧장.

"안 뛸 거야? 시동 걸어. 뛰라고."

욘니가 나뭇가지를 윙윙 허공에 휘둘렀다. 오스카르는 돌멩이를 쥔 손에 힘을 주었다.

도망쳐버릴까?

회초리가 다리에 자국을 남기면서 가할 아픔이 벌써부터 따끔따끔 느껴지는 것 같았다. 어른들이 지나다닐 만한 공원길까지만 가도 그들은 그를 때리지 못할 것이다.

왜 도망치지 못하는 거지?

그럴 기회가 나지 않았다. 다섯 발짝도 떼기 전에 그들은 달려들어 그를 바닥에 내동댕이칠 것이다.

"보내줘."

욘니는 고개를 돌리며 못 들은 척했다.

"뭐라고 했어, 돼지새끼?"

"보내달라고."

욘니는 미케 쪽을 돌아보았다.

"우리가 절 보내줘야 된다고 생각하나봐."

미케는 고개를 저었다.

"그런데 어쩌지? 우리는 이렇게 멋지게 잘빠진 걸 만들었는데……"

그는 회초리를 들어 허공에 대고 후려쳤다.

"네 생각은 어떠냐, 토마스?"

토마스는 오스카르가 여전히 살아 몸부림치는 덫 속의 쥐라도 되는 양 바라보았다.

"돼지새끼한테 회초리 맛 좀 보여줘야 할 것 같은데."

그들은 셋이었다. 그리고 다들 회초리를 갖고 있었다. 더할 나위 없이 부당한 상황이었다. 그는 토마스의 얼굴을 향해 돌멩이를 던질 수도 있었다. 아니면 가까이 올 때 한 대 칠 수도 있었다. 교장선생과의 면담 같은 일이 뒤따를 터였다. 하지만 선생들도 이해할 것이다. 그들은 셋이었고, 무장까지 했으니까.

저는…… 물불 가릴 처지가 아니었어요.

그러나 물불을 가리지 못할 처지까지는 아니었다. 오히려 이미 마음을 먹은 터라, 두려운 가운데서도 한 줄기 냉정함의 심지가 돋아나는 걸 느꼈다. 토마스의 구역질나는 얼굴을 돌로 찍어버릴 수만 있다면 얼마든지 맞아도 좋았다.

욘니와 미케가 한 발걸음 다가왔다. 욘니가 허벅지에 회초리질을 하자 오스카르는 아파서 몸을 구부렸다. 미케가 뒤로 오더니 오스카르의 팔을 옆구리에 눌러붙이고 옴짝달싹 못하게 했다.

안 돼.

이제는 돌을 던질 수 없게 됐다. 욘니는 그의 다리를 후려치더니, 영화 속의 로빈 후드처럼 한 바퀴를 돌고 다시 후려쳤다.

회초리질을 당한 두 다리가 불에 지져지는 것 같았다. 오스카르는 미케에게서 벗어나려고 몸부림쳤지만 소용없었다. 눈물이 솟구쳤다. 비명을 질렀다. 욘니가 마지막으로 힘껏 후려치다 그만 미케의 다리까지 건드리자 미케는 "조심해!" 하고 버럭 소리를 질렀다. 그러나 그 와중에도 오스카르를 붙잡고 있는 팔은 풀지 않았다.

눈물 한 줄기가 오스카르의 뺨을 적셨다. 이건 공정하지 않았다. 그는 돌멩이를 전부 주웠고 갖은 노력을 다했는데, 어째서 그들은 그를 때리지 못해 안달인 걸까?

움키고 있던 돌멩이가 손에서 떨어졌고, 그는 서럽게 울기 시작했다.

욘니가 불쌍하다는 듯 말했다. "돼지새끼가 우네."

욘니는 만족한 것 같았다. 그의 차례는 끝났다. 그는 미케에게 놔주라는 신호를 보냈다. 오스카르는 통증을 못 이겨 부들부들 떨면서 오열했다. 그가 눈물이 그득한 눈으로 고개를 들어 그들을 보았을 때, 토마스가 입을 열었다.

"나는 어쩌고?"

미케가 오스카르의 팔을 다시 부여잡았고, 오스카르는 눈물이 앞을 가려 시야가 희뿌연 가운데 토마스가 다가오는 것을 보았다. 그는 코맹맹이 소리로 애원했다.

"제발 그만 해."

토마스는 회초리를 높이 들더니 후려쳤다. 단 한 번의 일격. 얼굴이 폭발하는 듯한 통증에 오스카르의 몸이 격렬하게 경련했고, 미케는 얼결에 그랬는지 부러 그랬는지 손을 놓고 말했다.

"토마스, 너 왜 그래? 그렇게까지 하면······"

욘니도 화가 난 목소리로 말했다.

"얘네 엄마한텐 네가 가서 말해."

오스카르는 토마스가 대답을 했는지 어땠는지 미처 듣지 못했다.

그들의 목소리가 멀리 사라졌다. 오스카르는 얼굴이 모래에 처박힌 채 남겨졌다. 왼쪽 뺨이 화끈거렸다. 차가운 모래가 다리의 열을 식혀주었다. 다친 쪽 뺨도 모래에 묻고 싶었지만, 그리 좋은 방법이 아닌 것 같았다.

한참을 그렇게 누워 있으니 슬슬 추워지기 시작했다. 그는 일어나 앉아 조심스럽게 왼쪽 뺨을 만져보았다. 손가락에 피가 묻어났다.

그는 옥외 화장실까지 걸어가 거울을 보았다. 뺨은 부어 있었고 반쯤 굳은 피가 엉겨붙어 있었다. 토마스 자식은 젖 먹던 힘까지 다해 후려친 것이 분명했다. 오스카르는 뺨을 물로 씻고 다시 거울을 보았다. 피가 멎은 걸 보니 심각한 건 아니었다. 그러나 상처는 뺨 전체를 가로지르다시피 할 정도로 길었다.

엄마. 엄마한텐 뭐라고 말하지?

사실대로 말하고 싶었다. 위로받고 싶었다. 한 시간 후면 엄마가 집에 오니까, 그들이 무슨 짓을 했는지 말하면 엄마는 완전히 정신이 나가 그를 끌어안고 또 끌어안을 것이고, 그렇게 그는 엄마의 품에 파묻혀, 엄마의 눈물에 흠뻑 젖어 결국 함께 엉엉 울 것이다.

그런 후 엄마는 토마스의 엄마에게 전화를 할 것이다.

그런 후 엄마는 토마스의 엄마에게 전화를 할 것이고, 둘은 언성을 높이며 싸울 것이고, 그러고 나서 엄마는 토마스의 엄마가 얼마나 못돼먹은 인간인지 말하며 또 울 것이고 그러면······

목공시간.

목공시간에 사고가 난 거다. 안 된다. 그럼 엄마는 선생님한테 전화를 할 거다.

오스카르는 거울을 보며 상처를 꼼꼼히 살펴보았다. 어떻게 하면 이런 상처가 생기지? 놀이기구에서 떨어졌다고 하자. 제대로 먹힐 것 같진 않지만 엄마는 그렇게라도 믿고 싶어할 것이다. 그래도 그를 가엾게 여겨, 아무것도 따지지 않고 아들을 감싸줄 것이다. 놀이기구라고 말하는 거다.

바지가 얼음장 같았다. 오스카르는 바지 단추를 풀고 확인했다. 속옷이 젖어 있었다. 그는 오줌공을 꺼내 물에 헹구었다. 다시 집어넣으려다 문득 멈추고 거울을 보았다.

오스카르. 저게…… 오스카르야.

그는 물에 헹군 오줌공을 코에 씌웠다. 광대 같았다. 노란 공과 뺨의 붉은 상처. 오스카르. 그는 눈을 커다랗게 뜨고 미치광이 같은 표정을 지어보았다. 그래. 섬뜩했다. 그는 거울 속 광대에게 말을 걸었다.

"이제 다 끝났어. 그만 하면 됐어. 알아들었어? 그만 하면 됐다고."

광대는 대답이 없었다.

"난 이딴 것 못 참아. 딱 한 번도 안 돼. 알겠어?"

오스카르의 목소리가 텅 빈 화장실에 울려퍼졌다.

"나더러 어쩌라고? 나더러 어쩌라는 거냐고?"

그는 아플 정도로 안면근육을 일그러뜨렸고, 목소리도 굵고 나지막하게 변조했다. 광대가 입을 열었다.

"……그것들을 죽여라…… 그것들을 죽여라…… 그것들을 죽여라."

오스카르는 몸서리를 쳤다. 정말이지 좀 소름 끼치는 데가 있었다.

정말 다른 사람의 목소리처럼 들렸고, 거울에 비친 얼굴도 자신이 아니었다. 그는 코에서 오줌공을 떼어내 다시 바지춤에 집어넣었다.

그 나무.

이런 걸 정말 믿어서는 아니었지만, 오스카르는 그 나무를 찌르러 갈 생각이었다. 어쩌면 만에 하나, 정말로 집중한다면, 그러면……

아마도.

오스카르는 머릿속 한가득 아름다운 광경을 그리며 책가방을 집어 들고, 서둘러 집으로 갔다.

토마스는 컴퓨터 앞에 앉아 있다가 칼로 찌르는 듯한 첫 아픔을 느낀다. 아픔의 근원을 알 수가 없다. 그는 배에서 피를 쏟으며 비틀거리는 걸음으로 부엌으로 간다. "엄마, 엄마, 누가 날 칼로 찔러."

토마스의 엄마는 그저 그 자리에 우두커니 서 있을 것이다. 아들이 무슨 짓을 저지르건 아들 편만 드는 토마스의 엄마. 그녀는 그 자리에 우두커니 서 있을 것이다. 공포에 얼어붙은 채. 한편 칼은 계속해서 토마스의 몸에 구멍을 뚫는다.

그는 피바다가 된 부엌 바닥에 쓰러진다. "엄마…… 엄마……" 한편 보이지 않는 칼이 그의 배를 가르자 내장이 리놀륨 바닥 위로 쏟아진다.

실제로 그렇게는 되지 않을 것이다.

그래도 여전히.

※

아파트 안은 고양이 오줌 냄새로 진동했다.

기젤은 그의 무릎 위에 앉아 가르랑거리고 있었다. 비비와 베아트리스는 바닥에서 레슬링을 하고 있었다. 만프레드는 여느 때와 다름없이 창가에 앉아 유리창에 코를 누르다시피 대고 있었고, 구스타프는 만프레드의 관심을 끌어보려고 놈의 허리에 제 머리를 치대고 있었다.

몬스와 투프스와 클레오파트라는 안락의자에 앉아 쉬고 있었다. 투프스는 앞발로 몇 올 빠져나온 실오라기들을 가지고 놀고 있었다. 칼 오스카르는 창틀로 뛰어오르려다 미끄러지더니 바닥에 떨어져 벌렁 나자빠졌다. 한쪽 눈이 보이지 않는 고양이었다.

루르비스는 현관으로 나와 우편함 구멍을 지켜보며 언제고 광고지가 밀려들어오면 덤벼들 채비를 하고 있었다. 벤델라는 모자 선반 위에 앉아 루르비스를 지켜보고 있었다. 두 개의 나무 널빤지 사이에서 흔들리는 그 암코양이의 앞발은 기형이었고, 이따금 움찔거렸다.

더 많은 고양이들이 부엌으로 나오더니 뭔가를 먹거나 식탁과 의자 주변을 돌아다니며 어슬렁거렸다. 침실 침대 위에서는 다섯 마리의 고양이가 자고 있었다. 그보다 좀더 많은 고양이들은 나름대로 들어가는 법을 터득한 옷장이나 찬장을 은신처로 삼았다.

예스타가 이웃들의 성화에 못 이겨 고양이들에게 외출을 금한 후, 새로운 유전자를 가진 놈이 합류하는 일은 없었다. 대개의 새끼들은 사산되거나, 기형으로 태어난 지 며칠 지나기가 무섭게 죽어버렸다. 예스타의 집에 사는 스물일곱 마리의 고양이 중 절반이 태어나면서부터 장애를 안고 있었다. 눈이 멀었거나, 귀가 먹었거나, 이빨이 없거나, 운동신경에 문제가 있었다.

그는 그것들 모두를 사랑했다.

예스타는 기젤의 귀 뒤를 긁어주었다.

"그래…… 내 새끼…… 우리 이제 뭐 할까? 몰라? 하긴, 나도 모르겠다. 하지만 뭔가 할 게 있지, 그렇지? 할 게 있는데 이런 식으로 내뺄 수야 있나? 그건 요케였어. 내가 알고 지내던 사람이야. 지금은 죽었단다. 하지만 다른 사람들은 아무것도 몰라. 내가 본 걸 보지 못했거든. 너도 봤다고?"

예스타는 고개를 수그리고, 속삭였다.

"그건 애였어. 난 놈이 산책길로 내려가는 걸 봤어. 놈은 요케를 기다리고 있었어. 지하도에서. 요케는 거기 들어가선 나오지 않았어. 그리고 다음 날 아침, 그는 사라져버렸어. 하지만 그는 죽은 거야. 그가 죽었다는 걸 나는 안단다.

뭐라고?

아니, 난 경찰서에는 못 가. 경찰들이 물어볼 거거든. 사람들이 마구 몰려들어선 나한테 왜 아무 말 안 했느냐고 물을 거야. 조명을 내 얼굴에 들이대면서 말이야.

사흘 전이었어. 아니 나흘 전이었나. 잘 모르겠네. 오늘이 무슨 요일이지? 그 사람들이 물어볼 텐데. 난 말 못해.

그래도 뭐든 해야 돼.

근데 뭘 해야 할지 통 모르겠구나."

지젤은 주인을 쳐다보았다. 그리고 그의 손을 핥기 시작했다.

❅

오스카르가 숲에서 돌아왔을 때, 칼은 썩은 나무 부스러기로 지저분해져 있었다. 그는 부엌 싱크대에서 칼을 씻은 후, 행주로 그것의 물기를 닦아냈다. 깨끗이 물에 빨아 뺨에 가져다댔던 행주였다.

좀 있으면 엄마의 퇴근시간이었다. 그는 한 번 더 나가고 싶었다. 시간이 더 필요했다. 여전히 건드리기만 해도 울음보가 터질 것 같았고, 두 다리도 욱신욱신했다. 그는 찬장에서 열쇠를 꺼낸 후 쪽지를 썼다. 금방 올게요, 오스카르. 그런 후 칼을 제자리에 갖다놓고 지하실로 내려갔다. 열쇠로 육중한 문을 열고, 슬며시 안으로 들어갔다.

지하실 냄새. 오스카르는 그 냄새를 좋아했다. 목재와 오래된 물건들과 밀폐성이 혼합된, 맡으면 안심이 되는 냄새. 지면 높이의 창문 틈으로 엷게 빛이 스며들어와 희부연 빛이 감도는 지하실 안에는, 비밀과 보물이 숨겨져 있을 것만 같았다.

그의 왼편에 있는 기다란 공간은 네 개의 창고로 나뉘어 있었다. 칸막이벽과 문짝은 목재였고, 문에는 가지각색의 보안용 잠금장치가 달려 있었다. 문짝 중 하나엔 강화 자물쇠가 달려 있었다. 누군가 도둑을 맞은 적이 있는 것이었다.

나무 판자벽 맨 가장자리에 누군가 마커로 KISS라고 써놓은 것이 보였다. S는 거꾸로 된 Z처럼 길게 늘여 씌어 있었다.

그러나 제일 재미난 건 반대편 끝에 있었다. 재활용품과 덩치가 큰 쓰레기를 넣어두는 곳. 오스카르는 그곳에서 지금 그의 방에 있는 지구본과 『헐크』 만화책 몇 권과 그밖의 물건들을 찾아낸 적이 있었다.

그러나 오늘은 아무것도 건질 게 없었다. 얼마 전에 한 번 싹 치운 게 분명했다. 신문 몇 장과, '영어' '스웨덴어' 라벨이 붙어 있는 서류 바인더 몇 개뿐이었다. 서류 바인더라면 오스카르에게도 많았다. 얼마 전에 인쇄소 밖 컨테이너를 뒤져 큼지막한 묶음을 건졌다.

그는 지하실을 가로질러 건물 안의 다음 계단통으로 갔다. 톰미 형네 집으로 통하는 계단통이었다. 내처 그쪽 지하실 문까지 가 자물쇠를 따고 들어갔다. 페인트나 회석 용해제 때문인지 그곳에서는 다른 냄새가 났다. 그 지하실에는 아파트의 전 가구를 위한 방공호가 있었다. 삼 년 전 그보다 나이가 많은 형들이 권투클럽을 열었을 때 딱 한 번 온 이후로 처음이었다. 어느 날 오후엔가 허락을 받아 톰미 형과 함께 구경을 했다. 남자들이 두 손에 권투장갑을 끼고 서로를 쫓아다니는 것을 보고 오스카르는 약간 겁이 났다. 신음 소리, 땀, 팽팽한 긴장, 전력을 다하는 육체들, 주먹을 휘두를 때마다 두꺼운 콘크리트 벽에 반쯤 먹혀 먹먹하게 들리던 소리. 그후 누군가 다쳤던가 그 비슷한 사고가 나는 바람에 바퀴형 잠금장치에는 사슬과 자물쇠가 채워졌다. 그것으로 권투시합은 영영 끝이었다.

오스카르는 불을 켜고 방공호를 향해 걸어갔다. 만약 러시아인들이 쳐들어오면 자물쇠를 열어야 할 것이다.

사람들이 열쇠를 잃어버리지만 않았다면.

오스카르는 거대한 철문 앞에 서서 문득 생각했다. 그러니까 누군가…… 누군가 여기 갇혀 있는 것이다. 그래서 사슬과 자물쇠까지 동원된 것이다. 괴물을 가둬놓으려고.

오스카르는 귀를 기울였다. 저 멀리 거리에서, 아파트 위층에서 사람들 움직이는 소리가 들렸다. 그는 정말로 지하실이 좋았다. 원하면 언제든 올라갈 수 있는 세계가 저 위에 있음을 인식하는 가운데, 그곳과는 전혀 다른 세상에 와 있는 느낌. 이곳 아래는 고요했고, 아무도 오지 않았고, 아무 말도 하지 않았고, 그에게 어떤 행동도 하지 않았다. 해야 할 것도 아무것도 없었다.

방공호 건너편은 클럽하우스였다. 금기의 장소.

물론 자물쇠를 걸어놓진 않았지만, 그렇다고 누구나 들어가도 되는 곳은 아니었다. 그는 심호흡을 한 번 한 후 문을 열었다.

클럽하우스로 쓰는 창고에는 이렇다 할 것이 별로 없었다. 심하게 푹 꺼진 소파와 그에 못지않게 내려앉은 안락의자가 전부였다. 바닥에 깔개 한 장. 페인트칠이 벗겨진 서랍장. 천장에 매달려 있는 알전구는 복도 쪽 조명에서 선을 끌어와 급조한 불법 조명장치였다. 불은 꺼져 있었다.

오스카르는 전에도 이곳에 몇 번 온 적이 있어서 불을 켜려면 알전구를 돌려야 한다는 걸 알고 있었다. 하지만 아무래도 그럴 엄두가 나지 않았다. 널빤지 틈새로 새어들어오는 빛으로 족했다. 심장박동이 빨라졌다. 그가 여기 있는 걸 그들이 알기라도 하면……

뭐? 나도 모르겠어. 그래서 정말 무서워. 날 두들겨패진 않겠지만 그래도……

그는 깔개 위에 무릎을 꿇고 앉아 소파의 쿠션을 들어올렸다. 본드 튜브 몇 개, 비닐봉지 한 두루마리, 라이터 가스 한 깡통. 소파 저쪽 구석에 놓인 방석 아래에는 포르노 잡지가 몇 권 있었다. 〈렉튀르〉와 〈에프이베 악투엘트〉 몇 권. 표지에 손때가 까맣게 묻은.

그는 〈렉튀르〉를 집어들고 좀더 환한 문 쪽으로 자리를 옮겼다. 여전히 무릎을 꿇은 채 앞쪽 바닥에 잡지를 펼쳐놓고 책장을 획획 넘겼다. 입 안이 바싹바싹 말랐다. 화보 속 여자는 실오라기 하나 걸치지 않고 하이힐만 신은 채 선탠 의자에 누워 있었다. 두 가슴을 앞으로 모으고, 입술은 뾰족하게 내밀고 있었다. 여자는 두 다리를 한껏 벌리고 있어서, 다리 사이의 음모 한가운데 자리 잡은 띠 모양의 분홍빛 살과, 살 안쪽으로 패어 있는 홈이 환히 드러나 보였다.

저기다 어떻게 집어넣는 걸까?

여기저기서 주워들은 말도 있고, 낙서를 보고 안 것도 있었다. 보지. 구멍. 음순. 하지만 이건 구멍이 아니었다. 그냥 홈이었다. 학교에서 성교육을 받은 적이 있어서 그는 외음부에서 내부로 들어가는…… 터널이 있다고 알고 있었다. 하지만 어느 쪽 방향으로? 일직선으로 곧장? 아니면…… 종잡을 수가 없었다.

그는 계속 페이지를 넘겼다. 독자 사연. 수영장에서. 여자 탈의실의 칸막이 안이었죠. 그 여자의 두 젖꼭지가 수영복 밑에서 딱딱하게 솟아올라 있었습니다. 수영복 바지 밑에서 제 물건이 망치마냥 벌떡 용솟음쳤습니다. 그녀는 옷걸이를 부여잡고는 그 앙증맞은 엉덩이를 제 쪽으로 돌려대고는 신음했습니다. "날 가져, 지금 당장 날 가져."

문 뒤에서, 남들이 볼 수 없는 곳에서는 만날 이런 짓들을 하는 걸까?

다른 페이지를 펼치고 다 함께 모인 가족들이 예기치 않은 상황에 맞닥뜨린 사연을 막 읽기 시작했을 때, 지하실 입구 열리는 소리가 들렸다. 그는 잡지를 덮어 도로 소파 쿠션 밑에 쑤셔넣고도 어찌해야 할지 몰라 눈앞이 캄캄했다. 목구멍이 막혀 숨도 못 쉴 지경이었다. 복도에서 들려오는 발소리.

하느님, 제발, 걔네는 안 돼요. 걔네는 안 돼요.

그는 두 손으로 무릎을 쥐어짜듯 움켜잡으며 턱이 얼얼할 정도로 이를 앙다물었다. 문이 열렸다. 톰미가 두 눈을 깜빡이며 서 있었다.

"이건 또 뭐야?"

오스카르는 무슨 말이든 하고 싶었지만 빗장이라도 지른 듯 입을 열 수가 없었다. 다만 앉은 자리에, 문틈에서 주단처럼 펼쳐진 빛을 받고 있는 깔개 위에 무릎을 꿇은 채 간신히 코로만 숨을 쉬고 있을 뿐이었다.

"니미, 이게 뭔 꼬라지야? 뭔 일 있었어?"

턱을 거의 움직이지도 못한 상태에서 오스카르는 간신히 이 사이로 대답했다. "아니, 아무…… 것도 안 했어."

톰미는 창고 안으로 한 발짝 걸어들어와 오스카르를 굽어보았다.

"아니, 네 뺨 말이야. 어쩌다 그렇게 됐냐고?"

"아…… 별거 아니야."

톰미는 고개를 절레절레 젓더니 알전구를 돌려 불을 켜고 문을 닫았다. 오스카르는 일어나 손을 양옆으로 늘어뜨린 채 방 한가운데 멍하니 서 있었다. 문 쪽으로 한 걸음 옮기는데, 톰미가 안락의자에 파묻히듯 앉더니 소파 쪽을 가리켰다.

"앉아."

오스카르는 잡지를 숨긴 쿠션이 아닌 가운데 쿠션에 앉았다. 톰미는 한동안 말없이 앉아 오스카르를 바라보았다. 이윽고 그가 입을 열었다.

"좋아. 들어나 보자."

"뭘?"

"뺨에 그거 왜 그런 거야?"

"……그냥……"

"누가 때렸지, 맞지?"

"……어……"

"왜?"

"몰라."

"뭐? 이유도 없이 팼단 말이야?"

"응."

톰미는 고개를 끄덕이더니 안락의자에서 비어져나온 성긴 실오라기 몇 가닥을 뽑았다. 그리고 스누스 담배 한 통을 꺼내 담배 덩이를 입술 안쪽으로 쑤셔넣더니, 오스카르에게 통째 내밀었다.

"좀 줘?"

오스카르는 고개를 저었다. 톰미는 도로 집어넣고, 혀를 움직여 담배 덩이를 고정시킨 다음 두 손을 배에 얹고 안락의자 등받이에 기댔다.

"알았어. 그러면 여기선 뭘 하고 있었던 거냐?"

"어, 그냥 지금 막—"

"예쁜 여자들 구경했구나, 맞지? 아직 본드는 안 불었지? 이리 와봐."

오스카르는 일어나 톰미에게 갔다.

"더 가까이 와. 나한테 입김을 불어봐."

오스카르가 시키는 대로 하자 톰미는 고개를 끄덕이고 소파를 가리키며 다시 앉으라고 손짓했다.

"그딴 건 손도 대지 마, 알았어?"

"안 댔어……"

"그래, 안 댔지. 하지만 죽었다 깨어난대도 손대선 안 돼, 알았어? 안 좋은 거야. 담배는 괜찮아. 그건 해도 돼."

그는 잠시 말을 멈추었다.

"그래, 밤새도록 멍하니 나만 보고 있을 거야?"

그는 오스카르 옆의 쿠션 쪽을 가리켰다.

"좀더 볼래?"

오스카르는 고개를 저었다.

"좋아, 집에 가. 곧 애들이 오는데 네가 여기 있는 걸 보면 별로 안 좋아할 거야. 집에 가, 지금 당장."

오스카르는 자리에서 일어났다.

"아, 그리고 오스카르……"

톰미는 그를 바라보더니 고개를 절레절레 저으며 한숨을 내쉬었다.

"아냐, 됐다. 집에 가. 그리고 한 가지 더. 다시는 여기 내려오지 마."

오스카르는 고개를 끄덕이고 문을 열었다. 그리고 문간에 멈춰섰다.

"미안해."

"괜찮아. 다시 안 오면 돼. 아 참, 너 아직 돈 못 구했냐?"

"내일."

"좋았어. 너 주려고 〈디스트로이어〉랑 〈언매스크드〉 테이프에 녹음해놨어. 나중에 언제 들러서 가져가."

오스카르는 고개를 끄덕였다. 목에서 뭔가 울컥하고 복받쳐올랐다. 거기 계속 있다간 울음을 터뜨릴 것 같았다. 그는 "고마워"라고 속삭이듯 말하고 그곳을 나왔다.

✼

톰미는 안락의자에 앉아 담뱃진을 한 번 빨아 삼키고는 소파 아래 뭉쳐 있는 먼지를 바라보았다.

대책이 안 선다.

그들은 오스카르가 9학년을 마칠 때까지 그를 두들겨팰 것이다. 오스카르는 매를 버는 유형이었다. 톰미는 뭐든 해주고 싶은 마음도 있었지만, 이미 터진 일이라면 할 수 있는 건 없었다. 막을 수 없는 일이었다.

그는 호주머니에서 라이터를 꺼내 입 안에 넣고 가스가 새어나오게 했다. 입 안이 차가워지기 시작하자, 라이터를 빼고 불을 켜고 숨을 내뿜었다.

확 하고 눈앞에서 불길이 일었다. 그런데도 기분이 풀리지 않았다. 그는 초조한 마음으로 자리에서 일어나 서성였다. 먼지뭉치가 발아래서 빙글빙글 돌며 떠올랐다.

너라고 뭘 어쩔 수 있을 것 같아?

그는 비좁은 공간을 감방이라 생각하며 왔다갔다했다. 도망칠 수 없어. 나 죽었네 하고 참거나, 아님 말거나. 블라케베리. 그는 이곳에서 도망칠 작정이었다. 이다음에 크면…… 선원이나 뭐 그 비슷한 것이 될 작정이었다.

갑판을 닦아라. 쿠바로 간다. 영차, 영차, 닻줄을 감아라.

거의 쓴 적이 없는 빗자루가 벽에 기대어져 있었다. 그는 그것을 가져다 바닥을 쓸기 시작했다. 먼지가 코 높이까지 떠올랐다. 한창 비질을 하다 문득 보니 쓰레받기가 없었다. 그는 소파 밑으로 먼지를 쓸어넣었다.

깔끔한 지옥보다는 구석에 쓰레기가 좀 있는 게 낫지.

톰미는 포르노 잡지를 몇 장 훑어보다 있던 자리에 도로 놓았다. 스카프를 목에 감고 머리통이 터질 것 같은 느낌이 들 때까지 세게 조였다가 풀었다. 자리에서 일어나 깔개 위로 몇 발짝 움직였다. 그리고 무릎을 꿇고 기도를 했다.

✳

로반과 라세는 다섯시 반쯤 왔다. 그들이 들어섰을 때 톰미는 세상에 남부러울 것 없다는 표정으로 안락의자에 늘어져 있었다. 라세는 입술만 빨고 있는 것이, 어딘가 초조해 보였다. 로반이 씩 웃더니 라세의 등을 후려쳤다.

"라세가 카세트플레이어 하나 더 달랜다."

톰미가 한쪽 눈썹을 치켜올렸다.

"왜?"

"말해, 라세."

라세는 콧김만 내뿜을 뿐, 톰미를 똑바로 보지도 못했다.

"어…… 공장에 친구 하나가 있는데."

"누가 사고 싶대?"

"어."

톰미는 어깨만 으쓱하더니 의자에서 일어나 잡동사니들 가운데서 방공호 열쇠를 꺼냈다. 뭔가 극적인 광경을 기대했던 로반은 실망한 표정이 역력했지만, 톰미는 신경쓰지 않았다. 라세 자식이라면 아예 공장 옥상에 올라가 '장물 세일!' 하고 외쳐댈지도 몰랐지만, 아무래도 상관없었다.

톰미는 로반을 옆으로 밀치고 복도로 걸어나가 자물쇠에 열쇠를 넣고 돌린 후 바퀴에서 무거운 사슬을 풀어 로반에게 던졌다. 사슬은 로반의 손에 떨어졌다가 와르르 소리를 내며 바닥으로 쏟아졌다.

"왜 이래? 뽕이라도 맞은 거야, 뭐야?"

톰미는 고개를 젓고는 바퀴 손잡이를 돌린 후 문을 밀었다. 안에 있는 형광등은 깨져 있었지만 복도 불빛만으로도 한쪽 벽에 쌓여 있는 상자들이 훤히 보였다. 톰미는 카세트플레이어가 든 종이상자를 내려 라세에게 주었다.

"재미 보라구."

라세는 자신 없는 표정으로 톰미의 행동을 해석해주길 바라는 듯 로반 쪽을 보았다. 로반은 별거 아니라는 표정을 짓더니, 문을 다시 잠그고 있는 톰미 쪽으로 돌아섰다.

"스타판한테 뭐 주워들은 것 없냐?"

"없어." 톰미는 자물쇠를 짤깍짤깍 만지작거리다 한숨을 내쉬었다. "내일 거기 저녁 먹으러 가니까 두고 보자고."

"저녁이라고?"

"어— 그런데 왜?"

"아냐, 아무것도 아냐. 그냥 경찰들은…… 휘발유나 뭐 그런 걸 먹고사는 줄 알았지."

라세는 분위기가 풀린 것이 기뻐 큰 소리로 웃어댔다.

"휘발유라고……"

＊

그는 엄마한테 거짓말을 했다. 그리고 엄마는 믿었다. 지금 그는 배속이 뒤집히는 듯한 기분으로 침대에 몸을 쭉 뻗고 누워 있었다.

오스카르. 거울에 비친 저 아이. 누구지? 그에게 많은 일이 일어났다. 나쁜 일. 좋은 일. 이상한 일. 그런데 저 남자는 누구지? 욘니한테 오스카르는 때려주고 싶게 생긴 돼지새끼다. 엄마한테 오스카르는 세상의 좋지 않은 일 같은 건 절대 일어나지 않기를 바라는 '내 새끼'다.

엘리한테 나는…… 뭘까?

오스카르는 벽 쪽으로, 엘리가 있는 쪽으로 돌아누웠다. 벽지에 있는 나무들 사이로 얼굴 두 개가 튀어나왔다. 그의 뺨은 여전히 부어 있었고, 진물이 흘렀고, 상처 위에는 딱지가 앉기 시작했다. 엘리가 오늘 밤 나오면 뭐라고 해야 하지?

모든 게 연관되어 있었다. 오스카르가 엘리에게 하게 될 말은 그가 그녀에게 어떤 존재인가에 따라 달라질 것이다. 엘리는 그에게 새로운 존재였고, 그래서 오스카르는 다른 누군가가 되어 다른 사람한테는 하지 않는 말을 할 기회가 생긴 것이었다.

그렇다 한들 뭘 어쩌려고? 사람들이 널 좋아하게 만들려고?

책상 위의 시계를 보니 일곱시 십오분이었다. 잎사귀들 속에서 새로운 형체를 찾아내려 애쓰다 마침내 뾰족한 모자를 쓴 작은 톰텐과 거꾸로 매달린 트롤*을 찾아낸 순간, 벽을 두드리는 소리가 들렸다.

똑. 똑. 똑.

조심스럽게 두드리는 소리. 그도 벽을 두드려 응답했다.

똑. 똑. 똑.

기다렸다. 몇 초 후 또다시 두드리는 소리.

똑. 똑똑똑. 똑.

그가 모자라는 두 번을 채웠다. 똑. 똑.

기다렸다. 더는 아무 소리도 들리지 않았다.

그는 모스부호를 적은 종이를 꺼내고 재킷을 입은 후, 엄마에게 인사를 하고 놀이터로 나갔다. 몇 발짝 가지 않았는데 옆 건물의 문이 열리더니 엘리가 나왔다. 그녀는 운동화를 신고 청바지에 검은색 바탕에 은색으로 '스타워즈STAR WARS'라고 씌어진 스웨트셔츠를 입고 있었다.

---

* 톰텐과 트롤 모두 스칸디나비아 민담에 등장하는 상상의 존재들이다. 톰텐은 농가와 어린이를 액운에서 지켜주는 작은 요정이며, 트롤은 깊은 계곡이나 동굴에 사는 거인이다.

처음에 오스카르는 엘리가 자기 셔츠를 입고 있다고 생각했다. 그저께 자기가 입고 있었던 것과 똑같았다. 하지만 그 옷은 지금 빨래 바구니에 있다. 그와 짝을 맞추려고 산 걸까?

"있었네."

오스카르는 연습한 대로 '안녕'이라 말하려고 입을 열었다 그대로 다물어버렸다. 다시 입을 열어 '있었네'라고 말하려 했지만, 그냥 "안녕" 하고 대답했다.

엘리가 눈살을 찌푸렸다.

"뺨이 왜 그래?"

"쩝…… 넘어졌어……"

오스카르는 놀이터 쪽으로 갔다. 엘리도 따라왔다. 그는 정글짐을 지나쳐 그네로 가 앉았다. 엘리도 그의 옆 그네에 앉았다. 그들은 한동안 말없이 그네만 탔다.

"다른 사람이 그런 거지, 그렇지?"

오스카르는 계속 왔다갔다 그네를 탔다.

"응."

"누구야?"

"어떤…… 친구들."

"친구들?"

"우리 반에 있는 애들."

오스카르는 그네의 속도를 높이며 화제를 다른 데로 돌리려고 했다.

"근데 너는 학교 어디 다녀?"

"오스카르."

"응?"

"그네 좀 세워봐."

그는 발로 땅을 구르며 그네를 세우고 발치를 내려다보았다.

"그래, 왜?"

"있잖아."

그녀는 손을 뻗어 그의 손을 잡았고, 그는 그네를 완전히 멈추고 그녀를 바라보았다. 엘리의 얼굴은 불켜진 창문을 등지고 있어서 거의 새카맣게 보였다. 물론 오스카르의 상상이었지만, 그녀의 눈이 하얗게 타오르고 있는 것 같았다. 그나마 그녀의 얼굴에서 제대로 보이는 것은 그 두 눈뿐이었다.

그녀가 다른 손으로 그의 상처를 쓰다듬었고, 그러자 이상한 일이 일어났다. 그녀의 피부 아래로 다른 누군가가, 훨씬 더 나이 먹고 강건해 보이는 사람이 보였다. 오스카르는 아이스크림을 한 입 베어물었을 때처럼 등줄기가 오싹하니 차가워지는 것을 느꼈다.

"오스카르. 걔들이 그런 짓 하게 놔두지 마. 내 말 알아들어? 못 하게 하라고."

"……안 돼."

"맞받아쳐. 그런 적 한 번도 없지, 안 그래?"

"없어."

"그럼 이제부터 그렇게 해. 너도 맞받아쳐. 세게."

"세 명이나 되는데."

"그럼 더 세게 때려야겠네. 무기를 써."

"그래."

"돌, 작대기. 진짜 각오한 것보다 더 세게 때리는 거야. 그래야 걔들도 건드리지 못할 거야."

"그래도 계속 때리면?"

"너 칼 있잖아."

오스카르는 마른침을 삼켰다. 지금 이 순간 엘리의 손을 잡고 그녀와 마주 보고 있으니, 모든 것이 별것 아닌 것 같았다. 하지만 그가 대들어서 그들이 더 못살게 군다면, 만약 그들이……

"그래, 하지만 만약에 걔들이……"

"그땐 내가 도와줄게."

"네가? 하지만 넌……"

"나 할 수 있어, 오스카르. 그게…… 내가 할 수 있는 게 있어."

엘리는 그의 손을 힘주어 잡았다. 그도 화답으로 그녀의 손을 꽉 잡으며 고개를 끄덕였다. 그러나 엘리가 더 꽉 잡았고, 그 힘이 너무 세서 약간 아플 정도였다.

정말 힘이 세네.

엘리가 손을 놓아주자 오스카르는 그녀에게 주려고 학교에서 모스부호를 베껴쓴 종이를 꺼내 펴서 건넸다. 그녀는 미간을 찌푸렸다.

"이게 뭐야?"

"밝은 데로 가서 보자."

"아냐, 여기서도 잘 보여. 근데 이게 뭐야?"

"모스부호."

"아, 그래. 그렇군. 근사한걸."

오스카르는 킥킥 웃었다. 이애는 참말이지…… 이럴 때 뭐라고 하지……? 작위적으로 말한다. 그런 말이 그녀의 입에서 나오니까 어색했다.

"내 생각에는…… 벽을 통해 대화를 할 수 있을 것 같아서……"

엘리는 고개를 끄덕였다. 뭔가 할 말을 생각하는 표정이었다.

"즐겁겠는데."

그녀가 말했다.

"재미있겠다는 소리야?"

"응. 재미. 재미있겠다."

"너 좀 이상해, 그거 알아?"

"내가?"

"응, 하지만 괜찮아."

"그럴 때마다 고쳐줘. 이상하면 안 되지."

"알았어. 보여줄 게 있는데 볼래?"

엘리는 고개를 끄덕였다.

오스카르는 그녀에게 그만의 특별 묘기를 보여주었다. 아까처럼 그네에 앉아 발을 굴렸다. 한 번씩 발을 구를 때마다, 한 번씩 반원을 그리며 조금씩 높아질 때마다, 그의 가슴속에 무언가가 차올랐다. 자유였다.

환히 빛나는 아파트 창문이 울긋불긋한 색으로 작열하는 실가닥들처럼 휙휙 지나갔고, 오스카르는 그네를 타고 더욱 높이, 높이 올라갔다. 늘 성공하는 묘기는 아니었지만, 이번에는 기필코 해낼 작정이었다. 지금 그는 깃털처럼 가벼워 하늘을 날 수도 있을 것 같았다.

그네가 아찔할 만큼 높이 올라가자 사슬 줄이 느슨해졌다. 그네가 뒤쪽으로 휙 올라가자, 그는 온몸에 힘을 주었다. 그네가 다시 뒤에서 앞으로 나아가 가장 높은 지점에 이르렀을 때 그는 사슬 줄을 놓았고, 두 다리를 앞으로 쭉 뻗으며 가능한 한 높이 올랐다. 두 다리로 반 바퀴를 돌아 두 발로 착지한 그는 그네에 머리가 부딪치지 않게 한껏 몸을 수그렸다가 그녀가 물러나자 일어서서 두 팔을 활짝 벌렸다. 완벽했다.

엘리가 박수를 치며 소리쳤다. "브라보!"

오스카르는 흔들리는 그네를 낚아채고는 다시 제자리로 돌려놓은 뒤 그 위에 앉았다. 뺨의 상처가 당기는데도 득의양양한 미소를 감출 길이 없었다. 다시 한번 주위가 어두운 것이 다행이라고 생각했다. 엘리가 박수를 그친 후에도 그 미소는 사라지지 않았다.

이제부터 모든 것이 달라질 것이다. 물론 나무를 쑤셔대는 것으로는 사람을 죽일 수 없었다. 그도 알고 있었다.

10월 29일 목요일

    호칸은 좁다란 복도 바닥에 앉아 욕실에서 들리는 물소리에 귀를 기울였다. 발꿈치가 엉덩이에 닿을 정도로 바짝 무릎을 끌어안고 그 위에 턱을 괴었다. 질투가 백묵처럼 새하얗고 퉁퉁한 뱀이 되어 가슴속에 똬리를 틀었다. 그것은 백치처럼 순진하고 천둥벌거숭이처럼 노골적으로 느릿느릿 몸부림쳤다.

    소모품. 그는…… 소모품이었다.

    어젯밤 그는 창문을 살짝 열어놓고 침대에 누워 있었다. 엘리가 오스카르에게 잘 자라고 말하는 소리에 귀를 기울였다. 그들의 달뜬 목소리, 웃음소리. 그로서는 결코 닿을 수 없을…… 경쾌함. 그는 납덩이처럼 무겁게 진지했고, 많은 것을 요구하고 욕망했다.

    예전에는 사랑하는 이도 자신과 같은 부류라고 생각했다. 엘리의 눈을 들여다보면 오래전 옛날에 살던 사람의 지혜와 무심함이 보였다. 그래서 처음에는 두려웠다. 오드리 헵번의 얼굴에 사뮈엘 베케트의 눈을 한 것 같았다. 그러다 안심하게 되었다.

그것은 존재할 수 있는 세계 중에서도 지고의 세계였다. 그의 삶에 아름다움을 부여하면서 동시에 책임감을 덜어준, 어리고 나긋나긋한 육체. 호칸은 책임자가 아니었다. 게다가 자신의 욕망에 죄의식을 느낄 필요도 없었다. 그가 사랑하는 이는 그보다 나이가 많았으니까. 더는 아이가 아니었으니까. 적어도 호칸은 그렇다고 생각했다.

하지만 오스카르가 끼어들기 시작하면서 모든 것이 달라졌다. 그것은…… 퇴행이었다. 엘리는 날이 가면 갈수록 아이처럼 굴기 시작했고, 그러면서 그녀의 생김새도 아이처럼 보이는 것이었다. 팔다리를 이리저리 휘두르며 무심하게 움직이기 시작했고, 말할 때도 어린애나 쓰는 표현이나 단어를 썼다. 놀고 싶어했다. 열쇠 감추기. 며칠 전 밤에 그들은 '열쇠 감추기' 놀이를 했다. 게임을 하며 호칸이 응당 보여야 할 흥미를 보이지 않자, 엘리는 화를 내더니 그를 웃기려고 간지럼을 태우는 것이었다. 예전에 그는 엘리와의 접촉을 즐겼다.

당연히, 매혹적이었다. 그 기쁨, 그런…… 삶. 그러나 너무도 낯설어서 두렵기도 했다. 그녀를 만난 이래, 그토록 성적으로 흥분되면서 동시에 두려운 적도 없었다.

어젯밤 호칸이 사랑하는 이는 침실로 가더니, 문을 잠그고 곧장 드러누워 삼십 분 동안 벽을 두드렸다. 호칸이 허락을 구하고 들어가보니 침대 머리맡 벽에 종이 한 장이 붙어 있었다. 모스부호였다.

나중에 거기 누워 잠을 청할 때, 호칸은 벽을 두드려 자신의 메시지를, 엘리의 과거를 오스카르에게 알리고 싶은 충동에 시달렸다. 대신 나중에 그들의 대화를 해독할 셈으로 종이쪽지에 부호를 베꼈다.

호칸은 고개를 숙여 이마를 무릎에 묻었다. 욕실의 물소리가 멎었다. 더는 이렇게 살 수가 없었다. 폭발 직전이었다. 욕망 때문에, 질투 때문에.

잠긴 욕실의 문고리가 돌아가고, 문이 열렸다. 엘리가 그의 앞에 서 있었다. 완전히 발가벗은 채. 순수했다.

"아— 여기 앉아 있었어?"

"그래. 참 아름답구나."

"고마워."

"날 위해 한 바퀴 돌아줄래?"

"왜?"

"그래 줬으면…… 해서."

"싫어, 당신이 일어나 움직이면 되잖아?"

"그래주면…… 중요한 말을 해줄 수도 있어."

엘리는 미심쩍어하는 표정으로 호칸을 보았다. 그러고는 180도 돌았다.

입 안에 침이 흥건하게 고여, 그는 꿀꺽 삼켰다. 바라보았다. 두 눈이 바로 앞의 존재를 핥듯이 바라보는 동안 육체에서 솟아오르는 흥분. 그곳에 세상에서 가장 아름다운 피조물이 있었다. 팔만 뻗으면 닿을 곳에. 영원히 닿을 수 없는 거리에.

"배…… 고파?"

엘리는 다시 한 바퀴 돌았다.

"응."

"해줄게. 하지만 내게도 한 가지 해줘."

"뭔데?"

"하룻밤만. 딱 하룻밤이면 돼."

"좋아."

"그래도 돼?"

"그래."

"네 옆에 누워서? 만져도 돼?"

"그래."

"그러면 너를……"

"안 돼. 그 이상은 안 돼. 거기까지만. 거기까지야."

"그럼 해줄게. 오늘 밤."

엘리는 그의 바로 옆에 쭈그리고 앉았다. 호칸의 손바닥이 달아올랐다. 만지고 싶었다. 그럴 수가 없었다. 하지만 오늘 밤엔…… 엘리가 위를 보며 말했다.

"고마워. 근데 만약 누가 보면…… 신문에 난 사진 보니까…… 당신이 여기 사는 걸 아는 사람들이 있어."

"나도 그 생각 했어."

"낮에 누가 여기에 오면…… 내가 쉬고 있을 때……"

"나도 생각 안 한 거 아니라고 했지."

"어떻게 해?"

호칸은 엘리의 손을 잡고 일어나 부엌으로 가서 식료품저장실을 열고 유리 뚜껑으로 꼭 잠가놓은 오래된 잼 단지를 꺼냈다. 맑은 액체가 반쯤 채워져 있었다.

엘리는 격하게 만류했다.

"그렇게는 할 수 없을 거야."

"할 수 있어. 이제 내가 널 위해 얼마나…… 애쓰는지 알겠어?"

＊

　　호칸은 떠날 채비를 끝내고 나서, 가방에 다른 도구들과 함께 단지도 집어넣었다. 엘리는 옷을 입고 현관에서 기다리고 있었다. 엘리는 몸을 수그려 그의 뺨이 움푹 들어가게 입을 맞추었다. 호칸은 눈을 깜빡이고는 한참 엘리의 얼굴을 보았다.

　　돌아오지 못할 거야.

　　이윽고 그는 작업을 하러 나갔다.

＊

　　모르간은 포 스몰 디시*를 들이마시다시피 하며 하나씩 해치우고 있었지만, 그릇에 담긴 쌀밥은 거의 손도 대지 않은 채였다. 라케는 앞으로 몸을 기울이며 목소리를 낮추어 물었다.

　　"이 밥, 내가 먹어도 돼?"

　　"그럼, 먹어. 소스도 좀 줄까?"

　　"간장 조금만."

　　라리는 라케가 밥을 가져가 쫄쫄쫄 소리를 내며 간장을 따르고는 마치 난생처음 음식을 본 사람처럼 먹어대는 모습을 〈엑스프레센〉지 너머로 바라보며 얼굴을 찡그렸다. 라리는 모르간의 접시에 쌓여 있는 새우튀김을 가리켰다.

　　"좀 나눠먹자고 말이라도 할 수 있는 것 아니야?"

---

*중국 코스요리에서 네 가지 요리를 조금씩 맛볼 수 있게 내놓는 메뉴.

"아, 그러네, 미안해. 새우 말고 또 뭐 먹을래?"

"나는 됐어. 배가 터질 것 같다. 라케 말하는 거야."

"라케, 새우 좀 먹을래?"

라케는 고개를 끄덕이고 먹던 쌀밥 그릇을 내밀었다. 모르간은 필요 이상으로 과장되게 팔을 뻗어 그릇에 새우튀김 두 개를 얹어주었다. 그러고는 조금 더. 라케는 고맙다고 말하고 게걸스레 먹어치웠다.

모르간은 신음하며 고개를 절레절레 저었다. 요케가 사라진 후 라케는 제정신이 아니었다. 원래부터 쪼들리는 형편이었지만 요새 들어 부쩍 술이 늘었고 음식을 남기는 법이 없었다. 요케에 관련한 모든 것이 이상하긴 했지만, 하늘이 무너진 것처럼 굴 이유는 없었다. 요케가 사라진 지 나흘째지만, 진짜 사정이야 누가 알겠는가? 막말로, 여자 하나 건져 타히티로 놀러 간 건지도 몰랐다. 결국에는 나타날 것이다.

라리는 신문을 내려놓더니, 안경을 머리 위로 걸친 다음 눈을 비비고 물었다. "여기서 제일 가까운 방공호가 어디지?"

모르간은 허허 하고 큰 소리로 웃었다. "뭐야, 겨울잠이라도 자려고?"

"아니, 이 잠수함 말이야. 혹시나 해서 말인데, 대대적으로 침공해오면 어쩌냐고?"

"언제든 우리 동네 방공호로 오라고. 몇 년 전에 내려가본 적이 있거든. 그때 민방위인지 어딘지에서 나온 사람이 재고조사를 해서 다 확인했지. 방독면, 통조림, 탁구대, 없는 게 없어. 거기엔 다 있어."

"탁구대도?"

"그렇다니까. 러시아인들이 상륙하면 '꼼짝 마! 몸을 숨겨라, 자식들아! AK-47*은 내려놔라. 우리는 탁구 시합으로 이 문제를 해결할 작정이다', 이러는 거지. 그럼 장군들은 앞 다투어 스크루볼 서브를 하려고 들걸."

"러시아애들이 탁구를 치나?"

"모르지. 그러니 우리가 기선을 제압해야 한다고. 발트 삼국이라도 다시 주무르게 될지 누가 알겠어?"**

라케는 냅킨을 집어들더니 대단한 일이라도 하는 것처럼 세심하게 입가를 닦고는 말했다.

"어쨌든, 전부 이상해."

모르간은 욘 실베르 한 개비에 불을 붙였다. "뭐가?"

"요케 말이야. 어딜 갈 때면 늘 우리한테 말하던 친구였잖아. 안 그래? 베뇌 섬에 있는 자기 형을 보러 갈 때도 무슨 대단한 행사인 것처럼 굴었다고. 뭐를 가져가겠네, 가서 뭘 할 거네 하고 일주일 전부터 떠들어댔잖아."

라리는 라케의 어깨에 손을 얹었다.

"그 친구 이야기를 왜 과거시제로 하는 거야?"

"어? 아, 그러네. 어쨌거나 내 생각엔 그 친구한테 무슨 일이 일어난 것 같아. 진짜 그런 거 같아."

모르간은 호기롭게 맥주를 한 모금 들이켜고 트림을 했다.

"죽었다고 생각한다, 이거지?"

라케는 어깨를 으쓱하고는, 종이냅킨에 인쇄된 무늬를 뚫어져라 보는 라리를 하소연하는 눈길로 바라보았다. 모르간은 고개를 저었다.

---

* 구소련에서 1947년에 개발되어 현재까지 사용되고 있는 자동소총.
** 소련의 점령 이전까지 에스토니아, 라트비아, 리투아니아 발트 3국은 스웨덴의 영향권 안에 있었다.

"말도 안 돼. 그럼 무슨 말인가 나왔겠지. 경찰도 소식이 들어오는 대로 알려준다고 했잖아. 경찰 말을 믿어서가 아니라…… 우리한테도 뭔가 들어온 얘기가 있었을 거라 이거야."

"지금쯤이면 분명히 전화를 하고도 남았다고."

"아이고, 야단났네, 야단났어. 요케랑 자네, 둘이 결혼이라도 한 사이야? 염려 놓으시라고. 곧 나타난다니까. 자네 앞에 장미꽃다발이랑 초콜릿을 가지고 와서 두우우우 번 다시는 안 그러겠다고 약속할 거야."

라케는 풀이 죽어 고개를 끄덕이고는 맥주를 홀짝거렸다. 그에게서 형편이 나아지면 꼭 갚겠다는 다짐을 기어코 받아내고야 라리가 사준 맥주였다. 딱 이틀만 더 기다리는 거다. 그다음에는 자신이 직접 찾아 나설 참이었다. 병원이건 시체안치실이건 닥치는 대로 전화를 하자. 할 수 있는 건 다 해보는 거다. 가장 친한 친구를 저버려서는 안 된다. 그가 아프건 죽었건 어떻게 됐건. 그를 저버려선 안 된다.

✳

일곱시 반이 되자 호칸은 걱정이 되기 시작했다. 지금까지 청소년들이 잘 가는 뉘아 엘레멘타르 고등학교와 벨링뷔 체육관 주변을 소득 없이 배회했다. 갖가지 운동교실이 열리고 수영장도 밤늦게까지 개방하는 곳이라, 행여 잠재적 희생양이 모자랄 일은 결코 없었다. 문제는 아이들이 몰려다닌다는 것이었다. 모여 있는 세 여자아이들 앞을 지나가다 "우리 엄만 아직도 살인자 얘기만 나오면 실성한 것같이 굴어"라고 말하는 것을 얼핏 들었다.

물론 더 먼 곳, 그의 전과가 영향을 덜 미치는 장소를 택할 수도 있었다. 하지만 그러면 돌아오는 중에 피가 변질될 위험이 있었다. 어차피 다시 이런 위험을 감수해야 할 바엔 사랑하는 이에게 최고의 것을 주고 싶었다. 신선할수록, 집과 가까울수록 좋았다. 그가 들은 바에 따르면 그랬다.

어젯밤부터 날씨가 바뀌어 매섭게 추워졌고, 기온은 영하로 뚝 떨어졌다. 덕분에 눈과 입 부분만 뚫린 스키마스크를 쓰고 있어도 크게 이목을 끌지 않을 수 있었다.

그렇다고 여기서 세월아 네월아 눈치만 살피며 서성댈 수는 없었다. 결국 누군가 의심할 것이다.

만약 한 명도 건지지 못하면 어떻게 하나? 아무 수확 없이 돌아간다면? 그의 사랑이 죽는 일은 없을 것이다. 그건 확실했다. 처음하고는 달랐다. 하지만 이번 경우는 사뭇 다르다고 할 수 있는 것이, 근사한 것이 하나 있기 때문이었다. 하룻밤 내내. 온 밤이 다하도록 사랑하는 이 곁에 누울 수 있었다. 나긋나긋하니 유연한 팔다리, 그의 애정 어린 손길을 받게 될 매끈한 배. 침실에 켠 촛불이 하룻밤만은 그의 것인 실크 같은 살갗 위에서 너울거리리라.

그는 열망으로 두방망이질하며 울부짖는 성기에 손을 얹고 비벼댔다.

진정해야 돼, 진정……

그는 뭘 할지 알고 있었다. 미친 짓이었지만 할 작정이었다.

벨링뷔 수영장으로 가서 희생양을 찾자. 지금 시간이면 꽤 한산할 터였다. 결정을 내렸고, 이젠 어떻게 해야 할지 빈틈없이 알고 있었다. 당연히 위험했다. 하지만 가능했다.

일이 잘못된다 해도 그에겐 최후의 수단이 있었다. 하지만 잘못될 건 아무것도 없었다. 거침없이 입구를 향해 걷다보니 모든 상황이 세세하게 읽혔다. 도취된 듯한 기분이 들었다. 숨을 가쁘게 들이쉴 때마다 코를 덮고 있는 마스크의 천이 젖어들었다.

이 일은 오늘 밤 사랑하는 이에게 들려줄 이야기, 한순간도 빠짐없이 기억에 아로새기며 떨리는 손으로 그 부드러운 곡선의 단단한 엉덩이를 쓰다듬는 동안 들려줄 이야기가 될 것이다.

정문으로 들어가자 익숙한 염소 냄새가 희미하게 풍겼다. 수영장에서 보낸 모든 시간들. 다른 사람들과 혹은 혼자서 보냈던. 팔을 뻗으면 닿을 거리에 있던, 그러나 영원히 닿을 수 없는 곳에서 땀이나 물에 젖어 반짝이던 젊은 육체들. 이미지, 그것만이 그가 간직할 수 있는, 한 손에 휴지를 들고 침대에 누워 불러낼 수 있는 전부였다. 염소 냄새를 맡으니 마음이 편안해지면서 집에 온 것 같았다. 그는 매표소 직원에게 다가갔다.

"한 사람이요."

매표창구에 앉은 여자는 잡지를 보다가 고개를 들었다. 여자의 눈이 약간 커졌다. 그는 자신의 머리를, 마스크를 가리켜 보이며 말했다.

"추워서요."

여자는 미심쩍다는 듯 고개를 끄덕였다. 마스크를 벗어야 할까? 안 된다. 그러고도 수상쩍게 보이지 않을지 자신이 없었다.

"라커 필요하세요?"

"개인용 탈의방으로 할게요."

여자가 열쇠를 내밀었고 그는 돈을 지불했다. 그는 돌아서 나오면서 마스크를 벗었다. 이제 여자는 그가 마스크를 벗는 것은 봤지만, 그의 얼굴은 보지 못했다. 탁월한 조치였다. 그는 행여 누구와 맞부딪칠까 두려워 바닥만 내려다보며 한걸음에 탈의실까지 갔다.

"이 누추한 곳까지 와줘서들 감사합니다. 들어와요."

톰미는 스타판을 지나쳐 현관으로 들어갔다. 뒤에서 엄마와 스타판이 쪽 하고 입 맞추는 소리가 들렸다. 스타판은 목소리를 낮추어 물었다. "했어……?"

"아니, 내 생각엔……"

"음, 해야 할 것 같은데……"

다시 쪽 소리. 톰미는 집 안을 둘러보았다. 경찰의 집에 와본 건 처음이라 그러고 싶지 않은데도 살짝 호기심이 일었다. 어떻게들 하고 살까?

그러나 현관에 들어서기 무섭게 스타판이 모든 경찰을 대표할 만한 인물은 못 된다는 걸 알 수 있었다. 톰미는 뭔가 대단한 것…… 그렇다, 범죄소설을 읽을 때 느껴지는 분위기를 상상했다. 휑뎅그렁하고 버려진 듯한 분위기. 나쁜 놈들을 추적하지 않을 때면 들어와 잠깐 눈이나 붙이는 곳.

나 같은 자식들을 말이지.

웬걸. 스타판의 집은…… 온통 주렁주렁했다. 현관부터가 우편 카탈로그에 나오는 상품이라면 죄다 사들이는 사람이 꾸며놓은 것 같았다.

이쪽엔 벨벳에 일몰을 그린 풍경화가, 저쪽엔 지팡이를 짚은 노부인이 문 밖으로 몸을 내밀고 있는 작은 산간 오두막이 있었다. 가까운 전화 테이블엔 레이스 받침대가 깔려 있었고, 전화기 옆엔 개와 어린이 도자기 입상이 놓여 있었다. 입상 받침에는 '너 말할 줄 아니?'라고 새겨져 있었다.

스타판이 그 도자기 입상을 들어 보였다.

"앙증맞으면서도 있어 보이지? 날씨에 따라 색깔도 바뀐단다."

톰미는 고개를 끄덕였다. 오늘을 대비해 노모의 집을 빌린 게 아니라면 정말로 머리에 문제가 있는 작자가 틀림없었다. 스타판은 도자기 입상을 조심스럽게 내려놓았다.

"내가 이런 걸 좀 모으고 있거든. 날씨를 알려주는 물건들. 이것도."

그는 산간 오두막 밖을 빠끔히 내다보는 노부인 모형을 쿡 찔렀다. 그러자 노부인은 빙그르르 뒤돌아 오두막으로 들어갔고, 뒤이어 그 남편이 튀어나왔다.

"할머니가 밖을 내다보면 날씨가 안 좋은 거고, 할아버지가 밖을 내다보면—"

"더 안 좋은 거군요."

스타판은 살짝 억지웃음을 웃었다.

"그렇게 잘 맞추는 건 아니란다."

톰미는 뒤돌아 엄마를 봤다가 하마터면 기겁할 뻔했다. 엄마는 여전히 코트를 입은 채 두 손을 꼭 모아잡고 미소를 짓고 있었다. 족히 말한 마리는 경기를 일으키게 할 만한 모습이었다. 공포가 엄습해왔다. 톰미는 분발해야겠다고 결심했다.

"일종의 기압계라는 말이군요."

"그래, 맞아. 나도 막 그 말을 하려던 참이었다. 정말이란다. 기압계. 수집, 그렇지."

톰미는 벽에 걸려 있는 은제 예수상이 달린 나무십자가를 가리켰다.

"저것도 기압계인가요?"

스타판은 톰미를 봤다가, 십자가를 봤다가, 다시 톰미를 보았다. 갑자기 그의 표정이 심각해졌다.

"아니, 저건 아니야. 저건 예수님이지."

"성경에 나오는 그 사람이요?"

"그래, 맞아."

톰미는 두 손을 호주머니에 찔러넣고 거실로 들어갔다. 그래, 기압계들은 여기 있었군. 전부 합쳐 스무 개쯤 될까, 모양도 크기도 제각각인 것들이 유리 탁자 뒤의 회색 가죽소파 위 벽에 빼곡하게 걸려 있었다.

기압계들이 가리키고 있는 숫자들은 모두 달랐다. 수많은 바늘이 제각기 다른 숫자를 가리키고 있는 모습은 마치 세계 각지의 각기 다른 시각을 알려주는 시계들의 벽 같았다. 톰미가 그중 한 개의 유리표면을 두드리자 바늘이 미세하게 튀었다. 그 자신도 이유는 알 수 없었지만, 사람들은 계기판만 보면 꼭 두들겨야 직성이 풀리는 것 같았다.

구석에 있는 유리문 장식장에는 작은 트로피들이 빼빽하게 진열되어 있었다. 다른 것들보다 더 큰 네 개의 트로피는 장식장 옆 피아노 위에 나란히 놓여 있었다. 피아노 위 벽에는 아기 예수를 안고 있는 동정 마리아를 그린 커다란 그림이 걸려 있었다. 공허한 눈빛으로 예수를 돌보는 마리아는 '내가 뭘 잘못해서 이 고생을 하나'라고 말하는 것 같았다.

스타판은 방에 들어오며 헛기침을 했다.

"그래, 톰미. 뭐 궁금한거 없니?"

톰미는 뭘 물어봐달라는 건지 너무나도 잘 알고 있었다.

"이 트로피들은 뭔가요?"

스타판은 한 손으로 피아노 위의 트로피들을 가리켰다.

"이거, 말이냐?"

아니, 이 머저리 병신아. 차라리 축구장 옆 클럽하우스에 있는 트로피들이 더 궁금하겠다.

"네."

스타판은 피아노 위에 놓인 두 개의 트로피 사이, 돌 받침대 위에 서 있는 20센티미터 정도의 은빛 입상을 가리켰다. 톰미는 그냥 모형이라고만 생각했는데 아니었다. 진짜 상패였다. 두 다리를 넓게 벌리고 서서 두 팔을 곧게 뻗은 채, 권총으로 조준하고 있는 인간 모형이었다.

"권총사격으로 받은 상들이지. 이건 지역 선수권 대회에서 처음으로 받은 상이고, 그 옆에 있는 건 전국 선수권 대회에서 3등으로 탄 거야. 45구경, 입식…… 대충 그렇단다."

톰미의 엄마가 들어와 한수 거들었다.

"스타판은 스웨덴에서 다섯 손가락 안에 꼽히는 권총사격선수란다."

"도움이 되나요?"

"무슨 뜻이지?"

"그러니까, 사람을 쏴야 할 때라든지 그럴 때 말이에요."

스타판은 손가락으로 트로피의 받침대를 훑다가, 그것을 처다보았다.

"경찰의 주된 임무는 사람을 쏘지 않도록 미연에 방지하는 거다."

"꼭 쏴야 할 때가 있었나요?"

"아니."

"그래도 그러고 싶죠, 그렇죠?"

스타판은 갑자기 숨을 깊이 들이켰다가 다시 길게 내뱉었다.

"음식이…… 다 됐나 봐야겠구나."

휘발유 말이지…… 어디 불이 나는지 한번 보자고.

스타판이 부엌 쪽으로 걸어나갔다. 엄마가 톰미의 팔꿈치를 붙잡더니 속삭였다.

"어쩌자고 그런 소리를 하는 거니?"

"그냥 궁금해서."

"아저씨는 좋은 분이야, 톰미."

"아, 어련하시겠어요. 권총사격 트로피들이랑 동정 마리아가 한자리에 있잖아. 이보다 더 좋을 수 있겠어?"

❄

호칸은 건물 안으로 들어가는 동안 아무하고도 마주치지 않았다. 이미 짐작했지만 이 시간까지 이런 곳에 남아 있는 사람은 많지 않았다. 탈의실에는 그와 비슷한 연배의 남자 둘이 옷을 갈아입고 있었다. 과체중에, 굴곡이 사라진 몸뚱이들. 두둑하게 늘어진 뱃살 아래 쭈그러붙은 생식기. 노추의 화신.

호칸은 그의 탈의방을 찾아 들어가 문을 잠갔다. 좋아. 초기 준비는 끝났다. 만약을 대비해 스키마스크를 다시 썼고, 할로테인 깡통을 꺼내놓고, 코트를 벗어 옷걸이에 걸었다. 가방을 열고 연장을 꺼냈다. 칼, 밧줄, 깔때기, 물통. 깜빡 잊고 우비를 가져오지 못했다. 젠장. 그러니 옷을 벗을 수밖에 없었다. 십중팔구 피범벅이 되겠지만, 작업을 끝내고 위에 옷을 걸치면 핏자국을 감출 수 있을 것이다. 그래. 게다가 여기는 수영장이었다. 여기라면 실오라기 하나 걸치고 있지 않는다고 이상하게 보는 사람은 없을 것이다.

그는 얼마나 튼튼한지 시험하려고 또다른 옷걸이를 두 손으로 잡고 바닥에서 두 발을 떼어보았다. 문제없었다. 그보다 30킬로그램쯤 가벼운 몸뚱이라면 끄떡없이 버틸 것이다. 높이는 문제가 될지도 몰랐다. 머리가 바닥에 닿을지도 몰랐다. 이번에는 무릎 부분을 묶어 고정시켜야 할 것이다. 옷걸이와 탈의방 천장 사이에 남는 벽 공간이 넉넉하니, 발이 탈의방 너머로 비어져나갈 염려는 없었다. 그랬다간 의심을 살 수도 있었다.

두 남자는 막 떠나려는 참인 것 같았다. 그들이 얘기하는 소리가 들렸다.

"일은 어때?"

"똑같아. 말름베리엣 출신이라고 자리를 안 내주네. 자유, 평등, 박애. 다 개소리야."

"이런 말 들어본 적 있어? '핀란드에서 나는 석유라고 핀란드 사람들이 만든 거냐고.'"

"아, 제대로인데."

"핀란드 것들이 좀 음흉해야 말이지."

호칸은 킥킥거렸다. 머릿속의 무언가가 속력을 높이고 있었다. 잔뜩 흥분한 그는 가쁘게 숨을 몰아쉬었다. 이제 그의 몸은 사방으로 날아가고 싶은 나비 떼가 되었다.

진정해, 진정하자고.

그는 현기증이 날 정도로 수차례 심호흡을 한 후 옷을 벗었다. 옷은 개서 가방에 넣어두었다. 두 남자는 탈의실을 떠났다. 정적이 감돌았다. 그는 칸 너머를 훔쳐보려고 벤치를 딛고 올라섰다. 좋아, 간신히 칸 너머가 보였다. 열서너 살쯤 돼 보이는 남자애 셋이 들어왔다. 한 아이가 다른 아이의 엉덩이를 타월로 후려쳤다.

"하지 마! 죽을래!"

호칸은 고개를 숙였다. 저 아래 발기한 성기가 단단하고 넓게 벌어진 엉덩이 사이에 있을 때처럼 모서리 쪽으로 불쑥 치대는 것이 느껴졌다.

재촉하지 마.

그는 다시 칸 너머를 엿보았다. 두 소년이 스피도 수영복을 벗고 라커 안으로 몸을 수그리고 옷을 꺼내고 있었다. 그의 사타구니가 경련을 일으키듯 한 번 수축하더니 모서리 쪽으로 정액이 솟구쳐올랐고, 곧 그가 디디고 있는 벤치 위로 떨어졌다.

이젠 좀 가만히 있어라.

그래, 이젠 기분이 좀 나아졌다. 하지만 정액은 문제였다. 흔적.

그는 가방에서 양말을 꺼내 할 수 있는 한 열심히 모서리와 벤치를 닦았다. 양말을 다시 가방에 넣고 스키마스크를 바로 하며 소년들의 대화에 귀를 기울였다.

"……새 아타리 게임이 있어. 엔듀로야. 와서 안 할래?"*

"아니, 나는 할 일이 좀 있어서……"

"넌 어때?"

"좋아, 조이스틱 두 개야?"

"아니, 그래도……"

"그럼 가는 길에 내 걸 가져가서 하는 걸로 하자. 그럼 둘이 할 수 있잖아."

"좋아, 잘 가, 마테."

"잘 가."

---

* '아타리'는 1972년에 창립된 세계 최초의 비디오게임 회사이며, '엔듀로'는 아타리 사에서 출시한 장애물 오토바이 레이스를 소재로 한 체감형 게임이다.

두 소년이 나가는 것 같았다. 됐다. 하나는 혼자 남는다. 남은 소년을 기다리는 사람은 아무도 없다. 호칸은 위험을 무릅쓰고 칸 너머로 고개를 내밀었다. 남자애 둘이 나가는 중이었다. 남은 소년은 양말을 신고 있었다. 호칸은 얼른 물러섰다가, 스키마스크를 쓰고 있음을 기억했다. 다행히 그들은 그를 보지 못했다.

그는 할로테인 깡통을 집어들고 제어장치에 손가락을 걸었다. 계속 마스크를 쓰고 있어야 되나? 만약 저애마저 가버리면, 만약 다른 사람이 탈의실에 들어오기라도 하면. 만약······

젠장! 바로 도망쳐야 할지도 모르는데 옷을 다 벗다니, 실수였다. 생각할 겨를이 없었다. 소년이 라커 문을 닫고 출구 쪽으로 향하는 소리가 들렸다. 오 초 후면 소년은 그의 문 옆을 지나갈 것이다. 망설일 때가 아니었다.

문과 벽 사이의 틈새로 그림자가 다가오는 것이 보였다. 그는 모든 잡념을 떨쳐버리고 문을 활짝 열어젖히고 뛰쳐나갔다.

마테는 몸을 돌렸다. 머리에 스키마스크를 쓴 거대하고 허연 알몸뚱이가 자기에게 달려들고 있었다. 소년의 몸이 본능적으로 뒤로 물러서기 전에 오직 하나의 생각, 단 한 마디의 말이 쏜살같이 그의 의식을 훑고 지나갔다.

죽음.

자신을 낚아채가려는 죽음 앞에서 소년은 뒷걸음치고 있었다. 죽음은 한 손에 검은 물체를 들고 있었다. 그 검은 물체가 허공을 날아 얼굴로 향하자 소년은 비명을 지르려고 숨을 들이켰다.

그러나 미처 비명이 터지기도 전에 검은 물체가 그를, 그의 입을, 그의 코를 덮쳤다. 한 손이 그의 뒤통수를 부여잡더니 그의 얼굴을 검고 부드러운 재질의 무언가로 덮었다. 숨이 막혀 비명은 코를 훌쩍이며 흐느끼는 소리로 바뀌었고, 그런 와중에 소년은 토막토막 잘린 목울음이나 겨우 질러댈 수 있을 뿐이었다. 연기를 뿜어내는 기계에서 나는 듯한 쉿쉿 소리가 들렸다.

소년은 다시 비명을 지르려 했지만 숨을 들이켜자 몸에 심상치 않은 변화가 느껴졌다. 사지가 마비되면서, 다시 비명을 질러봐도 새된 신음만 새어나올 뿐이었다. 또 한번 숨을 들이마시자 다리의 힘이 풀렸고, 눈앞으로 색색의 베일들이 나부꼈다.

더는 소리를 지르고 싶지 않았다. 그럴 힘이 없었다. 베일은 이제 온 시야를 뒤덮었다. 이제 그에게는 육신이 존재하지 않았다. 색색이 아롱졌다. 그는 무지개 속으로 녹아들었다.

＊

오스카르는 한 손엔 모스부호가 적힌 종이를 들고 다른 손으로는 벽을 두드리며 신호를 보냈다. 전에 함께 결정한 대로 마침표는 손가락 관절로 두드리는 걸로, 장長부호는 손바닥을 펴서 벽을 철썩 치는 걸로 표시했다.

똑, 한 번 쉬고, 똑, 철썩, 똑, 똑. 한 번 쉬고. 똑, 똑. (엘.리.)

나.간.다.

몇 초 후 답신이 왔다.

나.도.나.갈.게.

그들은 엘리네 집 건물 입구 앞에서 만났다. 하루 만에 그녀는…… 달라졌다. 한 달쯤 전에 유대인 여자 한 명이 학교에 와 홀로코스트 이야기를 들려주며 슬라이드사진을 보여준 적이 있었다. 어쩐지 엘리는 그때 본 사진 속 사람들처럼 보였다. 문 위에 붙어 있는 전등이 내뿜는 선명한 빛이 그녀의 얼굴에 어둑한 그림자를 드리웠다. 얼굴의 피부는 너무 얇다 못해 당장이라도 뼈가 튀어나올 것만 같았다. 그리고……

"머리를 어떻게 한 거야?"

처음에는 불빛 때문이라고 생각했는데, 가까이 다가서자 그녀의 머리칼에 흰머리 몇 가닥이 섞여 있는 게 보였다. 마치 노인 같았다. 엘리는 황급히 한 손으로 머리를 가리고 미소를 지어 보였다.

"없어질 거야. 우리 뭐 할까?"

오스카르는 호주머니 안의 동전을 절렁거렸다.

"쇼렌*에나 가볼까?"

"뭐라고?"

"키오스크에 가자고. 신문가판대 말이야."

"좋아. 늦게 오는 사람이 썩은 계란 먹기!"

오스카르의 머릿속에 이미지 하나가 떠올랐다.

흑백의 아이들.

그리고 엘리가 달아났고, 오스카르는 그녀를 따라잡으려고 뒤쫓았다. 꽤 아파 보였는데도 그녀는 그보다 훨씬 빨랐고, 바위를 뛰어넘는 가젤처럼 두어 걸음 만에 거리를 가로질러 산책로의 포석들 위를 날듯이 뛰어갔다. 오스카르도 온 힘을 다해 달렸지만, 이런저런 생각 때문에 혼란스러웠다.

흑백의 아이들?

---

* 가판대를 이르는 스웨덴 속어.

아하, 그랬구나. 젤리 공장을 지나 언덕을 달려내려가면서야 그는 깨달았다. 일요일 낮이면 극장에서 상영하는 옛날 영화들. 〈안데숀스 칸스 칼레〉* 같은 영화. '늦게 오는 사람이 썩은 계란 먹기!' 그런 영화에나 나올 법한 말이었다.

엘리는 키오스크에서 20미터 떨어진 길가에서 그를 기다리고 있었다. 오스카르는 숨을 헐떡이지 않으려고 가볍게 뛰어 그녀에게 갔다. 엘리와 키오스크까지 온 건 이번이 처음이었다. 애한테 그 이야길 해줄까? 그러자.

"여길 '연인의 키오스크'라고 하는 거 알아?"

"왜?"

"왜냐면…… 그게, 학부모 모임에서 누가 얘기했거든. 당연히 내가 얘기한 건 아니고, 아무튼 누가 그랬는데, 그걸 하고 싶은 사람이 있으면, 그 사람은……"

슬슬 이야기를 꺼낸 게 후회가 됐다. 바보 같았다. 민망했다. 엘리는 두 팔을 벌렸다.

"뭔데?"

"어, 남자가, 사랑을 하고 싶으면…… 여자를 키오스크 안으로 초대한대. 그러니까 남자가…… 문을 닫은 후에 말이야."

"정말이야?" 엘리는 키오스크를 바라보았다. "그만 한 넓이가 되나?"

"확 깨지 않냐?"

"그러네."

오스카르는 키오스크 쪽으로 걸어갔다. 엘리는 빠른 걸음으로 따라

---

* 스웨덴 작가 에밀 눌란데르의 소설을 바탕으로 여러 차례 리메이크된 어린이 영화이자 그 주인공의 이름. 스톡홀름 시내 남쪽 지역 쇠데르말름이 배경이다.

와 나란히 서더니 속삭였다. "갈비씨여야겠다!"

둘은 키득대며 웃었다. 그들은 키오스크의 둥근 조명 빛 속으로 들어섰다. 엘리는 키오스크 안에서 소형 티브이를 보고 있는 주인을 향해 의미심장하게 눈알을 굴렸다.

"저 사람이야?" 오스카르는 고개를 끄덕였다. "원숭이같이 생겼는데."

오스카르는 한 손을 둥글게 모아 엘리의 귀에 갖다대고 속삭였다.

"오 년 전에 스칸센 동물원에서 탈출했어. 동물원에서 아직도 찾고 있대."

엘리는 킥킥 웃더니 저도 손을 모아 오스카르의 귀에 가져다댔다. 그녀의 따뜻한 입김이 그의 귓속으로 들어왔다.

"아냐, 그게 아니라, 대신 여기에 가둬놓은 거야!"

그들 둘은 키오스크 주인을 올려다보고는, 그 근엄한 남자가 막대사탕으로 가득한 우리에 갇힌 원숭이라고 상상하면서 와자하게 웃음을 터뜨렸다. 웃음소리에 그들 쪽을 돌아본 주인이 무지막지하게 굵직한 눈썹을 찌푸리자, 이젠 숫제 고릴라처럼 보이는 것이었다. 오스카르와 엘리는 너무 웃어서 고꾸라질 지경이 되어 두 손으로 입을 틀어막고 좀 진정하려고 했다.

주인이 창문 밖으로 몸을 내밀었다.

"뭘 사려고 그러냐?"

엘리는 얼른 웃음을 거두고 입에서 손을 떼고는 창문 쪽으로 걸어가 말했다. "바나나 한 개만 주세요."

오스카르는 낄낄거리며 입을 가린 손에 더욱 힘을 주었다. 엘리는 돌아서더니 집게손가락을 들어 입가에 가져다대며 짐짓 심각하게 조용히 하라는 시늉을 했다. 주인은 여전히 창밖을 내다보고 있었다.

"바나나는 하나도 없는데."

엘리는 믿을 수 없다는 표정을 지어 보였다.

"바나나가 하아아아나도 없다고요?"

"없다니까. 다른 거라도?"

오스카르는 터져나오는 웃음을 참으려고 턱을 바짝 당겼다. 키오스크 앞에 서 있던 그는 비틀거리며 몇 걸음 걸어 우체통 쪽으로 갔고, 그곳에 기대서서 몸이 떨릴 정도로 웃어댔다. 엘리도 그쪽으로 오더니 고개를 흔들었다.

"바나나는 없대."

오스카르는 겨우겨우 말을 이었다.

"분명…… 자기가 다 먹었을 거야……"

간신히 진정한 그는 억지로 입을 다물었다. 그리고 1크로나 동전을 네 개 꺼내들고 창가로 갔다.

"골고루 섞어서 사탕 한 봉지만 주세요."

주인은 못마땅한 표정으로 그를 보았지만 이내 긴 집게를 들고 여러 플라스틱 통에서 사탕들을 차례로 골라집어 작은 종이봉투에 넣었다. 오스카르는 곁눈질로 엘리가 자기 말을 듣고 있는지 확인한 후, "바나나도 꼭 넣어주세요"라고 말했다.

"바나나는 없다니깐."

오스카르는 플라스틱 그릇 중 하나를 가리켰다.

"바나나 젤리를 말하는 건데요."

엘리가 낄낄대자, 그는 좀전에 그녀가 그랬던 것처럼 입술에 손가락을 대고 조용히 하란 시늉을 했다. 주인은 콧방귀를 뀌고, 봉지에 바나나 젤리를 몇 개 넣어 오스카르에게 건넸다.

그들은 걸어서 돌아갔다. 오스카르는 먼저 먹기 전에 엘리에게 봉지를 내밀었다. 그녀는 고개를 저었다.

"됐어."

"사탕 안 먹어?"

"못 먹어."

"하나도?"

"하나도."

"재미없겠다."

"그래, 아니다, 무슨 맛인지도 모르는걸."

"한 번도 안 먹어봤구나."

"응."

"그런데 어떻게 못 먹는다고……"

"그냥 알아. 그뿐이야."

가끔 있는 일이었다. 무슨 이야기를 하다 물으면 엘리는 "원래 그런 거지 뭐"라거나 "그냥 알아, 그뿐이야"라고 대답할 때가 많았다. 더는 설명이 없었다. 엘리가 이상하다 싶은 것 중 하나였다.

사탕을 하나도 줄 수 없다니 김이 샜다. 그 딴엔 내내 별렀던 일이었다. 아낌없이, 엘리가 원하는 대로 선물하려고 했다. 그런데 하나도 먹지 않는다고 나오다니. 오스카르는 바나나 젤리를 씹으면서 엘리를 몰래 훔쳐보았다.

정말 아파 보였다. 게다가 허옇게 센 머리카락들…… 엄청난 충격을 받고 머리가 하얗게 센 사람의 이야기를 읽은 적이 있었다. 엘리에게도 그런 일이 일어난 걸까?

두 팔로 몸을 감싸안고 옆을 바라보는 그녀는 정말이지 가냘파 보였다. 오스카르는 그런 그녀를 안아주고 싶었지만 용기가 나지 않았다.

엘리는 단지 마당으로 들어가는 입구 지붕 밑에 멈춰 서더니 자기 집 창문을 올려다보았다. 불이 꺼져 있었다. 그녀는 두 팔을 몸에 두르고 바닥을 내려다보았다.

"오스카르⋯⋯?"

오스카르는 그렇게 했다. 그녀가 온몸으로 원하고 있었고, 그도 어디선가 용기가 솟아 그렇게 했다. 그녀를 끌어안았다. 엘리의 몸이 뻣뻣해지더니, 그녀는 자기 몸에 두른 양팔을 더욱 세게 조였다. 잠깐이었지만 오스카르는 뭘 잘못했나 싶어 가슴이 철렁했다. 팔을 풀려는데 그녀가 그의 품안에서 긴장을 풀었다. 자신의 몸을 껴안은 두 팔을 풀더니, 엘리는 어르듯 팔을 뻗어 오스카르의 등 뒤로 감고는 몸을 떨며 기대왔다.

그녀가 머리를 그의 어깨에 기댔고, 둘은 그렇게 서 있었다. 그녀의 숨결이 그의 어깨에 와 닿았다. 그들은 아무 말 없이 그렇게 서로를 안고 있었다. 오스카르는 눈을 감았고, 깨달았다. 이건 엄청난 거야. 조명 불빛이 그의 감긴 눈꺼풀과 눈동자 사이에 붉은 막을 쳤다. 아니, 이건 최고야.

엘리의 고개가 그의 목 쪽을 더욱 파고들었다. 그녀가 내뿜는 숨결의 열기가 점점 더 강렬해졌다. 긴장을 풀었던 그녀의 몸이 다시 뻣뻣해지기 시작했다. 그녀가 그의 목에 입술을 들이밀듯 대자, 그의 몸에 길게 전율이 일었다.

갑자기 그녀는 진저리를 치더니 몸을 떼고 한 걸음 물러섰다. 오스카르가 두 팔을 떨어뜨렸다. 엘리는 악몽에서 깨어나려는 사람처럼 고개를 흔들더니 몸을 돌려 자기 집 쪽으로 걸어갔다. 오스카르는 동그마니 서 있었다. 그녀가 현관문을 열었을 때야 그가 소리쳐 불렀다.

"엘리?"

그녀가 돌아섰다.

"너희 아빠는 어디 간 거야?"

"나갔어…… 나 먹을 거 사온다고."

제대로 먹지도 못하는 거야. 그런 거야.

"괜찮으면 우리 집에 가서 저녁 먹자."

엘리는 문을 열어둔 채로 다시 그에게 걸어왔다. 오스카르는 재빨리 머리를 굴리기 시작했다. 엄마가 엘리를 보는 건 원치 않았다. 엘리 쪽도 마찬가지였다. 그가 직접 샌드위치를 만들어 그녀의 집으로 가져갈 수 있을 것이다. 그래, 그게 제일 낫겠다.

엘리는 오스카르의 앞에 멈춰 서더니 진지하게 그를 바라보았다.

"오스카르, 나 좋아하니?"

"응, 많이."

"만약 내가 여자애가 아니라고 해도…… 그때도 날 좋아할 거니?"

"무슨 말이야?"

"그냥 그렇다 쳐. 내가 여자애가 아니라도 날 좋아할 거야?"

"응…… 그럴 거 같은데."

"정말이야?"

"응. 그런 건 왜 묻는데?"

누가 뻑뻑한 창문과 씨름하는가 싶더니 창문이 열렸다. 엘리의 머리 위 침실 창문 밖으로 엄마의 머리가 불쑥 튀어나왔다.

"오오오오스카르!"

엘리는 얼른 벽 쪽으로 붙어 몸을 숨겼다. 오스카르는 두 주먹을 불끈 쥐고 둔덕을 달려올라가 창문 아래 멈춰섰다. 어린애처럼.

"왜?"

"아! 너 거기 있었니? 나는 또—"

"왜 그러는데?"

"시작할 시간이라고."

"알아."

엄마는 무슨 말을 더 하려다 입을 다물고, 창문 아래 여전히 주먹을 불끈 쥐고 뻣뻣하게 서 있는 아들을 보았다.

"뭐 하고 있었니?"

"금방 갈게."

"이제 곧……"

오스카르는 너무 화가 난 나머지 눈가가 젖어들기 시작했다.

"들어가!"

그가 앙칼진 목소리로 소리쳤다.

"창문 닫아. 들어가라고!"

엄마는 잠시 그를 빤히 내려다보다가 표정이 변하더니 창문을 요란하게 닫고는 들어가버렸다. 오스카르는 사실…… 엄마에게 들어가라고 소리치는 게 아니라…… 자기 생각을 전하고 싶었다. 사정이 왜 그랬는지 조곤조곤, 침착하게 설명하고 싶었다. 엄마가 끼어들면 안 된다고, 왜냐하면 그는……

그는 다시 둔덕을 달려내려갔다.

"엘리?"

없었다. 들어갔을 리가 없었다. 그랬다면 그가 몰랐을 리가 없었다. 분명 방과 후에 들른다는 시내의 고모 집에 가려고 지하철을 타러 갔을 것이다. 그래야 말이 될 것 같았다.

오스카르는 엄마가 창문을 열었을 때 엘리가 몸을 숨기고 있었던 어두운 구석으로 가서 섰다. 몸을 돌려 벽을 바라보았다. 잠시 그렇게 서 있었다. 그리고 집으로 들어갔다.

＊

호칸은 소년을 끌고 탈의방으로 들어간 다음 문을 걸어잠갔다. 소년은 찍소리도 못했다. 누군가의 주의를 끌 만한 소리는 가스 깡통에서 나는 쉭쉭 소리 말고는 없었다. 신속하게 작업하지 않으면 안 됐다.

다짜고짜 칼을 들고 덤볐다면 훨씬 수월했을 것이다. 하지만 안 될 말이었다. 숨이 붙어 있을 때 피를 뽑아야 했다. 예전에 그는 호칸에게 또다른 이유가 있다고 설명했다. 시체의 피는 소용없어. 사실은 해롭다고 할 수 있지.

그래, 소년은 살아 있었다. 몸을 마비시키는 가스를 들이마실 때마다 소년의 가슴은 부풀어올랐다가 가라앉았다.

그는 소년의 무릎 바로 위를 밧줄로 묶은 다음, 줄 양끝을 옷걸이에 걸고 잡아당기기 시작했다. 소년의 두 다리가 허공에 들렸다.

문이 열리고, 목소리들이 울려퍼졌다.

그는 한 손으로 밧줄을 똑바로 고정시키고 다른 손으로는 가스를 잠근 다음, 소년의 얼굴에서 마스크를 벗겼다. 마취는 몇 분이 지나면 풀리기 때문에, 설령 탈의실에 사람들이 있다고 해도 가능한 한 소리없이 일을 해야 할 판이었다.

남자 몇 명이 탈의실에 있었다. 둘, 셋, 넷? 스웨덴과 덴마크 이야기를 하고 있었다. 국가대표 경기 이야기. 핸드볼이었다. 그들이 얘기하는 틈을 타 호칸은 소년의 몸을 끌어올렸다. 옷걸이에서 끽끽대는 소리가 났다. 아까 시험해봤을 때는 괜찮았는데, 무게가 다르게 느껴졌다. 남자들이 말을 멈추었다. 혹시 들은 건 아닐까? 그는 미동도 하지 않았다. 거의 숨조차 쉬지 않았다. 머리가 땅에 닿을락 말락 하는 소년의 몸을 꽉 붙잡은 채로.

아니다, 잠깐 대화가 끊겼던 것뿐이었다. 그들은 다시 떠들어대기 시작했다.

계속 떠들어라, 계속 떠들어.

"셰그렌의 **페널티** 말이야. 어휴 그거 진짜……"

"팔 힘이 **딸리면**, 머리라도 써야 하는 거 아니야?"

"그래도 페널티는 잘 유도해내잖아, 그건 인정해야 해."

"스핀 기술도 괜찮지. 어떻게 그렇게 하는지 모르겠어."

소년의 머리가 바닥에 쓸렸다. 이제……

어떻게 하면 줄 끝을 단단히 고정시킬 수 있을까? 널빤지 벽 사이의 공간이 너무 좁아서 그 안에 줄을 끼우기는 힘들었다. 게다가 그는 한 손으로 밧줄을 잡고 있으면서 다른 한 손으로만 일을 할 정도로 힘이 세지 않았다. 그는 두 손으로 밧줄을 단단히 모아쥔 채 땀을 뻘뻘 흘리며 서 있었다. 마스크가 뜨거워서 벗어버리고 싶었다.

나중에. 다 끝나면.

그래, 또다른 옷걸이. 우선 고리부터 만들자. 밧줄을 느슨하게 해서 고리를 만들려고 소년의 몸을 내리는데, 땀방울이 흘러 눈에 들어갔다. 소년의 몸을 뒤로 끌어당겨 고리를 옷걸이에 걸려고 했다. 너무 짧았다. 다시 소년의 몸을 낮추었다. 남자들의 말소리가 끊겼다.

가라. 좀 나가라고!

침묵 속에서 그는 원래 매듭을 지었던 데서 좀더 먼 곳에 고리를 만들고 기다렸다. 그들은 다시 떠들기 시작했다. 볼링. 뉴욕에 간 스웨덴 여성의 성공기. 공격과 수비, 그리고 그의 눈을 찌르는 땀방울.

더워. 왜 이렇게 더운 거야?

그는 가까스로 고리를 옷걸이에 걸고 숨을 토해냈다. 저것들, 그냥 좀 가면 안 되나?

소년의 몸을 제대로 매달았으니 이제 깨어나기 전에 작업하는 것만 남았다. 저것들, 정말 안 가나? 하지만 그들은 볼링에 대한 추억을 나누며 옛날엔 사람들이 이렇게 쳤네, 누구는 볼링공 구멍에서 손가락이 안 빠지는 바람에 병원 신세까지 졌네 하며 계속 떠들어댔다.

어쩔 수 없었다. 호칸은 깔때기를 플라스틱 물통 입구에 끼워 소년의 목 바로 옆에 놓았다. 그리고 칼을 꺼냈다. 몸을 돌려 소년의 피를 뽑으려는데 또다시 대화가 사그라졌다. 그리고, 소년의 눈이 열려 있었다. 활짝 열려 있었다. 거꾸로 매달려서, 눈동자는 이리저리 헤매며 정신적 거점을, 지각을 되찾으려고 애썼다. 그러다 그곳에 서 있는, 벌거벗은, 칼을 들고 있는 호칸에 가 멎었다. 한순간 그들의 눈이 마주쳤다.

이윽고 소년이 입을 벌리고 비명을 질렀다.

호칸은 뒤로 비척대다 질척한 소리와 함께 탈의방 벽에 부딪혔다. 땀에 젖은 등이 벽에서 미끄러지는 바람에 하마터면 균형을 잃을 뻔했다. 소년은 절규하고 또 절규했다. 그 소리가 온 벽을 돌고 돌아 탈의실 전체에 쩌렁쩌렁 울렸고, 호칸은 그 기세에 눌려 무너지고 말았다. 칼자루를 쥐고 있는 손에 힘이 들어갔고, 오직 절규하는 소년의 입을 틀어막을 방법을 찾아야 한다는 생각뿐이었다. 소년의 목을 따서 비명을 멈춰야 했다. 그는 소년 쪽으로 몸을 수그렸다.

누가 문을 쾅쾅 두드렸다.

"이봐! 문 열어!"

호칸은 칼을 떨어뜨렸다. 쇠붙이가 바닥에 떨어지며 쩽그랑 소리가 났지만, 절규와 문 두드리는 소리에 묻혀 거의 들리지도 않았다. 충격 때문에 문의 경첩이 들썩들썩 움직였다.

"문 열라고 했다. 안 열면 문 때려부순다!"

끝이다. 완전한 끝. 하나만 남았다. 그를 에워싼 굉음이 사라지고 시야가 하나의 터널로 좁아지면서, 그의 가방이 눈에 들어왔다. 터널 끝에서 그는 자신의 손이 가방으로 들어가 잼 단지를 꺼내는 것을 보았다.

그는 한 손으로 단지를 들고 등으로 벽을 밀듯이 기대앉아, 뚜껑을 비틀어 열었다.

그들이 문을 열기 전에. 그들이 그의 마스크를 벗기기 전에. 그의 얼굴을.

절규와 문을 두들겨대는 아비규환 속에서 호칸은 내내 사랑하는 이를 생각했다. 그들이 함께했던 시절. 그는 사랑하는 이의 모습을 천사로 미화했다. 하늘에서 날개를 활짝 펴고 훨훨 내려와 그를 데려가려 하는 소년 천사. 그를 저 멀리로 데려간다. 그들이 언제나 함께할 수 있는 곳으로. 영원히 함께할 수 있는 곳.

문이 활짝 열리더니 벽에 쾅 부딪쳤다. 소년은 계속해서 비명을 질렀다. 세 남자가, 옷을 더 아니면 덜 걸친 모습으로 밖에 서 있었다. 그들은 눈앞에 펼쳐진 광경을 보고도 이해할 수 없다는 듯 빤히 보기만 했다.

호칸은 천천히 고개를 끄덕이며 받아들였다.

이윽고 그는 외쳐 불렀다.

"엘리! 엘리!"

그리고 얼굴에 염산을 쏟아부었다.

＊

"기뻐하라! 기뻐하라!

너희 주님과 하느님 안에서 기뻐하라!

기뻐하라! 기뻐하라!

너희 왕과 하느님께 경배하라!"

스타판은 피아노를 치며 톰미의 엄마와 노래를 불렀다. 때때로 그 둘은 마주 보고, 미소를 짓고, 좋아라 했다. 가죽소파에 앉아 있는 톰미는 죽을 맛이었다. 그러다 팔걸이에 뚫린 작은 구멍을 발견한 그는 스타판과 엄마가 노래를 부르는 틈을 타 더 크게 만들기 시작했다. 집게손가락으로 소파 속을 후벼파다가, 스타판과 엄마가 소파에서 그짓을 했는지 궁금해졌다. 기압계 아래에서.

저녁식사는 매리네이드에 잰 닭과 쌀밥이었는데 먹을 만했다. 저녁을 먹은 후 스타판은 톰미에게 권총을 보관한 금고를 보여주었다. 금고는 침대 아래에 있었는데 거기서도 톰미는 똑같은 생각을 했다. 둘이 이 침대에서 잔 적이 있을까? 스타판이 애무해줬을 때 엄마는 아빠 생각을 했을까? 스타판은 침대 밑에 둔 총을 생각하며 달아올랐을까? 엄마는?

스타판은 마지막 화음은 서서히 잦아들게 연주하며 마무리했다. 톰미는 그즈음 제법 커진 구멍에서 손가락을 뺐다. 엄마가 스타판을 보고 고개를 끄덕이더니, 그의 손을 잡고는 피아노 의자 위 바로 그의 옆에 앉았다. 톰미가 앉아 있는 자리에서 보니 동정 마리아의 그림이 정확히 그들의 머리 위에 있는 게, 마치 그러기로 예행연습이라도 한 것 같았다.

엄마는 스타판을 보고 미소 짓더니 톰미를 돌아보았다.

"톰미, 엄마랑 아저씨가 너한테 하고 싶은 이야기가 있단다."

"두 분, 결혼하세요?"

엄마가 머뭇거렸다. 사전에 연출까지 겸해 이 상황을 연습했다 한들, 분명 이런 대사는 대본에 없었을 것이다.

"그래. 어떻게 생각하니?"

톰미는 어깨를 으쓱했다.

"그러세요. 계속해보세요."

"우리 생각은…… 내년 여름이 어떨까 하고."

그의 엄마는 더 좋은 생각이 있다면 듣겠다는 듯 아들을 바라보았다.

"네, 뭐든. 그러세요."

톰미는 손가락을 다시 구멍에 집어넣고 가만히 있었다. 스타판이 몸을 앞으로 수그렸다.

"나도 내가 네 아빠를…… 대신할 수 없다는 거 안다. 어떻게 해도. 그래도 너랑 나랑 서로를 알아갈 수 있고 또…… 음, 친구가 되었으면 좋겠구나."

"그래서 엄마랑 아저씨는 어디서 살 건데요?"

엄마는 갑자기 슬픈 표정을 지었다.

"우리라고 해야지, 톰미. 이건 네 문제이기도 하다는 것 알잖니. 우리도 아직 몰라. 엥뷔에 집을 살까 생각은 하고 있지만. 그럴 수 있다면 말이다."

"엥뷔 말이죠."

"그래. 네 생각은 어떠니?"

톰미는 유리테이블에 반투명하게 비친 엄마와 스타판의 유령 같은 모습을 보고 있었다. 그는 구멍에 집어넣은 손가락을 꼼지락거려 스펀지를 조금 빼냈다.

"비싼데."

"뭐가?"

"엥뷔에 있는 집이요. 비싸요. 돈이 많이 든다고요. 돈 많으세요?"

스타판이 대답하려는 순간, 전화벨이 울렸다. 그는 톰미 엄마의 뺨을 어루만져주고 전화를 받으러 현관으로 걸어나갔다. 엄마는 톰미의 바로 옆으로 가 앉고는 물었다. "거기 살기 싫어?"

"좋아요."

현관에서 스타판의 목소리가 들려왔다. 격앙된 목소리였다.

"그게…… 알았어. 당장 그리로 갈게. 가기 전에…… 아니다, 곧장 갈게. 좋아."

그는 다시 거실로 돌아왔다.

"살인자가 벨링뷔 체육관에 있대. 지금 경찰서에 사람이 별로 없어서 내가……"

스타판은 침실로 사라졌고, 톰미는 금고가 열렸다 닫히는 소리를 들었다. 그 자리에서 옷을 갈아입은 스타판은 머리부터 발끝까지 완벽한 경찰제복 차림으로 들어섰다. 눈빛에는 살짝 광기가 깃들어 있었다. 그는 톰미 엄마의 입술에 입을 맞춘 후 톰미의 무릎을 철썩 쳤다.

"지금 당장 가야 돼. 언제 올지 모르겠다. 나중에 더 이야기하자."

그는 황급히 현관으로 뛰어나갔고 톰미의 엄마가 뒤따라나갔다.

"조심해요"라거나 "사랑해요" "계속 있을 거야?" 같은 말이 들려오는 동안 톰미는 피아노로 다가가, 자기 자신도 모르게 팔을 뻗어 사격 트로피를 집어들었다. 묵직한 것이, 2킬로그램은 족히 나갈 것 같았다. 엄마와 스타판이 작별의 정을 나누는 동안―둘 다 이 상황에 맛을 들였군. 전장으로 떠나는 남자. 그를 그리워하는 여자―그는 발코니로 나갔다. 차가운 밤공기를 가슴 가득 들이마시는데, 몇 시간 만에 처음으로 숨을 쉬는 것 같은 기분이 들었다.

발코니 난간에 기댔는데 저 아래 무성한 덤불이 시야에 들어왔다. 그는 트로피를 난간 너머로 내밀었다가 그대로 떨어뜨렸다. 트로피는 버스럭 소리와 함께 덤불 속으로 사라졌다.

그의 엄마가 발코니로 나와 아들과 나란히 섰다. 잠시 후 그들 아래로 건물 입구가 열리더니 스타판이 나와 주차장 쪽으로 뛰다시피 갔다. 엄마가 손을 흔들었지만 스타판은 올려다보지 않았다. 톰미는 그가 달려가는 걸 보며 낄낄거렸다.

"왜?" 그의 엄마가 물었다.

"아무것도 아니야."

덤불 속에서 스타판에게 권총을 겨누는 꼬마 사격선수. 뭐 그런 생각.

아무리 생각해봐도 톰미는 기분이 꽤 짜릿했다.

＊

그들은 칼손을 끌어들여 조직을 강화했다. 칼손은 그들 중 '진짜'

직업을 가진 유일한 사람이었다. 라리는 명예퇴직을 했고, 모르간은 이따금씩 폐차장에서 일을 하는 정도였고, 라케는 딱히 뭘로 먹고사는지 아는 사람이 없었다. 가끔씩 지폐 몇 장을 들고 나타나긴 했지만.

칼손은 벨링뷔 장난감 공장에서 전임으로 일했다. 소싯적엔 공장주였지만 '재정적으로 힘들어서' 어쩔 수 없이 공장을 처분해야 했다. 새 공장주는 결국 칼손을 고용했다. 그의 말인즉, 자신이 '삼십 년간 업계에 몸담은 베테랑이었기' 때문이었다.

모르간은 의자에 몸을 기대 두 다리를 아무렇게나 쩍 벌리고, 두 손을 머리 뒤로 깍지 낀 채 뚫어져라 칼손을 바라보고 있었다. 라케와 라리는 서로 시선을 교환했다. 이제 다시 늘 하는 이야기가 시작되었다.

"그래, 칼손. 장난감 분야에 새로운 소식 좀 없어? 애들한테 사기쳐서 코 묻은 돈 빼먹을 만한 새로운 구상 좀 했냐고?"

칼손은 콧방귀를 뀌었다.

"자기가 무슨 소리를 하는지도 모르고 떠들고 있구먼. 사기당하는 사람이 있다면 그건 바로 나야. 도둑질을 얼마나 극성맞게 해대는지 상상도 못할걸. 애들이……"

"그래, 그래, 그래. 그래도 이 크로나 주고 한국제 플라스틱 잡동사니를 사다가 백 크로나에 되팔면 손익분기점은 나올 거 아니야."

"우리 공장에서는 그딴 건 취급 안 하는데."

"물론 안 하겠지. 그런데 며칠 전에 가게 쇼윈도에서 내가 뭘 봤더라? 스머프였나? 뭐였더라? 뱅트포슈 뭐시기에서 만든 고급 장난감?"

"말이 끌어야 겨우 달리는 자동차나 파는 사람한테 이런 말이나 듣다니 웃기지도 않아서, 원."

그런 식이었다. 라리와 라케는 옆에서 듣고 있다가 가끔씩 웃으며 몇 마디 거들었다. 비르기니아가 있었다면 분위기는 한껏 달아올랐을 테고, 모르간은 칼손이 제대로 열받은 걸 보고 나서야 물러섰을 것이다.

그러나 비르기니아는 없었고, 요케도 마찬가지였다. 그날 저녁은 어쩐지 분위기도 별로였고, 여덟시 반이 지나서야 슬그머니 문을 열었을 땐 모두 지레 처져 있었다.

고개를 든 라리는 이런 곳엔 절대 발을 들일 것 같지 않은 사람이 들어온 것을 보았다. 예스타였다. 악취탄, 모르간이 붙여준 별명이었다. 라리는 예전에 아파트 건물 밖 벤치에서 예스타에게 말을 건 적은 있었지만, 여기서 그를 만나는 건 처음이었다.

예스타는 심하게 비틀거렸다. 서로 다른 조각들을 얼기설기 풀로 붙여놓은 양, 자칫 잘못 움직이면 금방이라도 와르르 무너질 것 같았다. 그는 실눈으로 보더니 고개를 좌우로 흔들어댔다. 정신이 나갈 정도로 술을 퍼마셨거나 미친 게 틀림없었다.

라리가 그에게 손을 흔들어 보였다. "예스타! 이리 와 앉아!"

모르간은 고개를 돌려 예스타라는 걸 확인하고는 투덜댔다. "젠장, 잘하는 짓이다."

예스타는 지뢰밭을 가로지르는 사람처럼 한 걸음 한 걸음 노심초사하며 걸어 그들이 앉아 있는 테이블로 왔다. 라리는 자기 옆 의자를 빼주며 환영의 제스처를 취했다.

"클럽에 오신 것을 환영합니다."

예스타는 듣는 것 같지 않았지만 그래도 발을 질질 끌며 의자까지 왔다. 조끼와 보타이 위로 닳아빠진 정장 재킷을 걸치고, 머리는 물을 발라 딱 달라붙게 빗질한 모습이었다. 그런데도 그에게서는 냄새가 났다. 오줌에 오줌을 더하고 거기에 또 오줌을 더한 것 같았다. 밖에 있을 때도 냄새가 났지만 그건 그래도 참을 만했다. 따뜻한 안으로 들어오니 오줌 썩는 냄새가 코를 찔러, 버티려면 입으로 숨을 쉬어야 할 지경이었다.

남자들은 모두, 모르간까지도 표정 관리를 하느라 애썼다. 웨이터가 그들의 테이블로 왔다가, 예스타에게서 끼치는 악취에 잠깐 멈칫하더니 물었다.

"뭐…… 드릴까요?"

예스타는 웨이터는 보지도 않고 고개를 흔들었다. 웨이터가 얼굴을 찡그리자 라리는 '괜찮아, 우리가 알아서 할게'라는 뜻으로 신호를 보냈다. 웨이터는 다시 가버렸고, 라리는 예스타의 어깨에 손을 얹었다.

"그래, 오늘의 이 영광을 누구한테 돌리나?"

예스타는 헛기침을 하더니 시선을 바닥으로 향하면서 말했다.

"요케."

"그 친구가 뭘?"

"죽었어."

라리는 라케가 순간 숨죽이는 소리를 들었다. 그는 예스타의 어깨에 손을 올려놓고 부추겼다. 그래야 할 것 같았다.

"자네가 어떻게 알아?"

"봤어. 그 일이 일어났을 때. 그가 살해당했을 때."

"언제?"

"지난 주 토요일. 밤."

라리는 손을 거두었다. "지난 주 토요일? 그런데…… 경찰에 신고는 했어?"

예스타는 고개를 저었다.

"상황을 정리할 수가 없었어. 그리고 나는…… 확실하게 본 것도 아니야. 그래도 알아."

라케는 머리를 감싸쥐더니 낮은 목소리로 중얼거렸다.

"그럴 줄 알았어. 그럴 줄 알았다니까."

예스타는 이야기했다. 돌을 던져 지하도에서 가장 가까운 가로등을 깬 다음 안으로 들어가 기다리던 아이. 그 안으로 갔다가 다시는 나오지 못한 요케. 다음 날 아침 낙엽 더미에 희미하게 남은, 시체의 흔적.

그가 이야기를 다 끝냈을 때, 아까부터 라리에게 짜증난다는 신호를 보내던 웨이터가 예스타를 가리켰다가 다시 문을 가리켰다. 라리는 예스타의 팔에 손을 얹었다.

"어쩔까, 다 같이 가서 한번 볼까?"

예스타는 고개를 끄덕이고 자리에서 일어났다. 모르간은 남은 맥주를 마저 비웠고, 칼손이 언제나처럼 식당 신문을 접어 자기 코트 주머니에 밀어넣는 것을 보고 싱긋 웃었다. 짠돌이 놈.

라케만이 여전히 테이블에 앉아 부러진 이쑤시개 몇 개를 만지작거리고 있었다. 라리가 허리를 굽혔다.

"안 가?"

"그럴 줄 알았어. 감이 왔다고."

"그래. 같이 안 갈 거야?"

"그래, 가야지. 먼저 가. 뒤따라갈게."

차가운 밤공기 속으로 나오자 예스타는 평정을 되찾았다. 그가 하도 빨리 걸으니 라리는 걸음 좀 늦추라고, 자기 심장이 못 당하겠다고 투덜거렸다. 칼손과 모르간은 그들 뒤에서 나란히 걸었다. 모르간은 칼손이 얼토당토않은 말을 한 마디만 해도 바로 달려들어야지 벼르고 있었다. 그러면 기분이 나아질 것 같았다. 그러나 칼손마저 생각에 푹 빠져 있는 것 같았다.

깨졌다는 가로등은 새것으로 교체되어 있어서 지하도 안은 놀랄 만큼 밝았다. 그들은 낙엽더미를 가리키며 떠들어대는 예스타의 주위로 모여섰다. 추위를 이겨보려고 발을 동동 굴렀다. 혈액순환이 제대로 되지 않았다. 지하도 안에서 그 소리는 행군하는 군대 소리처럼 울려 퍼졌다. 예스타가 이야기를 끝내자 칼손이 말했다.

"그렇지만 증거라곤 눈곱만큼도 없는 거 아니야, 안 그래?"

이거야말로 모르간이 기다리던 바였다.

"이 친구가 하는 말 자네도 다 들었잖아. 아, 그래, 거짓으로 꾸며내기라도 했다는 뜻이야?"

"그런 게 아니야." 칼손은 어린애를 훈계하는 투로 말했다. "하지만 이 친구 말을 뒷받침할 증거가 없으면 경찰들은 우리가 믿는 만큼 믿으려 하지 않을 거라는 말이야."

"이 친구는 목격자라고, 이 사람아."

"그거면 됐다, 이거야?"

라리는 낙엽더미 쪽으로 손을 흔들었다.

"문제는, 예스타의 말대로 사고가 났다고 가정할 때 시체는 지금 어디 있냐는 거야."

라케는 보도를 따라 걸어오다가 예스타 쪽으로 와서 땅을 가리켰다.

"저기?"

예스타가 고개를 끄덕였다. 라케는 두 손을 호주머니에 찔러넣은 채 그 자리에 서서, 풀어야 할 거대한 수수께끼라도 되는 것처럼 이리저리 흩어진 낙엽들을 한참 바라보았다. 그의 아래턱 근육에 힘이 들어갔다가 풀리는가 싶더니, 다시 힘이 들어갔다.

"그래, 자네 생각은 어때?"

라리가 그에게 몇 걸음 다가섰다.

"유감이야, 라케."

라케는 라리가 다가오지 못하게 손을 휘저었다.

"어떻게 할까? 이런 짓을 한 놈을 잡아야 돼, 말아야 돼?"

다른 사람들은 라케만 뚫어져라 바라보았다. 라리는 입을 벌려 어려울 거라고, 어쩌면 불가능할지도 모른다고 말하려다 그대로 다물어버렸다. 마침내 모르간이 헛기침을 하고 라케에게 다가와 그의 어깨를 얼싸안았다.

"우리가 잡을 거야, 라케. 암, 잡고말고."

✳

난간 너머를 내려다보던 톰미의 눈에 반짝이는 금속이 얼핏 보인 것 같았다. 시합이 끝나고 집으로 돌아가는 휴이, 듀이, 루이 형제*의 손에 들려 있는 트로피처럼 보였다.

"무슨 생각 하니?" 엄마가 물었다.

"도널드 덕."

"스타판이 그리 마음에 들지 않는가보구나, 그렇지?"

"괜찮아, 엄마."

"그래?"

---

* 월트 디즈니의 만화 〈도널드 덕〉에서 도널드 덕의 조카로 나오는 꼬마 오리 삼형제.

톰미는 저 멀리 시내 중심가 쪽으로 시선을 돌렸다. 허공에 우뚝 솟아오른 V자 모양의 붉은 네온사인이 저 혼자 천천히 회전하고 있었다. 벨링뷔. 빅토리.

"그 사람이 엄마한테도 권총 보여줬어?" 톰미가 물었다.

"그게 왜 알고 싶은 건데?"

"그냥 궁금해서. 보여줬어?"

"이해가 안 간다."

"그 대답을 하는 게 뭐가 어려워? 그 사람이 금고를 열고 총을 꺼내서 엄마한테 보여줬냐고?"

"그래. 왜?"

"언제 보여줬어?"

엄마는 블라우스에 뭐가 묻었는지 손으로 떨어내고는 두 팔을 쓸었다.

"춥구나." 그녀가 말했다.

"아빠 생각은 해?"

"그럼, 당연히 생각하지. 늘."

"늘?"

엄마는 한숨을 내쉬더니, 허리를 약간 수그려 아들의 눈을 똑바로 들여다보았다.

"너, 무슨 말을 하고 싶은 거니?"

"너, 무슨 말을 하고 싶은 거냐고?"

그의 엄마는 난간을 잡고 있는 아들의 손을 자신의 손으로 덮었다.

"내일 엄마랑 아빠 보러 갈까?"

"내일?"

"그래, 만성절萬聖節인가 그렇잖아."

"그건 내일모레고. 아무튼 알았어, 가요."

"톰미."

그녀는 난간에 있던 아들의 손을 잡아 자기 쪽으로 끌어당겼다. 그리고 아들을 끌어안았다. 톰미는 잠시 뻣뻣하게 서 있다가, 품에서 풀려나 안으로 들어갔다.

코트를 입다가 톰미는 좀전의 트로피를 찾으러 가려면 엄마가 집 안으로 들어와야 된다는 것을 깨달았다. 그가 엄마를 부르자 그녀는 뭐든 들어주겠다는 표정으로 곧장 들어왔다.

"응…… 저기, 스타판 아저씨한테 안부 전해줘."

그녀의 표정이 밝아졌다.

"그렇게. 넌 가려고?"

"응. 아무래도…… 아저씨는 밤을 꼬박 새지 않겠어?"

"그러게. 그래서 좀 걱정이 되는구나."

"걱정 마. 총 잘 쏘잖아. 갈게."

"가라……"

현관문이 쾅 닫혔다.

"……아가야."

※

스타판이 과속으로 볼보를 몰아 보도 연석 위로 올라간 순간, 차 안쪽 깊숙한 곳에서 먹먹하게 쿵 하는 소리가 났다. 윗니와 아랫니가 부서질 듯 맞부딪치는 소리가 머릿속에서 종소리처럼 울렸다. 한순간 앞이 보이질 않았고, 그 바람에 하마터면 정문에 몰려든 구경꾼 무리에 막 합세하려던 노인을 칠 뻔했다.

수습경찰 라숀이 순찰차 안에서 무전기에 대고 떠들어대고 있었다. 지원 경찰이나 앰뷸런스를 요청하는 모양이었다. 스타판은 차량 통행에 방해가 되지 않도록 순찰차 뒤에 주차하자마자 차에서 뛰어내려 문을 잠갔다. 단 일 분을 비우더라도 어김없이 차문을 잠갔다. 도난당할까 두려워서가 아니라 습관을 들여놓아야 순찰차를 타도 문 잠그는 걸 잊지 않을 수 있기 때문이었다.

정문 쪽으로 발을 옮기면서 그는 사람들 앞에서 위엄 있게 걸으려고 노력했다. 그는 자신이 열의 아홉한테는 신뢰를 줄 만한 타입이라는 걸 알고 있었다. 모인 사람들 중 꽤 많은 이가 그를 봤을 것이고, 이렇게 생각했을 것이다. '그래, 이 모든 사태를 해결해줄 사람이 나타났어.'

정면 현관 입구 바로 안쪽에 반바지 수영복 차림에 어깨에 수건을 두른 남자 네 명이 서 있었다. 스타판이 그들을 지나쳐 탈의실로 가는데, 그들 중 하나가 "저기요, 잠깐만요!" 하고 큰 소리로 부르고는 맨발로 달려왔다.

"실례합니다. 그런데 저희 옷은……"

"옷이 뭐 어떻다고요?"

"언제쯤 받을 수 있나요?"

"당신들 옷?"

"네. 탈의실에 있는데 못 들어가게 하네요."

스타판이 막 입을 열어 지금으로선 절대 시급한 사안이 못 되는 옷에 대해 신랄하게 한 마디 내뱉으려는 순간, 흰 티셔츠를 입은 여자 하나가 팔에 흰 가운 뭉치를 걸고 남자들 쪽으로 걸어왔다. 스타판은 여자에게 손짓하고는 가던 길을 재촉했다.

복도에서 그는 열두세 살 난 남자애를 이끌고 입구 쪽으로 걸어가는 또다른 흰 티셔츠의 여자와 마주쳤다. 소년의 얼굴은 온몸을 감싼 흰 가운에 대비되어 시뻘겠고, 눈은 텅 비어 보였다. 여자는 고발하는 표정으로 스타판을 돌아보았다.

"애 엄마가 데리러 올 거예요."

스타판은 고개를 끄덕였다. 이 소년이…… 희생자? 물어보고 싶었지만, 급한 마음에 적절하게 물어볼 방법을 찾지 못했다. 홀름베리가 소년의 신상정보를 파악했을 거라 짐작한 그는 소년의 엄마를 불러 아이와 함께 앰뷸런스까지 가서 위기개입* 치료를 받게 하는 게 최선일 거라고 결론을 내렸다.

네 이 더없이 미소한 존재들을 보호하라.

스타판은 복도를 따라 계속 따라가다 계단을 뛰어올라가면서, 곧 있을 도전에 뛰어들 수 있도록 자비와 힘을 주신 하느님께 속으로 감사 기도를 올렸다.

정말 살인자가 아직 이 건물 안에 있단 말인가?

탈의실들 밖에 간단히 '남자'라고만 씌어 있는 팻말 아래, 때마침 세 남자가 경사 홀름베리에게 뭐라고 이야기하고 있었다. 한 사람만 제대로 옷을 입고 있었다. 다른 두 남자는 중요한 한 가지가 각각 빠져 있었다. 한 사람은 바지를, 다른 사람은 셔츠를 입고 있지 않았다.

"이렇게 빨리 와주다니 반가운데." 홀름베리가 말했다.

"아직 있어?"

---

*정신적으로 위기 상태에 처한 사람을 치료하는 행위.

홀름베리가 탈의실 문을 가리켰다.

"저기."

스타판은 세 남자 쪽으로 손짓해 보였다.

"이분들이……?"

홀름베리가 미처 말을 꺼내기도 전에 바지를 입지 않은 남자가 반걸음쯤 나서더니 그다지 우쭐대는 기색 없이 말했다.

"우리가 목격자입니다."

스타판은 고개를 끄덕이고 답을 구하듯 홀름베리를 보았다.

"이분들은 다른 곳으로……"

"그래, 그런데 자네가 여기 오기 전까지 기다려야 한다고 생각했어. 놈이 일을 저지를 것 같진 않아서."

홀름베리는 친절한 태도로 세 남자를 보며 말했다.

"연락드리겠습니다. 지금 여러분이 할 수 있는 최선은 집에 돌아가시는 겁니다. 아, 한 가지 더 말씀드리자면, 쉽지 않으리란 건 이해합니다만 이 문제를 가지고 세 분끼리 논의하는 일은 없었으면 합니다."

바지를 입지 않은 남자가 수긍하듯 엷은 미소를 지었다.

"다른 사람이 저희 말을 엿들까봐 그러시죠?"

"아뇨. 누군가 봤다고 말하기 시작하면, 실제 보지 않았는데도 정말로 본 것처럼 생각할 수 있어서 드리는 말씀입니다."

"전 아니에요. 본 건 분명히 본 거고, 그건 정말 다시 볼 수 없을 정도로 끔찍한……"

"제 말 믿으세요. 열이면 열, 다 그렇습니다. 자, 이제 그만 실례하겠습니다. 도와주셔서 감사드립니다."

남자들은 구시렁대며 복도로 걸어나갔다. 홀름베리는 이런 일에는 도가 텄다. 사람 다루는 일. 그의 주요 업무이기도 했다. 그는 학교를 돌아다니면서 마약과 경찰 업무에 관한 특별 수업을 했다. 요새 들어 이런 일에 동원되는 횟수는 뜸해졌다.

금속판이 바닥에 떨어지면서 내는 것 같은 금속성 소리가 문제의 탈의실 안쪽에서 들렸다. 스타판은 움찔하고는 가만히 귀를 기울였다.

"일을 저지를 것 같지는 않다고 그랬지?"

"중상인 것 같아. 염산 같은 걸 얼굴에 들이부었더라고."

"왜 그런 짓을 한 거지?"

홀름베리는 멍한 표정을 짓더니 문 쪽으로 갔다.

"들어가서 직접 물어봐야 할 것 같은데."

"무장했어?"

"그런 것 같지는 않아."

홀름베리는 가까이에 있는 창문턱 위에 놓인, 나무 손잡이가 달린 식칼을 가리켰다.

"내가 가방을 안 가지고 와서. 아까 바지 안 입은 친구가 내가 오기 전까지 저걸로 수습했더라고. 저건 나중에 처리하지."

"저대로 그냥 놔두자고?"

"더 좋은 방법이 있어?"

스타판은 고개를 저었고, 잠시 아무 말도 않다가 다른 두 가지 낌새를 알아챘다. 탈의실 안에서 흘러나오는 부드럽고 변칙적인 바람 소리. 굴뚝을 통해 들려오는 바람 우는 소리. 금이 간 피리에서 나는 것 같은 소리. 그 소리, 그리고 냄새. 처음에는 건물 전체에 밴 염소 냄새라고 생각했다. 하지만 이건 달랐다. 콧구멍을 날카롭게 찔러왔다. 스타판은 코를 찡그렸다.

"그럼 우리……"

홀름베리는 고개를 끄덕였지만 꿈쩍도 하지 않았다. 마누라에, 애까지 딸렸다 이거지. 아무렴. 스타판은 권총집에서 총을 꺼내고는 다른 손을 문고리에 갖다댔다. 총을 빼들고 방에 들어서는 건 경찰 경력 십이 년 만에 세번째였다. 잘하는 건지 모르지만 아무도 그를 비난할 수는 없으리라. 아동살해자. 극심한 부상을 입었다손 치더라도, 궁지에 몰린데다 죽기 살기로 작정했는지도 몰랐다.

스타판이 홀름베리에게 신호를 보내고 문을 열었다.

가스가 그들을 덮쳤다.

너무 독해서 눈물이 나기 시작했다. 스타판은 기침을 했다. 호주머니에서 손수건을 꺼내 코와 입을 막았다. 화재시 소방서 지원을 나갔을 때 비슷한 경험을 했다. 하지만 지금은 연기 대신 엷은 안개만 허공에 떠다니고 있었다.

맙소사, 이게 다 뭐지?

앞에 죽 늘어서 있는 라커 너머에서 여전히 단속적인 소리가 반복적으로 들려왔다. 양쪽에서 접근할 생각으로 스타판은 홀름베리에게 반대쪽으로 돌아서 가라고 신호를 보냈다. 스타판은 권총을 허리춤에 딱 붙이고, 일렬로 늘어선 라커의 맨 끝으로 가서 모서리 너머를 엿보았다.

철제 쓰레기통이 한쪽 구석에 나뒹굴고 있었고, 그 옆에 납작 엎드려 있는 벌거벗은 몸뚱이가 눈에 들어왔다.

홀름베리가 반대편에서 나타나 스타판에게 당장 위험한 건 아무 것도 없으니 진정하라는 신호를 보냈다. 스타판은 막상 위험한 게 없어 보이니 나서서 상황의 통제권을 차지하려는 홀름베리 때문에 짜증이

나 배알이 뒤틀렸다. 그는 손수건으로 코를 막은 채 숨을 쉰 다음 입술을 떼고 큰 소리로 외쳤다.

"경찰이다. 내 말 들리나?"

엎어져 있는 남자는 아무 반응도 보이지 않았고, 얼굴을 바닥에 처박은 채 예의 그 소리를 계속 내고 있었다. 스타판은 몇 걸음 더 다가갔다.

"내가 볼 수 있는 높이까지 두 손 다 들어."

남자는 움직이지 않았다. 그러나 스타판이 더 가까이 가보니, 몸뚱이 전체가 경련하고 있었다. 손을 어떻게 하라느니 하는 말은 할 필요도 없었다. 한 팔은 굽혀진 채 쓰레기통 위에 걸쳐져 있고, 다른 팔은 바닥에 아무렇게나 널브러져 있었다. 두 손바닥 모두 부풀고 갈라져 있었다.

염산…… 얼굴이 어떻게 됐을까……

스타판은 다시 손수건으로 입을 막고 권총을 권총집에 도로 넣고는, 무슨 일이 일어나면 홀름베리가 엄호해줄 거라 믿으며 남자 쪽으로 걸어갔다.

남자의 몸은 발작적으로 뒤틀리고 있었고, 맨살이 바닥 타일에서 떨어졌다 다시 붙을 때마다 나지막하게 쩍쩍 소리가 났다. 바닥에 놓인 손은 바위 위의 넙치처럼 펄떡거렸다. 그러는 내내 입에서는 바닥 쪽으로 이런 소리가 새어나왔다.

"……에이이에에이이……"

스타판은 홀름베리에게 그대로 있으라고 신호한 후, 몸뚱이 바로 옆에 쭈그리고 앉았다.

"내 말 들려요?"

갑자기 남자가 소리를 뚝 그쳤다. 그리고 남자의 온몸이 발작적으로 요동치더니 뒤집혔다.

이 사람 얼굴이.

스타판은 뒤로 펄쩍 뛰다 균형을 잃는 바람에 꼬리뼈로 바닥을 찧으며 주저앉았다. 엉덩이 전체로 퍼지는 통증에 비명을 지르지 않으려고 이를 악다물었다. 그는 눈을 질끈 감았다. 그리고 다시 떴다.

얼굴이 없잖아.

스타판은 환각중에 자신의 얼굴을 벽에 수십 번 짓찧은 마약중독자를 본 적이 있었다. 가스탱크를 비우지 않고 바로 옆에서 용접 작업을 한 남자를 본 적도 있었다. 탱크는 남자의 눈앞에서 폭발했다.

하지만 그때도 이만큼은 아니었다.

남자의 코는 완전히 타서 없어졌고, 두부頭部에 뚫린 두 개의 구멍만 남아 있었다. 입술은 한쪽 가장자리에 작은 구멍만 남긴 채 녹아 맞붙어버렸다. 한쪽 눈은 뺨이었던 곳 위로 녹아내렸지만 다른 쪽 눈은…… 부릅뜨고 있었다.

스타판은 그 눈, 곤죽이 되어버린 덩어리에서 아직 인간이라고 인식될 만한 그 유일한 것을 바라보았다. 그 눈은 시뻘겠고, 깜빡이려 할 때마다 실낱같은 살쪼가리만 위아래로 팔락거렸다.

응당 있어야 할 얼굴의 나머지는 연골과 너덜너덜하게 찢긴 생살과 거무스름해진 피부조직을 뚫고 튀어나온 뼈뿐이었다. 적나라하게 드러나 번들거리는 안면 근육은 수축과 이완을 거듭하며 꿈틀거렸고, 그 모습은 방금 잡아 토막을 친 뱀장어 떼처럼 보였다.

온 얼굴이, 아니 얼굴이었던 것이 온전히 자신만의 생명을 얻은 것이었다.

스타판은 헛구역질이 치밀어올랐지만, 둔부 쪽에서 욱신욱신 올라오는 통증이 더 심한 덕에 토하지는 않았다. 그는 다리를 아래로 끌어당겨 천천히 일어나 라커에 버티고 기대섰다. 그러는 내내 시뻘건 눈은 그를 보고 있었다.

"이게 다 뭐야……"

홀름베리가 두 팔을 늘어뜨린 채, 바닥의 흉측하게 변한 몸을 내려다보았다. 얼굴만이 아니었다. 염산이 가슴팍으로도 흐른 모양이었다. 쇄골 한쪽을 덮고 있던 살이 사라지고 뼈대 하나가 비어져나와, 고기 스튜에 박혀 있는 분필처럼 하얗게 빛나고 있었다.

홀름베리는 고개를 절래절래 저으며 한 손을 조금 올렸다 내리더니, 다시 올렸다가 내렸다. 쿨럭거렸다.

"도대체 이게 다……"

❊

열한시였고, 오스카르는 침대에 누워 있었다. 벽을 천천히 두드려 신호를 보냈다.

엘……리……

엘……리……

답은 오지 않았다.

10월 30일 금요일

　6학년 B반 아이들은 학교 밖에서 줄을 선 채, 체육 교사인 아빌라 선생이 들어가라고 지시하기를 기다리고 있었다. 저마다 체육복이 든 가방을 들고 있었는데, 하느님께서 보호하사 체육복을 빼먹고 안 가져 왔거나 체육시간을 빼먹어도 될 만한 핑계거리가 없었기 때문이었다.

　학생들은 그들이 4학년이 되던 첫날 담임 교사에게서 체육수업을 위임받은 선생이 지시한 대로 한 팔 간격으로 서 있었다.

　"줄 똑바로! 앞으로 나란히!"

　아빌라 선생은 전쟁 때 전투기 조종사였다. 그는 공중에서 벌인 소규모 접전이나 밀밭에 비상착륙했던 이야기를 가끔 들려주어 아이들을 즐겁게 해주었다. 아이들은 감동했다. 그를 존경했다.

　말을 안 듣고 제멋대로인 것처럼 보였던 반 아이들은 선생이 사라진 후에도 한 팔 간격으로 흐트러짐 없이 한 줄로 서 있었다. 보기에 줄이 똑바르지 않으면 아빌라 선생은 아이들을 십 분 더 서 있게 하거나, 약속했던 농구 게임을 취소하고 대신 팔굽혀펴기나 앉았다 일어나기를 시켰다.

대부분의 학생들처럼 오스카르도 체육 선생에게 건전한 존경심을 품고 있었다. 억센 재색 머리칼, 독수리 부리 같은 코, 그 나이에도 흠 잡을 데 없는 체격과 철통같은 통솔력의 소유자인 아빌라 선생은 그러나 유순하고 포동포동한 왕따 소년에게 애정을 쏟는다든가 측은해하는 성격과는 거리가 멀었다. 그래도 그의 수업시간 동안만큼은 질서가 지배했다. 욘니도, 미케나 토마스도 아빌라 선생이 있을 때는 어떻게 할 엄두를 내지 못했다.

요한이 잽싸게 줄 밖으로 튀어나오더니 학교 건물을 힐끗 올려다보고는 하일 히틀러 식 경례를 올려붙이고 스페인어 억양을 흉내냈다.

"쭐 또빠로! 오늘은 화재대삐훈련이다! 바쭐로 한다!"

몇몇 학생이 눈치를 보며 키득거렸다. 아빌라 선생은 특히 화재대피 훈련을 좋아했다. 학기마다 꼭 한 번은 밧줄을 타고 창밖으로 내려가는 훈련을 시키고 스톱워치로 시간을 쟀다. 지난번의 최고 기록을 깨면 다음 체육시간에는 '온 바다가 몰아친다' 게임*을 할 수 있었다. 아빌라 선생이 그럴 만하다고 인정할 경우에 한해.

요한은 재빨리 제자리로 돌아갔다. 운이 좋았다. 그러고 몇 초 지나지 않아 아빌라 선생이 정문으로 나타났으니 말이다. 선생은 원기왕성한 걸음걸이로 체육관 쪽으로 향했다. 아이들은 안중에도 없다는 듯 앞만 보고 있었다. 운동장을 반 정도 가로질렀을 때 그는 걸음을 늦추거나 뒤돌아보지 않고 한 손을 들어 따라와! 신호를 보냈다.

---

* 게임에 참여하는 사람의 수보다 하나 적게 의자를 둥글게 배치하고, 음악에 맞춰 그 주위를 돌다가 음악이 멈추면 재빨리 의자 위에 앉는 게임. 의자에 앉지 못한 사람은 탈락된다.

한 팔 간격을 유지하면서 줄이 움직이기 시작했다. 오스카르는 뒤에 있던 토마스가 일부러 뒤꿈치를 밟아 신발 뒤축이 벗겨졌지만, 계속 걸었다.

그저께의 회초리 사건 이후 그들은 오스카르를 건드리지 않았다. 사과까지 하는 수준은 아니었고, 뺨의 흉터가 너무 두드러져서 그만 하면 됐다고 생각한 모양이었다. 한동안은.

엘리.

오스카르는 체육관을 향해 행진하며 보조를 맞추려고 신발 속의 발가락을 곧추들었다. 엘리는 어디 갔을까? 어젯밤 오스카르는 엘리의 아빠가 집에 돌아왔는지 확인하려고 창가를 떠나지 않고 지켜보았다. 이윽고 엘리가 열시쯤 나와 돌아다니는 것이 보였다. 얼마 후 그는 엄마와 핫초콜릿과 시나몬롤을 먹었다. 그래서 엘리가 집으로 들어가는 모습을 보지 못한 것 같았다. 그러나 오스카르가 벽을 두드려 메시지를 보내도 그녀에게서는 아무 답이 없었다.

아이들이 쿵쾅거리며 탈의실로 들어가는 동안 줄은 엉망이 됐다. 아빌라 선생은 팔짱을 끼고 서서 아이들을 기다리고 있었다.

"자, 자. 오늘 체력단련 시간에는 턱걸이, 안마 뛰어넘기, 줄넘기를 한다."

끙 하는 신음 소리들이 흘러나왔다. 아빌라 선생은 고개를 끄덕였다.

"잘하면, 너희가 열씸히만 하믄 다음 시간엔 피구를 할 쑤 있게 해주겠다. 하지만 오늘은 체력단련이다. 자, 튀어나간다!"

불평할 여지도 없었다. 다음 시간에는 피구를 한다는 약속으로 아쉬운 마음을 달래며, 아이들은 서둘러 옷을 갈아입었다. 바지를 갈아입으면서 오스카르는 늘 그랬듯 다른 애들에게서 등을 돌렸다. 오줌공 때문에 팬티가 이상해 보였기 때문이었다.

체육관 위쪽에서는 아이들이 한창 안마와 평행봉을 꺼내고 있었다. 요한과 오스카르는 매트를 꺼냈다. 아빌라 선생은 모든 것이 자기 마음에 들게 정리되자 호각을 불었다. 다섯 종목을 해야 하기 때문에 두 그룹의 아이들은 다시 다섯 그룹으로 나뉘었다.

오스카르는 스타페와 짝이 되었다. 반에서 유일하게 오스카르보다 체육에 젬병인 아이였으니 잘된 셈이었다. 스타페는 힘은 세지만 굼떴다. 그리고 오스카르보다 포동포동했다. 그런데도 그애를 놀리는 아이는 아무도 없었다. 행동거지부터 어딘지 모르게 '날 괴롭히면 신상에 좋지 않을걸'이라고 말하는 듯한 분위기가 감도는 아이였다.

아빌라 선생이 다시 호각을 불자 모두가 운동을 시작했다.

철봉 턱걸이. 철봉 위까지 턱을 올린 다음 내리고 다시 올리기. 오스카르는 간신히 두 개를 했다. 스타페는 다섯 개까지 하고 포기했다. 호각 소리. 앉았다 일어서기. 스타페는 매트에 드러누워 천장만 바라보았다. 오스카르는 다음번 호각 소리가 날 때까지 앉았다 일어서는 시늉만 했다. 줄넘기. 이건 오스카르가 잘하는 종목이었다. 스타페는 줄에 발이 걸렸지만, 오스카르는 계속 잘 뛰어넘었다. 그런 다음 늘 하는 팔굽혀펴기. 스타페는 이것만큼은 무한정 할 수 있었다. 그리고 안마 뛰어넘기, 빌어먹을 안마 뛰어넘기였다.

스타페와 짝지어 하니 마음이 놓였다. 오스카르는 미케와 욘니와 울로프가 어떻게 도약판을 딛고 안장 위로 뛰어오르나 훔쳐보았다. 스타페는 준비 자세를 취하고는 달려갔지만, 우지끈 소리가 나도록 도약판을 세게 디딘 것이 무색하게도 안장을 넘지 못했다. 그는 뒤돌아 걸어왔다. 아빌라 선생이 스타페에게 다가갔다.

"안장 위로 뛰어올라야지."

"못하겠어요."

"그럼 다시 해라."

"네?"

"다시 해. 다시 하라고. 점프해! 점프!"

스타페는 안마를 잡고 그 위로 제 몸을 짐짝 끌어올리듯 올라갔다가 반대쪽으로 민달팽이처럼 미끄러져 내려갔다. 아빌라 선생이 다음! 하고 외치자 오스카르가 달려나갔다.

안마를 향해 달려가다 불현듯 오스카르는 결심했다.

해보기로 했다.

전에 아빌라 선생은 모든 건 태도에 달려 있다며 안마를 무서워 말라고 했다. 평소에 오스카르는 균형을 잃거나 어디 부딪칠까 겁나서 도약판에서 있는 힘껏 뛰어오르지 않았다. 하지만 지금 그는 온 힘을 다해, 그럴 수 있는 척이라도 할 작정이었다. 아빌라 선생이 지켜보는 가운데 오스카르는 도약판을 향해 젖 먹던 힘까지 다해 달려갔다.

안마를 넘어야 한다는 목표에만 집중한 나머지, 그는 점프에는 거의 신경쓰지도 않았다. 난생처음 제동을 걸지 않고 있는 힘껏 도약판을 디디자 몸이 절로 떠올랐고, 양손을 뻗어 균형을 잡자 그대로 몸이 앞으로 나아갔다. 안장을 날다시피 넘으면서 과하게 힘이 실리는 바람에 그는 균형을 잃고 저 너머로 머리부터 떨어져 나동그라졌다. 그래도 해냈다!

뒤를 돌아 선생님을 보니, 결코 미소는 짓지 않았지만 잘했다는 듯 고개를 끄덕이고 있었다.

"잘했다, 오스카르. 하지만 좀더 균형을 잘 잡도록."

그런 다음 아빌라 선생이 호각을 불었고 아이들은 다시 운동을 시작하기 전까지 일 분 동안 쉴 수 있었다. 다음번에 오스카르는 힘겹게나마 안마를 뛰어넘은 것은 물론 착지하고 나서도 균형을 잡았다.

수업이 끝나자 아빌라 선생은 체육교사실로 돌아갔고, 아이들은 기구를 치웠다. 오스카르는 안마 아래쪽에서 접이식 바퀴를 잡아빼 창고까지 밀고 가서, 고생 끝에 순순히 길든 훌륭한 말을 어르듯 쓰다듬었다. 그는 기구를 벽에 기대어놓고 탈의실 쪽으로 걸어갔다. 아빌라 선생에게 할 말이 있었다.

오스카르는 문 쪽으로 가던 도중에 멈춰 섰다. 줄넘기 줄로 만든 올가미가 머리 위로 휙 날아오더니 허리를 감아 내려온 것이다. 누군가 그에게 제대로 오라를 지웠다. 등 뒤로 욘니의 목소리가 들렸다.

"이랴, 달려라, 돼지새끼!"

오스카르가 돌아서자 배 위로 미끄러져 내려온 올가미의 매듭이 등으로 갔다. 욘니가 두 손으로 줄 끝을 잡고 앞에 서 있었다. 그는 두 손을 위아래로 휘저었다.

"이랴, 이랴."

오스카르가 두 손으로 줄을 움켜쥐고 잡아당기자 욘니의 손에서 줄 끝이 빠져버렸다. 줄넘기 줄이 오스카르 뒤쪽의 바닥으로 떨어져 덜그럭거렸다. 욘니가 줄을 가리켰다.

"이제 네가 주워와."

오스카르는 줄의 중간쯤을 잡고 머리 위에서 빙빙 돌리다, 손잡이가 서로 부딪쳐 덜그럭대자, "간다!" 하고 소리치고 줄을 놓았다. 줄넘기 줄이 허공을 날자 욘니는 본능적으로 두 손을 들어 얼굴을 가렸다. 줄넘기 줄은 휘리릭 소리를 내며 그의 머리 위를 지나 뒤쪽 벽에 가 부딪쳤다.

오스카르는 체육관 밖으로 걸어나와 계단을 뛰어내려갔다. 심장이 두방망이질치는 소리가 귓전을 때렸다. 시작됐다. 그는 한 번에 세 단씩 내려가다 두 발로 착지한 다음, 탈의실을 지나 체육교사실로 들어갔다.

아빌라 선생은 체육복을 입은 채 자리에 앉아 스페인어로 짐작되는 외국어로 통화를 하고 있었다. 오스카는 개를 뜻한다고 알고 있는 '페로'라는 말만 겨우 알아들었다. 아빌라 선생은 오스카르에게 맞은편 의자에 앉으라고 손짓을 했다. 아빌라 선생은 통화 중에 '페로'라는 말을 몇 번 더 했다. 욘니가 탈의실로 들어가 큰 소리로 떠들어대는 소리가 들렸다.

이윽고 모두 탈의실에서 나갔고, 아빌라 선생도 자기 개에 대한 전화통화를 끝냈다. 그는 오스카르를 돌아보았다.

"그래, 오스카르. 무슨 일이지?"

"네, 저기…… 목요일에 하는 운동수업 때문에요."

"말해보렴?"

"저도 참가해도 될까요?"

"수영장에서 하는 강화훈련 수업 말하는 거냐?"

"네, 그거요. 등록을 해야 되나요, 아니면……"

"등록할 필요는 없다. 그냥 와라. 목요일 일곱시. 하고 싶으냐?"

"네, 전…… 네."

"잘됐구나. 운동해라. 그러면 턱걸이도…… 오십 번은 할 수 있다."

아빌라 선생은 허공에서 봉을 잡고 턱걸이를 하는 시늉을 해 보였다. 오스카르는 고개를 저었다.

"아뇨. 그런 건…… 네. 참석할게요."

"그럼 목요일 날 보는 거다. 잘 가라!"

오스카는 고개를 끄덕이고 막 나가려다가, 말을 꺼냈다.

"선생님 개는 잘 있나요?"

"개?"

"네, 방금 선생님이 전화로 페로라고 말씀하시는 거 들었어요. 그게 '개'란 뜻 아닌가요?"

아빌라 선생은 잠시 생각에 잠겼다.

"아, 그 페로perro가 아니라 '하지만'이라는 뜻의 페로pero를 말한 거였다. 예를 들어 '하지만 난 아니야' 하면 '페로 노 요'라고 하지. 알았니? 너 스페인어 수업도 듣고 싶으냐?"

오스카르는 미소를 지으며 고개를 저었다. 당장은 강화훈련으로도 족하다고 말했다.

탈의실은 오스카르의 옷가지를 빼고는 텅 비어 있었다. 오스카르는 체육복을 벗다가 멈칫했다. 그의 바지가 없었다. 놀랍지도 않은 일이었다. 미리 생각해놓지 못하다니, 바보 같긴. 그는 탈의실은 물론 화장실까지 구석구석 뒤져보았다. 바지는 없었다.

❋

체육복 반바지를 입고 집에 돌아가는 동안 두 다리가 에일 듯 시렸다. 체육수업 중에 눈까지 내리기 시작한 것이다. 눈송이가 그의 다리에 닿아 녹아내렸다. 단지 마당에 들어선 오스카르는 엘리네 집 창문 아래 멈춰 섰다. 블라인드가 내려져 있었다. 안에선 아무런 기척도 없었다. 커다란 눈송이가 위를 향한 그의 얼굴에 살포시 와 닿았다. 혀끝으로 맛을 조금 보았다. 맛있었다.

✳

"랑나르 좀 봐."

홀름베리가 벨링뷔 대광장 쪽을 가리켰다. 펄펄 내리는 눈이 광장의 돌 바닥을 얇은 비단처럼 덮고 있었다. 그곳에 살다시피 하는 알코올중독자 하나가 커다란 코트로 온몸을 감싼 채 꼼짝 않고 벤치에 앉아 있었고, 내리는 눈에 아무렇게나 만든 눈사람으로 서서히 변해갔다. 홀름베리는 한숨을 내쉬었다.

"잠시 후에도 움직이지 않으면 가서 살펴봐야 될 것 같아. 자네는 좀 어때?"

"그냥저냥."

스타판은 둔부의 통증을 덜어보려고 의자에 여분의 쿠션을 깔아놓았다. 차라리 서 있거나, 사실은 드러눕고 싶은 마음이 간절했지만, 주말 전까지 강력계 기록부에 어젯밤 사건에 대한 보고서를 제출해야 했다.

홀름베리는 노트를 내려다보다 펜으로 톡톡 두드렸다.

"탈의실에 있었던 그 세 사람 말이야. 그들 말이 그 남자, 살인자가 자기 얼굴에 염산을 들이붓기 전에 '엘리, 엘리' 하고 소리쳤다는데 내 생각엔……"

스타판의 심장이 쿵쾅거렸다. 그는 책상 너머로 몸을 내밀었다.

"그런 말을 했대?"

"그래. 뭐 좀 알겠어? 그게……"

"알아."

갑자기 뒤로 물러나 앉는 통에 화살이 안에서부터 모근까지 쭉 꿰뚫고 올라오는 듯한 통증이 느껴졌다. 스타판은 책상 모서리를 움켜잡고 허리를 곧추 펴고는 두 손을 얼굴 위로 가져갔다. 홀름베리가 그를 유심히 바라보았다.

"어이쿠, 의사한텐 가봤어?"

"아니, 별거 아니니까…… 금방 괜찮아질 거야. 엘리, 엘리."

"이름인가?"

스타판은 고개를 천천히 끄덕였다.

"그래…… 그건…… 하느님이란 뜻이야."

"그렇구나. 그럼 하느님을 소리쳐 부른 거네. 그의 말을 들었을까?"

"뭐?"

"하느님 말이야. 하느님이 그의 말을 들었을까? 정황을 미루어 짐작건대, 뭐랄까…… 그럴 법한 일은 아니잖아. 그래도 자네는 전문가니까. 흠."

"그 말은 예수님이 십자가에 매달렸을 때 마지막으로 하신 말씀이야. 나의 하느님, 나의 하느님, 어찌하여 나를 버리셨나이까? 엘리 엘리 라마 사박타니?"

홀름베리는 눈을 껌뻑껌뻑하더니 자신이 작성한 조서調書를 보았다.

"그래, 맞아."

"마태 복음서하고 마가 복음서에 나와."

홀름베리는 고개를 끄덕이고 펜 끝을 핥았다.

"그것도 보고서에 써야 될까?"

✽

오스카르는 방과 후 집에 돌아와 새 바지를 꺼내입고 신문을 사러 '연인의 키오스크'로 갔다. 살인자가 붙잡혔다는 소식을 들은 터라 상세히 알고 싶어졌다. 기사를 스크랩북에 오려붙이고 싶었다.

키오스크까지 갔을 때 그는 어쩐지 미묘하게 다른 기분이, 눈 때문이 아니라고 해도 평소와는 사뭇 다른 기분이 들었다.

신문을 사들고 돌아오다 불현듯 그것이 무엇인지 깨달았다. 그는 조심하지 않았다. 그저 걷기만 했다. 키오스크까지 가는 내내 한 번도 그를 해칠 사람이 나타나는 건 아닌지 조심하지 않았다.

오스카르는 달리기 시작했다. 신문을 들고 집까지 쉬지 않고 뛰었고, 그러는 동안 눈송이가 그의 얼굴을 훑었다. 그는 집에 들어와 현관문을 잠갔다. 침대로 가서 배를 깔고 누워 벽을 두드렸다. 답신이 없었다. 엘리에게 말을 걸고 싶었다. 그녀에게 말하고 싶었다.

오스카르는 신문을 펼쳤다. 벨링뷔 체육관. 경찰차들. 앰뷸런스. 살인미수. 부상 때문에 남자의 신원 파악이 어려웠다. 남자가 입원한 단데뤼드 병원의 사진이 실려 있었다. 최초 살인에 관한 개요. 설명은 더 없었다.

그리고 잠수함, 잠수함, 잠수함. 전군 경계태세 강화.

초인종이 울렸다.

오스카르는 침대에서 펄쩍 뛰어내려 서둘러 현관으로 갔다.

엘리, 엘리, 엘리.

그는 문고리를 잡고 망설였다. 욘니 패거리면 어떡하지? 아니야, 걔들은 이런 식으로는 절대 들이닥치지 않아. 문을 열었다. 요한이 서 있었다.

"있었네."

"응…… 안녕."

"뭐 하고 안 놀래?"

"그러자…… 근데 뭐 하지?"

"몰라. 아무거나."

"좋아."

오스카르가 신발을 신고 재킷을 입는 동안 요한은 계단에서 기다렸다.

"욘니가 체육관에서 한 짓, 진짜 쩨쩨하지 않냐?"

"걔가 내 바지 가져갔지? 그렇지?"

"응. 바지 어디 있는지 알아."

"어디 있어?"

"뒤쪽에. 수영장 뒤에. 알려줄게."

오스카르는 요한이 여기까지 오는 김에 바지도 가져오는 수고쯤은 해 줄 수도 있었을 거라고 생각했지만, 대놓고 말하지는 않았다. 요한의 배려는 거기까지였다. 오스카르는 고개를 끄덕이고 말했다. "잘됐다."

그들은 수영장까지 가서 덤불에 걸려 있는 바지를 챙겼다. 그런 다음 이리저리 돌아다니면서 이것저것 살펴보았다. 눈을 뭉쳐 나무 위에 과녁을 정해놓고 맞추는 놀이를 했다. 컨테이너 안에서 오래된 전선을 발견해 잘라서 새총을 만들기도 했다. 살인자에 대해 이야기하고, 잠수함에 관해, 욘니, 미케, 토마스에 관해 이야기했다. 요한은 그들이 머저리라고 했다.

"완전히 덜떨어진 것들이야."

"하지만 걔들이 너한테는 아무 짓도 안 하잖아."

"안 하지. 그래도."

그들은 지하철 역 근처에 있는 핫도그 노점상에서 각자 루파레를 두 개씩 샀다. 핫도그 빵에 겨자, 케첩, 햄버거 드레싱과 생 양파만 넣고 구운 것으로, 한 개에 1크로나였다. 날이 저물기 시작했다. 요한은 핫도그 노점상의 여자애에게 말을 걸었고, 오스카르는 오가는 열차들을 바라보며 철로 위 허공을 가로지르는 전선에 대해 생각했다.

그들은 학교까지 같이 가서 헤어지기로 하고 발걸음을 옮겼다. 입에서 양파 냄새가 났다. 오스카르가 말했다.

"철로 위 전선으로 뛰어들면 자살할 수 있을까?"

"몰라. 그렇지 않을까? 우리 형이 아는 사람 중 하나가 전기가 통하는 철로에 대고 오줌을 눈 적이 있었대."

"어떻게 됐대?"

"죽었대. 전류가 오줌 줄기를 타고 몸으로 올라왔다나."

"말도 안 돼. 그럼 그 사람은 죽으려고 그랬단 말이야?"

"아냐. 술에 취했대. 으으. 생각만 해도……"

요한이 고추를 꺼내 오줌을 누다 발작 일으키는 시늉을 하자 오스카르는 웃었다.

학교 근처까지 와서 그들은 손을 흔들며 헤어졌다. 오스카르는 다시 찾은 바지를 허리에 돌려 묶고 〈댈러스〉*의 주제가를 휘파람으로 불며 집으로 걸어갔다. 눈은 아까 그쳤지만 세상은 온통 하얀 장막으로 뒤덮여 있었다. 수영장의 거대한 간유리창에 불이 환하게 밝혀져 있었

---

* 1978년부터 1991년까지 미국 CBS 티브이에서 인기리에 방영된 드라마.

다. 목요일 밤에 저기 갈 것이다. 운동을 시작해야지. 강해져야지.

＊

　금요일 저녁 중국식당. 벽에 걸린 철 테를 두른 둥근 시계는 당지唐紙
갓을 씌운 전등과 황금 용들 사이에서 더없이 생뚱맞아 보인다. 시계
는 아홉시 오 분 전을 가리키고 있다. 사내들은 각자의 맥주잔 위로 몸
을 숙인 채 식탁 매트에 그려진 풍경을 멍하니 들여다보고 있다. 밖에
선 한창 눈이 내리고 있다.
　비르기니아는 조니 워커 상표 모형이 붙은 휘젓개로 앞에 놓인 샌프
란시스코*를 살짝 휘젓고는, 휘젓개 끝을 입에 넣고 뺀다.
　조니 워커가 누구였지? 이토록 단호한 걸음으로 그는 어딜 가는 걸까?
　그녀가 휘젓개로 자기 술잔을 두들기자 모르간이 고개를 든다.
　"건배하자고?"
　"누구든 해야하잖아."
　그들은 예스타가 요케와 지하도와 어린애에 대해 한 이야기를 그녀
에게 빠짐없이 들려주었다. 그러고는 침묵에 빠져들었다. 비르기니아
는 얼음이 소리를 내며 녹을 때까지 술잔에 손도 대지 않다가, 반쯤 녹
은 얼음 덩어리에 침침한 천장 조명이 어떻게 비치는지 들여다보았다.
　"한 가지 이해 안 가는 게 있어. 예스타가 한 이야기가 전부 진짜 일
어난 일이라고 쳐. 그렇다면 지금 어디 있는 거냐고? 요케 말이야."
　칼손은 기다려마지 않던 기회를 만난 양 표정이 환해졌다.

---

　* 오렌지, 레몬, 자몽을 베이스로 한 칵테일.

"내 말이 바로 그거야. 시체가 어디 있냐고? 만약에 정말로……"

모르간은 칼손의 눈앞에서 한 손가락을 들어 보였다.

"요게 얘길 하면서 '시체'라고 말하지 마, 알았어?"

"그래? 그럼 뭐라고 하지? 고인?"

"어떤 식으로도 부르지 마. 확실하게 알기 전까지는."

"내 말이 바로 그 말이야. 우린 아직 시…… 그들이 아직…… 그를 못 찾아낸 한은 모르는 거야."

"그들이라니, 누구 말이야?"

"누구겠어? 베리아의 헬리콥터 사단*이겠어? 당연히 경찰이지."

라리는 작게 끅끅대는 소리를 내며 눈을 비볐다.

"그게 문제야. 그 친구를 찾아내지 못하는 한 걔네는 관심도 안 가질 거고, 관심이 없으면 찾아나서지도 않을 거야."

비르기니아는 고개를 절레절레 저었다. "경찰서에 가서 알고 있는 걸 이야기해야 해."

"아, 그래. 가서 도대체 뭘 어떻게 얘기하라는 거야?" 모르간이 껄껄댔다. "보쇼! 아동살해범이고 잠수함이고 나발이고 다 집어치우쇼. 우린 행복한 고주망태 삼총사인데, 술친구 중 한 놈이 사라져버렸거든. 근데 술친구 중 또 딴 놈 말이 어느 날 밤 술이 머리끝까지 올라서 봤는데 아, 글쎄…… 이렇게 말하면 먹힐 것 같아?"

"하지만 예스타는 어쩌고? 그 친구가 봤잖아, 그 친구가……"

"왜 아니겠어. 하지만 그 작자는 염병할 불안증 환자잖아. 눈앞에서 제복을 흔들기만 해도 기절해 베키스**에 입원하려고 할걸. 그는 감당

---

* 스톡홀름 주 하닝의 기초자치구에 있는 베리아 해군기지의 11 헬리콥터 사단(1968~98년 주둔)을 의미한다.

못 해. 심문이니 뭐니." 모르간은 어깨를 으쓱했다. "꿈 깨라고."

"그렇다고 정말 아무것도 안 할 거야?"

"그럼 도대체 어쩌자고?"

라케는 대화가 오가는 가운데 맥주만 마시다 입을 열어 뭐라고 중얼거렸지만, 목소리가 너무 낮아 제대로 들리지 않았다. 비르기니아가 몸을 기울여 그의 어깨에 머리를 기댔다.

"뭐라고 했어?"

라케는 제 앞의 식탁 매트에 묽은 잉크로 그린 풍경을 뚫어져라 보며 웅얼거렸다.

"자네가 그랬잖아. 우리가 놈을 잡을 거라고."

모르간이 주먹으로 테이블을 쾅 내려치자 맥주잔들이 튀어올랐다. 그는 갈고리발톱처럼 손을 뻗었다.

"그렇고말고. 하지만 그전에 먼저 할 일이 있어."

라케는 몽유병 환자처럼 고개를 주억거리고는 몸을 일으키려 했다.

"당장 해야 할 게……"

그는 다리 힘이 풀려 테이블 위로 머리부터 엎어졌다. 바닥에 떨어진 유리잔이 요란한 소리를 내며 박살나자, 식당에 있던 여덟 명의 단골이 일제히 뒤를 돌아보았다. 비르기니아는 라케의 양 어깨를 붙잡아 도로 의자에 앉혔다. 라케의 눈은 머나먼 곳을 응시하고 있었다.

"미안, 내가……"

웨이터가 두 손을 황망히 앞치마에 비벼대며 달려왔다. 그는 라케와 비르기니아 쪽으로 허리를 굽히고는 소리 죽여 성질을 냈다. "여긴 식

** 스톡홀름 베콤스베리아 지역에 있던 베콤스베리아 병원의 약칭. 1995년 폐원될 때까지 정신병원으로 널리 알려졌다.

당이지 돼지우리가 아니에요!"

비르기니아는 라케를 일으켜세우면서 웨이터를 향해 한껏 미소를 지어 보였다.

"자, 라케. 우리 집으로 가요."

웨이터는 그들 일행들을 향해 원망스러운 표정을 짓더니, 재빨리 둘의 옆으로 가 라케의 다른 쪽을 부축하며 단골들에게 자기 역시 이 짜증나는 상황이 정리되길 바란다는 걸 시위했다.

비르기니아는 라케를 거들어 그의 묵직하고 고풍스러운 오버코트 — 몇 년 전에 세상을 떠난 그의 아버지에게서 물려받은 것이었다 — 를 입혀주고 문까지 부축해갔다.

등 뒤로 모르간과 칼손이 의뭉스레 부는 휘파람 소리가 들렸다. 라케의 팔을 어깨에 두른 채 그녀는 그들 쪽을 돌아보고 얼굴을 찌푸렸다. 그런 다음 문을 당겨 열고 걸어나갔다.

커다란 눈송이가 성기게 흩날리며 둘 주위에 추위와 침묵의 공간을 형성했다. 공원 산책로로 라케를 부축해 내려가는 비르기니아의 두 뺨이 분홍빛으로 물들었다. 이렇게 있는 게 더 좋았다.

❄

"안녕하세요. 아빠를 만나기로 했는데, 안 와서요⋯⋯ 안에 들어가서 전화를 좀 써도 될까요?"

"그러렴."

"들어가도 될까요?"

"전화기는 저쪽에 있다."

여자는 현관 안쪽을 가리켰다. 작은 테이블에 회색 전화기가 놓여 있었다. 엘리는 여전히 문 밖의 그 자리에 서 있었다. 아직 안으로 초대받지 않아서였다. 문 바로 옆에, 주철에 피아사바*로 가시를 만들어 붙인 고슴도치 모양의 신발솔이 있었다. 엘리는 들어갈 수 없다는 걸 감추려고 그걸로 자기 신발을 닦았다.

"정말 들어가도 되나요?"

"당연하지. 들어와, 어서 들어오렴."

여자는 피곤한 기색이었다. 엘리는 초대를 받았다. 여자는 관심이 사그라졌는지 거실로 들어갔다. 거실 티브이에서 웅웅거리는 수신 잡음이 엘리에게까지 들려왔다. 여자의 회색 머리칼을 묶은 노란 실크 리본은 애완용 뱀처럼 등 뒤까지 길게 늘어져 있었다.

엘리는 현관으로 들어가 신발과 재킷을 벗고 수화기를 들었다. 손이 가는 대로 다이얼을 돌렸다. 누군가와 통화하는 척했다. 그리고 수화기를 내려놓았다.

엘리는 코로 공기를 들이마셨다. 음식 냄새, 세제, 흙, 구두약, 겨울사과, 축축한 천, 전류, 먼지, 땀, 벽지 접착제, 그리고…… 고양이 오줌.

그렇다. 새까만 고양이가 부엌으로 통하는 문간에 서서 으르렁대고 있었다. 두 귀를 바싹 젖히고, 털을 바짝 곤두세우고, 등을 활처럼 구부린 채. 목에는 빨간 띠를 두르고 있었는데, 주인의 이름과 주소가 적힌 종잇조각이 들어 있음직한 작은 금속 원통이 달려 있었다.

엘리가 한 발짝 다가서자 고양이는 이빨을 드러내며 하악거렸다. 온몸을 긴장시키고 공격 자세를 취했다. 엘리는 한 걸음 더 다가섰다.

---

* 브라질산 야자나무에서 추출한 뻣뻣한 섬유조직.

고양이는 뒷걸음치면서도 연신 하악거렸고 마주한 시선을 피하지 않았다. 몸에서 고동쳐 솟아오르는 적의 때문에 금속 원통이 떨리고 있었다. 그들은 각자 상대를 가늠했다. 엘리는 천천히 앞으로 다가서며 고양이를 제압해 부엌으로 들여보낸 다음 문을 닫았다.

문 너머에서도 고양이는 여전히 으르렁거리고 격앙된 소리로 울어댔다. 엘리는 거실로 들어갔다.

여자는 티브이에서 흘러나온 빛이 고스란히 반사될 만큼 반질반질하게 닦은 가죽소파에 앉아 있었다. 그녀는 허리를 똑바로 펴고 앉아 파랗게 명멸하는 화면을 빨려들어갈 듯 응시하고 있었다. 여자의 앞에 있는 탁자에는 크래커가 담긴 주발과 치즈 세 개 그리고 도마가 놓여 있었다. 마개를 따지 않은 와인 병과 유리잔 두 개도.

여자는 엘리가 들어온 것을 눈치채지 못했는지, 화면의 영상에 온통 홀려 있었다. 자연 다큐멘터리. 남극의 펭귄들.

"얼음에 직접 닿지 않도록 수컷이 알을 발에 올려놓은 채로 품습니다."

펭귄 무리가 좌우로 기우뚱대며 얼음사막을 횡단했다. 엘리는 여자 옆에 앉았다. 티브이가 그녀를 못마땅해하며 꾸짖는 선생이나 되는 것처럼 뻣뻣한 자세로.

"삼 개월이 지나 암컷이 돌아올 때면, 수컷의 체내 지방은 완전히 연소되다시피 합니다."

펭귄 두 마리가 서로 부리를 비벼대며 인사를 나눴다.

"누구를 기다리고 있으세요?"

여자는 움찔했다가 도통 이해가 가지 않는다는 표정으로 잠시 엘리의 눈을 들여다보았다. 노란 리본 때문에 여자의 얼굴은 더더욱 생기가 없어 보였다. 그녀는 재빨리 고개를 저었다.

"아니, 저것 좀 먹으렴."

엘리는 꿈쩍도 않았다. 티브이 화면의 장면이 소련 그루지아 남부의 파노라마로 바뀌었고, 음악이 흘러나왔다. 부엌에 있는 고양이가 야옹 대던 소리가 어딘지 모르게…… 애원하는 것처럼 바뀌었다. 방에서는 약 냄새가 풍겼다. 여자에게서는 병원 냄새가 났다.

"손님 오시기로 했어요?"

또 한번, 여자는 누군가 깨운 것처럼 흠칫 뒤로 물러나더니 엘리 쪽으로 몸을 돌렸다. 이제 그녀는 미간에 깊은 주름이 팰 정도로 짜증스러운 표정을 짓고 있었다.

"아니라니까, 아무도 안 오는데. 먹고 싶으면 먹어도 돼." 여자는 뻣뻣한 손가락으로 치즈를 가리켰다. "카망베르, 고르곤졸라, 로크포르야. 먹어, 먹으렴."

여자가 단호한 표정을 짓자, 엘리는 순순히 크래커 하나를 집어 입에 넣고는 천천히 씹기 시작했다. 여자는 고개를 끄덕이고는 다시 화면을 응시했다. 엘리는 찐득한 반죽덩어리가 된 크래커를 손바닥에 뱉고는 팔걸이 뒤쪽 바닥에 버렸다.

"언제 갈 거니?" 여자가 물었다.

"금방요."

"있고 싶을 때까지 있어도 돼. 어떻게 하든 나는 전혀 상관없단다."

엘리는 티브이를 좀더 잘 보려는 것처럼 조금 가까이 다가앉았고, 둘의 팔이 맞닿았다. 그리고 여자에게 무슨 일인가 일어났다. 그녀의 몸이 바르르 떨리다가 갑자기 잦아들더니 구멍 난 커피 봉지처럼 누그러졌다. 다시 엘리를 보았을 때, 그녀의 눈빛은 온화하고 꿈을 꾸는 듯했다.

"넌 누구니?"

엘리의 두 눈은 여자의 두 눈 가까이에 있었다. 여자의 입에서 병원 냄새가 감돌았다.

"나도 몰라요."

여자는 고개를 끄덕이고는 손을 뻗어 탁자 위에 있던 리모컨을 집어 들더니 티브이 볼륨을 껐다.

"**봄이 되면 남부 그루지아는 황량한 아름다움으로 만개……**"

고양이의 구슬픈 울음소리는 이제 무시하기 힘들 만큼 커졌지만, 여자는 개의치 않는 것 같았다. 그녀는 엘리의 무릎을 가리켰다. "내가 좀……"

"그러세요."

엘리가 여자에게서 살짝 물러나자, 여자는 두 다리를 소파 위로 끌어올리고 엘리의 허벅지를 베고 누웠다. 엘리는 천천히 여자의 머리를 쓰다듬어주었다. 그들은 한동안 그렇게 앉아 있었다. 고래 떼의 희끄무레하게 빛나는 등이 일제히 바다 수면 위로 솟아올라 분수처럼 물을 뿜어내고 사라졌다.

"이야기를 들려줘." 여자가 말했다.

"어떤 이야기를 듣고 싶은데요?"

"아름다운 이야기."

엘리는 곱슬머리 한 오라기를 여자의 귀 뒤로 넘겨주었다. 이제 여자는 느긋하게 숨을 내쉬었고 몸의 긴장도 완전히 풀었다. 엘리는 나지막한 목소리로 말했다.

"옛날 옛날에…… 아주 오래 오래전에, 가난한 농부와 아내가 살았습니다. 그들에게는 세 아이가 있었습니다. 그중 한 소년과 소녀는 어른들과 함께 일을 해도 될 나이였습니다. 그리고 또 한 명, 열한 살밖에 안 된 소년 하나가 더 있었습니다. 소년을 본 사람들은 모두 그렇게 아름다운 아이는 본 적이 없다고 말했습니다.

아버지는 농노라서 영주를 위해 며칠 동안이나 일을 해야 했습니다. 그래서 어머니와 형과 누나가 집과 정원을 돌볼 때가 많았습니다. 막내아들은 큰 도움이 된다고는 할 수 없었습니다.

어느 날 영주는 자신의 땅에서 일하는 가족들을 위해 대회를 개최하겠다고 발표했습니다. 여덟 살부터 열두 살 사이의 아들이 있는 집안은 모두 참가해야 했습니다. 어떤 보상도 상도 없었습니다. 그런데도 대회라고 불렀습니다.

대회 날이 되어 어머니는 막내아들을 데리고 영주의 성으로 갔습니다. 그들 말고도 사람들이 와 있었습니다. 엄마나 아빠 혼자 혹은 부모 모두와 함께 온 일곱 아이들이 성 안뜰에 모여 있었습니다. 그리고 셋이 더 왔습니다. 가난한 가족들이었지만, 아이들은 그들이 가진 가장 좋은 옷을 입고 있었습니다.

그들은 뜰에서 하루 종일 기다렸습니다. 날이 저물기 시작했을 때 성에서 한 남자가 나오더니 들어와도 좋다고 말했습니다.”

엘리는 여자가 깊고 고르게 숨을 내쉬는 소리에 귀를 기울였다. 여자는 어느덧 잠들어 있었다. 엘리의 무릎에 와 닿는 여자의 숨결이 따스했다. 엘리는 여자의 귀 바로 아래 탄력을 잃은 주름진 살갗 밑에서 팔딱팔딱 뛰는 맥박을 발견했다.

고양이는 잠잠해졌다.

화면에서는 자연 다큐멘터리의 엔딩 크레디트가 올라가고 있었다. 엘리가 여자의 목 부위 동맥에 손가락을 가져다대자, 손끝으로 새의

심장 같은 박동이 전해졌다.

엘리는 소파 등받이에 몸을 받치고 조심스럽게 여자의 머리를 앞으로 밀어 무릎 위에 오게 했다. 로크포르 치즈에서 풍기는 강렬한 냄새에 다른 냄새들은 고스란히 묻혀버렸다. 엘리는 소파 뒤쪽의 담요를 끌어당겨 치즈 위에 뒤집어씌웠다.

여자는 숨을 쉬면서 희미하게 끙끙대는 소리를 냈다. 엘리는 몸을 수그려 여자의 동맥 가까이 코를 들이댔다. 비누, 땀, 노화한 피부의 냄새…… 그리고 아까부터 나던 병원 냄새…… 여자만의 고유한 어떤 체취. 그리고 그 모든 것 바로 아래 있는, 피.

엘리의 코가 목을 스치자 여자는 신음하며 고개를 돌리려 했다. 하지만 엘리는 한 손으로 여자의 두 팔과 가슴을 못 움직이게 누르고 다른 손으로는 머리를 단단히 부여잡았다. 그리고 입을 한껏 벌리고 그대로 고개를 숙여 여자의 목에 댄 후, 혀로 동맥을 누른 다음 깨물었다. 윗니와 아랫니를 앙다물었다.

여자는 전기충격이라도 받은 사람처럼 몸을 격렬하게 뒤틀었다. 팔다리를 크게 휘젓고 두 발로 거세게 팔걸이를 걷어차는 바람에 엘리는 여자의 등에 두 무릎이 깔린 꼴이 되었다.

뜯겨진 동맥에서 피가 일정한 주기로 울컥울컥 솟구쳐올라 갈색 가죽소파로 튀었다. 여자는 비명을 지르며 허공에 두 손을 허우적대다 탁자를 덮어씌웠던 담요를 잡아당겼다. 엘리가 달려들어 여자의 목에 입을 들이밀고 깊이 빨아올리는데 블루치즈 냄새가 콧구멍 속으로 스며들었다. 여자의 비명이 귀를 찔렀고, 엘리는 한 팔을 풀어 손으로 여자의 입을 틀어막았다.

비명은 다소 잦아들었지만, 여자는 자유로워진 손을 뻗어 탁자에 놓인 리모컨을 움켜잡고 그대로 엘리의 머리를 내리쳤다. 플라스틱 깨지는 소리가 나면서 티브이 볼륨이 켜졌다.

〈댈러스〉 주제가가 흘러나와 방 안을 채웠고, 엘리는 어쩔 수 없이 여자의 목에서 고개를 들었다.

피에서 약 맛이 났다. 모르핀.

여자는 희번덕이는 눈을 들어 엘리를 쳐다보았다. 이제 엘리는 또다른 맛의 정체를 감지했다. 블루치즈의 냄새와 뒤섞인 퀴퀴한 맛.

암. 여자는 암환자였다.

엘리의 배 속이 갑자기 뒤집혔다. 그녀는 토하지 않으려고 똑바로 앉았고, 여자를 놔주었다.

음악이 고조되면서 부감으로 촬영한 사우스포크*가 화면에 나타났다. 이제 여자는 소리를 지르지 않고 꼼짝 않고 드러누워 있었다. 용솟음치던 핏줄기도 점점 약해져 소파 쿠션 뒤로 흐르고 있었다. 여자는 물기 젖은 눈으로 먼 곳을 응시하다 엘리의 시선과 마주치자 말했다.

"제발…… 제발……"

엘리는 구역질하고 싶은 충동을 억누르고 여자 위로 몸을 숙였다.

"네?"

"제발……"

"그래요, 어떻게 해줄까요?"

"제발…… 제발……"

잠시 후 여자의 눈빛이 변하더니, 그대로 굳어버렸다. 시선은 어디에도 가 닿지 않았다. 엘리는 여자의 두 눈을 감겨주었다. 그러나 눈은

---

* 텍사스의 거대한 목장으로 〈댈러스〉의 주요 촬영지.

다시 열렸다. 엘리는 담요를 벗겨 여자의 얼굴에 덮어준 다음 소파에 똑바로 앉았다.

피는 맛은 고약해도 그럭저럭 먹을 만했지만, 모르핀은……

티브이 화면에 거울처럼 번쩍이는 고층건물이 등장했다. 정장 차림에 카우보이모자를 쓴 남자가 차에서 내려 건물을 향해 걸어갔다. 엘리는 소파에서 일어나려고 했지만 그럴 수가 없었다. 고층빌딩이 기우뚱하더니 빙글빙글 돌기 시작했다. 빌딩의 거울 같은 창 위로 하늘에 떠다니던 구름이 슬로모션으로 비춰지더니, 갖가지 동식물 모양으로 바뀌었다.

카우보이모자를 쓴 남자가 책상 앞에 앉아 영어로 말하기 시작하자 엘리는 까르르 웃음을 터뜨렸다. 엘리는 그의 말을 알아들었지만, 아무 의미가 없는 말이었다. 엘리는 주위를 둘러보았다. 방 전체가 묘하게 기우뚱거리는데도 티브이가 굴러떨어지지 않는 게 신기했다. 카우보이 사내의 말이 그녀의 머릿속에서 맴돌았다. 엘리는 리모컨을 찾았지만 그것은 산산조각 나 탁자와 바닥에 흩어져 있었다.

저 카우보이 남자 입 좀 다물게 해야겠어.

엘리는 바닥으로 미끄러지듯 내려가 티브이까지 기어갔다. 모르핀은 온몸으로 빠르게 퍼져나가는데, 보이는 것들이 오색빛깔로 녹아내리는 광경에 웃음이 터져나왔다. 기력이 하나도 없었다. 엘리는 눈앞에서 온갖 색깔이 춤추는 가운데 티브이 바로 앞에 배를 깔고 엎어졌다.

✳

그 시간까지도 아이들 몇 명이 비엔슌스가탄과 공원 길 바로 옆에 있는 작은 공터 사이의 언덕에서 스노레이서*로 미끄럼을 타고 있었다. 이런저런 이유로 '유령의 언덕'이라고 불리는 곳이었다. 세 개의 그림자가 동시에 언덕 꼭대기에서 불쑥 솟아오르더니 한 그림자가 마지못해 옆으로 벗어나 숲속으로 가면서 커다랗게 욕지거리를 퍼부었고, 다른 두 그림자는 소리내어 웃으면서 경사면을 내려오다 바닥의 움푹 파인 곳을 뛰어넘고는 숨죽여 조잘대며 멈춰 섰다.

라케는 멈춰 서서 바닥을 내려다보았다. 비르기니아는 사려 깊은 몸짓으로 그를 앞으로 떠밀었다. "가요, 라케."

"힘들어 환장하겠어."

"내가 당신을 떠메고 갈 힘은 없잖아."

아마도 웃으려다 나온 듯한 콧방귀는 기침으로 바뀌었다. 라케는 어깨와 두 팔을 축 늘어뜨리고 서서 썰매 타는 언덕 쪽으로 고개를 돌렸다.

"젠장, 여기나 저기나 애새끼들이 썰매를 타고 난리네. 근데 저기가……" 그는 경사로가 이어지는 언덕 끝에 있는 지하도 쪽을 모호하게 가리켰다. "……저기가 요케가 살해당한 곳이라고."

"이제 그 생각은 하지 마."

"생각이 나는 걸 어떻게 해? 저것들 중에 한 놈이 그랬을지도 모른다고."

"그건 아닌 것 같은데."

비르기니아가 라케의 팔을 잡아 다시 자기 목에 두르려고 했지만 그는 마다했다. "됐어, 나 혼자서도 걸을 수 있어."

---

* 스키와 썰매의 기능을 조합한 놀이기구.

라케는 오솔길을 따라 조심조심 발걸음을 옮겼다. 발아래에서 눈이 뽀드득 소리를 냈다. 비르기니아는 서서 그를 지켜보았다. 저기 라케가 가고 있었다. 그녀가 사랑하지만 결코 같이 살 수는 없는 남자.

노력해보지 않은 건 아니었다.

팔 년 전 비르기니아의 딸이 막 독립했을 때 라케가 들어와 산 적이 있었다. 지금처럼 그때도 비르기니아는 동네의 시나파르켄(중국공원) 바로 위 아르비드 머네스 베그에 있는 ICA 슈퍼마켓에서 일했다. 그녀는 가게에서 걸어서 삼 분 거리에 있는 방 한 칸짜리 아파트에서 살았다.

둘이 함께 산 넉 달 동안 비르기니아는 라케가 실제로 무슨 일을 하는지 알아낼 수가 없었다. 그는 전기배선 일을 어느 정도 할 줄 알아서 그녀의 집 거실 등에 조광기를 설치해준 적이 있었다. 요리도 좀 할 줄 알았다. 몇 차례 생선으로 썩 괜찮은 요리를 해서 비르기니아를 놀라게 하기도 했다. 그렇다 해도 무엇으로 밥벌이를 했을까?

그는 집 안에 처박혀 있거나, 산책을 나가거나, 사람들과 수다를 떨거나, 책과 신문을 파고들었다. 그게 다였다. 학교를 졸업한 다음부터 쉬지 않고 일한 비르기니아의 생각으로는 그렇게 해서는 도저히 살아질 것 같지 않았다. 그래서 그에게 물어본 적이 있었다.

"저기 말이지, 라케, 별다른 뜻이 있는 건 아닌데…… 직업이 뭐야? 어디서 돈이 나는 거야?"

"한 푼도 없는데."

"그래도 얼마쯤은 갖고 있잖아."

"여긴 스웨덴이야. 의자를 끌고 나가 길거리에 놓고 앉아 기다려보라고. 죽어라 기다리다보면 누구건 나타나 돈을 주지. 안 그럴대도 어떤 식으로든 돌봐준다고."

"날 만나는 것도 그런 식인 거야?"

"비르기니아. 언제고 '라케, 좀 나가줘'라고 말만 해, 바로 나갈게."

그녀가 정말 그 말을 하는 데는 한 달이 걸렸다. 그러자 그는 가방 하나에는 옷가지를, 다른 가방에는 책을 챙겨넣고는 그녀의 집에서 나갔다. 그리고 반년 동안 비르기니아는 그를 보지 못했고, 그러면서 그녀 혼자 술을 마시는 일이 부쩍 늘었다.

다시 라케를 만났을 때, 그는 변해 있었다. 더 음울해졌다. 그는 스몰란드 어딘가에 있다는 집에서 암으로 핍진해져가는 아버지와 함께 살고 있었다. 부친이 세상을 떠난 후 라케와 그의 여동생은 유산으로 집을 물려받았고, 그것을 팔아 반씩 나누어가졌다. 라케는 관리비가 저렴한 블라케베리의 작은 아파트를 분양받았고, 이제는 완전히 정착한 몸이 되었다.

그후 몇 년간 그들은 비르기니아가 저녁때 부쩍 자주 찾기 시작한 중국식당에서 더 자주 만나게 되었다. 가끔 둘만 빠져나가 미적지근한 섹스를 했고—암묵적으로 합의한 대로—다음 날이 되면 라케는 비르기니아가 일을 끝내고 돌아오기 전에 어김없이 집을 비웠다. 그들은 애인이라 하기엔 서먹한 데가 없지 않은 한 쌍이었다. 몇 달씩 같이 자지 않는 때도 있는 걸 보면 이런 식으로 만나는 게 그들답긴 했지만.

둘은 싸구려 다진 쇠고기 광고와 '먹어요, 마셔요, 행복해져요'라는 슬로건 광고가 붙어 있는 ICA 슈퍼마켓 앞을 지나갔다. 라케가 멈춰서서 그녀를 기다렸다. 그녀가 가까이 오자, 그는 그녀에게 팔을 뻗었다. 비르기니아는 그에게 팔짱을 꼈다. 라케가 턱 끝으로 가게를 가리켰다.

"솜씨 좀 부렸는데?"

"늘 하는 건데 뭘." 비르기니아가 말했다. "저건 내가 한 거야."

'으깬 토마토, 통조림 3개에 5크로나'라고 쓴 문구였다.

"잘했는데."

"정말 그렇게 생각해?"

"당연하지. 으깬 토마토가 미치도록 먹고 싶어지잖아?"

비르기니아는 라케의 옆구리를 쿡 찔렀다, 조심스럽게. 팔꿈치가 그의 갈비뼈에 가 닿는 것이 느껴졌다. "진짜 음식 맛도 다 잊어버린 주제에."

"그렇다고 만들어줄 생각을 할 필요는……"

"알아, 그래도 해줄게."

❅

"에에에엘리…… 에에에엘리……"

티브이에 나오는 목소리가 귀에 익었다. 엘리는 뒤로 물러나려고 했지만 몸이 말을 듣지 않았다. 겨우 두 손으로 바닥을 천천히 더듬으며, 붙잡고 지탱할 것을 찾는 게 전부였다. 엘리는 전기코드를 발견하고는 한 손으로 그러쥐었다. 그것이 줄곧 말을 걸어오는 티브이로 이어진 터널에서 그녀를 탈출시켜줄 생명줄이나 되는 것처럼.

"엘리…… 어디 있어?"

머리가 너무 무거워 바닥에서 들 수조차 없었다. 간신히 눈을 들어 화면을 응시하는 게 전부였다. 그리고 물론 그것은…… '그'였다.

실크 실내복 위로 보이는 인모로 만든 금빛 곱슬가발은 쑥대강이여서, 그렇지 않아도 사내답지 않은 얼굴이 더더욱 작아 보였다. 립스틱을 칠한 것 같은 색깔의 얇은 입술은 꽉 다문 채 미소를 짓고 있었는데, 마치 허옇게 분칠한 얼굴에 깊이 낸 칼자국처럼 보였다.

엘리는 천근같은 머리를 간신히 들어 '그'의 얼굴을 제대로 보았다. 아이처럼 휘둥그레 뜬 파란 눈, 그리고 그 눈 위에…… 엘리는 가슴 깊은 곳부터 맥 빠진 숨을 토하며 바닥 위로 머리를 무겁게 짓찧었고, 그 바람에 코가 부딪쳐 뚝 소리가 났다. 우스웠다. 그는 카우보이모자를 쓰고 있었다.

"에에에엘리이이……"

다른 목소리. 아이들의 목소리. 엘리는 아기처럼 바들바들 떨면서 다시 고개를 들었다. 엘리의 코에서 역한 냄새를 풍기는 피가 터져나와 입으로 뚝뚝 흘러내렸다. 남자는 실내복의 빨간 안감이 다 보이도록 두 팔을 벌려 환영을 표시했다. 안감이 물결처럼 굽이쳤다. 마치 부글부글 끓어오르는 입술들처럼 보였다. 수백 개의 고통스레 뒤틀리는 아이들의 입술이 저마다 웅얼거리며 자신의 사연을, 엘리의 사연을 말하고 있었다.

"엘리…… 집으로 와……"

엘리는 흐느끼며 두 눈을 질끈 감았다. 무언가 목을 차갑게 죄어오기를 기다렸다. 그러나 아무 일도 일어나지 않았다. 다시 눈을 떴다. 다른 광경이 펼쳐지고 있었다. 이제 초라한 옷차림의 아이들이 길게 한 줄로 늘어서서 눈 덮인 풍경 속을 헤매며, 지평선의 얼음 궁전을 향해 비척비척 걸어가고 있었다.

이건 현실이 아니야.

엘리는 티브이 쪽으로 입 속에 고인 피를 뱉었다. 빨간 피가 점점이 하얀 눈 위를 수놓으며, 얼음 궁전 위로 흘러내렸다.

현실이 아니었다.

엘리는 생명줄을 붙잡고 터널 밖으로 빠져나가려고 했다. 줄을 잡아당기자 소켓에서 플러그가 삐걱거리는 소리가 나더니 티브이가 꺼졌다. 피가 섞여 걸쭉해진 침이 검은 화면 위에서 흘러 바닥으로 뚝뚝 떨어졌다. 엘리는 두 손으로 머리를 받친 채, 어둡고 시뻘건 소용돌이 속으로 사라졌다.

✳

라케가 샤워를 하는 동안 비르기니아는 쇠고기, 양파, 으깬 토마토로 재빨리 스튜를 끓였다. 그는 오래 시간을 끌었다. 음식이 다 됐을 때 그녀는 욕실로 들어갔다. 그는 고개를 무릎 사이에 처박고, 분리형 샤워기를 한쪽 어깨에 걸친 채 욕조 안에 앉아 있었다. 툭 불거진 척추뼈가 피부 아래 일렬로 붙여놓은 탁구공들처럼 보였다.

"라케? 음식 다 됐어."

"거 좋지, 좋아. 내가 여기 오래 있었어?"

"별로. 수도청에서 전화 왔는데, 물이 죄다 동이 났대."

"응?"

"자, 일어나요."

그녀는 옷걸이에서 목욕가운을 내려 그에게 내밀었다. 그는 욕조 가장자리를 한 손으로 짚고 몸을 지탱해 일어섰다. 비르기니아는 그가 피골이 상접했음을 새삼 깨닫고는 멈칫했다. 라케도 그녀의 반응을 읽고는 말했다.

"그렇게 그는 욕조에서 일어섰네. 신처럼, 보기에 아름다웠네."

곧 그들은 저녁을 먹었고, 와인 한 병을 나누어 마셨다. 라케는 제대로 음식을 넘기는 것도 힘들어했지만, 어쨌거나 먹고는 있었다. 그들은 거실로 가서 와인을 한 병 더 나누어 마신 후 잠자리에 들었다. 한동안 그들은 모로 누워 서로의 눈만 들여다보았다.

"나 피임약 끊었어."

"그래. 안 내키면 하지 않아도……"

"그런 뜻으로 말한 거 아니야. 이젠 먹을 필요가 없다는 뜻이야. 폐경이 왔어."

라케는 고개를 끄덕이고는 그 의미에 대해 생각했다. 그는 그녀의 뺨을 쓰다듬어주었다.

"그래서 슬퍼?"

비르기니아는 빙긋 웃었다.

"내가 아는 남자들 중에서 그런 걸 물어볼 생각을 할 사람은 당신뿐이야. 그래, 사실 좀 그래. 그건…… 날 여자답게 만들어주는 거잖아. 그런데 이제 나한테는 해당이 안 된다는 뜻이니까."

"흐음. 내 입장에선 좋은데."

"정말?"

"그럼."

"이리 와."

그는 그녀의 말에 따랐다.

＊

군나르 홀름베리는 발자국을 남기면 과학수사반이 헷갈릴 수도 있다는 생각에 발을 질질 끌다시피 눈 위를 걸었다. 그는 멈춰 서서 뒤돌아 집부터 쭉 이어진 흔적을 보았다. 불 때문에 눈은 오렌지 빛으로 보였고, 뜨거운 열기에 이마 끝 머리털이 나기 시작하는 경계에 송골송골 땀방울이 맺혔다.

홀름베리는 젊은이들의 성정은 선하다는 나이브한 믿음 때문에 자주 놀림을 받았다. 그가 틈만 나면 학교를 찾아가 길을 잘못 들어선 아이들과 오래도록 이야기를 나누며 도움을 주려는 것도 그 때문이었고, 지금 눈앞에 펼쳐진 광경에 그토록 동요하는 데도 그런 이유가 없지 않았다.

눈 위에 난 발자국은 작은 신발이 남긴 것이었다. '젊은이'라고 말하는 것조차 무색하게, 틀림없는 어린애의 발자국이었다. 작고 뚜렷한 발자국들은 희한할 정도로 서로 멀리 떨어져 있었다. 누군가 여기서 뛰어다닌 것이다. 그것도 빠른 속도로.

그의 시선 끝에서 견습 경찰 라숀이 나타났다.

"발을 끌면서 걸으라고, 좀!"

"아, 죄송합니다."

라숀은 눈 속을 헤치듯 걸어 홀름베리 옆에 와서 멈춰 섰다. 늘 감탄할 준비가 되었다는 표정이 담긴 그의 툭 불거진 큰 눈은 이제 눈 위에 난 발자국들을 향하고 있었다.

"거참."

"나도 그 말밖에 못 하겠어. 어린아이야."

"그런데…… 정말……" 라숀의 시선이 한동안 발자국들을 좇아갔다. "세단뛰기라도 했나……"

"그러게. 간격도 넓어."

"'넓다'는 말로는 턱도 없어요. 이건…… 믿을 수 없을 정도예요. 너무 멀어요."

"무슨 말이야?"

"저도 달리기는 좀 하는데, 이렇게는 도저히 못 달려요. 아무리 깎아 생각해도 두 번 뛴 걸 합친 거…… 아니 그 이상이에요. 게다가 이렇게 연속해 뛰었다니."

그때 집들이 늘어서 있는 길로 달려온 스타판이 호기심에 몰려든 구경꾼 무리를 헤치고 나왔다. 그는 구조요원 몇 명이 덮개를 씌운 여자의 시신이 실린 들것을 앰뷸런스 안으로 옮기는 모습을 구경하고 있는 사람들 쪽으로 걸어왔다.

"어떻게 됐어?" 홀름베리가 물었다.

"어…… 벨스타베겐까지 갔는데 거기서…… 놓쳤어…… 더는 못 가겠더라고…… 차들이 죄다…… 아무래도…… 개를 풀어야 될 것 같아."

홀름베리는 주위에서 떠들어대는 소리에 반쯤은 정신이 팔린 채 고개를 끄덕였다. 사건을 일부 목격한 동네 사람 하나가 사정청취에 응하고 있었다.

"맨 처음엔 불꽃놀이라도 하나 했어요. 그러다 손이 보이더라고요. 여자가 허공에다 손짓을 막 하는 거예요. 그러더니 이렇게 나왔어요…… 창문으로…… 여자가 나왔어요."

"그러니까 창문이 열려 있었다는 거죠?"

"네, 열려 있었어요. 그래서 그리로 여자가 나오고 나서…… 그런 다음 집이 불에 타 무너졌어요. 제가 딱 그때 봤어요. 여자 뒤에서 집이 활활 불타고…… 그리고 여자가 나왔는데…… 아, 진짜, 여자 몸에 불이, 온몸에 불이 붙어 있었어요. 그 상태로 집 밖으로 막 걸어나왔어요—"

"네? 걸어나왔다고요? 뛰쳐나온 게 아니라?"

"네, 그래서 정말 소름 끼쳤어요…… 걷고 있었어요. 두 팔을 이렇게 너울너울 하면서. 왜 그런지…… 내가 아니요. 그러더니 멈췄어요. 제 말 듣고 계시죠? 여자가 멈췄다고요. 온몸에 불이 붙어서는, 이러고 딱 멈춰 섰어요. 그리고 주위를 둘러봤어요. 뭐랄까…… 차분하게. 그러더니 다시 걷기 시작하더라고요. 그러고는 그게…… 그렇지, 다 끝난 것처럼, 무슨 말인지 알죠? 무서워하거나 그런 것도 전혀 없어, 여자가…… 어, 어유…… 비명도 지르지 않더라고요. 찍소리도 안 냈어요. 그냥 이렇게 털썩 쓰러졌어요. 무릎을 땅에 박으면서. 그러고는…… 픽. 눈 위로 엎어졌어요.

그러고는 뭐라고 해야 되나…… 모르겠네…… 하여간 모든 게 진짜 이상했어요. 아무튼 그때 제가…… 집으로 뛰어들어가 담요를 가지고, 담요 두 장을 가지고 다시 달려 나와서는…… 불을 꺼줬어요. 어유, 진짜…… 여자가 저기 누워 있는데, 그게 얼마나…… 말을 말아야지, 어유."

남자는 검댕이 묻은 두 손으로 얼굴을 가리고 흐느꼈다. 경찰이 그의 어깨에 손을 얹었다.

"해주신 이야기를 내일 좀더 공식적인 문건으로 정리할 수 있을 것 같습니다. 그런데 집 밖으로 다른 누가 나오는 건 못 보셨어요?"

남자는 고개를 저었고 경찰은 노트패드에 뭐라고 휘갈겨썼다.

"말씀드린 것처럼 내일 연락드리겠습니다. 구조요원들이 가기 전에, 의사한테 말해서 잠 좀 주무시게 약을 달라고 할까요?"

남자는 손으로 눈물을 훔쳤다. 왼손을 들자 얼굴에 축축한 검댕이 줄무늬를 남겼다.

"아뇨. 그럴 때 먹는 약이…… 집에 있어요."

군나르 홀름베리는 불타고 있는 집을 다시 바라보았다. 소방수들 덕에 이젠 불이 붙은 곳은 거의 남아 있지 않았다. 거대한 연기기둥만이 밤하늘을 향해 올라가고 있을 뿐이었다.

＊

비르기니아가 라케를 향해 두 팔을 벌리고, 과학수사반이 눈에 찍힌 발자국을 채취하던 그 시각, 오스카르는 창가에 서서 밖을 내다보고 있었다. 창 아래 덤불이 눈에 완전히 뒤덮여 있었다. 눈은 그 위에서 미끄럼질이라도 할 수 있겠다 싶을 정도로 두툼하게 쌓여 있었다.

오늘 밤에도 엘리는 나오지 않았다.

오스카르는 일곱시 반부터 아홉시까지 놀이터에서 서 있다, 걸었다, 그네를 탔다 하다가 온몸이 얼어붙을 지경이 되었다. 엘리는 오지 않았다. 아홉시가 되어 엄마가 창가로 오자 그는 심란한 마음으로 거실로 갔다. 〈댈러스〉에, 핫초콜릿에, 시나몬롤에, 엄마가 던지는 질문까지, 그는 얼결에 비밀을 털어놓을 뻔했지만 애서 참았다.

이제 시간은 자정을 조금 넘어섰고, 오스카르는 배 속에 구멍이 뻥 뚫린 듯한 기분으로 창가에 서 있었다. 그는 창문을 열어 얼음장 같은 밤공기를 들이마셨다. 맞받아치기로 결심한 게 정말로 엘리를 위해서였을까? 사실 그 자신의 문제가 아니었던가?

그랬다.

그래도 그애를 위해서야.

애석하지만, 그것은 그의 문제였다. 그리고 월요일에 그들이 그를 쫓아온다 해도 그에겐 받아칠 힘이 없었고, 그러고 싶지도 않았다. 그는 알고 있었다. 목요일 강화훈련에는 가지 않을 생각이었다. 이유는 없었다.

오스카르는 밤중에라도 그녀가 나타날지 모른다는 실낱같은 희망을 품고 창문을 살짝 열어놓은 채 자리를 떴다. 한밤중에라도 나올 수 있으면 엘리는 나와서 그의 이름을 부를 것이다.

오스카르는 옷을 벗고 잠자리에 누웠다. 벽을 두들겼다. 답신이 없었다. 그는 머리끝까지 담요를 끌어올리고 침대에서 무릎을 꿇었다. 그리고 엎드려 깍지 낀 손을 이마로 누르고 속삭였다.

"제발이요, 하느님. 그애를 돌려보내주세요. 갖고 싶으신 거 있다면 다 드릴게요. 제 잡지, 책, 전부요. 뭐든 다 가져가세요. 하지만 그애만은 꼭 돌려주세요. 제게로. 제발요. 부탁드립니다, 하느님."

그는 너무 더워 땀이 날 때까지 담요를 뒤집어쓴 채 웅크리고 누워 있었다. 그러다 다시 머리만 밖으로 빼 베개를 베고 누웠다. 마치 뱃속의 태아 같은 모습으로. 눈을 감았다. 엘리의 모습, 욘니, 미케, 토마스의 모습. 엄마, 아빠. 그렇게 한참 누워서 보고 싶은 모습들을 불러내자 그것들은 각자 생명을 얻어 형상을 취하기 시작했고, 소년은 잠에 빠져들었다.

✳

엘리와 그는 그네를 타고 점점 더 높이 올랐고, 마침내 그네는 사슬에서 떨어져나와 하늘 높이 날아올랐다. 둘의 무릎이 바투 붙은 가운데 그들은 그네를 꽉 붙잡았고, 엘리가 속삭였다.

"오스카르. 오스카르……"

그는 눈을 떴다. 방 안의 불은 꺼져 있었고, 모든 것이 달빛을 받아 푸르스름해 보였다. 진 시몬스*가 침대 건너편 벽에서 그를 향해 긴 혀를 내밀고 있었다.

오스카르는 몸을 웅크리고 눈을 질끈 감았다. 그러자 속삭임이 들려왔다.

"오스카르……"

소리는 창문에서 들려오고 있었다. 그는 눈을 뜨고 그쪽을 바라보았다. 창밖에 자그마한 머리의 윤곽이 보였다. 그가 이불을 젖히고 침대에서 내려서기도 전에 엘리가 속삭였다.

"거기서 기다려. 침대에 있어. 나 들어가도 되니?"

오스카르는 속삭여 대답했다. "으응……"

"들어가도 된다고 말해줘."

"들어와도 돼."

"눈 감아."

오스카르는 눈을 꽉 감았다. 창문이 활짝 열리고 찬바람이 방 안으로 밀려들어왔다. 창문이 가만히 닫혔다. 그는 엘리의 숨소리를, 속삭이는 소리를 들었다. "이제 눈 떠도 돼?"

"기다려."

다른 방에 있는 소파침대가 삐걱거리는 소리가 들렸다. 엄마가 일어

---

* 록그룹 '키스'의 베이시스트이자 보컬리스트. 긴 혀를 내밀며 연주하는 퍼포먼스로 유명하다.

난 것이었다. 오스카르가 눈을 감고 있는 동안 이불이 젖혀지고 차가운 알몸뚱이가 옆으로 기어들어오더니, 이불을 당겨 그 둘 모두를 덮은 다음 그의 등 뒤에서 동그랗게 몸을 말았다.

방문이 열렸다.

"오스카르?"

"으음."

"너 뭐라고 말한 거니?"

"아무 말도 안 했는데."

엄마는 문간에 서서 귀를 기울였다. 엘리는 그의 등 뒤에서 꼼짝도 않고 누워 그의 견갑골 사이에 이마를 댔다. 그녀의 숨결이 그의 등허리를 따뜻하게 훑어내려갔다.

엄마는 고개를 저었다. "옆집에서 또 저러네." 엄마는 잠깐 또다시 귀를 기울였다가 "잘 자라, 아가"라고 말하고는 문을 닫았다.

이제 오스카르와 엘리 단둘이었다. 그의 등 뒤에서 속삭이는 소리가 들렸다.

"옆집에서 또?"

"쉬잇."

엄마가 소파침대에 다시 누운 듯 삐걱대는 소리가 들렸다. 그는 고개를 들어 창문을 쳐다보았다. 닫혀 있었다.

차가운 손이 오스카르의 배를 더듬다가 가슴 쪽으로, 심장 쪽으로 올라왔다. 오스카르는 두 손으로 그 손을 감싸고 덥혀주었다. 엘리의 또다른 손이 그의 겨드랑이 밑을 파고들다가 가슴을 지나 두 손 사이에 파고들었다. 엘리는 고개를 돌려 그의 견갑골 사이에 뺨을 가져다 댔다.

방에서는 전에 없던 냄새가 났다. 아빠의 오토바이에 연료를 가득 채웠을 때 나던 냄새가 희미하게 퍼졌다. 휘발유. 오스카르는 고개를 숙여 그녀의 손 냄새를 맡았다. 그렇다. 냄새는 그녀의 손에서 났다.

그들은 그렇게 한참을 누워 있었다. 깊이 잠든 엄마의 숨소리를 확인했을 때, 서로 꼭 잡은 그들의 손이 따뜻해져 땀이 차기 시작했을 때, 오스카르가 속삭였다.

"어디 갔다 온 거야?"

"먹을 것 좀 구하러."

그녀의 입술이 그의 어깨를 간질였다. 그녀는 그의 손을 풀고, 몸을 돌려 바로 누웠다. 오스카르는 한동안 그대로 누워 진 시몬스의 눈을 쳐다보았다. 그리고 배를 깔고 엎드렸다. 그는 엘리의 등 뒤 벽지 속 형상들이 그녀를 호기심 어린 눈으로 주시하고 있다고 상상했다. 그녀는 두 눈을 크게 뜨고 있었고, 눈동자는 달빛을 받아 검푸르게 보였다. 오스카르의 팔에 소름이 돋았다.

"너희 아빠는 뭐 하고?"

"떠났어."

"떠나?" 오스카르의 목소리가 저도 모르게 높아졌다.

"쉬잇. 그래도 괜찮아."

"그래도…… 그럼…… 니네 아빠—"

"그래. 괜찮아. 상관없어."

오스카르는 고개를 끄덕이며 그녀에게 더 아무것도 묻지 않겠다는 뜻을 비쳤고, 엘리는 두 손으로 머리 아래를 받치고 천장을 올려다보았다.

"외로웠어. 그래서 여기로 온 거야. 괜찮니?"

"그럼. 근데…… 옷을 하나도 안 입고 있네."

"미안해. 보기 흉해?"

"아니. 그래도 얼어죽겠다."

"아냐, 안 그래."

그녀의 머리카락에 섞여 있던 새치 다발은 보이지 않았다. 그랬다. 전반적으로 그녀는 어제보다 건강해 보였다. 오스카르가 농담을 하며 질문을 던졌을 때 포동포동해진 그녀의 뺨에 파인 볼우물이 더욱 깊어졌다.

"다니다가 '연인의 키오스크'라도 들렀던 건 아니고?"

엘리는 웃음을 터뜨리더니, 더없이 진지한 말투로 음산하게 말했다.

"그래. 거기 갔어. 근데 그 아저씨가 머리를 삐죽이 내밀더니 '이리로오오오오…… 이리로오오오오…… 나에겐 사탕과아아아아…… 바나아아나아아가 있다.'"

오스카르가 얼굴을 베개에 묻자, 엘리는 고개를 숙여 그의 귀에 입을 가져다대고 속삭였다. "이리로오오오…… 젤리이이비이인도 있다아아……"

오스카르는 베개에 얼굴을 묻은 채로 "그만 해, 그만!" 하고 소리쳤다. 그들은 그러고 한참을 놀았다. 그러다 엘리는 그의 책꽂이를 보았고, 오스카르는 가장 좋아하는 작가 제임스 허버트의 『안개』*의 줄거리를 이야기해주었다. 배를 깔고 엎드려 책들을 열심히 들여다보는 엘리의 등이 어둠 속에서 하얀 종이처럼 빛났다.

그녀의 살갗에 닿을락 말락 하게 손을 뻗자, 온기가 느껴졌다. 그는

* 영국의 공포소설 작가 제임스 허버트의 1975년도 작품. 안개 때문에 광기에 이르는 사람들의 이야기를 그렸다. 1980년대 존 카사베츠 감독이 영화화하기도 했다.

그녀의 등에 대고 손가락 건반을 치며 속삭였다. "불레리불레리복.*
뿔 몇 개가 찌르고 있게?"

"음. 여덟 개?"

"너 여덟 개라고 했지, 여덟 개 맞아. 불레리불레리복."

엘리도 그를 따라 똑같이 했지만 오스카르는 그녀의 반만큼도 맞추
지 못했다. 반면 가위바위보는 오스카르가 훨씬 잘했다. 7대 3. 다시
했다. 이번에도 9대 1로 그가 이겼다. 엘리는 안달복달하기 시작했다.

"내가 뭘 낼지 미리 아는 거야?"

"응."

"어떻게?"

"그냥 알아. 그런 거야. 항상 그래. 머리에 그림이 딱 떠올라."

"한 번 더 하자. 이번엔 안 될걸. 아무거나 내봐."

"얼마든지."

그들은 다시 했다. 오스카르는 손쉽게 8대 2로 이겼다. 엘리는 화가
난 척하며 벽 쪽으로 돌아누웠다.

"너랑 안 놀아. 속임수나 쓰고 말이야."

오스카르는 그녀의 새하얀 등을 바라보았다. 정말 그런 말을 할 수
있을까? 그녀가 그를 보고 있지 않으니까, 할 수 있을 것이다.

"엘리. 나랑 사귈래?"

그녀는 다시 돌아누워 이불을 턱 끝까지 올려 덮었다.

"그게 무슨 뜻이야?"

오스카는 앞에 나란히 꽂힌 책들의 등을 응시하며 어깨를 으쓱했다.

---

* 열 손가락으로 등을 두드리다 '불레리불레리복'이라는 말이 끝남과 동시에 원하는 수만
큼 손가락을 등에 대면 상대가 그 개수를 맞추는 놀이.

"그게…… 너도 나랑 같이 있고 싶지 않을까 해서."

"'같이 있다'니 무슨 뜻이야?"

그녀의 목소리는 의심이 깃들어 거칠어졌다. 오스카가 다급하게 덧붙였다.

"하긴 너희 학교에 남자친구가 있는지도 모르겠구나."

"아니, 없어…… 그런데 오스카르, 안 돼. 난 여자가 아냐."

오스카르는 코웃음을 쳤다. "무슨 소리야? 그럼 남자란 소리야?"

"아니, 아니야."

"그럼 뭐야?"

"아무것도 아니야."

"아무것도 아니라니, 무슨 뜻이야?"

"난 그 어떤 것도 아니야. 아이가 아니야. 나이를 먹은 것도 아니고. 남자애도 아니야. 여자애도 아니야. 아무것도 아니야."

오스카르는 『쥐떼』*의 책등을 손가락으로 훑다가 입술을 깨물며 고개를 저었다. "나랑 사귈 거야, 말 거야?"

"오스카르, 나도 그러고 싶어. 하지만…… 그냥 지금처럼 이렇게 같이 있으면 안 될까?"

"……알았어."

"기분 안 좋아? 하고 싶으면 키스해도 돼."

"싫어!"

"하기 싫어?"

"그래, 싫어!"

---

* 제임스 허버트의 데뷔작. 핵실험으로 거대해진 쥐떼가 인간을 습격하는 이야기를 그렸다.

엘리는 얼굴을 찌푸렸다.

"사귀는 사람이랑 특별하게 하는 게 있어?"

"없어."

"그냥 평소 때랑 똑같은 거야?"

"그래."

엘리는 갑자기 기분이 좋아진 것 같더니 두 팔을 배에 올리고 오스카를 바라보았다.

"그럼 사귀어도 돼. 같이 있자."

"그래도 돼?"

"응."

"좋아."

배 속부터 차오르는 행복을 만끽하며 오스카는 계속 책 제목들을 읽어나갔다. 엘리는 가만히 누워 기다렸다. 잠시 후 그녀가 말했다.

"다른 건 없어?"

"없어."

"아까처럼 같이 누워 있으면 안 될까?"

오스카르는 그녀에게 등을 돌리고 누웠다. 엘리는 두 팔을 뻗어 그를 감싸더니 그의 손을 잡았다. 그들은 오스카르가 졸기 시작할 때까지 줄곧 그렇게 누워 있었다. 그는 모래가 들어간 듯 눈이 뻑뻑해 계속 뜨고 있기가 힘들었다. 잠에 빠져들기 전에 그가 말했다.

"엘리?"

"음?"

"네가 와서 좋아."

"그래."

"그런데…… 너한테서 왜 휘발유 냄새가 나는 거야?"

엘리는 오스카르의 손을 더욱 세게 잡더니 그의 가슴 쪽으로 끌어당겼다. 그를 끌어안았다. 오스카르를 둘러싼 방이 점점 더 커지더니 벽과 천장이 부드러워지고 바닥이 아스라이 사라졌다. 침대가 허공으로 둥둥 떠오르는 것 같다고 느낀 순간, 오스카르는 자신이 잠들었음을 알았다.

10월 31일 토요일

잿빛. 모든 것이 잿빛이었다. 비구름 안에 누워 있는 것처럼 그의 눈은 제대로 초점을 맞출 수가 없었다. 누워 있다고? 그랬다. 그는 누워 있었다. 등과 엉덩이, 발꿈치는 뭔가에 눌려 있는 것 같았다. 왼쪽에서 쉭쉭거리는 소리가 났다. 가스. 가스를 튼 것이다. 아니다. 꺼져 있었다. 켜졌다. 그 쉭쉭 소리에 맞추어 그의 가슴에 무슨 일인가 일어났다. 그 소리에 맞추어 가슴이 부풀어올랐다 꺼졌다.

그는 여전히 수영장에 있는 걸까? 가스를 흡입한 걸까? 그렇다면 어떻게 지금 깨어 있을 수가 있지? 아니 깨어 있긴 한 것인가?

호칸은 눈을 깜빡여보았다. 아무 일도 없었다, 거의 아무 일도. 무언가가 그의 한쪽 눈앞에서 휙 움직이더니 시야가 전보다 더 어두침침해졌다. 다른 쪽 눈은 거기 없었다. 그는 입을 열어보았다. 입이 거기 없

---

* 캐퓰릿 가문의 장자 티볼트를 죽인 죄로 줄리엣과 비밀리에 결혼한 직후 추방을 당하게 된 로미오의 탄식에 찬 대사.

었다. 전에 거울을 보았을 때 자기 입이 어떻게 생겼던가 되짚어 생각하며 다시 열어보았지만…… 그러나 그것은 거기 없었다. 아무것도 그의 명령에 반응하지 않았다. 마치 바윗돌에 의식을 부여해 움직이려는 격이었다. 두절杜絶.

얼굴 전체에 강력한 열기가 느껴졌다. 공포가 쏜살같이 배 속을 뚫고 지나갔다. 그의 얼굴은 뜨뜻하고 딱딱해져가는 물질에 뒤덮여 있었다. 파라핀 왁스. 얼굴이 왁스에 뒤덮인 채 그는 기계에 의지해 숨을 쉬고 있었다.

생각의 가지가 오른손에 미쳤다. 그래. 그건 거기 있었다. 손을 벌렸다가 주먹을 쥐니 손끝이 손바닥에 박히는 것이 느껴졌다. 촉감. 그는 안도의 한숨을 내쉬었다. 아니, 안도의 한숨을 상상했다. 그의 가슴은 이제 바라는 대로 움직여주지 않았다.

호칸은 천천히 손을 들어올렸다. 가슴과 어깨 쪽이 당기는 느낌이었다. 그의 시야에 들어온 손은 형체가 불분명한 혹 덩어리였다. 그는 손을 얼굴 가까이 들이대다 멈췄다. 옆에서 낮게 삑 소리가 났다. 가만히 소리가 나는 쪽으로 고개를 돌리는데 턱에 날카롭게 쑤셔대는 듯한 통증이 일었다. 그는 손을 턱 쪽으로 가져갔다.

목에 금속 소켓이 심겨 있었고, 그 소켓에는 플라스틱 튜브가 연결되어 있었다. 튜브를 따라 손을 뻗을 수 있는 데까지 뻗어내려가보니 끝부분에 홈이 팬 금속조각이 만져졌다. 그는 깨달았다. 죽고 싶다면 이것을 뽑아버려야 한다. 이 모든 것은 그를 위해 설치된 것이었다. 그는 튜브 끝에 손가락을 올려놓았다.

엘리. 수영장. 남자애. 염산.

단지 뚜껑을 돌려 열었을 때부터 기억이 나지 않았다. 계획대로 했다면 틀림없이 자기에게 쏟아부었을 것이다. 계산상의 유일한 착오라면 여전히 살아 있다는 것이었다. 전에 사진으로 본 적이 있었다. 질투에 눈이 먼 남자친구가 끼얹은 염산 때문에 얼굴이 상한 여자들. 그는 자기 얼굴을 만지고 싶지 않았고, 보는 것은 더더욱 엄두가 나지 않았다.

튜브를 쥐고 있는 손에 바짝 힘을 주었다. 빠지지 않았다. 나사로 죄어놓은 것이다. 금속 끝을 돌리니 예상대로 돌아갔다. 그는 계속 나사를 돌렸다. 왼손이 있나 더듬어봐도 응당 있어야 할 자리에선 찌르르한 통증만 느껴질 뿐이었다. 살아남은 손에 달린 손가락 끝으로 가볍고 간지러운 기압이 느껴졌다. 잠겨 있던 부분 주위로 공기가 빠져나오기 시작했고, 쉭쉭 소리가 미묘하게 변하면서 약해지기 시작했다.

그를 에워싼 회색 불빛이 깜빡거리는 붉은빛으로 물들어갔다. 그는 하나 남은 눈을 감으려고 애썼다. 소크라테스와 독배를 생각했다. 그가 아테네의 젊은이들을 현혹했으므로. 잊지 말고 수탉을 갚아야 할 사람이 있으니…… 이름이 뭐였지? 아르키만드로스였나? 아니야……*

문짝이 밀려 열리면서 슈욱 빨려들어가는 소리가 들리더니, 하얀 형체 하나가 그에게 다가왔다. 어떤 손가락들이 그의 손가락들을 떼어내는 것이, 금속 끝에서 떼어내는 것이 느껴졌다. 여자의 목소리.

"뭐 하시는 거예요!"

---

* 소크라테스는 독배를 마시고 죽어가면서 제자 크리톤에게 '아스클레피오스에게 수탉 한 마리를 빚졌으니 꼭 갚으라'고 부탁했다. 아스클레피오스는 의술의 신으로, 사람들은 병이 나면 그에게 기도를 했고 치유가 되면 수탉 한 마리를 바쳤다. 소크라테스는 독배를 마시고 약 기운이 되도록이면 빨리 퍼지도록 감방 안을 거닐었는데, 독약이 효능을 제대로 발휘해 빠른 시간 안에 죽음에 이르자 아스클레피오스에게 감사를 전하는 뜻으로 이런 농담을 하고 죽었다고 한다.

아스클레피오스. 아스클레피오스에게 수탉을 갚게.

"놔요!"

수탉을. 아스클레피오스에게. 의술의 신.

손가락들이 치워지자 쉬쉬 소리가 들렸고, 튜브는 도로 제자리에 꽂혔다.

"이제부터 감시를 붙여야겠군요."

그에게 수탉 한 마리를 갚아주게, 잊어선 안 돼.

✳

오스카르가 잠에서 깼을 때 엘리는 가고 없었다. 그는 벽 쪽을 보고 누워 있었다. 등이 시렸다. 한쪽 팔꿈치에 의지해 몸을 일으키고 방 안을 둘러보았다. 창문이 조금 열려 있었다. 분명히 저기로 빠져나갔을 것이다.

발가벗은 채로.

오스카르는 침대에서 몸을 돌려 그녀가 누웠던 자리에 얼굴을 대고 코로 숨을 들이켰다. 아무 냄새도 나지 않았다. 그는 이불 곳곳에 코를 들이댔다 뗐다 하면서 조금이라도 남아 있을 그녀의 체취를 찾아 내려고 애썼지만 소용없는 일이었다. 하다못해 휘발유 냄새도 나지 않았다.

실제로 일어난 일이었을까? 오스카르는 배를 깔고 엎드려서 생각해 보았다.

그래.

정말로 일어난 일이었다. 그의 등 위에서 놀던 엘리의 손가락. 그 손가락의 감촉이 기억났다. 불레리복. 어렸을 적 엄마와 함께 그 놀이를 했다. 하지만 이건 현재였다. 오래전 일이 아니라. 팔과 목의 털이 곤두섰다.

오스카르는 침대를 빠져나와 옷을 입기 시작했다. 바지를 입고 창가로 갔다. 눈은 내리지 않았다. 영하 4도. 좋아. 눈이 녹기 시작했다면 길이 진창이 되어 밖에 전단지가 든 쇼핑백을 놓을 수 없을 것이다. 그는 영하 4도의 날씨에 벌거벗은 채 창문 밖으로 나가 벽을 타고 눈 덮인 덤불로 내려가는 것에 대해 생각했지만……

아니었다.

그는 몸을 앞으로 수그리고 눈을 깜빡였다.

덤불을 뒤덮은 눈은 건드린 자국 하나 없이 매끈했다.

어젯밤 그는 그 자리에 서서 산책로 쪽으로 가며 눈을 치우는 제설기 한 대를 보았다. 지금도 그때와 똑같았다. 그는 창문을 좀더 열고 머리를 밖으로 내밀었다. 덤불은 그의 창문 아래 벽까지 무성하게 자라 있었고, 역시 눈에 덮여 있었다. 건드린 흔적 따위는 전혀 없었다.

오스카르는 창밖의 울퉁불퉁한 벽을 따라 왼쪽을 보았다. 3미터 떨어진 곳에 엘리네 집 창문이 있었다.

차가운 바람이 오스카르의 벌거벗은 가슴에 불어닥쳤다. 어젯밤 그 애가 방으로 돌아간 후에 눈이 내렸을 거야. 그게 아니라면 설명이 안 됐다. 그래도 어쨌거나…… 문득 의문이 떠올랐다. 어떻게 창문까지 올라왔지? 덤불이라도 타고 올라온 건가?

하지만 그랬다면 눈의 상태는 지금과는 다를 것이다. 그리고 잠자리에 들었을 때 눈은 오지 않고 있었다. 엘리의 몸이나 머리칼이 젖어 있지 않았던 걸 보면 그녀가 왔을 때 눈이 왔을 리도 없었다. 그녀는 언제 간 걸까?

그애가 떠났을 때와 여기 있을 때 사이에 언젠가 자국을 다 덮어버릴 정도로 눈이 많이 내린 거야……

오스카르는 창문을 닫고 마저 옷을 입었다. 믿기지가 않았다. 다시 그 모든 것이 꿈이라는 생각이 들기 시작했다. 그러다 그는 쪽지를 발견했다. 책상 위 시계 아래 접힌 채 놓여 있는. 그는 쪽지를 꺼내 펼쳤다.

그렇다면 창문이여, 하루를 들여보내고 생명을 밖에 내보내려무나.*

하트 그림, 그리고 이렇게 씌어 있었다.

오늘 밤에 보자, 엘리.

오스카르는 쪽지를 다섯 번이나 되풀이해 읽었다. 그리고 엘리가 그걸 썼을 책상 옆에 서서 그녀를 생각했다. 그녀와 반 미터 떨어져 있는 벽에서 진 시몬스가 혀를 내밀고 있었다.

오스카르는 책상 위로 몸을 기울여 포스터를 벽에서 떼어낸 다음 공처럼 뭉쳐 쓰레기통에 던져넣었다.

그러고는 세 번 더 쪽지를 읽고 접어 호주머니에 넣었다. 맨 마지막에 입는 옷을 걸쳤다. 그가 알기론 오늘 전단지 묶음은 다섯 장짜리였다. 그 정도는 누워서 떡먹기였다.

❄

방에서는 연기 냄새가 났고, 블라인드 틈새로 들어온 햇살 안에서 먼지입자가 춤을 추었다. 막 잠에서 깨어난 라케는 침대 매트리스에

---

* 『로미오와 줄리엣』 3막 5장에 나오는 줄리엣의 대사.

누운 채로 기침을 했다. 그 바람에 눈앞의 먼지입자가 우스꽝스럽게 날아다녔다. 끽연가의 기침. 그는 몸을 돌려 협탁 위 재가 넘치는 재떨이 옆에서 라이터와 담뱃갑을 집어들었다.

그는 담배 한 대를 달게 피웠다. 캐멀 라이트—비르기니아는 나이를 먹으면서 건강 염려증이 생기기 시작했다—에 불을 붙이고, 다시 등을 대고 누워 한 팔로 머리를 받치고 어젯밤 일을 생각했다.

비르기니아는 몇 시간 먼저 일어나 일을 하러 갔으니 꽤 피곤할 터였다. 그들은 섹스를 한 후 오래도록 이야기를 하고 담배를 피웠다. 비르기니아가 마지막 담배를 피우고 자자고 한 건 새벽 두시가 다 되어서였다. 라케는 잠시 후 침대를 빠져나가 남아 있던 포도주를 마저 마시고 담배를 몇 개비 더 피우고 나서 잠자리에 들었다. 잠이 든 따뜻한 몸 옆으로 기어들어가 눕는 걸 좋아해서 더 그랬던 건지도 몰랐다.

자기 건사도 제대로 못 해 옆에 사람 하나 품지 못하는 자신이 한심했다. 그에게도 그런 사람이 있었다면 당연히 비르기니아였을 것이다. 그건 그렇다 쳐도…… 젠장할, 그는 그녀가 어떻게 살았는지 다른 사람에게서 들었다. 롤러코스터 같은 시절. 시내 술집에서 몸을 못 가눌 정도로 취해 나이든 남자라면 가리지 않고 집에 들였다고 했다. 그녀는 그 얘기를 하는 걸 피했지만, 최근 몇 년간 그녀는 부쩍 늙었다.

그가 비르기니아와 함께할 수 있다면…… 그래서 뭐 어쩌자고? 가진 걸 전부 팔고 시골에 집을 사서 감자라도 심나? 못 할 거 있나? 하지만 얼마 못 갈 것이다. 한 달이 지나면 서로의 신경을 건드릴 게 뻔한데다, 그녀는 여기에 모친도 계시고 직장도 있었지만, 그에게는…… 그래, 그에게는 우표가 있었다.

어느 누구도, 그의 여동생조차 그것에 대해선 알지 못했고, 그 자신도 그 생각을 하면 어쩐지 죄스러운 기분이 들었다.

아버지가 수집한 우표는 유산에 포함되지 않았지만, 막상 알고 보니 무시 못 할 값어치가 나갔다. 그는 현금이 필요할 때마다 우표를 몇 장씩 슬쩍했다.

지금은 시장 사정이 좋지 않은데다, 그나마 남은 우표도 얼마 없었다. 그래도 조만간 팔긴 팔아야 할 터였다. 특수우표인 노르웨이 1호를 팔아 이제까지 그에게 술을 사준 사람들에게 맥주를 한 잔씩 돌릴 것이다. 꼭 해야만 하는 일이었다.

시골에 집 두 채를 사자. 오두막으로. 서로 이웃한 집을 사는 거야. 오두막은 돈이 거의 안 들지. 아, 비르기니아의 어머니도 있구나. 그러면 오두막 세 채로. 아, 비르기니아 딸 레나를 잊었군. 네 채. 아무렴. 기왕 이렇게 된 김에 마을을 통째로 사버릴까.

비르기니아는 라케와 함께 있을 때만 행복했다. 자기 입으로 그렇게 말했다. 라케는 자신에게 행복해질 능력이 있는지조차 확신할 수 없었지만, 비르기니아는 함께 있어 좋은 유일한 사람이었다. 둘이서 그럭저럭 잘해나가지 못하리란 법도 없었다.

라케는 재떨이를 배에 올려놓고 담배 끝을 톡 털어 재를 떨어낸 다음, 담배를 물고 깊이 빨아들였다.

요즘 함께 있어 좋은 단 한 사람. 그…… 요케가 사라져버린 다음부터…… 요케는 좋은 친구였다. 그가 알고 지내는 사람들 중에 유일하게 친구라 부를 만한 사람이었다. 그의 시체도 찾을 수 없다니, 기분이 더러웠다. 순리에 어긋나는 일이었다. 적어도 장례식은 치러야 하지 않겠는가. 죽은 그 몸뚱이를 두 눈으로 보고, 그래, 여기 있구나, 내 친구야, 자네가 죽었다니, 라고 애도를 표할 수는 있어야 하지 않겠는가.

라케의 눈에 눈물이 맺혔다.

사람들은 개나 소나 다 친구라면서, 그 말을 아무 데나 갖다붙였다. 그에겐 한 명만이, 단 한 명의 친구가 있었지만, 그마저 어이없게 피도 눈물도 없는 강도에게 빼앗기고 만 것이다. 도대체 그깟 어린 놈이 뭐 하자고 요케를 죽였을까?

예스타가 거짓말을 하거나 이야기를 꾸며낸 게 아니라는 걸, 요케가 정말로 죽었다는 걸 직감으로 알 수 있었지만, 아무리 생각해봐도 그 이유를 찾을 수가 없었다. 마약이 개입되었을 거라는 추측 정도가 유일하게 말이 됐다. 마약 거래 같은 것에 얽혀 나쁜 놈에게 배신당한 게 틀림없었다. 그런데 요케는 전에 왜 아무 말도 하지 않았을까?

비르기니아의 집에서 나오기 전에 라케는 재떨이를 비우고, 식료품 저장실 바닥에 있는 빈 포도주 병을 치웠다. 다른 병들과 나란히 정리 해놓으려면 병을 거꾸로 세워놓아야 했다.

그래, 제기랄. 오두막 두 채. 감자밭. 흙과 더불어 살며, 봄철엔 종다리의 노래를 듣고. 그렇게 사는 거야. 언젠가는.

라케는 코트를 입고 밖으로 나섰다. ICA 앞을 지나치면서 계산대에 앉아 있는 비르기니아에게 키스를 날렸다. 그녀는 미소를 지으며 입술을 쫑긋 내밀어 화답했다.

입센가탄으로 오는 길에 그는 묵직한 종이 쇼핑백 두 개를 들고 가는 어린 소년을 보았다. 같은 아파트 단지에 사는 아이였는데, 이름은 알지 못했다. 라케는 고갯짓으로 짐을 가리켰다.

"들고 있는 거 무거워 보이는구나."

"괜찮아요."

라케는 소년이 끙끙대며 근처 아파트 건물 방향으로 쇼핑백들을 들고 가는 것을 지켜보았다. 정말이지 우라지게 행복해 보였다. 너도 저렇게 살아야지. 기꺼이 짐을 지고 가야지, 기쁜 마음으로.

그렇게 살아야 하고말고.

라케는 그에게 위스키를 사줬던 남자와 우연히라도 마주치길 기대하며 단지 마당을 어슬렁거렸다. 가끔이지만 그 남자가 이즈음 돌아다닐 때가 있었다. 단지 마당을 몇 바퀴 돌았다. 하지만 지난 며칠 전부터 그를 보지 못했다. 라케는 남자가 사는 곳이라 짐작되는 아파트의 가려진 창문을 힐끔 올려다보았다.

집 안에 처박혀 마시고 있는지도 몰라, 하긴. 가서 초인종을 눌러볼까.

다음에 언제 한번 가자.

✳

톰미와 톰미의 엄마가 묘지에 도착할 무렵 날은 저물고 있었다. 아빠의 무덤은 록스타 호숫가를 따라 난 둑길 바로 안쪽에 있었다. 카난 베겐까지 오는 동안 말이 없는 엄마를 보고 톰미는 딴엔 슬퍼서라고 짐작했는데, 호수와 나란히 난 작은 길로 접어들었을 때 엄마는 기침을 한 번 하더니 본론을 꺼냈다.

"있잖니, 톰미……"

"뭐?"

"스타판이 아파트에서 없어진 게 있다고 하더라. 우리가 방문하고 나서 말이다."

"그래?"

"뭐 짚이는 거 없니?"

톰미는 맨손으로 눈을 한 움큼 떠서 뭉친 다음 나무에 던졌다. 과녁.

"응. 발코니 아래 있어."

"그 사람한테는 정말로 소중한 거야. 왜냐면……"

"말했잖아. 발코니 아래 덤불 속에 처박혀 있다고."

"어떻게 거기 있는 거니?"

눈이 소복이 덮인 묘지 담벼락이 눈에 들어왔다. 은은한 붉은색 조명이 아래에서부터 소나무를 비추고 있었다. 톰미의 엄마가 들고 있는 묘지용 초롱에서 짤각거리는 소리가 났다. 톰미가 물었다.

"불 있어?"

"불? 응, 있어. 라이터 있어. 그래, 어떻게ー"

"떨어뜨렸어."

묘지 정문 안으로 들어서자 톰미는 멈춰 서서 지도를 보았다. 구역마다 다른 글자로 표시가 되어 있었다. 그의 아빠는 D 구역에 있었다.

가만히 생각해보면, 정말 기가 막힐 노릇이었다. 이딴 짓을 하다니. 사람을 불에 태워 그 재를 모아 땅에 묻고는 거길 '무덤 104, D 구역'이라고 부르다니.

삼 년 가까이 됐다. 톰미는 장례식인지 뭔지에 대해서는 희미한 기억밖에는 남아 있지 않았다. 관짝, 그리고 울다가 노래하다 또 울기를 반복하는 많은 사람들.

그는 자신에겐 너무 컸던 아버지의 신발을 신었던 것을, 그래서 집으로 오는 내내 발이 빠졌던 것을 기억했다. 관이 너무 무서운데도 내내 그것만 지켜보며, 아빠가 언제고 뚜껑을 열고 다시 살아날 거라고 믿어 의심치 않았지만…… 결국 달라졌다.

장례식을 치른 지 두 주 후, 그는 좀비에 대한 공포에 완전히 짓눌려 있었다. 특히 날이 어두워지면 병원 침대 위의 쪼그라든 존재, 이제는 그의 아빠라 할 수 없는 그 존재가 그런 영화들에서처럼 뻣뻣한 팔을 뻗으며 어둠 속에서 다가오는 것이 보였다.

그 공포는 유골함을 묻으면서 멈췄다. 톰미와 엄마, 사토장이와 목사만 참석했다. 사토장이가 유골함을 들고 위엄 있게 성큼성큼 걷는 동안 목사는 엄마를 위로했다. 모든 게 참기 힘들 만큼 우스꽝스러웠다. 앞서 걸어가던 작업복 차림의 남자가 들고 있던 뚜껑 달린 작은 나무상자, 그딴 건 하늘이 무너진다 해도 아빠하곤 아무 상관이 없었다. 무지막지한 농담에 지나지 않았다.

그러나 공포가 가시면서 무덤과 톰미의 관계는 차츰 바뀌었다. 이제 그는 가끔 혼자 이곳을 찾아 묘석 옆에 잠시 앉아, 거기 새겨진 아빠의 이름을 손가락으로 만지작거렸다. 오늘도 그래서 온 것이었다. 땅 밑의 상자가 아니라, 이름을 위해.

병실 침대에 뒤틀린 채 누워 있던 사람, 상자 속의 재, 그 어느 쪽도 아빠가 아니었다. 그가 기억할 수 있는 사람을 일컫는 그 이름이 아빠였다. 그래서 그는 가끔 그곳에 앉아 묘석에 움푹하게 새긴 마틴 사무엘손이라는 이름을 쓸어내렸던 것이다.

"참 예쁘지." 엄마가 말했다.

톰미는 묘지를 쭉 훑어보았다.

사방이 작은 불을 밝힌 초들이었다. 비행기에서 본 도시의 야경. 묘지 여기저기로 어두운 형체들이 오갔다. 엄마는 아빠의 묘지 쪽으로 발걸음을 옮겼고, 초롱이 그녀의 손에서 대롱거렸다. 톰미는 엄마의 가냘픈 등을 보다가 갑자기 서글퍼졌다. 저를 위한 슬픔도, 엄마를 위한 슬픔도 아니었다. 모두를 위한 슬픔이었다. 눈물 속에서 저마다 깜빡이는 불을 비추며 오가는 많은 사람들을 위한. 묘석 옆에 앉아 비문을 바라보며 쓰다듬는, 그림자만 남은 사람들. 한없이…… 바보 같았다.

죽은 건 죽은 거야. 사라진 거라고.

그래도 톰미는 엄마 곁으로 가서 엄마가 초롱을 켜는 동안 아빠의 무덤 옆에 쭈그리고 앉았다. 엄마가 있을 때는 아빠의 이름에 손을 대고 싶지 않았다.

그들은 그렇게 한참을 앉아, 애잔하게 흔들리는 불빛에 대리석 위로 드리워진 음영이 기어가듯 움직이는 모습을 응시했다. 톰미는 일종의 당혹감 말고는 아무것도 느낄 수 없었다. 이 가식의 연극에 그마저 동참하고 있다는 생각이 들어서였다. 잠시 후 그는 일어섰고 집으로 향했다.

엄마가 따라나왔다. 그의 생각으로는, 그래도 너무 빨리 일어나는 것 같았다. 그의 기준으로는 엄마가 밤새도록 눈이 빠져라 울어도 시원치 않을 것 같았다. 그를 따라잡은 엄마는 눈치를 보며 아들의 팔짱을 꼈다. 그는 가만있었다. 모자는 나란히 걸어가며 얼음이 얼기 시작하는 록스타 호수를 둘러보았다. 이대로 얼면 조만간 스케이트를 탈 수 있을 것 같았다.

한 가지 생각이 공세적으로 반복되는 기타 리프처럼 톰미의 머릿속에서 떠날 줄을 몰랐다.

죽은 건 죽은 거야. 죽은 건 죽은 거야. 죽은 건 죽은 거야.

엄마는 부르르 떨더니 그에게 몸을 기대왔다.

"끔찍해."

"뭐가?"

"응, 스타판이 정말 끔찍한 이야길 해줬어."

스타판. 여기서만이라도 그 자식 이야기는 안 할 수 없나?

"응."

"엥뷔에서 화재로 무너진 집 이야기 들었니? 거기 살던 여자가 말이야……"

"들었어."

"스타판이 얘기해준 건데, 그 여자 부검을 했대. 이 엄마는 그런 것도 너무 소름끼치더라. 그런 걸 어떻게 한대니?"

"그러게. 정말."

오리 한 마리가 얇은 얼음장 위를 걸어서 하수관이 연결된 호숫가로 나아가고 있었다. 여름에 거기서 잡히는 작은 물고기들에서는 하수구 냄새가 났다.

"저 하수관은 어디서부터 오는 거지?" 톰미가 물었다. "화장터에서 오는 건가?"

"몰라. 엄마 이야기 별로 듣고 싶지 않니? 너무 끔찍해서 그래?"

"아냐, 아냐."

엄마는 숲을 지나 집으로 가는 내내 이야기를 들려주었다. 얼마 안가 톰미는 이야기에 이끌려 엄마가 감당 못 할 질문들을 하기 시작했다. 엄마는 스타판한테서 들은 만큼만 알고 있었다. 사실 톰미가 꼬치 꼬치 캐묻는데다 너무 열을 올리는 바람에, 엄마는 애초에 그런 이야기를 꺼낸 것 자체를 후회하게 되었다.

❋

그날 밤 늦도록 톰미는 방공호의 나무상자 위에 쭈그리고 앉아 작은 권총사격선수 상을 이리저리 돌려보고 있었다. 그는 그 입상을 카세트 플레이어가 들어 있는 세 개의 상자 꼭대기에 올려놓았다. 전리품이나 되는 것처럼. 화룡점정이었다.

장물의 출처는…… 경찰!

그는 사슬과 맹꽁이자물쇠로 방공호의 문을 조심스럽게 다시 잠그고 열쇠를 아무도 모르는 곳에 숨긴 다음, 클럽하우스에 들어가 앉아 엄마한테 들은 이야기를 곱씹어보았다. 얼마 지나지 않아 복도를 따라 머뭇대며 걸어오는 소리가 들렸다. "톰미 형……?" 하고 속삭이는 목소리.

그는 안락의자에서 일어나 문 쪽으로 걸어가 재빨리 문을 열었다. 오스카르가 초조한 표정으로 맞은편에 서 있었다. 그는 지폐 한 장을 내밀었다.

"여기 돈."

톰미는 50크로나 지폐를 받아 호주머니에 찔러넣고는 오스카르를 보고 싱긋 웃었다.

"야, 너 여기 단골 되겠다? 들어와."

"아냐, 나 가야 돼……"

"들어오라고 했잖냐. 물어보고 싶은 게 있어."

오스카르는 소파에 앉아 두 손을 모아잡았다. 톰미는 안락의자에 털썩 주저앉더니 그를 바라보았다.

"오스카르. 넌 머리가 잘 돌아가는 애지."

오스카르는 겸손하게 어깨를 으쓱했다.

"엥뷔에서 불에 타 쓰러진 집 알지? 온몸에 불이 붙어 정원으로 뛰쳐나온 할머니 말이야."

"응, 신문에서 읽었어."

"그랬을 거라고 생각했어. 부검 얘긴 없었어?"

"내가 읽은 거엔 안 나와 있던데."

"그렇구나. 그런데 했대. 부검 말이야. 그런데 어땠게? 할머니 폐에 연기가 전혀 없더래. 그게 무슨 뜻인지 알아?"

오스카르는 무슨 뜻인지 생각해보았다.

"숨을 쉬지 않고 있었던 건가."

"맞아. 그런데 언제 숨을 안 쉬지? 죽었을 때지, 그렇지?"

"맞아." 오스카르는 갑자기 열을 올렸다. "비슷한 이야기를 읽은 적이 있어. 그래서 화재가 나면 꼭 부검을 하는 거래. 불을 지른 게…… 누가 안에 있던 사람을 죽인 걸 감추려고 불을 지른 게 아니라는 걸 확인하려고. 그냥 불에 타죽은 게 확실한가 보려고. 음, 〈헴메츠 슈날〉이었다…… 거기서 읽은 건데, 어떤 영국 남자가 자기 부인을 죽였는데, 그 사람도 이 방법을 알아서 그래서…… 불을 지르기 전에 부인 목구멍에 튜브를 꽂아서는……"

"그래, 그래, 잘 아네, 대단해. 그런데 이 경우는 폐에 연기가 없었는데도 할머니가 집 밖에 정원까지 뛰어나와 한동안 이리 뛰고 저리 뛰다 죽었대. 어떻게 그런 일이 가능하지?"

"내내 숨을 안 쉬고 있었던 거지. 아냐, 당연히 말이 안 돼. 사람은 그럴 수가 없잖아. 그런 이야기도 어디에선가 읽었는데. 그래서 사람들은 늘……"

"알았어, 알았어. 이번 사건이나 설명해봐."

오스카르는 두 손에 머리를 박고 골똘히 생각했다. "경찰이 실수했거나, 아니면 그 할머니가 죽었는데도 그렇게 뛰어다녔거나 둘 중 하나네."

톰미는 고개를 끄덕였다. "바로 그거야. 그런데 말이지, 걔네들이 그런 실수를 하지는 않을 거라는 게 내 생각이거든. 넌 어때?"

"내 생각도 그렇긴 한데……"

"죽은 건 죽은 거야."

"응."

톰미는 안락의자에서 실오라기 하나를 잡아빼 손가락 사이에서 똘똘 뭉쳐 톡 튕겨버렸다.

"그래. 우린 적어도 그렇다고 생각하는데 말이야."

3부

눈, 살에 닿아 녹는

스승이 평온한 표정으로 내 손을 잡고 있었기에
나는 한결 마음이 놓여
그가 이끄는 대로 감춰진 것들 속으로 들어섰다.
단테 알리기에리, 「신곡」 중 「지옥편」 제3곡

"내가 이불자락인 줄 알아? 나는 진짜 유령이야
우우우…… 우우우……
겁이 안 나곤 못 배길걸!"
"난 안 무서운데?"
나슈날테아텐, 〈쿨돌마르 오크 칼시페르〉

11월 5일 목요일

모르간은 발이 꽁꽁 얼어붙는 것 같았다. 잠수함 침몰과 거의 동시에 급작스러운 한파가 몰아닥치더니, 지난 한 주간 추위는 더 매서워졌다. 그는 오래된 카우보이 부츠를 좋아했지만 두꺼운 양말을 신은 탓에 발이 들어가지 않았다. 게다가 한쪽 밑창엔 구멍까지 나 있었다. 중국집에 들러 1백 크로나에 음식을 사갈 수도 있었지만, 그는 그냥 추위에 맞서기로 했다.

아침 아홉시 반이었고, 그는 지하철 역에서 집으로 가는 중이었다. 몇 백 크로나라도 벌어볼까 싶어 울브순다의 폐차장에 일을 구하러 갔는데 경기가 좋지 않았다. 올해는 겨울 부츠도 물 건너갔다. 그는 남은 부품과 카탈로그와 핀업 달력이 넘쳐날 지경인 사무실에서 몇몇 사내들 틈에 껴서 커피를 마시고는 지하철을 타고 돌아왔다.

고층건물들 사이에서 라리가 나타났다. 언제나처럼 막 사형선고라도 받은 것 같은 표정이었다.

"어이, 대장!" 모르간이 소리쳤다.

라리는 아침에 일어나면서부터 모르간이 여기 서 있을 거라고 예견이나 한 것처럼 무뚝뚝하게 고개만 끄덕여 보이고는 다가왔다.

"그래, 어떻게 지내시나?"

"발가락은 얼어붙었지, 차는 폐차장에 있지, 일거리는 없지. 인스턴트 수프나 한 사발 먹으려고 집에 가는 중이야. 자네는?"

라리는 비엔숀스가탄 방향으로 계속 걸어가다 공원을 가로지르는 길로 들어섰다.

"병원에 가서 헤르베트나 볼까 하던 중인데, 같이 갈래?"

"그 친구 마음 좀 추슬렀으려나 몰라."

"전혀. 그대로인 것 같던데."

"그럼 난 안 갈래. 그런 꼴이면 봐봤자 우울하기만 하지. 저번에 갔더니 내가 제 엄마인 줄 알고 옛날이야기를 해달라는 거야."

"그래서 해줬어?"

"해줬지. 〈골디락스와 곰 세 마리〉를 들려줬어. 하지만 안 되겠어. 오늘은 그럴 기분이 아니야."

그들은 계속 걸었다. 모르간은 라리가 끼고 있는 두툼한 장갑을 보고야 손이 시리다는 것을 깨닫고는 두 손을 청재킷의 좁은 호주머니에 다소 힘겹게 밀어넣었다. 요케가 사라져버린 지하도가 시야에 들어왔다.

라리가 그런 말을 꺼낸 것도 그 이야기는 하지 않으려는 심산에서였는지 몰랐다.

"오늘 아침 신문 봤어? 펠딘* 말이 러시아 잠수함에 핵무기가 실려 있었대."

"그럼 그 친구는 걔네가 뭘 갖고 있다고 생각했대? 고무줄 새총?"

"아니, 하지만…… 잠수함이 거기 있은 지 일주일째야. 폭발이라도 했으면 어쨌겠어?"

"그런 걱정은 하지도 마. 러시아 애들은 완전 선수들이라고."

"자네도 알다시피 난 공산주의자가 아니잖아."

"그럼 난 긴가?"

"그럼 좀 물어보자. 지난 선거 때 어디 찍었어? 국민당?"

"그렇다고 내가 모스크바에 충성의 맹세를 한 건 아니야."

그들은 전에도 비슷한 말싸움을 한 적이 있었다. 지금 그들이 해묵은 다툼거리를 생각해낸 것은 지하도 쪽으로 가면서 그쪽을 보지 않기 위해서, 그 생각을 하지 않기 위해서였다. 그래봤자 지하도 안으로 들어가면서 목소리는 점점 작아졌고, 결국은 아무 말도 할 수 없게 되었지만. 둘 다 먼저 말을 멈춘 건 상대방이라고 생각했다. 그들은 눈에 덮인 낙엽 더미가 이런저런 모양으로 보이자 심란해졌다. 라리가 고개를 저었다.

"도대체 무슨 생각을 하는 거야? 말 좀 해보지?"

모르간은 두 손을 더욱 깊이 호주머니에 찔러넣고 추위를 떨쳐내려고 발을 동동 굴렀다.

"나서서 무슨 일이든 해볼 수 있는 건 예스타뿐이야."

둘 다 예스타의 아파트 쪽을 쳐다보았다. 커튼도 없는 예스타의 집 창문은 줄무늬처럼 보이는 먼지에 덮여 있었다.

라리는 담뱃갑을 꺼내 내밀었다. 모르간이 한 개비를 빼자 라리는

---

* 스웨덴 중앙당 소속의 정치인. 우파 연정이 이뤄진 1976년에서 82년까지 두 차례 스웨덴 총리를 역임했다.

불을 붙여주고 자기 담배에도 불을 붙였다. 그들은 멈춰 서서 담배를 피우며 눈 더미를 응시했다. 얼마 지나지 않아 아이들의 목소리가 들려와 그들의 감상을 방해했다.

군인처럼 생긴 한 남자가 인솔하는 가운데, 한 떼의 아이들이 스케이트와 헬멧을 들고 학교 밖으로 줄지어 나오고 있었다. 아이들은 띄엄띄엄 몇 미터씩 떨어져 발맞춰 걸으며 모르간과 라리를 지나쳤다. 모르간은 같은 아파트에 사는 아이를 알아보고 고개를 끄덕였다.

"전쟁터라도 나가냐?"

아이는 고개를 젓고 무슨 말인가 하려다가 뒤처질까봐 두려웠는지 그냥 계속 발맞춰 걸어갔다. 병원 쪽으로 가는 걸 보니 현장학습 같은 걸 가는 모양이었다. 모르간은 꽁초를 발밑에 버리더니 두 손을 입가에 가져다대고 큰 소리로 외쳤다.

"공습이다! 대피하라!"

라리도 담뱃불을 끄며 낄낄 웃었다.

"참나, 아직까지도 저런 선생이 남아 있을 거라고는 상상도 못 했네. 저런 치들은 코트도 차려 자세로 걸지 않으면 못 견딜 거야. 그래, 정말 안 따라갈 테야?"

"응, 오늘은 안 갈래. 자네는 얼른 달려가라고. 서두르면 저 녀석들이랑 발맞춰 갈 수도 있겠어."

"그럼 또 보자고."

"그러자고."

그들은 지하도에서 헤어졌다. 라리는 느릿느릿 걸어 아이들이 간 방향으로 갔다. 모르간은 계단을 올라갔다. 이제 온몸이 꽁꽁 얼 지경이었다. 인스턴트 수프도 나쁘지 않겠어. 우유 좀 때려넣으면 먹을 만할 거야.

 ＊

　오스카르는 담임 선생님과 나란히 걷고 있었다. 그는 얘기를 하고 싶었고, 선생님은 그가 생각할 수 있는 유일한 대화 상대였다. 그렇지만 할 수만 있다면 다른 팀으로 옮기고 싶었다. 욘니와 미케는 현장학습을 갈 때 도보 팀을 택하는 법이 없었는데, 오늘은 달랐다. 오늘 아침 그들은 오스카르를 보며 저희끼리 뭐라고 쑥덕거렸다.

　그런 이유로 오스카르는 자구책인지, 아니면 다만 어른에게 말을 건네고 싶었던 건지 스스로도 확신할 수 없는 가운데 선생님과 나란히 걷고 있는 것이었다.

　엘리와 사귄 지 오늘로 닷새째였다. 그들은 매일 밤 밖에서 만났다. 엄마에게는 요한을 만나러 간다고 말했다.

　어젯밤에도 엘리는 창문을 통해 오스카르의 방으로 들어왔다. 그들은 오래도록 잠을 자지 않고 누워서, 이쪽이 끝나면 다른 쪽이 이어받는 식으로 서로에게 이야기를 들려주었다. 그러다가 서로의 팔을 베고 스르르 잠들었고, 아침에 일어나보니 엘리는 가고 없었다.

　지금 오스카르의 호주머니에는, 그날 등교 준비를 마치고 나서 책상 위에서 발견한 쪽지와 손때 묻고 해진 예전 쪽지가 들어 있었다.

　나는 떠나야만 살 수 있고, 머무르면 죽으리. 너의 엘리가.

　오스카르는 그것이 『로미오와 줄리엣』의 한 구절임을 알고 있었다. 전에 엘리가 처음 준 쪽지에 그 책의 문장들을 썼다고 말해줘서 학교 도서관에서 찾아보았다. 이해하기 어려운 말이 가득했지만 그 책이 꽤 마음에 들었다. 그녀의 처녀성은 심술과 시기심으로 가득할 뿐이니.* 엘리는 이런 말을 다 이해한 걸까?

욘니와 미케와 여자애들은 오스카르와 선생님에게서 20미터쯤 뒤처져 걷고 있었다. 그들은 시나파르켄을 지나갔다. 탁아시설의 아이들 몇 명이 썰매를 타고 있었고, 그들의 째질 듯한 함성이 공기를 갈랐다. 오스카르는 눈덩이를 발로 차며 목소리를 낮춰 물었다.

"마리 루이즈 선생님?"

"응?"

"선생님은 선생님이 사랑에 빠졌다는 걸 어떻게 아세요?"

"음, 글쎄……"

선생님은 더플코트 주머니에 두 손을 넣고는 하늘을 올려다보았다. 학교로 몇 번 찾아와 기다리던 남자를 생각하는 것 같았다. 오스카르는 그 남자의 생김새가 마음에 들지 않았다. 섬뜩해 보였다.

"글쎄, 사람에 따라 다르지만…… 나라면 이 사람이랑 늘 함께하고 싶다는 생각이 들 때…… 적어도 그렇다는 확신이 들 때라고 말할 것 같은데?"

"그러니까, 그 사람 없이는 못 살 것 같을 때를 말씀하시는 건가요?"

"그래, 맞아. 서로가 아니면 살 수 없는 두 사람…… 그게 사랑이 아닐까?"

"로미오와 줄리엣처럼 말이죠."

---

*『로미오와 줄리엣』 2장 2막에 나오는 대사. 이 장면에서 로미오는 발코니에 나타난 줄리엣의 아름다움을 예찬하면서 말한다. "솟아올라라, 아름다운 태양이여, 그리하여 질투하는 달을 죽여버리기를, 달에 비하면, 그대, 줄리엣의 유모가 더 아름답다 할 수 있다. 그 때문에 달은 슬퍼서 시들고 창백해졌구나. 그렇다고 줄리엣, 유모처럼 되지는 말지어다. 그녀의 처녀성은 심술과 시기심으로 가득할 뿐이니. 오직 바보들만이 처녀성을 고집할 뿐이다."

"그래, 그리고 장애가 크면 클수록…… 그런데, 영화를 본 거니?"

"책을 읽었어요."

선생님은 그를 보고 미소를 지었다. 오스카르는 언제나 그 미소가 좋았지만, 어쩐지 지금 선생님은 당황스러워하는 것 같았다. 그는 재빨리 덧붙였다.

"남자 둘이라면 어떨까요?"

"그럼 우정이라고 해야지. 그것 역시 사랑의 한 형태지. 네가 말하는 게 다른 거라면…… 음, 남자들도 그런 식으로 서로를 사랑한다고 할 수 있단다."

"남자끼리 어떻게요?"

선생님은 목소리를 낮추었다.

"그게 잘못되었다는 이야기는 아니지만…… 그 문제에 대해 이야기하고 싶다면 다른 때 하는 게 좋을 것 같구나."

그들은 말없이 걸었고, 이내 크반비켄으로 내려가는 언덕에 도착했다. 유령의 언덕. 선생님은 전나무 숲의 공기를 가슴 깊이 들이마시고는 말했다.

"누군가와 하나가 된다는 서약을 맺는 거야. 남자건 여자건 상관없이 서약을…… 그러니까 너랑 그 사람이 하나라는 서약을. 그건 오로지 너희 둘만의 특별한 거야."

오스카르는 고개를 끄덕였다. 여자애들의 목소리가 점점 가까워지고 있었다. 곧 그들이 와서 언제나처럼 선생님의 관심을 저희 쪽으로 돌릴 것이다. 그는 선생님과 재킷이 맞닿을 정도로 바짝 다가서서 말했다.

"그렇다면 동시에…… 여자이면서 남자일 수도 있나요? 아니면 둘

다 아니거나?"

"아니, 사람이 그럴 수는 없지. 그런 동물들이 있긴 한데……"

미셸이 그들 사이에 뛰어들더니 특유의 카랑카랑한 목소리로 외쳤다. "선생님! 욘니가 제 등에 눈을 집어넣었어요!"

그들은 언덕 중간쯤까지 내려와 있었다. 여자애들이 우르르 몰려들어 욘니와 미케가 한 짓을 일렀다.

오스카르는 걸음을 늦추어 몇 발짝 물러섰다. 그리고 뒤돌아보았다. 욘니와 미케가 언덕바지에 있었다. 그들은 오스카르에게 손을 흔들어 보였지만, 그는 화답하지 않았다. 대신 걸어가면서 길가의 굵직한 나무줄기로 손을 뻗어 가지를 꺾었다.

오스카르는 유령이 나온다고 하는 집 앞을 지나쳤다. 이 언덕이 '유령의 언덕'으로 불리는 것도 그 집 때문이었다. 주위의 자잘한 나무들과는 전혀 어울리지 않는 골함석으로 지은 거대한 창고였다. 언덕 쪽으로 면해 있는 벽에는 커다랗게 낙서가 되어 있었다.

우리가 네 모페드*를 차지해도 될까?

여자애들과 선생님은 술래잡기 놀이를 하며 물가를 따라 난 길을 뛰어내려갔다. 오스카르는 그들을 따라가지 않을 생각이었다. 뒤에 욘니와 미케가 남아 있다는 걸 알고 있었다. 그는 나뭇가지를 쥔 손에 더 힘을 주면서 계속 걸었다.

오늘 날씨는 좋았다. 며칠 전부터 얼기 시작한 얼음이 이젠 꽤 두터워져서 아빌라 선생이 인솔하는 스케이트 팀은 얼음을 지칠 수 있을 터였다. 욘니와 미케가 도보 팀에 들겠다고 했을 때, 오스카르는 당장

---

* 보조기관을 장치한 자전거 혹은 배기량 50CC 이하 초경량 오토바이를 두루 일컫는 명칭.

집으로 달려가 스케이트를 가져와 팀을 바꿀까 심각하게 고민했다. 그러나 스케이트를 새로 사지 않은 지 이 년이나 되는데다, 옛날 스케이트에는 발도 들어가지 않을 게 뻔했다.

그리고 그는 빙판을 무서워했다.

어린 시절 아빠와 쇠데슈비크로 놀러갔을 때의 일이었다. 아빠가 어량을 확인하러 갔을 때 부두에 서서 지켜보고 있던 오스카르는 아빠가 얼음 밑으로 빨려들어가는 것을 보았다. 그 짧고 끔찍한 순간 아빠의 머리는 물 아래로 사라져버렸다. 부두에 혼자 남은 오스카르는 목이 터져라 소리쳐 도움을 요청했다. 다행히 아빠는 호주머니에 들어 있던 구조용 얼음송곳을 써서 스스로 물 밖으로 나왔지만, 그다음부터 오스카르는 빙판 위로 다니는 것을 싫어하게 되었다.

누군가 그의 팔을 움켜잡았다.

그는 재빨리 고개를 돌렸다. 선생님과 여자애들은 오솔길을 돌아 내려가 언덕 너머로 사라져버리고 없었다. 욘니가 말했다.

"돼지새끼, 목욕 좀 시켜줄까?"

오스카르는 두 손으로 나뭇가지를 모아쥐고는 더욱 힘을 주었다. 다시 없을 기회였다. 그들은 그를 빙판 쪽으로 질질 끌고 가기 시작했다.

"돼지새끼한테서 똥 냄새가 나네. 좀 씻어야지."

"놔줘."

"이따가. 힘 빼. 이따가 놔줄게."

곧 그들은 빙판으로 갔다. 오스카르는 발을 대고 버틸 만한 곳을 찾을 수가 없었다. 그들은 오스카르를 사우나 목욕장이 있는 뒤쪽으로 질질 끌고 갔다. 그의 발꿈치가 눈 위에 길게 두 줄을 그렸다. 그리고 그 가운데로 그가 쥐고 있는 나뭇가지가 얕은 선을 그렸다.

빙판 저 멀리서 꼬물대는 작은 형체들이 보였다. 오스카르는 비명을 질렀다. 도와달라고 비명을 질렀다.

"실컷 소리 질러봐. 누구건 네가 빠진 다음에 와서 건져줄 테니."

채 몇 발짝도 떨어지지 않은 곳에서 빙판 위의 구멍이 검은 입을 쩍 벌리고 있었다. 오스카르는 옆으로 몸을 던지려고 온 근육에 힘을 주다 갑자기 격렬하게 몸을 비틀었다. 미케가 얼결에 손을 놓았다. 오스카르는 그를 붙잡고 있는 욘니의 두 팔에 매달린 채 나뭇가지를 휘둘러 그의 정강이를 쳤다. 그 반동으로 욘니의 다리를 때린 나뭇가지가 오스카르의 손 밖으로 튕겨나갈 뻔할 정도였다.

"악, 이런 쌍!"

욘니는 두 팔을 풀었고, 오스카르는 빙판 위로 넘어졌다. 다시 일어난 그는 두 손으로 나뭇가지를 꼭 붙잡고 구멍 가장자리에 섰다. 욘니는 정강이를 움켜쥐었다.

"저 개새끼가. 너 이 개새끼, 내가 진짜……"

욘니는 오스카르에게 천천히 다가섰다. 뛰어가서 오스카르를 밀었다 되레 자기가 물에 빠질까 겁이 난 그는 나뭇가지를 가리켰다.

"그거 당장 내려놔. 안 그럼 죽을 줄 알아. 말 들어?"

오스카르는 이를 악다물었다. 욘니가 한 팔을 쭉 편 만큼 다가왔을 때 오스카르는 나뭇가지를 휘둘러 그의 어깨를 후려쳤다. 욘니가 몸을 휙 수그리는 바람에 나뭇가지는 그의 귀를 정통으로 강타했고, 오스카르의 두 손바닥에는 얼얼한 충격이 전해져왔다. 욘니는 볼링핀처럼 옆으로 기우뚱하더니 빙판 위에 나자빠져서는 울부짖었다.

욘니에게서 몇 발짝 물러서 있던 미케가 두 손으로 앞을 막으며 슬금슬금 뒷걸음쳤다.

"이 새끼, 뭐야, 이거…… 그냥 좀 놀자는 거였는데…… 이게 뭐 하는……"

오스카르는 나뭇가지를 좌우로 휘둘러 획획 공기 가르는 소리를 내며 다가갔다. 미케는 뒤돌아 물가로 달음질쳤다. 오스카르는 멈춰 섰고, 나뭇가지를 쥔 손을 내렸다.

옆에서 욘니가 몸을 동그랗게 말고 한 손으로 귀를 누르고 있었다. 손가락 사이로 피가 새어나오고 있었다. 오스카르는 사과하고 싶어졌다. 그 정도로 다치게 할 마음은 없었다. 나뭇가지를 짚고 쭈그려앉아 막 '미안해'라고 말하려던 찰나, 그는 잠깐이나마 욘니를 제대로 보았다.

가느다란 핏줄기가 코트 깃 안으로 흘러들어가는 가운데 태아처럼 옹크리고 "어우어우" 울고 있는 욘니는 더없이 작아 보였다.

오스카르는 놀라서 그를 보았다.

빙판에 엎어져 있는 이런 가냘픈 핏덩이라면 그에게 어떤 짓도 할 수 없을 것이다. 그를 때리지도, 놀리지도 못할 것이다. 스스로를 지키지도 못할 것이다.

몇 번 더 패도 되겠어. 그럼 모든 게 끝나는 거야.

오스카르는 나뭇가지를 짚고 일어섰다. 흥분은 썰물처럼 밀려가버리고, 대신 배 속 깊은 곳에서부터 혐오감이 치밀어올랐다. 무슨 짓을 저지른 거지? 저렇게 피를 흘리는 걸 보니 욘니는 심각하게 다친 게 틀림없었다. 피를 너무 흘려서 죽어버리면 어쩌지? 오스카르는 다시 빙판 위에 앉아 신발 한 짝을 벗고는 모직양말을 잡아당겨 벗었다. 그리고 무릎으로 엉금엉금 기다시피 욘니에게 다가가 귀를 부여잡고 있는 그의 손을 툭툭 치고 그 사이로 양말을 밀어넣었다.

"자, 이걸로 막아."

욘니는 양말을 움켜쥐더니 다친 귀에 대고 눌렀다. 오스카르는 빙판 저 너머를 바라보았다. 스케이트를 탄 사람 한 명이 이쪽으로 오고 있었다. 어른이었다.

멀리서 날카로운 비명 소리가 들려왔다. 무서워 소리소리 질러대는 아이들. 얼마 안 있어 귀를 찌를 듯 새된 비명 소리 하나가 거기 합세했다. 이쪽으로 오던 사람이 멈췄다. 잠깐 얼어붙은 듯 서 있더니, 그는 뒤를 돌아 다시 얼음을 지치며 돌아갔다.

여전히 무릎을 꿇고 욘니 옆에 앉아 있는 오스카르는 무릎 아래의 얼음이 녹아 축축해지는 것을 느꼈다. 욘니는 앙다문 이 사이로 칭얼대는 소리를 흘리며 눈을 질끈 감고 있었다. 오스카르는 몸을 수그려 얼굴을 가까이 들이댔다.

"걸을 수 있겠어?"

욘니가 무슨 말을 할 것처럼 입을 열자, 누르스름한 빛깔의 액체가 입술 사이로 뿜어져나와 빙판 위의 눈을 물들였고, 오스카르의 손에도 약간 튀었다. 손등에 매달려 흔들리는 점액을 보고 겁이 왈칵 난 오스카르는 나뭇가지를 던지고 사람을 부르러 달려갔다.

병원 바로 옆에서 들려오는 아이들의 비명 소리가 점점 커졌다. 오스카르는 그들 쪽으로 달려갔다.

✳

아빌라 선생, 페르난도 크리스토발 데 레예스 이 아빌라는 아이스스케이팅을 좋아했다. 아무렴. 그가 스웨덴을 좋아하는 가장 큰 이유는 겨울이 길다는 것이었다. 올해로 십 년째 바사 크로스컨트리 스키 대회*에 빠짐없이 참가했고, 스톡홀름 군도 주변 바닷물이 꽝꽝 얼면 주말마다 차를 몰고 그레되 섬으로 가서 빙판 상태가 허락하는 한 멀리 스케이트를 지쳐 쇠데라름 부근까지 갔다.

군도 주변 바다가 마지막으로 언 지 삼 년이나 됐지만, 올해의 초겨울 같으면 희망이 있다고 그는 생각했다. 물론 물이 얼면 그레되 섬은 스케이트 광들로 득시글하겠지만 그것도 대낮의 이야기였다. 아빌라 선생은 밤에 타는 걸 더 좋아했다.

바사 대회에 대해 할 말은 아니지만, 그곳에서는 급작스레 이주를 결정한 수천 마리 개미 떼 중 한 마리가 된 기분이 들었다. 달빛 아래 탁 트인 빙판에 혼자 있는 것은 사뭇 달랐다. 페르난도 아빌라는 독실한 가톨릭신자는 아니었지만, 그 순간만큼은 하느님이 함께하시는 것 같았다.

리듬을 타며 얼음을 지치는 금속 날의 느낌, 빙판 위에 납빛 광휘를 부여하는 달빛, 머리 위로 끝없이 펼쳐진 별들의 궁륭, 얼굴 위로 흐르는 차가운 바람까지, 어디를 보아도 영원과 심원과 우주로 가득했다. 삶이 더없이 원대해지는 순간이었다.

어린 남자애가 바지춤을 잔뜩 추어올리고 있었다.

"선생님, 오줌 쌀 거 같아요."

아빌라는 스케이트의 환상에서 깨어났고, 두리번거리다 물 위로 가지를 뻗은 기슭의 나무 몇 그루를 가리켰다. 얼키설키 엮인 앙상한 나뭇가지들이 차단용 커튼마냥 빙판 위로 드리워져 있었다.

---

* 스웨덴 중부 달라나 지방의 셀렌-무라 간 90킬로미터를 주파하는 스웨덴 최대의 스키 대회.

"저기서 싸라."

소년은 실눈을 뜨고 나무 쪽을 보았다.

"얼음에다가요?"

"그래, 뭐 어떠냐? 새 얼음을 만들어보렴. 노란 얼음."

소년은 제정신인가 하는 표정으로 그를 보다가 스케이트를 지쳐 나무들 쪽으로 갔다.

아빌라 선생은 주위를 둘러보며 고학년 아이들 중에 한 명이라도 너무 멀리 벗어나 있는 건 아닌지 확인했다. 재빠르게 몇 걸음을 지쳐가며 그는 전반적인 상황을 점검했다. 아이들 수를 셌다. 그래. 아홉 명, 그리고 오줌 싸고 있는 애 하나 더. 열 명.

아빌라 선생은 반대편으로 몸을 돌려 크반비켄 쪽으로 가다 멈춰 섰다.

그곳에서 뭔가 심상치 않은 일이 벌어지고 있었다. 몇 개의 몸뚱이가 빙판에 뚫린 구멍이 틀림없어 보이는 곳으로 다가가고 있었다. 가지가 어수선하게 뻗은 작은 나무들 때문에 눈에 띄는 곳이었다. 그가 가만히 서서 예의주시하는 동안, 몰려 있던 몸뚱이들이 뿔뿔이 흩어졌다. 그중 한 명이 나뭇가지를 들고 있는 게 보였다.

나뭇가지가 허공을 가로지르자 남자애 하나가 쓰러졌다. 길게 울부짖는 소리가 들렸다. 아빌라 선생은 뒤를 돌아 마지막으로 한 번 더 아이들을 점검한 다음, 구멍 옆에 모여 있는 아이들 쪽으로 재빨리 얼음을 지치기 시작했다. 그들 중 한 명이 뭍으로 달음질치고 있었다.

그 순간 그의 귀에 비명 소리가 들렸다.

반 애들 중 하나가 귀청이 찢어지게 날카로운 비명을 지르고 있었다. 아빌라 선생이 갑작스럽게 멈춰 서자 스케이트 날 주변으로 얼음

가루가 솟구쳐올랐다. 그는 구멍 옆의 아이들이 고학년이라는 것을 어렵사리 확인했다. 오스카르인 것 같은데. 상급생들이니 저희끼리 알아서 하겠지. 그가 책임져야 할 건 저학년 아이들이었다.

비명 소리는 걷잡을 수 없이 커졌고, 아빌라 선생이 뒤돌아 그쪽으로 스케이트를 지치며 가는 동안 더 많은 아이들이 아수라장에 합세했다.

코호네스!*

하필이면 자리를 비운 사이에 일이 터지다니. 하느님 맙소사, 얼음이 꺼진 것만은 아니기를. 그는 젖 먹던 힘까지 다해 스케이트를 지쳤고, 비명 소리가 들리는 곳을 향해 전력질주하는 스케이트 날 주변으로 눈가루가 회오리처럼 일어났다. 모여 있는 아이들이 합창단처럼 앙칼지게 비명을 지르는 동안 더 많은 아이들이 몰려들고 있었다. 병원 옆 둔덕에서 빙판 쪽으로 내려오는 어른 한 명도 보였다.

마지막으로 힘차게 몇 번 얼음을 지쳐 아빌라 선생은 아이들 바로 옆까지 도착했지만, 하도 힘을 줘서 멈춰 서는 바람에 얼음가루가 아이들의 외투에 물보라처럼 튀었다. 도대체 뭐가 뭔지 알 수가 없었다. 아이들은 얽히고설킨 나뭇가지들 바로 옆에 모여 빙판을 내려다보며 비명을 지르고 있었다.

아빌라 선생은 스케이트를 지쳐 가까이 갔다.

"무슨 일이냐?"

한 아이가 빙판에 혹처럼 들러붙은 덩어리를 가리켰다. 한쪽에 붉은 줄무늬가 있는 갈색 수풀이 덩어리째 얼어붙은 것처럼 보였다. 차에

---

* '제기랄'을 뜻하는 스페인 은어.

치인 고슴도치 같기도 했다. 허리를 굽혀 그 덩어리 위로 몸을 수그린 아빌라 선생은 그것이 머리통이라는 것을 알아차렸다. 사람의 머리가 빙판에 얼어붙어 정수리와 이마만 보이는 것이었다.

거기서 오줌을 누라고 일렀던 소년은 몇 미터 떨어진 빙판에 주저앉 아 흐느끼고 있었다.

"거, 거, 거기, 나, 나, 부딪쳤어요."

아빌라는 똑바로 섰다.

"물러서! 모두 당장 뭍으로 도로 올라간다!"

아이들은 저희도 빙판에 얼어붙은 양 꼼짝을 하지 못했고, 더 어린 아이들은 울음을 그치지 않았다. 아빌라 선생은 호루라기를 꺼내 힘껏 두 번 불었다. 비명 소리가 그쳤다. 그는 아이들의 뒤편으로 가서 기슭 으로 인솔했다. 아이들이 움직였다. 5학년 아이 한 명만 제자리에 붙 박힌 듯 서서 호기심을 억누르지 못하고 문제의 덩어리 쪽으로 몸을 쭉 빼고 있었다.

"너도!"

아빌라 선생은 손짓을 해 이쪽으로 오라고 지시했다. 아이들이 모두 뭍으로 올라가자, 그는 병원에서 나온 여자에게 말했다.

"경찰을 불러요. 앰뷸런스도. 얼음 아래 시체가 얼어붙어 있어요."

여자는 다시 병원으로 달려올라갔다. 아빌라 선생은 뭍에 있는 아이 들의 수를 세다가 한 명이 없는 것을 알아차렸다. 시체의 머리를 발견 한 소년이 아직도 두 손으로 얼굴을 가린 채 빙판에 주저앉아 있었다. 아빌라 선생은 부드럽게 미끄러지듯 다가가 아이의 양 겨드랑이에 손 을 넣어 번쩍 들어올렸다. 아이가 몸을 돌려 아빌라 선생의 목에 두 팔 을 감았고, 선생은 깨지기 쉬운 소포를 다루듯 조심스럽게 아이를 안

아들고 기슭으로 갔다.

　　　　　　　　　※

"환자와 얘기 좀 해도 되겠습니까?"

"말을 할 수 있는 상태가 아닌데……"

"압니다. 그렇대도 자기한테 하는 말은 알아들을 것 아닙니까?"

"저도 그렇게는 생각하지만 그래도……"

"잠깐이면 됩니다."

시야를 희뿌옇게 가린 안개 너머로 호칸은 검정색 옷을 입은 남자가 의자를 끌어당겨 침대 옆에 앉는 것을 보았다. 남자의 형체를 제대로 알아볼 수는 없었지만 표정은 어쩐지 심각해 보였다.

지난 며칠 동안 호칸은 머리카락만큼이나 가느다란 줄들이 죽죽 그어진 붉은 구름 속을 유영하며 들락거렸다. 그는 의사들이 수차례 그를 마취시키고 수술한 것을 알고 있었다. 오늘 처음으로 제대로 의식을 차렸지만, 여기에 온 지 얼마나 되었는지는 알지 못했다.

아까 아침에 호칸은 감각이 남아 있는 손가락으로 자신의 새 얼굴을 더듬어보았다. 얼굴 전체는 고무 같은 붕대로 덮여 있었지만, 손끝으로나마 붕대 아래 튀어나온 굴곡을 고통스레 탐사한 결과, 이제 그에게는 얼굴이란 게 남아 있지 않다는 걸 알게 되었다.

이제 호칸 벵츠손은 존재하지 않았다. 그에게 남은 것이 있다면 병원 침상에 누운 신원미상의 몸뚱이가 전부였다. 세상은 물론 그를 다른 살인사건과 연관시킬 수는 있겠지만, 그의 과거나 현재의 삶에 대해서라면 어림도 없었다. 엘리에 대해서도.

"좀 어떻습니까?"

아, 좋소, 경찰 나리, 고맙소이다. 더 바랄 게 없을 정도요. 누가 내 얼굴에 불타는 네이팜탄이라도 쏟아부은 것 같지만 내가 달리 불평할 주제나 되겠소?

"네, 말씀하실 수 없다는 것 알고 있습니다만, 내 말을 듣고 고개를 끄덕일 수는 있겠지요? 고개는 끄덕여집니까?"

끄덕여지다마다. 그러기가 싫어서 문제지.

그의 침대 옆에 있던 남자는 한숨을 내쉬었다.

"이런 식으로 자살을 기도했지만, 확실히 당신은 완전히…… 죽지는 못했습니다. 고개를 들기 힘든가요? 내 말 들리면 손 들어볼래요? 손은 들 수 있습니까?"

호칸은 경찰에 대한 생각은 모조리 끊어버리고, 대신 단테 『신곡』의 「지옥편」에 나오는 그 장소를, 예수를 모르는 지상의 위대한 영혼들이 죽어서 간다는 '연옥'에 대해 생각하기 시작했다. 그곳을 구체적으로 상상해보았다.

"알다시피 우리는 당신이 누구인지 알고 싶습니다."

단테 자신은 죽어서 지옥의 몇 번째 고리에 갔을까?

경찰은 의자를 더 가까이 끌어당겼다.

"우린 반드시 알아낼 겁니다. 조만간요. 하지만 지금 나한테 말해주면 수고를 덜 수 있습니다."

아무도 나 따위는 아쉬워하지 않아. 아무도 날 몰라. 얼마든지 해, 해보라고.

간호사가 들어왔다. "전화가 왔는데요."

경찰은 자리에서 일어나 문 쪽으로 걸어갔다. 나가기 전에 그는 뒤를 돌아보았다.

"다시 올 겁니다."

호칸의 생각은 이제 더 중요한 문제로 기울었다. 그는 몇 번째 고리로 가게 될 것인가. 아동살해범의 고리? 그건 일곱번째 고리이다. 두번째 고리로 갈 수도 있다. 애욕의 죄를 저지른 사람들이 가는 곳. 그렇다면 당연히 비역질을 한 자들이 가는 고리도 있을 것이다. 자신이 저지른 가장 무거운 죄에 해당하는 고리로 가는 게 가장 합당한 처사이리라. 그러므로 가장 극악한 범죄를 저질렀다면, 더 높은 고리에서 처벌받게 될 죄라면 얼마든지 저질러도 상관없을 것이다.* 그 이상으로 나빠지진 않을 것이다. 징역 삼백 년을 언도받은 미국의 살인자들과 다르지 않을 것이다.

서로 다른 고리들은 나선형으로 소용돌이치고 있었다. 깔때기 모양의 지옥. 꼬리를 휘두르는 케르베로스**. 호칸은 폭력을 휘두른 사내들과 증오에 찬 여자들과 오만한 이들이 펄펄 끓는 가마솥 안에서, 불비를 맞으며, 우왕좌왕하는 가운데 있을 곳을 찾아 방황하는 모습을 상상했다.

한 가지만큼은 장담할 수 있었다. 자신이 가장 낮은 고리에서 말로를 보내진 않으리라는 것. 얼음바다 한가운데 선 루키페르가 유다와 브루투스를 물어뜯고 있는 곳 말이다. 다름 아닌 배신자들이 가는 곳.

---

* 단테의 『신곡』 중 「지옥편」에 따르면, 지옥은 깔때기 모양을 이루는 아홉 개의 고리로 이루어져 있다. 첫번째 고리인 연옥을 시작으로 점점 밑으로 내려갈수록 죄질이 나쁜 죄인들이 가는 지옥이다. 맨 밑의 아홉번째 고리는 배신자들이 가는 곳으로, 악의 천사 루키페르가 있다고 한다.
** 그리스 로마 신화에 등장하는 머리가 셋 달린 괴물 개. 하데스가 다스리는 하계의 문지기이다.

문이 다시 열리더니, 예의 그 빨아들이는 듯한 생경한 소리가 들렸다. 아까 그 경찰이 침대 옆에 와 앉았다.

"다시 왔습니다. 또다른 사체를 발견한 모양입니다. 블라케베리 호수 밑에서. 아무리 봐도 똑같은 밧줄이더군요."

안 돼!

경찰이 블라케베리라는 말을 하자 호칸은 자신도 모르게 몸을 움찔했다. 경찰은 고개를 끄덕였다. "내 말을 들을 수 있나보군요. 잘됐습니다. 그렇다면 당신이 서쪽 교외지역에 산다고 봐도 되겠군요. 어디죠? 룩스타? 벨링뷔? 블라케베리?"

병원 부근에서 남자의 시체를 처리했던 과정이 쏜살같이 호칸의 머릿속을 스쳤다. 그때 그는 대충 넘어갔다. 일을 잡쳐버린 것이다.

"좋습니다. 그렇다면 혼자 있을 시간을 주겠습니다. 협조할 마음이 있는지 없는지 찬찬히 생각해보십시오. 협조하는 편이 더 나을 겁니다. 본인도 그렇게 생각하죠?"

경찰은 자리에서 일어나 병실 밖으로 나갔다. 그가 떠난 자리를 간호사가 대신해 계속 감시했다.

호칸은 거부의 뜻으로 고개를 좌우로 홱홱 흔들어 보였다. 손을 뻗어 인공호흡장치에 달린 튜브를 잡아당기기 시작했다. 간호사가 튀어오르는 듯 벌떡 일어서더니 그의 손을 잡아 내뿌렸다.

"이러면 꽁꽁 묶어버릴 수밖에 없어요. 한 번만 더 이러면 몸을 꽁꽁 묶겠다고요. 알았어요? 살기 싫은 건 댁 사정이지만, 여기 있는 한 댁을 살려두는 게 우리의 의무예요. 댁이 무슨 짓을 했건 안 했건 간에. 알아들었어요? 그리고 설령 댁에게 구속을 가하는 것이라 해도 이 사건을 해결하는 데 도움이 된다면 우리는 그렇게 할 거예요. 내 말 알아들어요? 모쪼록 협조하는 쪽이 신상에 좋을 거예요."

협조. 협조. 갑자기 다들 협조하라고 난리로군. 난 이제 인간도 아니야. 난 프로젝트가 돼버렸어. 이런, 맙소사. 엘리, 엘리. 도와줘.

✳

오스카르가 계단을 올라가기 시작하자마자 엄마의 목소리가 들려왔다. 엄마는 누군가와 통화를 하고 있었고, 화가 난 것 같았다. 욘니네 엄마일까? 그는 문 밖에 서서 엿들었다.

"그 사람들이 나한테 전화를 걸어 도대체 내가 어떻게 했기에 애가 그 꼴이 됐느냐고 묻겠지…… 아, 그럼, 그럴 거야. 내가 뭔 말을 할 수 있겠어? 죄송합니다. 하지만 우리 애가 아빠랑 같이 사는 게 아니라서요…… 그래도 이럭저럭 부끄럽지 않게 행동한다고 하는 게…… 아, 당신이 뭘 잘못했다는 소리가 아니야…… 아무래도 이 문제는 당신이 그애하고 얘길 해야 할 것 같아."

오스카르는 문을 열고 현관으로 들어섰다. 엄마가 수화기에 대고 "애 지금 왔어" 하더니 오스카르를 돌아보았다.

"학교에서 전화가 왔다. 엄마는…… 이 문제는 아빠랑 직접 얘기하렴. 아무래도 엄마는……" 엄마는 다시 수화기에 대고 말했다. "애 바꿔줄게…… 나는 좀 진정됐어…… 당신이야 그렇게 말해도 만사태평이지…… 멀리 떨어져 살면서 손 하나 까딱 안 하고 앉아서는……"

오스카르는 자기 방으로 가 침대에 드러누워 두 손으로 얼굴을 덮었다. 심장이 머리로 올라와 고동치는 것 같았다.

맨 처음 병원으로 달려갔을 땐 사람들이 전부 욘니 때문에 이리 뛰고 저리 뛰는 줄만 알았다. 하지만 그게 아니었다. 오늘 오스카르는 태어나서 난생처음 진짜 죽은 사람을 보았다.

엄마가 그의 방 문을 열었다. 오스카르는 얼굴에서 손을 치웠다.

"아빠가 얘기 좀 하자신다."

오스카르가 수화기를 귀에 가져다대자 등대들의 이름과 바람의 세기와 방향에 대해 뭐라고 말하는 소리가 먼 감으로 들렸다. 그는 말없이 수화기를 귀에 대고 기다렸다. 엄마가 얼굴을 찡그리더니 뭐냐는 표정을 지어 보였다. 오스카르는 한 손으로 송화기를 덮고는 작은 소리로 말했다. "해상예보야."

엄마는 입을 열고 무슨 말을 하려다가 이내 한숨을 내쉬고는 두 팔을 축 늘어뜨리고 부엌 쪽으로 갔다. 오스카르는 현관에 있는 의자에 앉아 아빠와 함께 해상예보에 귀를 기울였다.

지금 말을 꺼내봤자 아빠는 라디오 때문에 듣는 둥 마는 둥 할 거라는 걸 오스카르는 잘 알고 있었다. 바다의 전언은 신성했다. 아빠 집에서 살던 시절, 오후 네시 사십오분이 되면 모든 상황은 중단되었고, 아빠는 라디오 앞에 바싹 붙어앉아 거기서 흘러나오는 말이 참말인지 확인이라도 하듯 들판 너머를 멍하니 응시했다.

아빠는 바다에 나가지 않은 지 오래였지만, 몸에 **밴** 습성은 쉬이 사라지지 않았다.

"알마그룬뎃 북서 풍속 8, 저녁에 서풍으로 바뀌겠습니다. 가시거리는 양호하겠습니다. 올란드 해 빛 올란드 군도 풍향은 북동 풍속 10으로, 저녁에 강풍주의보가 발령되겠습니다. 가시거리는 양호하겠습니다."

됐다. 제일 중요한 건 다 들었다.

"안녕, 아빠."

"아, 그래, 너로구나. 잘 있었니? 여긴 저녁때 강풍이 올라온단다."

"네, 들었어요."

"음, 어떻게 지내니?"

"좋아요."

"그래, 방금 엄마한테 언니하고 있었던 일에 대해 들었다. 그리 반가운 소식은 아니구나."

"네, 저도 그렇게 생각해요."

"뇌진탕까지 일으켰다면서."

"네, 토했어요."

"그거야 흔한 부작용이지. 하리…… 맞다, 너도 만난 적이 있구나. 하리 아저씨가 납추에 옆통수를 부딪힌 적이 있거든…… 갑판에 드러누웠더니 새끼 송아지마냥 골골대더라."

"그래서 나으셨어요?"

"당연하지…… 그런데 작년 봄에 돌아가셨단다. 물론 그 일하고는 상관없었다. 응, 정말 금방 괜찮아졌어."

"잘됐네요."

"그러니 그 아이도 그러길 바라자꾸나."

"네."

라디오에선 보텐비켄이니 하는 온갖 해양지역의 지명들이 끊임없이 흘러나오고 있었다. 몇 번은 아빠 자리에 앉아 지리부도를 펼쳐놓고 라디오에서 나오는 등대를 전부 찾아본 적도 있었다. 한동안 그는 한 군데도 빠짐없이 모든 등대의 이름을 순서대로 외웠지만 이내 다 까먹고 말았다. 아빠가 헛기침을 했다.

"그래, 엄마랑 얘기하던 게…… 괜찮으면 이번 주말에 아빠한테 놀러오지 않으련?"

"음……"

"그러면 이 문제에 대해…… 아니 무슨 얘기든 할 수 있지 않겠니?"

"이번 주말?"

"그래, 너만 괜찮다면."

"괜찮을 거 같아요. 그런데 할 일이 좀 있어서…… 토요일에 가면 안 돼요?"

"금요일 밤은 어떠니?"

"안 돼요, 하지만…… 토요일, 토요일 아침에 갈게요."

"그러자. 솜털오리고기를 해동해놓고 있으마."

오스카르는 송화기를 가까이 대고 목소리를 낮추었다.

"총 맞은 거 말고요."

아빠가 웃었다.

작년 가을 아빠한테 갔을 때 함께 바다새 요리를 먹다가 고기 안에 박혀 있던 총알 파편 때문에 아빠의 이가 부러진 적이 있었다. 엄마한테는 감자에 돌이 섞여 있었다고 둘러댔다. 바다새고기는 오스카르가 가장 좋아하는 음식이었지만, 엄마는 무방비 상태의 새에게 총질하는 건 '말도 안 되게 잔인한' 짓이라고 생각했다. 만약 엄마가 다른 것도 아니고 살생도구 때문에 아빠의 이가 부러진 걸 알았다면, 한동안 그 비슷한 음식을 먹는 것조차 꿈도 꾸지 못했을 터였다.

"특별히 명심해서 살펴보마."

아빠가 말했다.

"모페드는 좀 몰고 다니나요?"

"응. 왜?"

"아뇨, 그냥 생각나서요."

"알았다. 그럼 눈이 꽤 왔으니 같이 한 바퀴 돌아도 되겠구나."

"좋아요."

"좋아. 토요일에 보자. 역시 버스 타는 거 잊지 마라."

"네."

"마중 나갈게, 모페드 타고. 자동차를 몰 만한 날씨가 아니니까."

"알았어요. 좋아요. 엄마랑 더 통화할 거예요?"

"어…… 아니…… 네가 엄마한테 우리 계획을 말씀드리는 건 어떠니?"

"알았어요. 그럼 그날 봐요."

"그러자꾸나. 잘 자라."

오스카르는 전화를 끊었다. 그리고 잠시 그대로 앉아 어떨지 상상해보았다. 모페드를 타는 건 재미났다. 오스카르가 자주 하는 놀이가 있었는데, 미니 스키에 탄 채 모페드의 짐받이 끝에 작대기를 묶은 밧줄을 연결한 후 작대기를 두 손으로 잡고 수상스키를 타듯 눈 위를 질주하며 마을을 돌아다니는 것이었다. 마가목 열매 젤리를 곁들인 오리고기만큼이나 그가 좋아하는 것이었다. 게다가 엘리랑 헤어지는 것도 딱 하룻밤뿐이다.

그는 방으로 가서 운동복과 함께 칼을 챙겼다. 엘리를 만날 때까지는 집에 들어오지 않을 생각이었다. 그에겐 계획이 있었다. 현관에 서서 재킷을 입고 있는데 엄마가 밀가루 묻은 손을 앞치마에 닦으면서 부엌에서 나왔다. "그래, 뭐라던?"

"토요일에 아빠네 가기로 했어."

"그래, 근데 다른 이야기는?"

"나 지금 운동 가."

"아빠가 다른 말 안 했니?"

"네에에에, 했어요. 근데 나 지금 가야 하는데."

"어딜?"

"수영장."

"무슨 수영장?"

"학교 바로 옆에 있는 거. 작은 수영장."

"거기서 뭘 하는데?"

"운동. 여덟시 반 정도면 올 거야. 아님 아홉시나. 끝나고 요한이랑 만나기로 했거든."

엄마는 낙심했는지, 밀가루 묻은 손을 어디다 둬야 할지 몰라 고민하다 앞치마에 달린 커다란 주머니에 밀어넣었다.

"그래, 알았다. 조심해라. 수영장 가장자리에 발이 걸려 넘어지거나 하면 안 돼. 모자도 챙겼지?"

"네, 네."

"그래, 꼭 써라. 물속에 있다 나오면 더 춥게 느껴지고, 머리까지 젖어 있으면……"

오스카르는 한 걸음 다가서서 엄마의 뺨에 가볍게 입을 맞추고 인사를 하고 나왔다. 건물 현관문을 나서면서 그는 자기 방 창문을 흘긋 올려다보았다. 엄마는 여전히 두 손을 커다란 앞치마 주머니에 넣고 서 있었다. 오스카르가 손을 흔들자 엄마도 천천히 손을 들어 흔들었다.

수영장으로 향하는 길의 절반을, 그는 울면서 갔다.

✱

패거리들은 예스타의 집 밖 계단통에 옹기종기 모여 서 있었다. 라케, 비르기니아, 모르간, 라리, 칼손. 초인종 누르는 사람이 방문 이유를 말하는 일을 떠맡을 게 뻔했기에 어느 누구도 섣불리 나서지 않았다. 계단통에 서 있는데도 예스타 냄새가 났다. 오줌 냄새. 모르간이 칼손의 옆구리를 쿡 찌르며 구시렁댔다. 칼손은 모자 대신 쓰고 있던 귀마개를 치켜올리며 물었다. "뭐?"

"한 번만이라도 그것 좀 벗고 있으면 안 되겠냐고 말했다. 그거 쓰니까 진짜 모자라 보여."

"그거야 자네 생각이지."

말은 그렇게 해놓고 칼손은 귀마개를 벗어 코트 주머니에 넣으며 말했다.

"자네가 해, 라리. 자네가 봤잖아."

라리는 한숨을 내쉬고는 초인종을 눌렀다. 안에서 화가 난 듯 구슬프게 우는 소리가 나더니 무언가 바닥에 착지하는 쿵 소리가 작게 들렸다. 라리는 헛기침을 했다. 이 상황이 영 마뜩치 않았다. 권총만 빼들지 않았다 뿐, 일개사단을 거느리고 온 경찰이 된 기분이었다. 집 안쪽에서 질질 발 끄는 소리가 나더니 목소리가 들렸다.

"괜찮니, 내 새끼?"

문이 열렸다. 오줌에 전 악취 한 줄기가 라리의 얼굴에 훅 끼쳐와 숨통이 막혔다. 예스타는 다 해진 셔츠와 조끼에 넥타이까지 맨 차림으로 문간에 서 있었다. 한쪽 팔엔 흰 털에 오렌지색 무늬가 섞인 고양이가 둘둘 말린 듯 안겨 있었다.

"네?"

"우리야, 예스타. 어때, 잘 지냈어?"

예스타는 그들의 얼굴을 이리저리 훑어보았다. 거나하게 취해 있었다.

"괜찮아."

"그래, 우리가 온 건 다름 아니라…… 무슨 일이 있었는지 알아?"

"몰라."

"음, 그러니까 말이야, 요케를 발견했대. 오늘."

"그렇구나. 아! 그래."

"그리고…… 저기 말이야……"

라리는 거들어달라는 뜻으로 함께 온 파견단 쪽으로 고개를 돌렸다. 그래봤자 모르간이 계속하라고 부추기는 게 전부였다. 라리는 최후통첩을 하는 공식 대표나 되는 것처럼 그 자리에 서 있는 게 감당이 되지 않았다. 그렇다면 방법은 하나뿐이었다. 물론 그로서는 몸서리치게 싫었지만. 그가 물었다.

"들어가도 될까?"

그 딴엔 안 된다고 나오리라고 예상했다. 이렇게 다섯 명씩이나 불쑥 찾아오는 건 예스타에게 좀체 없는 일이었다. 그런데 예스타는 선뜻 고개를 끄덕이더니 그들이 들어올 수 있게 현관 쪽으로 몇 발짝 물러섰다.

라리는 잠깐 주저했다. 아파트 안에서 풍겨나오는, 끈적끈적한 물질처럼 공기중을 떠도는 냄새는 이루 표현할 수 없을 정도로 지독했다. 그가 망설이고 있는 동안 라케가 한 걸음 들어섰고, 비르기니아가 따라 들어갔다. 라케는 여전히 예스타에게 안겨 있는 고양이의 귀 뒤를 긁어주었다.

"고양이 멋진데. 이 녀석 이름이 뭐야?"

"여자야. 티스베."

"이름도 멋진데. 피라무스*는 없나?"

"없어."

그들은 가능한 한 입으로만 숨을 쉬며 차례대로 문지방을 넘어 미끄러지듯 안으로 들어갔다. 일 분쯤 지나자 누구랄 것 없이 냄새를 안 맡으려던 걸 포기했고, 이내 긴장이 풀리면서 냄새에도 익숙해졌다. 그들은 쉬쉬 소리를 내 소파와 안락의자에서 고양이들을 쫓아낸 다음, 부엌에서 의자 몇 개를 가져오고 테이블에 브렌빈**과 그레이프 토닉과 유리잔 몇 개를 놓았다. 고양이니 날씨니 하는 얘기로 수다를 떤 지 몇 분 정도 지나서야 예스타가 입을 열었다.

"그래, 요케를 찾아냈다고."

라리는 술잔을 마저 비웠다. 술이 배 속에서 뜨끈하게 차오르자 더는 어려울 것도 없겠다 싶었다. 그는 한 잔을 더 따랐다. "응, 병원 아래쪽에서. 시체가 빙판 아래 얼어붙어 있었대."

"빙판 아래?"

"응. 오늘 거기 갔더니 서커스도 그런 서커스가 없더라고. 헤르베트를 문병갔거든. 자네가 그 친구를 아나 모르겠네. 아무튼…… 거기 가보니 사방 천지에 경찰이 깔려 있고 앰뷸런스까지 와 있는데, 좀 있다가 소방차까지 오더만."

---

* 오디나무에 얽힌 그리스 신화에 등장하는 비운의 연인 티스베와 피라무스를 두고 하는 농담이다.
** 스웨덴 고유의 무색무취한 증류주.

"불이 났던 거야?"

"아니, 빙판에서 시체를 분리해야 되잖아? 그런데 맨 처음엔 그 친구인 줄도 몰랐다가, 시체가 뭍으로 끌어올려지고 나서 옷을 보니까 알아보겠더라고. 얼굴은…… 눈, 코, 입 할 것 없이 얼음 덩어리다보니 어디…… 그나마 옷을 보니까……"

예스타는 손을 들어 눈에는 보이지 않는 커다란 개라도 어루만지듯 허공에서 너울너울 흔들었다.

"잠깐만…… 그럼 그 친구, 물에 빠져죽은 거야? 들어도 당최 뭔 말인지……"

라리는 술을 한 모금 마시고 손등으로 입을 훔쳤다.

"그게, 경찰들도 처음엔 그렇게 생각했어. 처음에는. 내가 보기엔 그래. 그 작자들은 팔짱만 끼고 현장 주변에 서 있기만 했지. 앰뷸런스 사람들만 머리에서 피 나는 애 하나 때문에 우왕좌왕 정신이 없었고. 그런 와중에……"

예스타는 투명 개를 더욱 열렬히 쓰다듬고 있었다. 아니, 떨쳐버리려 하고 있는 건지도 몰랐다. 그의 잔에 있던 술이 조금 튀어 깔개에 떨어졌다.

"잠깐만…… 그 말은 또 뭐야…… 머리에서 피가 나다니?"

모르간은 무릎에 안고 있던 고양이를 내려놓은 다음 바지를 털었다.

"그건 이 문제하고는 아무 상관없어. 계속 얘기해, 라리."

"그래, 근데 그때 그 사람들이 시체를 뭍에 끌어다 내려놓았어. 그제야 그 친구라는 걸 알겠더라고. 그리고 밧줄도 있었는데, 이렇게, 알지? 묶여 있더라고. 거기에 돌덩어리 같은 걸 넣은 꾸러미가 또 묶여 있고. 경찰들은 그제야 움직이더라고. 무전기에 대고 뭐라뭐라 떠들면서 테이프로 그 주변에 차단선을 치고, 소리소리 지르며 사람들을 가까이 오지 못하게 하고. 순식간에 되게 재미있어지더만. 그래서……결국 밝혀진 게, 누군가 거기에 시체를 버리려 했다는 거야, 명명백백하게."

예스타는 소파에 기대고 앉더니 한 손으로 눈을 가렸다. 그와 라케 사이에 앉아 있던 비르기니아가 그의 무릎을 쓰다듬어주었다. 모르간이 자기 잔을 채웠다. "중요한 건 경찰이 요케를 찾아냈다는 거잖아, 안 그래? 토닉 좀 섞어 마실래? 여기 있어. 요케를 찾아냈으니 이제 그 친구가 살해당했다는 것도 알겠지. 그러면 모든 게 달라질 거라고, 안 그래?"

칼손은 헛기침으로 목청을 가다듬고는 명령조로 말했다.

"스웨덴 사법체제에서 그걸 뭐라고 하냐면……"

"자넨 좀 가만있어." 모르간이 끼어들었다. "나 담배 좀 피워도 될까?"

예스타가 맥없이 고개를 끄덕였다. 모르간은 담배를 꺼내 불을 붙였고, 라케는 예스타를 똑바로 보려고 소파에서 등을 떼고 앞으로 수그렸다.

"예스타. 자네는 무슨 일이 있었는지 봤잖아. 이젠 얘기를 해줘야 돼."

"해준다. 어떻게?"

"경찰서에 가서 본 그대로 얘기를 해, 그러면 돼."

"안 돼…… 안 돼."

방 안에 정적이 감돌았다.

라케는 한숨을 내쉬었고, 잔이 반쯤 찰 때까지 브렌빈을 따르고 토닉을 조금 섞어서는 단숨에 들이켰다. 배 속으로 불붙은 연기가 차오르는 것 같아 그는 눈을 감았다. 예스타에게 억지로 강요하고 싶지 않았다.

아까 중국식당에서 칼손은 목격자의 의무와 법적 책임에 대해 일장 연설을 늘어놓았다. 하지만 라케는 범인을 잡고자 하는 마음이 아무리 간절한들 밀고자처럼 친구에게 경찰관을 보내고 싶은 마음은 추호도 없었다.

재색 반점 무늬 고양이 한 마리가 라케의 정강이에 대고 머리를 문질렀다. 그는 고양이를 들어 무릎에 올려놓고 무심히 쓰다듬어주었다. 뭘 상관이야? 요케는 죽었다. 이제 그도 확실하게 그 사실을 받아들였다. 그렇다면 다른 거야 어찌 되건 상관없지 않은가?

모르간이 자리에서 일어나더니 술잔을 들고 창가로 갔다.

"자네, 여기 서 있었어? 그때 봤을 때 말이야."

"……응."

모르간은 고개를 끄덕이고 술을 한 모금 마셨다.

"그래, 이제 알겠군. 여기 서면 모든 게 보이겠는걸. 과연, 명당이야. 전망도 좋고. 그래, 다른 거야 뭐…… 아무튼 전망 좋네."

라케의 뺨에 한 줄기 눈물이 소리없이 흘러내렸다. 비르기니아가 그의 손을 꼭 잡아주었다. 라케는 가슴이 미어지는 듯한 고통을 가셔내려고 또다시 술을 들이켰다.

한동안 정신없이 방 안을 오가는 고양이들만 바라보던 라리가 손가락으로 술잔을 두드리며 말했다.

"그냥 가서 정보를 슬쩍 흘리면 어떨까? 거기가 어딘지 알려주자고. 그럼 경찰이 지문 같은 걸 찾아낼지 알아……? 뭐든 찾아낼 거 아니냐고?"

칼손이 씨익 웃었다.

"그래, 어떻게 그런 걸 다 알아냈냐고 하면 뭐라고 할 건데? 다 아는 수가 있다고 하나? 얼씨구나 하고 달려들걸…… 우리가 누구한테서 주워들었는지 알아내려고 할 텐데."

"익명으로 전화를 할 수도 있잖아. 그런 식으로 제보를 받잖아, 왜."

소파에 앉아 있던 예스타가 웅얼거렸다. 비르기니아가 그쪽으로 머리를 기울였다.

"뭐라고 했어?"

예스타는 자기 술잔을 내려다보며 꺼져들어가는 목소리로 말했다.

"제발 좀 봐줘. 나는 정말 너무 무섭다고. 못 할 것 같아."

모르간은 창가에서 돌아서더니 두 팔을 벌렸다.

"그렇다면 그런 줄 알아야지. 더 이야기할 것 있나." 그는 칼손을 매섭게 노려보았다. "다른 방법을 강구해야 돼. 다르게 접근해야 한다고. 몽타주를 만들 건, 전화를 걸 건, 뭐건 간에. 뭐든 생각해보자고."

그는 예스타에게 다가가서 발로 그의 발을 툭툭 건드렸다.

"자자, 왜 이래? 힘내라고. 이 문제는 우리가 알아서 할게. 안심하라고. 예스타? 내 말 듣고 있어? 이 문제는 우리가 알아서 한다고. 건배!"

그는 예스타의 술잔에 자기 잔을 쨍 소리나게 부딪치고는 한 모금 마셨다.

"이 문제는 우리가 해결하는 거야. 그럴 거지?"

＊

체육관을 나서서 아이들과 헤어져 집으로 가려던 참에 학교 쪽에서 그녀의 목소리가 들려왔다.

"쉿, 오스카르!"

층계에서 발소리가 나더니 그녀가 어둠 속에서 나타났다. 아까부터 거기 앉아 기다리고 있었던 것이다. 이윽고 오스카르가 아이들에게 잘 가라고 말하는 소리가 들렸고, 그들도 어딜 보나 평범하기 짝이 없는 애를 대하듯 그에게 잘 가라고 하는 소리가 들렸다.

운동시간은 즐거웠다. 스스로 약골이라 생각했는데 그렇지 않았고, 그보다 몇 시간 먼저 수업을 들은 애들 두서넛보다 잘하기까지 했다. 아빌라 선생님이 오늘 빙판에서의 일에 대해 추궁하는 건 아닐까 걱정했던 것도 기우였다. 아빌라 선생님은 간단하게 "그 얘기 하고 싶니?"라고 물었고, 그가 고개를 젓자 그것으로 끝이었다.

체육관은 학교와는 또다른 세계였다. 아빌라 선생님은 평소처럼 엄격하지 않았고, 남자애들은 그를 건드리지 않았다. 미케도 오지 않았다. 미케는 그를 두려워하게 된 걸까? 그 생각만 해도 오스카르는 머리가 핑핑 도는 것 같았다.

그는 엘리 쪽으로 걸어갔다.

"안녕."

"그래."

다른 얘기는 일절 없이, 그들은 인사부터 나누었다. 엘리는 터무니없이 큰 체크무늬 셔츠를 걸치고 있었는데, 다시…… 나이가 들어 보였다. 피부는 까칠하고 얼굴은 핼쑥했다. 어제 오스카르가 처음으로 발견한 흰 머리칼은 몇 가닥 정도였는데, 오늘 밤엔 훨씬 더 많았다.

오스카르는 건강할 때의 그녀는 자기가 아는 어떤 여자애하고도 비할 수 없을 정도로 예쁘다고 생각했다. 하지만 지금의 그녀라면, 그녀

는…… 역시 어느 누구하고도 비교할 수 없었다. 그런 얼굴은 어디에
도 없다. 난쟁이라면 모를까. 하지만 난쟁이들은 그녀처럼 말라깽이는
아니니까…… 비교 대상이 없었다. 그는 아까 아이들이랑 있을 때 그
녀가 나서지 않아줘서 사뭇 고마운 마음이 들었다.

"잘 지냈어?" 그가 물었다.

"그냥저냥."

"같이 놀까?"

"좋아."

그들은 나란히 집으로 걸어갔다. 오스카르에게는 계획이 있었다. 그
들은 함께 서약을 맺을 것이다. 그러고 나면 엘리는 건강해질 것이다.
전에 읽은 책에서 떠올린 마법의 개념이었다. 하지만 마법이란 게……
물론 이 세상에는 어느 정도 마법이라는 게 있었다. 마법의 존재를 부
정하는 사람들은 마법이 잘못된 효력을 발휘했기 때문이었다.

그들은 함께 단지 마당으로 들어섰다. 오스카르가 엘리의 어깨에 손
을 가져다댔다.

"폐품처리장에 가서 뭐가 있나 볼까?"

"좋아."

그들은 엘리네 건물 입구로 들어가 계단을 내려갔다. 오스카르가 열
쇠로 지하실 문을 열면서 물었다.

"넌 지하실 열쇠 없니?"

"없을걸."

지하실 입구는 깜깜해서 한치 앞도 보이지 않았다. 그들 뒤에서 문
이 묵직하게 쿵 소리를 내며 닫혔다. 그들은 가만히 서서 숨만 쉬었다.

"엘리, 그거 알아?" 오스카르가 속삭였다. "오늘…… 욘니와 미케

가 날 물속에 빠뜨리려고 했거든? 빙판에 난 구멍 속으로."

"안 돼! 너—"

"글쎄 들어봐. 그래서 내가 어떻게 했게? 나한테 막대기가, 진짜 긴 막대기가 있었거든. 그걸로 욘니 머리통을 쳤어. 그랬더니 피가 나더라. 뇌진탕을 일으켜서 병원에 실려갔어. 나는 물에 빠지지 않았어. 내가 걔를…… 팼어."

잠시 침묵. 이윽고 엘리가 입을 열었다.

"오스카르?"

"응?"

"만세야."

오스카르는 손을 뻗어 전등 스위치를 찾았다. 그녀의 얼굴을 보고 싶었다. 불이 켜졌다. 그녀는 그의 눈을 똑바로 응시하고 있었고, 그도 그녀의 눈동자를 보았다. 불빛에 적응하는 몇 초 동안이었지만, 그녀의 동공은 물리시간에 선생님이 얘기했던 수정처럼 보였다. 이런 걸 뭐라고 한다더라…… 타원형.

도마뱀 같아. 아냐. 고양이. 고양이 같아.

엘리가 두 눈을 깜박였다. 그녀의 눈동자가 정상으로 돌아왔다.

"왜 그래?"

"아냐. 가자……"

오스카르는 대형 쓰레기를 버리는 폐품처리장으로 가서 문을 열었다. 발 디딜 틈도 없는 걸 보니 한동안 치우지 않은 것 같았다. 엘리가 그의 옆으로 비집고 들어섰고, 둘은 샅샅이 뒤졌다. 오스카르는 돈으로 바꿔주는 빈병들이 가득 든 봉지 하나를 찾아냈다. 엘리는 플라스틱 칼을 발견하고는 이리저리 휘두르다 말했다.

"옆 지하실도 뒤져볼까?"

"안 돼. 톰미 형이랑 형 친구들이 있을지 몰라."

"그 사람들이 누군데?"

"지하실 창고를 쓰는 형들이야. 저녁마다 거기서 놀아."

"여러 명이야?"

"아니, 세 명. 대부분은 톰미 형 혼자긴 하지만."

"무서운 애들이야?"

오스카르는 어깨를 으쓱했다. "한번 보기나 할까?"

그들은 오스카르네 건물을 거쳐 그다음에 있는 톰미네 집 건물 지하
실까지 쭉 계속해서 갔다. 오스카르는 자리에 서서 들고 있던 열쇠로
막 문을 열려다가 머뭇거렸다. 만약 형들이 안에 있으면? 형들이 엘리
를 보기라도 하면? 만약에 형들이…… 그가 감당할 수 없는 일이 벌
어질지도 모르는 일이었다. 엘리는 플라스틱 칼을 앞으로 빼들고 있었
다. "왜 그래?"

"아니야."

오스카르는 잠금장치를 열었다. 엘리와 함께 복도로 들어서기가 무
섭게 창고에서 흘러나오는 음악소리가 들려왔다. 그는 뒤돌아 엘리를
보았다. "형들이 있어!" 그가 소리를 낮추어 말했다. "그냥 가자."

엘리는 멈춰 서더니 코를 킁킁거렸다.

"이게 무슨 냄새야?"

오스카르는 우선 복도 반대편 끝에 아무도 없는 걸 확인한 다음에야
냄새를 맡아보았다. 지하실에서 으레 나는 냄새 말고는 다른 냄새는
나지 않았다. 엘리가 말했다. "페인트, 본드." 오스카르는 다시 냄새를
맡아보았다. 여전히 아무 냄새도 나지 않았지만, 그런 냄새가 나는 게

당연하다는 걸 알고 있었다. 엘리를 데리고 나가려는데 그녀가 문틀의 걸림쇠가 들어가는 부분을 만지작거리고 있는 것이 눈에 들어왔다.

"가자니까. 뭐 하는 거야?"

"아, 그냥……"

오스카르는 되돌아갈 셈으로 옆 건물로 통하는 문을 열쇠로 여는데 뒤에서 문이 닫혔다. 평소와는 소리가 달랐다. 찰칵 하고 걸리는 소리가 아니라, 철판이 꽝 부딪칠 때 나는 소리였다. 아까 있었던 지하실로 되돌아가면서 오스카르는 본드 흡입에 대해 설명하면서, 본드 냄새를 맡으면 별별 미친 짓을 저지를 수 있다고 말했다.

원래 있던 지하실로 돌아오니 비로소 마음이 놓였다. 그는 무릎을 꿇고 앉아 비닐봉지 안의 빈병을 세기 시작했다. 맥주병 열네 개, 그리고 돈이 안 되는 술병 하나.

엘리에게 말해주려고 고개를 들어보니, 그녀는 찌르기라도 할 것처럼 그의 앞에 플라스틱 칼을 들이대고 있었다. 난데없이 당하는 건 어지간히 익숙했는데도 오스카르는 순간 움찔했다. 그런데 엘리가 알 수 없는 말을 중얼거리며 칼날을 그의 어깨 위에 얹고는 더없이 근엄한 목소리로 말하는 것이었다.

"짐이 그대, 욘니의 정복자에게 기사 작위를 수여하노라. 블라케베리와 근방의 모든 영지인 벨링뷔…… 그리고……"

"록스타와."

"록스타와."

"그렇담 엥뷔도?"

"그렇담 엥뷔도."

엘리는 새로운 영지를 호명할 때마다 그의 어깨를 가볍게 쳤다. 오스카르는 가방에서 사냥칼을 꺼내 앞으로 뻗으며 '그렝담 엥뷔도'의 기사가 되었음을 선언했다. 엘리가 용의 손아귀에서 구해낼 아름다운 처녀였으면 좋겠다고 생각하면서.

그러나 엘리는 아름다운 처녀를 점심으로 집어삼킨 무시무시한 괴물이었고, 그가 맞서 싸워야 할 존재였다. 오스카르는 칼집에 칼을 꽂은 채로 싸웠고, 소리를 지르며 복도 곳곳을 뛰어다녔다. 한창 그렇게 노는데 지하실 문 잠금장치에서 긁어대는 소리가 들렸다.

그들은 재빨리 식료품저장실로 들어갔고, 비좁은 공간에 서로의 엉덩이를 밀치다시피 앉아 소리 죽여 숨을 헐떡였다. 남자 어른의 목소리가 들렸다.

"여기서 뭣들 하는 거지?"

오스카르는 엘리 옆으로 꼭 붙어앉았다. 가슴이 두근거렸다. 남자는 지하실 안으로 몇 걸음 들어왔다.

오스카르와 엘리는 남자가 귀를 기울이며 기다리는 동안 숨을 참았다. 얼마 후 남자는 "애새끼들이 진짜"라고 말하더니 가버렸다. 그들은 남자가 간 건지 확신이 설 때까지 저장실 안에 있다가 엉금엉금 기어나왔고, 목재 벽에 기대서서 키득거렸다. 잠시 후 엘리는 콘크리트 바닥에 벌렁 드러누워 천장을 바라보았다.

오스카르가 그녀의 발을 건드렸다.

"피곤해?"

"응, 피곤하네."

오스카르는 칼집에서 칼을 뽑아 바라보았다. 묵직하고, 아름다웠다. 그는 손가락을 조심스럽게 칼끝에 대고 눌렀다가 뗐다. 작고 빨간 점. 그는 한 번 더, 이번에는 좀더 세게 눌렀다. 손가락을 떼자 진주 모양의 핏방울이 배어나왔다. 왠지 이런 방식은 아닐 것 같았다.

"엘리? 나랑 뭐 안 할래?"

그녀는 여전히 천장을 바라보고 있었다.

"뭐?"

"그러니까 너…… 나랑 서약 맺지 않을래?"

"그러지 뭐."

엘리가 어떻게 하는 거냐고 물어봤다면 오스카르는 행동에 옮기기 전에 설명을 해줬을 것이다. 그러나 그녀는 그냥 그러지 뭐, 라고만 했다. 그게 뭐건 그녀도 하고 싶은 거다. 오스카르는 침을 꿀꺽 삼키고, 칼날이 손바닥을 향하도록 칼을 쥔 후 눈을 질끈 감고 칼자루를 당겼다. 날카롭고 쑤시는 듯한 통증이 몰려왔다. 그는 헉 숨을 멈췄다.

내가 진짜 해낸 걸까?

오스카르는 눈을 뜨고 손바닥을 펼쳤다. 해냈다. 미세한 핏방울이 손바닥 위로 드문드문 보이기 시작했다. 피는 그가 예상한 것처럼 가는 줄기가 아니라, 줄에 꿴 진주알들처럼 천천히 송골송골 맺혔다. 크기가 다른 굵은 핏방울들이 하나로 합쳐지는 모습을 오스카르는 황홀하게 바라보았다.

엘리가 고개를 들었다.

"너 뭐 하는 거야?"

오스카르는 여전히 손을 얼굴 앞에 들고 바라보고 있었다.

"쉬워, 엘리, 아니, 식은 죽 먹기야……"

오스카르는 피가 흐르는 손을 엘리 쪽으로 내밀었다. 그녀의 눈이 휘둥그레졌다. 그녀는 그의 손에서 멀어지려는 듯, 몸을 반쯤 일으킨 채 앉은걸음으로 뒤로 물러나며 세차게 고개를 흔들었다.

"하지 마, 오스카르……"

"왜 그래?"

"오스카르, 안 돼."

"정말 하나도 안 아파."

엘리는 뒷걸음치다 멈췄고, 계속 도리질을 하면서도 그의 손에서 눈을 떼지 못했다. 오스카르는 다른 손으로는 칼날을 잡고 그녀 쪽으로 칼자루를 내밀었다.

"손가락이나 다른 데 대고 따끔하게 찌르기만 하면 돼. 그런 다음 서로 피를 섞는 거야. 그럼 우린 서약을 맺은 사이가 돼."

엘리는 칼을 받지 않았다. 오스카르는 칼을 바닥에 내려놓고 상처에서 흘러떨어지는 핏방울을 받으려고 했다.

"이리 와. 왜, 싫어?"

"오스카르…… 우린 하면 안 돼. 넌 전염될 거야. 넌—"

"그런 거하곤 느낌이 다르다니까. 이건……"

그때 유령이 엘리의 얼굴로 날아들더니, 그녀를 그가 알고 있던 소녀와 완전히 다른 모습으로 비틀어놓았다. 그 결에 오스카르는 손에서 떨어지는 피를 받을 생각도 까맣게 잊고 말았다. 엘리는 좀전에 그들이 놀던 놀이에서 그녀가 흉내내던 괴물처럼 보였다. 오스카르는 펄쩍 뛰어 뒤로 물러나다 주저앉았다. 손의 통증이 심해졌다.

"엘리, 뭐야……"

엘리는 윗몸을 일으키더니 두 다리를 아래로 끌어당겨 네발짐승처럼 웅크렸고, 피가 흐르는 오스카르의 손을 똑바로 응시하며 한 걸음 다가섰다. 멈칫하더니, 그녀가 이를 악다물고 쉰 목소리로 내뱉었다.

"가!"

겁먹은 오스카르의 눈에서 눈물이 흘러나왔다.

"엘리, 하지 마. 장난하지 마. 그만 해."

엘리는 더 가까이 기어왔다 다시 멈췄다. 그리고 온몸이 뒤틀릴 정도로 스스로를 억누르며 바닥으로 고개를 수그리고 절규했다.

"가라니까! 안 그럼 넌 죽어!"

오스카르는 자리에서 벌떡 일어나 몇 걸음 뒤로 물러섰다. 빈병이든 봉지가 그의 발에 걸려 쩔그렁 소리를 내며 옆으로 기울었다. 오스카르가 벽에 납작 기대서 있는 동안, 엘리는 그의 손에서 떨어진 핏방울들이 스며 얼룩진 바닥 위를 기어다녔다.

또다른 병이 콘크리트 바닥 위로 쓰러져 깨졌다. 오스카르는 여전히 벽에 붙어선 채로, 엘리가 혀를 내밀어 지저분한 콘크리트를 핥는 모습을, 피가 떨어진 바닥을 숫제 휘젓듯 핥아대는 모습을 보았다.

빈병이 쩔렁쩔렁 구르다가 멈췄다. 엘리는 바닥을 핥고 또 핥았다. 그러다 고개를 들어 오스카르를 보았다. 그녀의 코끝에 잿빛 먼지가 묻어 있었다.

"가…… 제발…… 가라고."

그러더니 또다시 그 유령이 엘리의 얼굴에 덧씌워졌다. 그러나 완전히 제압당하기 전에 그녀는 벌떡 일어나 복도로 달음질쳤고, 그녀의 집 계단통으로 통하는 문을 열고 사라져버렸다.

오스카르는 피가 흐르는 손을 꼭 감싸쥔 채 망연자실 서 있었다. 주먹 쥔 손가락 사이로 피가 새어나오기 시작했다. 그는 손을 펴서 상처를 들여다보았다. 작정한 것보다 더 깊이 베었지만 심각한 것 같진 않았다. 벌써 피가 굳은 곳도 있었다.

오스카르는 이제는 옅어진, 바닥 위의 커다란 얼룩을 내려다보았다.

그리고 조심스럽게 손바닥의 피를 조금 핥아보았다가, 그대로 뱉었다.

✳

야간등 夜間燈.

내일이면 그들은 지푸라기라도 잡는 심정으로 그의 입과 인후를 수술할 것이다. 그의 혀는 여전히 온전해서, 들러붙어버린 입 구멍 안에서 이리저리 움직이고 입천장을 간질일 수도 있었다. 입술은 없어졌지만 다시 말을 하게 될 수 있을지도 몰랐다. 그러나 그는 다시 말을 할 생각이 없었다.

경찰이 보낸 사람인지 간호사인지 알 수 없는 여자가 몇 미터 떨어진 구석에 앉아 책을 읽으며 그를 감시하고 있었다.

그가 끝장난 인생이라고 결론내린 사람이 없어 이렇게 공을 들이는 걸까?

그는 자신이 가치 있는 인간이라는 것을, 그들에게 의미가 큰 존재임을 깨달았다. 모르긴 해도 그를 범인으로 몰아도 될 법한 사건들이 나오길 바라며 묵은 기록을 한창 뒤지는 중일 것이다. 어제 경찰 한 명이 그의 지문을 채취하러 왔다. 그는 저항하지 않았다. 그런 건 이제 중요하지 않았다.

지문이 그를 벡셰와 노르셰핑의 살인사건 모두에 연결시킬 가능성이 있었다. 그는 그곳에서 어떤 식으로 처리했는지, 지문이나 다른 흔적을 남긴 건 아닌지 기억해내려고 애썼다. 남긴 것 같았다.

단 하나 걱정되는 것은, 이러다가 사람들이 엘리까지 추적해낼 수 있다는 것이었다.

사람들이……

　그들은 우편함에 쪽지를 집어넣어 그를 협박했다.

　동네 사람들 중 우체국에서 일하는 어떤 이는 그가 어떤 편지와 비디오테이프를 받는지 흘리고 다녔다.

　그가 학교에서 해직처분을 받기까지는 한 달여가 걸렸다. 그런 작자에게 아이들을 맡길 수는 없는 노릇이었다. 그는 교직원 노조의 힘을 빌려 항의할 수도 있었지만, 군말 없이 물러났다.

　사실 학교에서라면 털어서 먼지 한 톨 나오지 않을 만큼 처신했다. 그는 그 정도로 어리석은 사람은 아니었다.

　그를 지탄하는 목소리는 날이 갈수록 거세졌고, 급기야 어느 날 밤 그의 거실 창문 안으로 화염병이 날아들었다. 팬티 바람으로 잔디밭으로 도망쳐나온 그는 그 자리에 서서 자신의 삶이 잿더미로 변하는 것을 지켜보았다.

　경찰이 수사에 늑장을 부리는 바람에 그는 보험금도 타지 못하고 떠나야 했다. 쥐꼬리만큼 모아둔 돈으로 기차를 타고 벡셰로 가서 방을 얻었다. 그곳에서 그는 자살 기도에 착수하기 시작했다.

　아코 여드름 약, 테뢰드 변성 알코올 등등 손에 잡히는 대로 목구멍에 쏟아붓는 지경에 이르렀다. 철물점에서 와인 양조키트와 터보 이스트*를 훔쳐서 채 발효가 되기도 전에 마셔버리기도 했다.

　그는 될 수 있는 한 밖에서 시간을 보냈다. 하루하루 죽어가는 자신의 모습을 '사람들'이 꼭 봐주길 바라는 마음에서였다.

---

　* 이스트의 한 종류. 백설탕과 함께 발효시키면 무색무취한 알코올 베이스가 만들어진다.

인사불성이 되면 방심하고 어린 남자애들에게 지분대다 흠씬 두들겨맞았고, 결국 경찰서로 끌려갔다. 사흘 동안 구치소에 있으면서 배속에 있는 걸 모조리 게워낸 적도 있었다. 그러고 나면 속이 편해졌고 그렇게 또다시 마시기 시작했다.

어느 날 저녁 호칸이 반쯤 발효된 와인이 든 병을 비닐봉지에 넣어 들고 놀이터 옆 벤치에 앉아 있는데, 엘리가 다가와 옆에 앉았다. 거나하게 취해 있던 그는 거의 반사적으로 엘리의 허벅지에 손을 얹었다. 엘리는 그의 손을 뿌리치지 않았고, 두 손으로 그의 머리를 감싸 자기 쪽으로 돌리고 말했다. "당신은 이제부터 나와 함께하는 거야."

호칸은 눈앞의 더할 나위 없이 아름다운 존재에게 돈을 줄 여력이 없다고, 하지만 사정이 허락하게 된다면…… 하고 주절거렸다.

엘리는 제 허벅지에서 그의 손을 거두더니, 몸을 기울여 그의 와인병을 뺏어 땅에 쏟아붓고는 말했다. "못 알아듣네. 당신 이제부터 술을 끊는 거야. 나와 함께 살 거라고. 날 돕게 될 거야. 난 당신이 필요해. 나도 당신을 도울 거고." 그렇게 말하고 엘리는 손을 내밀었고, 호칸은 그 손을 잡았고, 그렇게 그들은 함께 그곳을 떠났다.

그는 술을 끊었고 엘리에게 봉사하기 시작했다.

엘리는 그에게 옷을 사고 다시 집을 얻을 수 있는 돈을 주었다. 그는 엘리가 '악'인지 '선'인지, 혹은 다른 어떤 것인지 궁금해하지 않고 시키는 대로 했다. 엘리는 아름다웠고, 엘리는 그에게 자존감을 되찾아주었다. 그리고 극히 드물게나마…… 다정하게 대해주었다.

*

야간 감시를 맡은 여자가 책장을 넘기자 바스락거리는 소리가 났다. 보나마나 싸구려 잡화점에서 파는 소설일 터였다. 플라톤의 이상국가에서는 감시인, 즉 '수호자'는 최고의 고등교육을 받은 사람만이 될 수 있었다. 하지만 이곳은 1981년의 스웨덴이니 그녀가 읽고 있는 책은 얀 기유*쯤 되겠다.

물에 잠긴 남자, 그가 수장한 시체. 당연한 말이지만, 어설픈 처리였다. 엘리 말대로 땅에 묻었어야 했다. 그러나 남자에 관한 어떤 것도 엘리와 연결시키지는 못할 것이다. 그의 목에 난 이빨 자국은 예사롭지 않게 넘기지 않을 테지만, 피는 물에 씻겨나간 거라고 생각할 것이다. 남자의 옷은……

그녀의 윗도리!

엘리의 윗도리, 호칸이 시체를 처리하려고 갔을 때 발견한 옷. 그것만큼은 집으로 가져와 불에 태우거나 어떻게든 처리했어야 했다.

그러기는커녕 남자의 코트 속에 쑤셔넣어버리다니. 그 옷을 어떻게 해석할까? 피범벅이 된 어린애의 윗도리. 행여 그 윗도리를 입은 엘리를 본 사람이 있기라도 하면? 그 옷을 알아보는 사람이 있다면? 그 옷이 신문에 실리기라도 하면? 행여 그전에 엘리를 본 사람이라도 있다면, 누구건 그전에……

오스카르. 옆집 소년.

호칸의 몸이 침상에서 마구 뒤틀렸다. 옆에서 지키고 있던 여자가

---

* 스웨덴의 저널리스트 출신 소설가. 스파이소설과 역사소설로 큰 인기를 누렸다.

책을 내려놓고 그를 보았다.

"허튼수작일랑 하지 마요."

✻

엘리는 비엔숀스가탄을 건넜다. 그리고 여기저기 납작하게 엎드린 3층짜리 건물들 위로 위풍당당하게 서 있는, 미끈한 등대 같은 9층 건물 두 개 사이의 안마당으로 들어갔다. 밖에는 아무도 없었지만 체육관에서는 빛이 흘러나오고 있었다. 엘리는 미끄러지듯 비상 사다리를 타고 올라가 안을 들여다보았다.

작은 카세트플레이어에서 음악이 쿵쾅거리며 뿜어져나왔다. 중년 여자들이 음악에 맞추어 풀쩍풀쩍 뛰고 있었고, 그때마다 나무 바닥이 들썩거렸다. 엘리는 격자무늬 쇠판을 깐 계단에 옹송그리고 앉아 턱을 무릎에 괴고 그 광경을 지켜보았다.

몇몇 여자들은 과체중이어서, 티셔츠 아래로 거대한 젖가슴이 힘이 실린 볼링공처럼 벌떡벌떡 튕겨올랐다. 그들이 무릎을 들어올려 점프를 하고 깡충깡충 뛰자 민망할 정도로 꽉 끼는 트레이닝팬츠 안의 살이 출렁거렸다. 그들은 둥글게 모여서 손뼉을 치고 다시 점프를 했다. 음악은 시종일관 흘러나오고 있었다. 갈증에 시달리는 근육 사이사이로 흐르는, 산소를 머금은 따뜻한 피.

그러나 사람이 너무 많았다.

엘리는 화재 비상구에서 훌쩍 몸을 날려 얼어붙은 땅바닥에 사뿐히 내려섰다. 그러고는 계속 체육관 뒤를 돌아다니다 수영장 밖에서 멈춰섰다.

간유리를 끼운 커다란 창문이 눈 쌓인 바닥으로 직사각형의 빛을 던지고 있었다. 그 큰 창문들 위에는 보통 유리를 끼운 좀더 작고 좁은 창문들이 하나씩 나 있었다. 엘리는 훌쩍 뛰어 지붕 끝에 양손으로 매달린 채 안을 들여다보았다. 아무도 없었다. 할로겐 조명을 받은 수영장의 수면이 반짝거리고 있었다. 수영장 가운데에 공 몇 개가 둥둥 떠다녔다.

수영. 물장구. 놀이.

엘리는 검은 진자가 되어 몸을 앞뒤로 흔들흔들했다. 공들을 바라보며 그것들이 하늘을 날아다니는 광경을, 다시 던져지는 광경을, 아이들이 웃고 고함을 지르며 물장구치는 광경을 그려보았다. 엘리는 손에 힘을 풀고 밑으로 뚝 떨어졌다. 일부러 거칠게 착지하는 바람에 온몸이 아팠지만, 그대로 다시 학교 운동장을 가로질러 공원길로 접어들었다. 그녀는 길 위로 가지를 드리운 커다란 나무 아래서 멈춰 섰다. 컴컴했다. 주위에는 아무도 없었다. 엘리의 시선은 유연하게 뻗은 나무줄기를 5미터 정도 따라올라가다 나무 꼭대기에 가 닿았다. 신발을 벗어던졌다. 마음속으로 새로운 손, 새로운 발을 생각했다.

손가락과 발가락이 가늘어지면서 새로운 형태로 바뀌자, 아픔이 가시고 간질이는 듯한 전류가 느껴졌다. 손이 쭉 늘어나면서 뼈마디에서 우두둑 소리가 났고, 부드러운 손끝을 뚫고 길고 꾸부렁한 발톱이 자라났다. 발가락에도 똑같은 변화가 일어났다.

엘리는 2미터 남짓한 높이를 훌쩍 뛰어 나무줄기에 올라탔고, 길 위로 드리워진 굵은 나뭇가지에 발톱을 박으며 기어올라갔다. 발의 발톱으로 나뭇가지를 감싸듯 잡고 그 위에 흔들림 없이 앉았다.

이빨이 날카로워졌다고 생각한 순간 쿡쿡 쑤시는 통증이 느껴졌다.

법랑질이 부풀어오르더니 보이지 않는 줄로 갈아 다듬은 듯 이빨이 뾰족해졌다. 엘리가 조심스럽게 아랫입술을 깨물자, 초승달 모양으로 난 바늘 같은 이빨들이 하마터면 피부를 뚫을 뻔했다.

이제 기다리는 일만 남았다.

✳

열시가 가까워지자 방 안의 온도는 참기 힘들 정도가 되었다. 브렌빈 두 병은 진즉에 비워졌고, 새로 술이 나오자 다들 하나같이 예스타는 지독한 놈이라고, 그의 친절한 마음씀씀이 따윈 차라리 거절하고 싶다는 생각을 하기에 이르렀다.

내일 일을 나가야 해서 곧 자리를 털고 일어날 비르기니아만 태평했다. 방 안 공기에 괴로워하는 사람도 그녀뿐인 듯했다. 눅눅한 고양이 오줌 냄새에 곰팡내도 모자라 이제는 담배 연기와 술 냄새에 여섯 몸뚱이의 땀내까지 보태졌다.

라케와 예스타는 여전히 그녀를 가운데 두고 나란히 앉아 있었고, 반쯤 정신이 나간 상태였다. 예스타는 외사시 고양이를 무릎에 올려놓고 쓰다듬고 있었다. 아까 모르간은 그 고양이를 보고 한바탕 웃음을 터뜨리다 그만 테이블에 머리를 찧었고, 통증을 이겨낸답시고 술을 원액째 한 잔 다 들이켰다.

라케는 별로 말이 없었다. 거의 내내 앞만 똑바로 응시하고 있었다. 흐릿하니 생기 없던 두 눈은 이윽고 더욱 침침해졌고, 입술은 유령과 얘기라도 나누는 듯 가끔 소리없이 달싹거렸다.

비르기니아는 자리에서 일어나 창가로 갔다. "창문 좀 열어도 될까?"

예스타는 고개를 저었다.

"고양이들이…… 뛰어내릴지도 몰라……"

"내가 여기 서서 지켜보면 되잖아."

예스타는 기계적으로 계속 고개를 흔들었지만 비르기니아는 창문을 열었다. 공기! 반가운 마음으로 가슴 한가득 신선한 공기를 두어 번 들이마시자마자 살 것 같았다. 이제 비르기니아에게 기댈 수 없게 된 라케가 소파 위에서 옆으로 무너지다가 몸을 곧추세우더니 큰 소리로 외쳤다.

"친구! 진정한…… 친구!"

방 안 여기저기서 동조의 뜻으로 웅얼거리는 소리가 들렸다. 다들 그게 요케를 두고 하는 말이라는 걸 알았다. 라케는 손에 든 빈 잔을 들여다보다가 말을 이었다.

"한 친구가…… 절대 사람을 실망시키는 법이 없던 친구가 있었다고. 그건 모든 걸 다 내줄 만한 가치가 있는 거야. 알아들어? 모든 거라고. 늬들도 알아야 돼, 요케와 나는…… 그랬다고!"

그는 주먹을 꽉 쥐고는 제 얼굴 앞에서 흔들어 보였다.

"아무것도 대신할 수가 없지. 아무것도! 늬들은 여기 이렇게 주저앉아서 '진짜 괜찮은 놈이었는데' 어쨌네 구시렁대지만, 늬들은 죄다 껍데기야. 텅 비었다고. 요케가 가버렸으니…… 나한텐 이제 남은 게 없어. 아무것도. 그러니 내 앞에서 뭘 잃어버렸네 어쩌고 하지 말라고, 찍 소리도 말라고……"

창가에 서서 가만히 듣고만 있던 비르기니아가 그에게 자기도 있지 않느냐는 걸 알려주려고 라케에게 다가갔다. 그리고 그의 무릎께에 웅크리고 앉아 그와 눈을 맞추려 하면서 입을 열었다. "라케."

"아냐! 가까이 오지 마. 그리고…… '라케, 라케……' 그래, 세상만사가 다 그런 거라고. 너는 몰라. 너는…… 냉정해. 너야 기분이 안 좋으면 시내에 나가 트럭 운전사 새끼나, 개나 소나 걸리는 대로 집으로 끌고 와 몸만 섞으면 장땡이지. 그게 네 본업이잖아. 망할…… 다음번엔 아예 트럭 행렬을 받지 그래? 하지만 친구는…… 친구란 건……"

비르기니아는 눈물이 그렁그렁해져 일어나더니 라케의 뺨을 후려치고는 밖으로 뛰쳐나갔다. 라케의 몸이 소파 위에서 기우뚱하다가 예스타의 어깨에 부딪혔다. 예스타가 웅얼웅얼댔다. "창문 좀…… 창문."

모르간이 창문을 닫고 말했다.

"잘했다, 라케. 잘했어. 다신 저 친구를 못 볼지도 모르게 됐으니 말이야."

라케는 일어서더니 창밖을 내다보는 모르간 쪽으로 어기적거리며 갔다. "뭘 어쨌다고? 난 일부러 그런 게……"

"그럼, 억울하시겠어? 나 말고 저 친구한테 가서 말해."

모르간은 건물 밖으로 막 나온 비르기니아를 고갯짓으로 가리켰다. 그녀는 눈을 내리깐 채 잰걸음으로 공원을 향해 가고 있었다. 라케는 제 입으로 한 말을 기억해냈다. 그녀에게 던진 마지막 말이 그의 뇌리에 박혀 울려퍼졌다. 내가 그렇게 말했단 말인가? 그는 뒤꿈치를 틀어 서둘러 문 쪽으로 갔다.

"난 그럼 이만……"

모르간이 고개를 끄덕였다. "얼른 가. 내 안부도 좀 전해주고."

라케는 휘청거리는 다리가 허락하는 한 몸을 던져 계단을 뛰어내려갔다. 얼룩무늬가 자잘한 계단이 어슴푸레하게 보였고, 손 아래로 빠르게 미끄러지는 난간에 쓸려 손바닥이 화끈거리기 시작했다. 그는 발

을 헛디뎌 팔꿈치를 바닥에 짓찧으며 쓰러졌다. 팔 전체가 화끈거리면
서 마비된 것처럼 얼얼했다. 몸을 일으켜 비틀비틀 계단을 내려갔다.
그는 한 생生을 구원하려고 돌진하고 있었다. 바로 그의 생을.

※

비르기니아는 예스타네 집 건물에서 나와 공원으로 내려가는 내내
한 번도 뒤돌아보지 않았다.
그녀의 몸은 눈물의 바다 속으로 침몰했고, 눈물을 앞질러가려는 듯
거의 뛰다시피 했다. 그러나 눈물은 그녀를 따라잡아 우격다짐으로 그
녀의 눈 안으로 밀고 들어오더니, 굵은 방울이 되어 두 뺨을 적시며 흘
러내렸다. 구두굽이 눈을 헤치고 아스팔트 바닥에 또각또각 소리를 내
며 부딪치는 가운데, 그녀는 자신을 끌어안듯 두 팔로 몸을 감쌌다.
보는 사람이 없었기 때문에 집으로 가면서 거리낌 없이 흐느껴 울었
다. 배 속에 차오르는 아픔이 발길질이 심한 태아처럼 느껴져 두 팔로
배를 누르면서.
사람을 가슴에 품으면 상처를 입게 되는 법.
비르기니아가 관계를 길게 이어가지 않는 데는 이유가 있었다. 사람
을 가슴에 품지 마. 그들이 들어오면 상처받을 일도 많아져. 너 자신
외에 너를 위로해줄 사람은 없어. 너 자신만의 문제라면 고통스러워도
그럭저럭 살 수 있을 거야. 희망을 품지 않는 한 괜찮을 거야.
그러나 라케와 함께하면서 그녀는 희망에 매달리게 되었다. 그들 사
이에 무언가가 서서히 싹틀 거라고. 그래서 마침내는. 언젠가는. 무엇
이? 그는 그녀가 주는 음식과 온정을 받아들였지만, 사실 그에게 그녀

는 아무것도 아니었다.

비르기니아는 슬픔에 겨워 몸을 움츠리고 길을 따라 걸었다. 그녀의 등은 잔뜩 굽어 있어 악마가 들러붙어 사악한 말을 속삭이고 있는 것처럼 보였다.

다시는 그러지 마. 그 어떤 것도 허락해선 안 돼.

그 순간, 비르기니아가 악마의 모습을 막 상상하는 순간, 정말로 악마가 그녀 위에 내려앉았다.

육중한 무언가가 그녀의 등을 덮쳐누르자, 그녀는 어떻게 해볼 겨를도 없이 옆으로 쓰러졌다. 뺨에 눈_雪이 닿았고, 뺨을 적시던 눈물은 얼음 막으로 변해버렸다. 여전히 무언가 내리누르고 있었다.

잠시였지만 그녀는 슬픔의 악령이 육신을 빌려 자신을 내리덮쳤다고 진심으로 믿었다. 그리고 목덜미에 불로 지지는 듯한 통증이 느껴지면서 날카로운 이빨이 살을 뚫고 들어왔다. 그녀는 안간힘을 써서 다시 두 발로 섰고, 제자리를 빙빙 돌며 몸에 들러붙은 것을 떼어내려고 했다.

무언가 그녀의 목을, 그녀의 턱 아래를 질겅질겅 씹어댔고, 한 줄기 피가 가슴골로 흘러내렸다. 비르기니아는 목이 터져라 비명을 지르며 등에 들러붙은 것을 떨어내려다 눈 위로 다시 쓰러졌다. 그녀는 계속 비명을 질러댔다.

무언가 거칠게 그녀의 입을 덮어 누를 때까지. 손이었다.

그녀의 뺨을 누르며 부드러운 살을 파고드는 것은 갈고리 발톱들이었고…… 마침내 그것들은 광대뼈까지 파고들었다.

이제 이빨은 씹기를 멈췄고, 빨대로 유리잔 바닥에 남은 액체를 빨아올릴 때 나는 소리가 들렸다. 비르기니아의 한쪽 눈에서 무언가 흘러내렸지만, 그것이 눈물인지 피인지 그녀는 알 수 없었다.

❅

라케가 건물 밖으로 나왔을 때, 비르기니아는 아르비드 머네스 베그 방향으로 난 길 위에서 움직이는 거무스름한 형체로만 보였다. 계단을 황급히 뛰어내려오느라 가슴은 뻐근했고, 팔꿈치에서 어깨까지 찌릿찌릿한 통증이 여울졌다. 그래도, 그는 달렸다. 온 힘을 다해 달렸다. 차가운 공기에 머리가 맑아지면서 그녀를 잃을지도 모른다는 두려움이 걷잡을 수 없이 몰려들었다.

그즈음 그가 '요케의 길'이라 부르기 시작한 길과 '비르기니아의 길'이 맞닿는 곳에 이르렀을 때, 라케는 우뚝 멈춰 서서 그녀의 이름을 소리쳐 부르려고 가슴 한가득 공기를 들이마셨다. 그녀는 고작해야 50미터쯤 떨어진 앞에서 걸어가고 있었다.

막 그녀의 이름을 소리쳐 부르려던 순간, 비르기니아의 머리 위 나무에서 그림자 하나가 뚝 떨어지더니 그녀를 덮쳐 땅바닥에 쓰러뜨렸다. 순간 목이 막혀 바람 새는 소리만 나왔고, 그는 다시 뛰기 시작했다. 뭐라고 소리치고 싶었지만, 달리면서 소리를 칠 만큼 호흡이 여의치 않았다.

그는 달렸다.

저기 앞에서 비르기니아가 등에 커다란 덩어리를 붙인 채 일어서더니, 미치광이 꼽추처럼 뱅뱅 돌다가 다시 쓰러졌다.

그에겐 아무런 대책도, 생각도 없었다. 오직 한 가지, 비르기니아에게 달려가 그것이 무엇이건 간에 그녀의 등에 붙은 것을 떼어내야겠다는 생각뿐이었다. 길가에 쌓인 눈 속에 쓰러진 그녀 위를 검은 덩어리가 기어다니고 있었다.

마침내 그녀 앞에 도착한 그는 젖 먹던 힘까지 끌어모아 검은 덩어리를 걷어챘다. 발에 무언가 단단한 것이 부딪치더니, 얼음이 깨질 때처럼 날카롭게 부서지는 소리가 났다. 검은 형체는 비르기니아의 등에서 떨어져 그녀 옆 눈 위로 내동댕이쳐졌다.

비르기니아는 죽은 듯 꼼짝을 않았다. 하얀 땅 위에 거무스름한 얼룩들이 보였다. 검은 형체가 일어나 앉았다.

어린아이.

라케는 그 자리에 우두커니 서서, 상상할 수 있는 가장 예쁜 얼굴을, 베일 같은 검은 머리칼이 드리워진 어린아이의 얼굴을 보았다. 어마어마하게 큰 두 눈망울이 그의 눈과 마주쳤다.

아이는 고양이처럼 네 발로 일어서서 뛰어오를 준비를 하고 있었다. 아이가 입술을 안쪽으로 당겨 물자 얼굴이 달라졌다. 어둠 속에서 날카로운 이빨들이 한 줄로 번뜩였다.

몇 번 숨을 헐떡이는 동안 그들은 그렇게 서 있었다. 네 발로 엎드린 아이를 보다가 라케는 눈 위에 도드라져 보이는 아이의 손가락이 갈고리 발톱임을 알아차렸다.

이윽고 아이는 고통스럽게 얼굴을 일그러뜨리면서 두 다리에 몸을 싣고 일어서더니, 학교 쪽으로 겅중겅중 뛰어갔다. 몇 초도 되지 않아 여자아이는 어둠 속으로 사라져버렸다.

라케는 그 자리에 그대로 서서 땀방울이 흘러들어간 두 눈을 껌벅거렸다. 그리고 곧장 비르기니아 옆으로 몸을 날렸다. 상처가 눈에 들어왔다. 그녀의 목은 갈기갈기 찢겨 있었고, 머리칼에서부터 등 뒤까지는 온통 피 칠갑이었다. 그는 재킷을 벗어던지고 안에 입은 스웨터를 벗어 둘둘 말아 상처에 대고 눌렀다.

"비르기니아! 비르기니아! 자기야, 사랑하는……"

마침내 그의 입에서 말이 터져나왔다.

11월 7일 토요일

소년은 아빠의 집으로 가는 길이었다. 길모퉁이 하나하나가 익숙했다. 이 길을 간 게…… 몇 번이나 될까? 혼자서 다닌 것만 치면 열 번이나 열두 번 정도였지만, 엄마와 함께 다닌 것까지 합치면 서른 번은 족히 될 것 같았다. 오스카르의 부모는 아들이 네 살 때 이혼했지만, 그후에도 그는 엄마와 함께 주말이나 공휴일이면 아빠를 만나러 갔다.

삼 년 전부터 오스카르는 허락을 받고 혼자 버스를 탔다. 이번에 엄마는 버스가 출발하는 왕립공과대학 버스 정거장까지 배웅을 나오지도 않았다. 이제 오스카르는 다 큰 소년이라 교통쿠폰을 넣은 지갑도 직접 챙겼다.

지갑의 용도는 어디까지나 교통쿠폰을 넣기 위한 것이었지만, 이번에는 그것 말고도 사탕 같은 군것질거리를 살 돈 20크로나와 엘리에게서 받은 쪽지도 들어 있었다.

오스카르는 손바닥에 붙인 반창고를 만지작거렸다. 이제는 엘리를 만나고 싶지 않았다. 그녀가 무서워졌다. 지하실에서 있었던 일은 정말이지—

그애는 진짜 얼굴을 보여준 거야.

—그녀에게는 무언가가 있었다. 그것은…… '순수한 공포'였다. 경계해야 할 모든 것이었다. 높은 곳, 불, 깨진 유리조각, 뱀. 엄마가 안달복달하며 그를 안전하게 떼어놓으려는 모든 것.

그런 이유로 오스카르 역시 애초부터 엘리와 엄마가 마주치지 않기를 바랐는지도 몰랐다. 엄마는 대번에 눈치챘을 거고, 근처에도 못 가게 했을 테니까. 엘리 근처에.

고속도로를 벗어난 버스는 속도를 줄이며 스필레슈부다로 향했다. 로드만쇠로 가는 유일한 노선이었다. 그래서 되도록 두루두루 정차할 셈으로 어느 길 하나 빼놓지 않고 굽이굽이 오르락내리락하며 멀리 돌아갔다. 버스는 목재가 산처럼 쌓인 스필레슈부다 제재소를 지나쳤고, 급커브를 돌다 부두 쪽으로 미끄러져 뒤집힐 뻔하기도 했다.

금요일 저녁, 오스카르는 엘리를 기다리지 않았다.

대신 스노레이서를 가지고 혼자 유령의 언덕으로 갔다. 그날 오스카르는 감기로 결석한 터라 엄마는 안 된다고 성화였지만, 그는 다 나았다고 우겼다.

오스카르는 스노레이서를 등에 메고 시나파르켄을 지나갔다. 썰매 언덕은 공원의 마지막 가로등에서 1백 미터 떨어진 지점에서 시작되어 어두컴컴한 숲까지 이어지는 1백 미터 길이었다. 발밑에서 눈이 뽀드득 소리를 냈다. 숲이 숨을 내쉬는 듯 쏴아아 바람이 불어왔다. 달빛이 나무들 사이로 쏟아져내렸고, 나뭇가지 사이로 보이는 땅바닥은 몸을 숨긴 채 이리저리 흔들리는 얼굴 없는 형체들의 그림자로 이루어진 태피스트리로 변모했다.

오스카르는 크반비켄 쪽으로 힘차게 뻗어내려가는 길 초입까지 가서 스노레이서에 올라탔다. 언덕 바로 옆의, 검은 벽처럼 보이는 유령의 집이 꾸짖는 것 같았다. 밤에 이곳에 와선 안 돼. 지금 이곳은 우리의 것이다. 이곳에서 놀려면 우리랑 함께 놀아야 할 것이야!

언덕 맨 아래쪽에 있는 크반비켄 보트클럽에서 이따금씩 빛이 흘러나왔다. 오스카르가 앞으로 조금씩 움직이자 스노레이서가 기우뚱대며 미끄러져 나아가기 시작했다. 그는 핸들을 꼭 잡았다. 눈을 감고 싶었지만, 그랬다간 길에서 벗어나 급경사를 타고 유령의 집으로 곤두박질칠 수도 있어서 엄두를 낼 수가 없었다.

언덕 아래로 총알처럼 질주하자, 힘줄이 튀어나오면서 근육이 팽팽하게 긴장했다. 점점 더 빨리, 더 빨리. 형태가 모호한, 눈으로 덮인 팔뚝 하나가 유령의 집에서 쑥 튀어나오더니 오스카르의 모자를 잡아채고 그의 뺨을 살짝 스치고 지나갔다.

난데없이 불어닥친 바람이었을 것이다. 오스카르는 언덕 아래 길 위에 둘러쳐진 끈끈하고 투명한 차단막으로 곤두박질쳤다. 그의 속도가 너무 빨라서 차단막의 저항조차 스노레이서를 늦출 수가 없었다.

스노레이서가 얇은 차단막을 들이받았을 때 그것은 오스카르의 얼굴과 몸에 들러붙더니 쭉 늘어났고, 급기야 끊어져버렸다. 겨우 그는 차단막에서 벗어날 수 있었다.

크반비켄 위로 불빛이 아롱거리고 있었다. 오스카르는 스노레이서에 앉아 어제 아침 욘니를 때려눕힌 곳을 멀리 응시했다. 그리고 주위를 돌아보았다. 유령의 집은 철판을 두른 흉측한 판잣집이었다.

오스카르는 스노레이서를 끌고 다시 언덕 위로 올라갔다. 그리고 미끄럼을 타고 내려갔다. 다시 올라갔다. 다시 내려갔다. 멈출 수가 없었다. 그렇게 그는 계속 미끄럼을 탔다. 가면을 쓴 것처럼 얼굴이 얼 때까지 스노레이서를 탔다.

그런 다음 걸어서 집으로 돌아갔다.

＊

엘리가 올지도 모른다는 생각에 겁을 집어먹은 그는 네다섯 시간밖에 눈을 붙일 수가 없었다. 정말로 그애가 오면 무슨 말이라도, 무슨 행동이든 해야 했다. 그애 생각은 밀쳐두자. 그런 이유로 오스카르는 노텔리에 행 버스에 타자마자 종착지에 도착할 때까지 내처 잠만 잤다. 하지만 로드만쇠 행 버스로 갈아타고 나서는 잠을 자는 대신, 가는 길에 나타나는 지형지물을 최대한 많이 기억해내는 게임을 했다.

이제 곧 잔디밭에 풍차가 있는 노란 집이 나타날 거야.

잔디밭에 눈 덮인 풍차가 서 있는 노란 집이 창밖으로 지나갔다. 그 밖에도 다른 것들이 차례로 지나갔다. 스필레슈부다에서 한 소녀가 버스에 올라탔다. 오스카르는 앞좌석 등받이를 꽉 붙잡았다. 엘리랑 좀 닮았다. 물론 엘리는 아니었다. 여자아이는 그에게서 조금 떨어진 앞쪽 자리에 앉았다. 오스카르는 소녀의 목덜미를 바라보았다.

걘 뭐가 문제인 걸까?

지하실에서 빈병들을 한데 모으고 쓰레기 더미에서 주운 천 쪼가리로 핏자국을 닦아 없애면서도 그는 같은 질문을 떠올렸다. 엘리는 뱀파이어였다. 그렇게 생각하니 많은 것들이 설명되었다.

그녀가 낮에는 절대 밖으로 나오지 않는 것도.

어둠 속에서도 잘 볼 수 있는 것도, 어떻게 그럴 수 있는지 비로소 이해할 수 있었다.

그것 말고도 더 있었다. 그녀의 말투, 루빅스 큐브, 유연한 몸놀림. 물론 자연스럽게 설명될 수 있는 문제일 수도 있었다…… 그러나 바닥에 떨어진 그의 피를 핥아먹던 모습을, 그녀가 이렇게 말했을 때를 떠올리노라면 정말이지 몸서리가 쳐졌다.

"나 들어가도 되니? 들어가도 된다고 말해줘."

엘리는 오스카르의 방에 들어가려면, 그의 침대로 다가서려면 초대를 받아야 하는 것이었다. 그리고 그는 그녀를 초대해 안으로 들였다. 뱀파이어. 사람의 피를 빨아먹고 사는 존재. 오스카르에게는 이런 이야기를 할 사람이 단 한 명도 없었다. 아무도 그의 말을 믿으려 하지 않을 것이다. 그리고 믿어주는 사람이 있다손 치더라도 그다음에 무슨 일이 벌어질 줄 알고?

오스카르는 블라케베리를 가로지르는 남자들의 행렬을, 저마다 날카롭게 깎은 말뚝을 들고 자신과 엘리가 포옹했던 단지 입구 지붕 아래로 들어오는 남자들을 상상해보았다. 이젠 엘리가 무서웠고 보고 싶지도 않았지만, 정말로 그렇게 되길 바라는 건 아니었다.

노텔리에에서 버스에 올라탄 지 사십오 분 만에 오스카르는 쇠데슈비크에 도착했다. 줄을 잡아당기자 운전사 옆의 벨이 울렸다. 버스는 상점 바로 앞에 섰고, 오스카르는 안면만 있는 노부인이 먼저 내릴 때까지 기다렸다.

아빠는 버스 계단 아래 서 있다가 노부인을 보더니 고개를 끄덕이고는 흠흠 헛기침을 했다. 오스카르는 버스에서 내려 아빠 앞에 잠시 가만히 서 있었다. 지난 한 주간 이런저런 일들을 겪고 나서 자신이 한층 성장했다고 생각했다. 어른이 되었다는 소리가 아니었다. 어떤 수준에서건 더 자랐다고 느낀 것이다. 그러나 아빠를 마주하고 서 있노라니 그런 느낌은 다 사라져버렸다.

엄마는 아빠가 나쁜 의미에서 애 같은 사람이라고 비난했다. 성숙하지 못한데다 책임지는 것을 못 견딘다고 했다. 아, 물론 좋게 얘기한 적도 있었지만, 언제나 같은 이야기로 돌아왔다. 성숙하지 못한 사람.

그러나 오스카르에게 아빠는 지금처럼 두 팔을 활짝 벌려 보이는 어른의 표상이었고, 그는 그렇게 아빠의 품에 뛰어들었다.

아빠에게선 도시 사람들한테서는 맡을 수 없는 냄새가 났다. 아빠가 입는 낡아빠진 헬리 한센* 벨크로 조끼에서 나는 그 냄새는 나무와 페인트와 쇳조각, 그리고 무엇보다 기름이 혼합된 냄새였다. 그러나 오스카르는 그것이 어디까지나 '아빠만의 냄새'라고 생각했다. 그는 그 냄새를 좋아해서 아빠 가슴에 코를 지그시 대며 숨을 깊이 들이마셨다.

"이 녀석, 왔구나."

"안녕, 아빠."

"오는 동안 별일 없었고?"

"있었어요. 중간에 엘크**를 치었어요."

"이런, 정말 큰 사건이네."

"농담인데."

"그렇구나, 그래. 그런데 전엔 이런 일이 있었지……"

---

* 노르웨이의 스트리트웨어 전문 브랜드.
** 현존하는 가장 큰 사슴. 캐나다, 북아메리카, 스웨덴, 노르웨이, 시베리아, 중국, 몽골 등지에 서식한다.

상점으로 가면서 아빠는 예전에 트럭을 몰다 엘크를 친 이야기를 들려주었다. 전에도 들은 적이 있는 이야기였다. 오스카르는 여기저기 둘러보며 이따금 콧노래를 흥얼거렸다.

쇠데슈비크 상점은 전에 없이 허름해 보였다. 내년 여름까지 써먹을 요량으로 덕지덕지 붙여놓은 광고판과 리본장식들 때문에 가게는 커다란 아이스크림 가판대처럼 보였다. 원예도구, 배양토, 야외용 가구 등을 파는 상점 뒤의 커다란 텐트는 비수기라 접힌 채 묶여 있었다.

여름이 되면 쇠데슈비크의 인구는 네 배까지 늘었다. 노텔리에비켄, 로가뢰까지 쭉 이어지는 지역은 무질서하게 들어선 여름별장들로 가득했다. 그러나 요즘처럼 겨울이 되면 길 양쪽으로 우편함이 서른 개나 되는데도 우체부는 그곳에 들를 필요가 없었다. 사람이 없으니 배달할 편지도 없었다.

모페드가 있는 곳까지 왔을 땐 아빠의 엘크 이야기도 마침 끝나가고 있었다.

"……그래서 어쩔 수 없이 서랍을 열거나 그 비슷한 일에 쓰려고 가져온 쇠지레로 놈을 쳤단다. 미간을 정통으로 쳤지. 그러니까 놈이 이러고 막 경련을 하는 거야…… 그래. 정말 보고 있기 끔찍했어."

"당연히 그랬을 거 같아요."

오스카르는 모페드 뒤에 달린 트레일러로 뛰어올라가 쪼그리고 앉았다. 아빠가 조끼 주머니를 뒤적이더니 모자를 꺼냈다.

"여기. 귀가 시릴 거다."

"아, 나도 있어요."

오스카르는 자기 모자를 꺼내 썼다. 아빠는 들고 있던 모자를 한쪽으로 치웠다.

"아빠는요? 귀가 시릴 텐데?"

아빠가 웃었다.

"아니, 난 익숙해졌어."

물론 오스카르도 알고 있었다. 그냥 농담이었다. 털모자를 쓴 아빠는 한 번도 본 적이 없는 것 같았다. 날씨가 정말 춥고 바람이 차가워도 아빠는 스스로 '유산'이라고 부르는, 귀마개가 달린 곰가죽 모자 같은 걸 쓰는 게 다였다.

아빠가 발을 굴러 시동을 걸자 모페드는 전기톱처럼 요란한 소리를 냈다. 아빠는 큰 소리로 공회전이 어쩌고 하며 기어부터 넣었다. 모페드가 갑자기 앞으로 튀어나가는 바람에 오스카르는 뒤로 자빠졌다. 아빠는 다시 큰 소리로 기어가 어쨌느니 고함을 지르다시피 말하고는 곧바로 출발했다.

2단, 3단 기어. 모페드가 날듯이 동네를 가로질렀다. 오스카르는 덜커덩거리는 트레일러 안에 책상다리를 하고 앉아 있었다. 세상을 다스리는 왕이 된 것 같았고, 영원히 그런 기분이 계속될 것 같았다.

＊

외과의가 그에게 설명해주었다. 그가 흡입한 유독가스가 성대를 태워버려 앞으로 정상적으로 말할 가능성은 희박하다고. 수술을 받으면 모음을 발음할 정도의 기본적인 능력은 생기겠지만, 그렇다 해도 혀와 입술이 심하게 손상되어 자음을 발음하려면 수술을 한 차례 더 받아야 한다고.

국어교사였던 호칸이 매료될 수밖에 없는 이야기였다. 수술이라는 방편을 통해 말을 할 수 있게 되다니.

그는 여러 문화에서 공통으로 발견되는 언어의 최소 구성요소와 음소에 해박했다. 그러나 입천장, 입술, 혀, 성대 같은 실질적 발성수단에 대해서는 숙고해본 적이 없었다. 그런데 외과용 메스 덕에 이 보기 흉한 생살 덩어리로 말을 하게 될 수도 있다니.

그렇다 해도 부질없긴 마찬가지였다. 말을 하고 싶지가 않았다. 게다가 의사에게 다른 꿍꿍이가 있을 거라는 의심도 들었다. 그들은 그가 자살할 가능성이 농후하다고 생각하고 있었다. 따라서 그에게 시간의 선형적 개념을 각인시키는 것이 중요했다. 즉, 인생이 하나의 계획이라고, 미래를 정복하는 꿈이라고 다시 느끼게끔 해야 했다.

그러나 호칸은 그 따위 이야기에는 혹하지 않았다.

엘리가 원한다면 다시 살아볼 생각도 있었다. 그렇지 않다면, 그런 생각은 할 수도 없었다. 엘리가 그를 원한다는 근거는 전혀 없었다.

하지만 엘리라고 무슨 수로 여기 있는 그에게 연락할 수 있겠는가?

창밖으로 보이는 나무 꼭대기로 짐작건대 그의 병실은 높은 층에 있었다. 게다가 그는 철저하게 감시받고 있었다. 의사와 간호사들 말고도 경찰 한 명이 어김없이 붙어 있었다. 엘리는 그에게 올 수 없고, 그 역시 엘리에게 갈 수 없었다. 탈출해서 마지막으로 한 번만이라도 엘리를 보자는 생각을 끝도 없이 했다. 하지만 어떻게?

인후 수술을 한 덕에 다시 스스로 숨을 쉴 수 있었다. 이제는 인공호흡장치가 필요없었다. 하지만 음식을 제대로 넘길 수는 없었다(이 기능조차 회복될 수 있다면 의사가 먼저 얘기해주었을 것이다). 그의 시야 한구석에서는 언제나 영양공급튜브가 대롱거렸다. 잡아당기기라도 하면 어디선가 경보음이 울릴 것이고, 어쨌든 앞도 제대로 보이지 않는 상태였다. 탈출은 기본적으로 생각조차 할 수 없었다.

다행이라면 성형외과의가 등의 피부조직을 떼어내 눈꺼풀 자리에 이식해준 덕에 남은 한쪽 눈을 감을 수 있게 되었다는 것이었다.

그는 눈을 감았다.

병실 문이 열렸다. 다시 때가 되었다. 아는 목소리였다. 전에 왔던 그 남자.

"저런, 저런." 남자가 말했다. "병원에서 한동안은 말을 전혀 할 수 없을 거라고 하더군요. 정말 유감입니다. 그런데 난 말입니다, 여전히 우리가, 당신과 내가 당신이 마음만 있다면 어떻게든 대화를 나눌 수 있을 거라는 생각을 좀처럼 버릴 수가 없군요."

호칸은 플라톤의 『국가』에서 살인자와 범법자를 어떻게 다뤄야 한다고 묘사했는지 떠올리려고 애썼다.

"지금 보니 눈을 감을 수 있게 되었군요. 잘됐어요. 그거 압니까? 좀더 구체적으로 설명해드리죠. 우리가 당신의 신원을 밝혀내지 못할 거라고 생각하는 것 같아서 하는 말입니다. 그런데 어쩌죠? 당신이 차고 있던 손목시계, 기억하죠? 참 잘된 게, 그게 구형이라 제조자의 이니셜과 일련번호가 새겨져 있더군요. 이삼 일 내로 다 추적해낼 겁니다. 일주일이 걸릴 수도 있겠지만요. 그리고 다른 것들도 있습니다.

우린 당신이 누군지 알아낼 겁니다. 장담합니다.

그러니까…… 막스. 왜 당신을 막스라고 부르고 싶은 건지 모르겠군요. 어디까지나 임시로 부르는 이름입니다. 막스? 이쯤 되면 우리에게 협조하겠다는 생각을 할 만도 한데요. 그러지 않으면 당신 사진을 찍어 신문에 내야 할 텐데 그러면…… 이거 참, 생각해보세요. 일이…… 복잡해진다고요. 막스 당신만 말해준다면…… 아니 뭐든……

날 좀 도와준다면, 일은 훨씬 쉬워질 겁니다.

주머니에 모스부호가 적힌 종이가 들어 있더군요. 모스부호를 쓸 줄 아는가보죠? 그렇다면 우린 손가락으로 쳐서 대화를 할 수도 있겠군요."

호칸은 눈을 뜨고 남자의 얼굴이라 짐작되는 허옇고 흐릿한 타원형 위에 박힌 두 개의 거무스름한 점을 바라보았다. 남자는 호칸의 이런 반응을 일종의 초대로 해석한 게 분명했다. 그는 말을 이었다.

"물속에서 발견한 남자 말입니다. 당신이 죽이지 않았죠? 병리학자의 말에 따르면, 사체의 목에 난 자국으로 보아 그를 물어뜯은 건 어린애의 소행일 가능성이 크다더군요. 그리고 아쉽지만 구체적으로 밝힐 수 없는 보고가 하나 들어왔습니다. 하지만…… 내 생각엔 아무래도 당신이 누군가를 보호하고 있는 것 같아요. 맞습니까? 맞으면 한 손을 들어보세요."

호칸은 눈을 감았다. 경찰은 한숨을 내쉬었다.

"알았습니다. 그럼 우리도 늘 하던 대로 하는 수밖에 없겠군요. 내가 여기서 나가기 전에 뭐 할 말은 없습니까?"

경찰이 막 일어서려고 할 때 호칸이 한 손을 들었다. 경찰은 다시 자리에 앉았다. 호칸이 손을 더 높이 들었다.

잘 가요.

경찰은 어이없다는 듯 코웃음을 치더니, 일어나서 밖으로 나갔다.

✳

비르기니아의 상처는 생명을 위협할 정도는 아니었다. 금요일 오후 그녀는 열네 바늘을 꿰맨 목의 상처에 붕대를 두툼하게 감고 뺨에는 그보다 좀더 작은 거즈를 붙인 채 퇴원했다. 그녀는 몸이 나을 때까지 같이 지내자는 라케의 제안을 거절했다.

비르기니아는 토요일 아침에 일하러 나갈 셈으로 금요일 저녁 일찍 잠을 청했다. 주말이라고 쉴 만큼 넉넉한 형편이 못 되었다.

잠이 통 오지 않았다. 봉변당한 기억이 자꾸만 되살아나 마음이 가라앉지 않았다. 방 안 어두운 구석에서 검은 덩치들이 솟아올라 침대에 누워 두 눈을 부릅뜨고 있는 그녀를 덮치는 것만 같았다. 붕대에 감긴 목의 상처가 가려웠다. 새벽 두시에 허기를 느낀 그녀는 부엌으로 나와 냉장고 문을 열었다.

배 속이 헛헛했지만 그 자리에 서서 샅샅이 뒤져봐도 먹고 싶은 게 하나도 없었다. 습관처럼 빵, 버터, 치즈, 우유를 꺼내 식탁에 차려놓긴 했다.

그녀는 치즈 샌드위치를 만들고 잔에 우유를 따랐다. 그리고 자리에 앉아 잔에 담긴 하얀 액체와 얇은 치즈 한 장을 끼워넣은 갈색 빵 조각을 바라보았다. 보고 있으니 속이 메스꺼웠다. 도통 먹고 싶은 마음이 생기지 않았다. 결국 샌드위치는 쓰레기통에 버리고, 우유는 싱크대에 쏟았다. 냉장고에 반병쯤 남은 백포도주가 있었다. 한 잔 따라 입에 가져다댔다. 그러나 술 냄새를 맡자마자 마시고 싶은 생각이 사라졌다.

낭패감에 휩싸여 수돗물을 한 잔 따랐다. 잔을 입으로 가져가며 그녀는 주춤했다. 물이야 언제나 마실 수 있었잖아……? 그래. 물은 마실 수 있어. 하지만 물맛이…… 밍밍했다. 물의 좋은 성분은 남김없이 빼버리고 무미한 잔여물만 남겨놓은 것 같았다.

그녀는 다시 침대에 누워 몇 시간을 뒤척이다 겨우 잠들었다.

＊

다시 잠에서 깼을 때는 아침 열시 반이었다. 그녀는 화들짝 놀라 자리에서 일어났고, 어둠침침한 침실에서 급하게 옷을 꿰어입었다. 맙소사. 여덟시에는 가게에 가 있어야 하는데. 왜 전화도 안 해준 거지?

아니, 잠깐만. 그녀는 전화벨 소리를 듣긴 했다. 잠에서 깨기 직전 꿈속에서 전화벨이 울리다 멈췄다. 전화가 오지 않았다면 그녀는 여전히 자고 있었을 것이다. 그녀는 블라우스 단추를 채우고 창가로 걸어가 블라인드를 걷었다.

주먹이라도 달린 듯 햇빛이 얼굴을 후려갈겼다. 그녀는 비틀대며 창가에서 물러서다가 블라인드 줄을 놓쳤다. 그 결에 블라인드는 촤르륵 소리를 내며 내려가다 비스듬한 각도를 이루며 멈췄다. 그녀는 침대에 주저앉았다. 한 줄기 햇빛이 창틈으로 들어와 그녀의 맨발을 환히 비췄다.

천 개쯤 되는 바늘로 찔러대는 것 같아.

마치 피부를 서로 반대방향으로 비틀어 짜는 것 같았다.

뭐지, 이건?

비르기니아는 발을 치우고 양말을 신었다. 다시 발을 햇빛 아래 내밀어보았다. 아까보단 좀 나았다. 바늘의 개수를 백 개로 줄인 것 같았다. 그녀는 가게에 나가려고 일어섰지만 이내 다시 주저앉고 말았다.

일종의…… 쇼크 상태일 거야.

블라인드를 걷자 죽을 정도로 끔찍한 느낌이 엄습해왔다. 빛이 무거운 물건처럼 그대로 몸 위로 떨어지면서 우악스레 떠미는 것이었다. 그중에서도 눈이 제일 아팠다. 엄지손가락 두 개가 금방이라도 두개골에서 눈알을 후벼낼 듯이 우악스레 눌러대는 것 같았다. 두 눈은 계속해서 욱신욱신했다.

비르기니아는 손바닥을 펴서 눈에 대고 문지르다, 욕실 수납장에서 선글라스를 꺼내 썼다.

맹렬한 허기가 몰려왔다. 그러나 냉장고와 식료품 저장실을 생각하는 것만으로도 식욕이 싹 가셨다. 어차피 시간도 없었다. 거의 세 시간이나 늦었다.

그녀는 밖으로 나가 문을 잠그고 최대한 빠른 걸음으로 계단을 내려갔다. 기력이 없었다. 아무래도 일을 나간다고 하는 게 아니었다. 네 시간 후면 가게 문을 닫는데다, 토요일 손님들이 들이닥치기 시작하는 때는 바로 지금이었다.

그런 생각에 골몰해 그녀는 별 생각 없이 건물 현관문을 열었다.

다시, 빛이 쏟아져내렸다.

선글라스가 무색하게 눈이 아팠고, 손과 얼굴에 뜨거운 물을 부은 것 같았다. 그녀는 작게 외마디 비명을 질렀다. 두 손은 코트 자락 안에 집어넣고, 고개를 숙여 땅만 보고 달렸다. 달리 어쩔 수 없는 목덜미와 두피가 불에 지진 듯 화끈거렸다. 다행히 가게까지는 멀지 않았다.

무사히 가게 안으로 들어가자, 따끔거리고 얼얼한 것도 조금 나아졌다. 가게의 창문들은 거의 모두가 직사광선에서 상품을 보호하기 위해 광고지와 비닐보호막으로 뒤덮여 있었다. 비르기니아는 선글라스를 벗었다. 그래도 아픔이 완전히 가시지 않는 것은 광고포스터 사이사이를 뚫고 들어오는 햇빛 때문인 듯했다. 그녀는 선글라스를 주머니에 넣고 사무실로 향했다.

매장 관리자이자 상사인 렌나트가 서류 정리를 하다가 그녀가 들어

오자 고개를 들었다. 질책할 거라는 예상과 달리 그는 "왔군요, 그래 좀 어때요?" 하고만 물었다.

"아…… 괜찮아요."

"집에서 좀더 쉬어야 하는 거 아니에요?"

"아뇨, 전……"

"출근 안 해도 되는데 그랬어요. 로텐이 오늘 대신 일하기로 했거든요. 일찍 전화를 했는데 당신이 안 받기에……"

"그럼 제가 할 일은 없나요?"

"육류 매장의 베릿한테 가서 확인해봐요. 그리고 비르기니아……"

"네."

"그런 일을 당하다니, 힘들었죠. 뭐라고 해야 할지 모르겠네요…… 정말 안타깝게 생각해요. 당분간 쉬고 싶다면 얼마든지 그러도록 해요."

비르기니아는 도무지 상황 파악이 안 됐다. 렌나트는 병가나 으레 생길 법한 사정을 관대하게 봐주는 법이 없는 인간이었다. 그런 사람에게서 인간적인 온정이 담긴 말을 듣다니 전혀 새로운 일이었다. 부어오른 뺨에 붕대에, 그녀의 꼴이 말이 아니긴 했을 테지만.

"고맙습니다. 생각해볼게요." 비르기니아는 그렇게 말하고 육류 매장으로 갔다.

그녀는 로텐에게 인사하려고 계산대 앞을 돌아서 들어갔다. 다섯 사람이나 줄을 서 있는 걸 보니 다른 계산대를 개시해야 할 것 같았다. 문제는 그런 몰골로 계산대에 앉는 걸 렌나트가 정녕 바랄 것인가였다.

계산대 뒤 무시무시한 창문을 통해 들어오는 빛 아래 서자, 어김없이 또 그랬다. 얼굴이 마구 죄고, 눈이 쓰라렸다. 거리에서 직접 햇빛을 쏘이는 것만큼 아프진 않았지만, 무시할 수 있는 정도도 아니었다.

그 자리엔 앉을 수 없을 터였다.

로텐이 그녀를 알아보고 손님 둘 사이에서 손을 흔들었다.

"왔어? 나도 읽었어…… 좀 어때?"

비르기니아는 손을 들어 좌우로 흔들었다. 견딜 만해.

읽었다고?

그녀는 〈스벤스카 다그블라뎃〉과 〈다겐스 뉘헤테르〉*를 슬쩍 집어 들고 육류 매장 쪽으로 가면서 1면을 재빨리 훑어보았다. 별다른 건 없었다. 넘겨짚은 모양이었다.

육류 매장은 가게 제일 안쪽, 유제품 코너 옆에 있었다. 전략적으로 동선이 짜여 있어서 그곳에 가려면 매장 전체를 돌아야 했다. 비르기니아는 통조림 식품 매대 옆에서 멈춰 섰다. 허기 때문에 몸이 덜덜 떨렸다. 그녀는 찬찬히 통조림들을 보았다.

으깬 토마토, 버섯, 홍합, 참치, 라비올리 파스타, 불렌스 필스너소시지, 콩 수프…… 아니야. 극도의 불쾌감만 느껴질 뿐이었다.

육류 매장에 있던 베릿이 그녀를 보고 손을 흔들었다. 비르기니아가 카운터 뒤로 돌아가자마자 베릿은 그녀를 안아주었고, 조심조심 뺨의 거즈를 쓰다듬었다.

"저런, 고생했어."

"아, 뭐 괜찮아……"

정말 내가 괜찮은 건가?

그녀는 카운터 뒤의 저장고로 갔다. 베릿이 입을 열게 놔뒀다간, 모든 고통받는 사람들과 무엇보다 현 사회의 부도덕성에 대한 일장연설

---

* 스웨덴에서 영향력이 큰 일간지들. 〈스벤스카 다그블라뎃〉은 보수적 성향이 강하고, 〈다겐스 뉘헤테르〉는 가장 많은 발행부수를 자랑한다.

을 꼼짝없이 들어야 할 판이었다.

비르기니아는 저울과 냉동고 문 사이에 놓인 의자에 앉았다. 몇 평방미터에 불과한 공간이었지만 매장 안에서 가장 아늑했다. 햇빛이 비치지 않는 곳이었으니까. 그녀는 신문을 펼쳐, 〈다겐스 뉘헤테르〉의 국내 뉴스 페이지에서 짤막한 기사를 찾아냈다.

블라케베리에서 여성 피해자 발생

목요일 밤 스톡홀름의 교외지역인 블라케베리에서 50세 여성이 폭행을 당하는 사건이 발생했다. 가해자인 젊은 여성은 행인이 저지하자 즉시 현장에서 도주했다. 범행 동기는 아직 밝혀지지 않았다. 현재 경찰은 이 사건이 지난 몇 주 동안 서부 교외지역에서 발생한 일련의 폭행사건들과 관련이 있는지 여부를 수사중이다. 50세 여성 피해자는 경상을 입은 것으로 밝혀졌다.

비르기니아는 신문을 내려놓았다. 자기 이야기를 그런 식으로 읽게 되다니 기분이 묘했다. '50세 여성' '행인' '경상'. 그런 말들 속에 모든 것이 은폐되어 있었다.

'관련이 있는지 여부?' 그랬다. 라케는 그녀를 습격한 아이가 요케를 죽인 아이와 동일인물이라고 철석같이 믿었다. 금요일 아침 병원에서 라케는 여자 경찰과 비르기니아를 진찰한 의사 앞에서 그 이야기가 튀어나올까봐 혀를 깨물고 있어야 했다.

경찰에게 말할 생각이긴 했지만, 라케는 먼저 예스타에게 알리고 싶어했다. 지금쯤이면 예스타도 신문을 읽었을 것이고, 비르기니아까지 엮인 것을 알게 되었을 것이다.

바스락거리는 소리에 그녀는 주위를 둘러보았다. 그리고 곧 자기가 들고 있는 신문지가 흔들리는 소리라는 걸 깨달았다. 그녀는 신문을 선반 위 하얀 가운 위에 놓고 베릿에게 갔다.

"내가 할 일 없어?"

"정말 일해도 괜찮겠어?"

"응, 뭐라도 하는 게 더 나을 것 같아."

"그래. 그럼 새우 좀 나눠 담아줄래? 봉지마다 500그램씩. 그래도 들어가서 쉬어야……"

비르기니아는 고개를 젓고는 다시 저장실로 들어갔다. 하얀 가운을 입고 모자를 쓴 그녀는, 냉동고에서 새우 상자를 꺼낸 후 한 손에 비닐 봉지를 끼고 새우를 덜어 무게를 재기 시작했다. 비닐봉지 낀 손을 판 지상자 안에 넣어 새우의 양을 가늠해 봉지에 담은 후에 저울에 달면 됐다. 따분하고 기계적인 일인데다, 네 봉지밖에 안 담았는데도 벌써 오른손이 얼어붙을 것 같았다. 하지만 무슨 일이라도 하고 있으니 생각할 여유도 생겼다.

그날 밤 병원에서 라케는 정말 해괴한 소리를 했다. 그녀를 공격한 아이가 인간이 아니라는 것이었다. 뾰죽한 송곳니와 날카로운 발톱을 가지고 있었다나.

그때 비르기니아는 술에 취한 듯 혼미했던 상태라 그건 기억이 나지 않았다.

그 사고에 대해 세세하게 기억할 순 없었다. 하지만 한 가지는 기억했다. 등에 올라탄 것이 너무 가벼워 어른이라고 할 수 없었고, 심지어 어린이라고 하기에도 가볍다 싶을 정도였다는 것. 그렇다면 정말 작은 아이였을 것이다. 대여섯 살쯤 되는. 여자애를 등에 매단 채 서 있었던 것도 기억했다. 그런 다음 모든 것은 암흑 속으로 사라져버렸고, 깨어났을 때는 예스타를 제외한 패거리 남자들에게 에워싸인 채 자신의 집에 있었다.

그녀는 새우를 담은 봉지 입구를 끈으로 묶고, 다음 봉지를 꺼내 새우를 몇 움큼 집어넣었다. 430그램. 새우 일곱 마리 더. 510그램.

10그램은 서비스입니다.

그녀는 뇌와 따로 노는 두 손을 내려다보았다. 손. 긴 손톱이 달려 있던. 날카로운 이빨. 뭐라고 불렀더라? 라케가 큰 소리로 말했는데. 뱀파이어. 그 말을 듣고 비르기니아는 뺨의 실밥이 터질세라 조심조심 웃었다. 라케는 웃지 않았다.

"당신이 못 봐서 그래."

"하지만 라케…… 그런 게 진짜 있을 턱이 없잖아."

"없지. 그렇다면 그건 뭐였지?"

"어린애. 별 해괴한 환상에 사로잡혀 실제로 그렇게 행동하는 그런 애 있잖아."

"누가 개 손톱을 길러준 거지? 이빨도 뾰족하게 갈고? 그렇게 해주는 치과의사가 있다면 한 번 만나나 보고 싶군……"

"라케. 깜깜한 밤이었어. 당신은 취해 있었고—"

"깜깜했지. 취해 있었고. 하지만 본 건 본 거야."

뺨에 붙인 거즈 아래가 화끈거리며 당겼다. 그녀는 오른손의 비닐봉지를 벗겨내고 거즈 위에 손을 가져다댔다. 얼음처럼 차가운 손을 대니 시원했다. 하지만 기력이 쇠한 나머지 더는 두 다리로 버티고 설 자신이 없었다.

이 한 상자만 끝내면 집으로 갈 작정이었다. 이렇게는 도저히 못 버틸 것 같았다. 주말 동안 쉬면 월요일엔 괜찮아질 것이다. 그녀는 다시 손에 비닐봉지를 끼고, 일말의 오기에 기대 다시 일하기 시작했다. 아픈 건 정말이지 싫었다.

집게손가락에 날카로운 통증이 느껴졌다. 아야. 집중하지 않으면 꼭 이런단 말이야. 얼어서 날카로워진 새우에 손가락을 찔린 것이다. 그녀는 비닐봉지를 벗기고 손가락을 들여다보았다. 작게 찔린 상처에서 피가 조금씩 새어나오고 있었다.

그녀는 반사적으로 손가락을 입에 넣고 피를 빨았다.

손끝과 혀가 맞닿은 지점에서 따뜻하고, 활력을 주는, 향긋한 방울 하나가 솟아올라 번지기 시작했다. 그녀는 더욱 힘차게 손가락을 빨았다. 세상의 모든 좋은 맛들이 하나로 모여 입 속을 채웠다. 그녀의 몸은 행복으로 전율했다. 그녀는 빨고 또 빨며, 쾌락에 몸을 내맡기다가 문득 자기가 무슨 짓을 하는지 깨달았다.

그녀는 입에서 손가락을 빼고 뚫어져라 들여다보았다. 침으로 번들거리는 손가락에 맺힌 소량의 피는 침과 뒤섞여 묽어지면서 물을 과도하게 섞은 수채물감처럼 보였다. 그녀는 판지상자 안의 새우를 보았다. 서리를 뒤집어쓴, 수백에 달하는 선홍색 몸뚱이들. 그리고 눈들. 까만색 핀 대가리 같은 눈들이 희고 분홍빛을 띤 살 위에 점점이 박힌 모양이 마치 별빛이 쏟아지는 하늘 같았다. 눈앞에서 무늬들이, 별자리들이 춤추기 시작했다.

세계가 축을 중심으로 회전했고, 무언가 그녀의 뒤통수를 후려쳤다. 눈앞에 모서리마다 거미집이 쳐진 하얀 장막이 펼쳐졌다. 자신이 바닥에 쓰러진 건 알았지만, 그녀는 손가락 하나 까딱할 수가 없었다.

멀리서 베릿의 목소리가 들렸다.

"세상에, 이를 어째…… 비르기니아……"

∗

욘니는 그의 형이랑 노는 게 좋았다. 적어도 형이 그 덜떨어진 패거리와 같이 있지 않을 때는 그랬다. 그의 형 임미는 그가 꽤 무서워하는 록스타의 남자들과 알고 지내는 사이였다. 몇 년 전 어느 날 밤, 그들은 임미를 만나러 와서는 초인종도 누르지 않고 밖에서 서성거리기만 했다. 욘니가 형이 집에 없다고 하니 그들은 대신 전해달라면서 말했다.

"늬 형한테 월요일까지 쩐을 토해놓지 않으면 대갈통을 바이스에 넣고 조여주겠다고 해. 너 그게 뭔지 알아? 그래…… 대갈통을 넣고 이렇게 조인다고. 늬 형 귓구멍으로 이렇게, 쩐이 줄줄 새어나올 때까지. 형한테 그렇게 말해줄 수 있지? 그래, 좋았어. 이름이 욘니라고? 그럼 잘 있어, 욘니."

욘니가 말을 그대로 전하자, 임미는 고개만 한 번 끄덕이고는 자기도 이미 알고 있다고 말했다. 얼마 안 가 엄마의 지갑에서 돈이 없어졌고, 그 때문에 집안이 발칵 뒤집혔다.

요새 들어 임미는 집에 들어오는 일이 뜸해졌다. 막내 여동생이 태어난 후 그의 방도 없어지게 된 것이나 마찬가지였다. 욘니 밑으로도 이미 오누이가 있었고, 가족이 더 늘어날 일은 없을 것 같았다. 그런데 얼마 지나지 않아 엄마가 한 남자를 만나더니…… 결국…… 그렇게 된 것이었다.

그래도 욘니와 임미는 아빠가 같았다. 형제의 아버지 되는 사람은 노르웨이 북해 유전에서 석유시추공사 일을 하면서 양육비는 물론, 그

전에 보내지 못했던 돈까지 조금씩 더 얹어 보내오기 시작했다. 엄마는 그런 그를 칭찬했고, 술에 취하면 더러 그의 이름을 큰 소리로 부르며 다시 그런 남자는 못 만날 거라고 주정하기도 했다. 돈이 궁하다는 게 대화의 주제가 아니었던 적은, 욘니가 기억하기로는 그때가 처음이었다.

지금 형제는 블라케베리 광장의 피자가게에 앉아 있었다. 임미는 아침에 집에 왔다가 엄마랑 말다툼을 하고는 욘니와 함께 밖으로 나왔다. 임미는 피자 조각에 피자 샐러드*를 잔뜩 치고는 돌돌 말아 커다란 롤 모양으로 만들어 두 손으로 들고 먹기 시작했다. 욘니는 평소처럼 먹으면서도 다음번에 형이 없을 땐 자기도 그렇게 먹어봐야겠다고 생각했다.

임미가 우적우적 피자를 씹으며 동생의 귀에 감긴 붕대를 턱 끝으로 가리켰다.

"꼬락서니 한번 죽여준다."

"그러게."

"아프지 않냐?"

"괜찮아."

"엄마 말이 후유증이 평생 간다던데? 그 귀로는 다신 못 듣는다는 소리잖아."

"아직 몰라. 괜찮아질 거야."

"음. 이거 하나는 확실히 해두자. 놈이 갑자기 커다란 나뭇가지를 들더니 네 머리를 팍 쌔렸다 이거지."

---

* 북유럽 지역 피자가게에서 피자와 곁들여 내놓는 샐러드. 흰양배추, 후추, 피망 등을 올리브유에 버무린 것이다.

"응."

"잘들 논다. 너 그래서 어쩔 거야?"

"몰라."

"도와줘?"

"……됐어."

"됐어? 내가 애들 좀 풀면 그 자식을 끌어낼 수 있다고."

욘니는 제일 좋아하는 새우가 붙어 있는 커다란 조각을 떼어내 입 안으로 밀어넣고 씹었다. 안 된다. 형 친구들을 끌어들였다간 일이 걷잡을 수 없게 될 터였다. 그래도 형과 록스타의 깡패들을 끌고 가면 오스카르가 겁에 질려 똥줄이 빠질 거란 생각을 하니 절로 미소가 떠올랐다. 욘니는 고개를 저었다.

임미는 돌돌 만 피자를 내려놓더니 심각한 표정으로 동생을 바라보았다.

"알았어. 근데 나 그냥 하는 말 아니다. 한 번 더 이런 일이 있었다간 그때는……"

그는 손가락들을 우두둑 꺾더니 주먹을 불끈 쥐었다.

"넌 내 동생이니까, 그 어떤 같잖은 일도 절대 일어나선 안 돼. 한 번만 더 이런 일이 생기면 말만 해. 그럼 내가 놈을 찾아갈 테니까, 알았지?"

임미는 테이블 위로 주먹을 내밀어 보였다. 욘니도 주먹을 쥐어 임미의 주먹에 대고 맞부딪쳤다. 기분이 좋았다. 염려해주는 사람이 있다는 거니까. 임미는 고개를 끄덕였다.

"좋았어. 너한테 보여주려고 갖고 온 게 있어."

그는 테이블 아래로 몸을 수그리더니 아침 내내 들고 다니던 비닐봉지에서 얇은 사진첩을 꺼냈다.

"지난주에 아빠가 왔거든. 턱수염을 길러서 못 알아볼 뻔했어. 이걸 주더라."

임미가 사진첩을 건네주자, 욘니는 냅킨으로 손가락을 닦고 펼쳐보았다.

아이들 사진. 엄마 사진. 한 십 년 전인가? 그리고 그가 아버지라고 알고 있는 한 남자. 남자는 아이들에게 그네를 태워주고 있었다. 한 사진에서 남자는 터무니없이 작은 카우보이모자를 쓰고 있었다. 아홉 살쯤 되어 보이는 임미가 플라스틱 총을 들고 험상궂은 표정으로 옆에 서 있었다. 욘니가 분명한 꼬마아이는 가까운 땅바닥에 주저앉아 휘둥그레진 눈으로 그들을 바라보고 있었다.

"다음에 올 때까지 나더러 갖고 있으래. 다시 가져가고 싶대. 뭐라고 했더라? ……에이씨, 그 뭐라고 했지? 그래…… '나한테 가장 소중한 재산', 이랬다. 그랬던 거 같아. 너도 좋아할 것 같아서 갖고 왔어."

욘니는 사진첩에서 눈도 들지 않고 고개만 끄덕였다. 네 살 때 이별한 후 아빠와 만난 건 두 번뿐이었다. 집에도 아빠 사진이 한 장 있었지만, 다른 사람들에 뒤섞여 앉아 찍은 것이라 별볼일 없었다. 이건 차원이 달랐다. 이제야 비로소 아버지의 진짜 모습을 그려볼 수 있었다.

"한 가지 더. 엄마한텐 보여주면 안 돼. 아무래도 헤어질 때 아빠 쪽에서 싹 쓸어간 거 같거든. 그러니 엄마가 보기라도 하면…… 아무튼, 아빠가 도로 가져갈 거라고 아까 이야기했다? 약속해. 엄마한테 보여주지 마."

여전히 사진첩에 코를 박은 채 욘니는 주먹을 쥐어 테이블 위로 쭉 뻗었다. 임미는 웃음을 터뜨렸고, 욘니는 형의 손가락 관절이 제 손에

와 닿는 것을 느꼈다. 약속.

"야, 나중에 봐. 봉지째 가져가."

임미는 봉지를 건네주었고 욘니는 마지못해 사진첩을 다시 덮어 봉지에 넣었다. 임미는 피자를 다 먹고 의자 등받이에 몸을 기대고는 배를 두드렸다.

"그래. 기집애들하곤 뭔 일 없냐?"

✳

마을이 쏜살처럼 지나갔다. 모페드 트레일러 바퀴가 튕겨내는 눈이 뒤로 흩날려 오스카르의 뺨을 때렸다. 오스카르는 두 손으로 견인밧줄을 단단히 잡고 몸을 한쪽으로 기울여 눈구름 아래 큰 원을 그리며 나아갔다. 스키 날이 푸슬푸슬한 눈을 헤치고 지나가자 날카롭게 긁는 소리가 났다. 길이 두 개로 갈라지는 곳에서 바깥쪽 스키가 주황색 반사경에 거의 닿을 뻔했다. 오스카르는 몸이 흔들렸지만 이내 균형을 잡았다.

로가뢰 마을과 여름별장들이 있는 곳으로 내려가는 길은 아무도 지나가지 않아 깨끗했다. 모페드는 새하얀 눈 위로 세 줄의 길을 깊숙하니 남겼고, 5미터 뒤에서 오스카르가 탄 스키가 두 줄을 보탰다. 그는 모페드가 낸 길을 따라 갈지자로 가다가, 곡예 스키를 타는 사람처럼 한쪽 스키로만 선 채 몸을 작은 공처럼 웅크려 속력을 높였다.

아빠가 옛 증기선 부두로 내려가는 긴 언덕 위에서 속도를 늦출 즈음 모페드보다 더 빠른 속도로 질주하던 오스카르도 살짝 제동을 걸어야 했다. 그래야 언덕에서 내려오며 다시 속력이 붙을 때 느슨해진 줄이 갑자기 당겨지는 일이 없었다.

모페드는 거침없이 부두까지 달려내려갔고, 아빠는 기어의 스위치를 내려 푼 다음 브레이크를 밟고 섰다. 오스카르는 여전히 전력으로 질주하는 중이었다. 한순간 밧줄을 놔버리고 계속 가볼까…… 하는 생각을 했다. 부두 너머 저 멀리, 검은 물속으로. 하지만 그는 미니스키의 뒷부분을 바깥쪽으로 벌린 다음, 바다를 몇 미터 앞에 남겨두고 제동을 걸었다.

그는 제자리에 서서 한동안 숨을 헐떡이면서 바다 위를 바라보았다. 막 얼기 시작한 얇은 얼음 조각들이 해변의 잔잔한 파도를 타고 경쾌하게 오르락내리락했다. 정말 올해는 얼음이 제대로 얼 수도 있을 것 같았다. 그러면 건너편의 베퇴까지 얼음 위를 걸어서 갈 수도 있으리라. 노텔리에까지 통하는 수로는 아직도 열려 있을까? 오스카르는 기억이 나지 않았다. 그럴 정도로 얼음이 언 것도 벌써 몇 년 전 일이었다.

여름에 놀러올 때면 자주 이곳 부두에서 청어 낚시를 했다. 낚싯줄에 달린 갈고리바늘을 끄르고 끝에 가짜 미끼를 매달았다. 고기 떼를 만나 진득이 버티면 수 킬로그램에 달하는 청어를 낚을 수도 있지만 보통은 열댓 마리만 잡고 그만뒀다. 그 정도면 그와 아빠의 저녁거리로 충분했고, 작은 놈들은 고양이에게 주었다.

아빠가 다가와 그의 뒤에 섰다.

"잘 가더구나, 정말로."

"음, 근데 몇 번은 눈 한가운데를 파헤치고 나갔어요."

"그러게, 눈이 좀 차지지 못하지. 어떻게든 좀 단단하게 다질 수 있으면 좋겠는데 말이다…… 파티클보드*를 매달아 무게를 더하면 될 것 같은데. 판때기를 얹어 무게를 더해주면……"

"한번 해볼까요?"

"아니, 한다 해도 내일이나 돼야지. 날이 어둑어둑해지는구나. 집에
가서 어디 그 새가 저녁 거리가 될 만한지 연구해보자꾸나."

"좋아요."

아빠는 먼 바다를 바라보며 한동안 그렇게 말없이 서 있었다.

"있잖니, 아빠가 그간 생각을 좀 해봤거든."

"네?"

올 것이 왔구나. 그가 욘니와 있었던 일을 얘기할 거라고 아빠에게
분명하게 일러두었다는 엄마의 말은 들은 터였다. 사실 오스카르도 그
이야기를 하고 싶었다. 아빠는 모든 일과 안전하게 거리를 두고 있으
니 어떤 식으로도 참견하진 않을 테니까. 아빠는 헛기침을 하더니 생
각을 정리했다. 그리고 숨을 내쉬었다. 먼바다를 바라보았다. 그러고
나서 입을 열었다.

"그래, 아빠가 무슨 생각을 했냐면…… 너 스케이트는 있니?"

"아뇨, 있어도 맞는 게 없어요."

"아니, 아니, 아니. 그게, 만약 올해 얼음이 잘 얼면 아무래도……
그때 스케이트가 있으면 재미있지 않을까 싶어서, 안 그러니? 아빠한
테 몇 켤레 있단다."

"나한텐 안 맞을걸요."

아빠는 콧김을 내뿜으며 웃었다.

"아니, 그게…… 외스텐 씨네 아들이 어렸을 때 신던 게 몇 켤레 있

---

* 나무 부스러기를 압축하여 수지로 굳힌 건축용 합판.

다는 말이야. 39 사이즈라는구나. 너 사이즈가 얼마지?"

"38이요."

"그래, 그래도 털양말을 껴신으면…… 너만 좋다면 개한테 달라고 물어보마."

"좋아요."

"그럼 그렇게 하는 거다. 좋아. 그럼 가볼까?"

오스카르는 고개를 끄덕였다. 나중에 얘기할 모양이었다. 그래도 스케이트라니, 잘됐다. 내일 당장 얻을 수 있으면 집에 가져가야겠다.

오스카르는 미니스키를 신고 견인밧줄의 맨 끝까지 걸어가 줄이 팽팽해지자 준비가 되었다는 신호를 보냈다. 아빠가 모페드의 시동을 걸었다. 언덕을 올라가려면 1단 기어를 넣어야 했다. 모페드가 부르릉거리자 소나무 꼭대기에 있던 까마귀 떼가 놀라 푸드덕 날아가버렸다.

오스카르는 두 다리를 꼭 붙이고 서서 밧줄을 잡고 올라가는 것처럼 천천히 언덕을 미끄러져 올라갔다. 쌓인 눈을 뚫고 가지 않으려면 바퀴 자국 위로 가야 한다는 생각밖에는 없었다. 황혼이 지는 가운데 부자는 그렇게 집으로 향했다.

❋

라케는 바지춤에 알라딘 초콜릿을 상자째 쑤셔넣고 광장 계단을 걸어내려왔다. 훔치고 싶지는 않았지만 돈은 한 푼도 없었고, 비르기니아에겐 뭔가 주고 싶었다. 장미꽃도 가져왔어야 했는데, 꽃가게에서 아무거나 슬쩍하는 수밖에 없을 것 같았다.

학교 가는 길에 있는 언덕 밑까지 왔을 때 날은 벌써 어두워져 있었다. 라케는 망설였다. 주위를 둘러보고, 쌓인 눈을 툭툭 차다가 주먹만한 자갈돌을 발로 파내 호주머니에 집어넣고 으스러져라 쥐었다. 전에 본 광경을 머릿속에서 떨쳐버리고 싶어서가 아니었다. 돌멩이의 묵직하고 차가운 느낌으로 마음을 달래볼까 싶어서였다.

✳

아파트 동마다 돌아다니며 물어봤지만 허탕만 쳤고, 단지 마당에서 아이들과 눈사람을 만들던 부모들은 경계와 의심에 찬 눈길을 던질 뿐이었다. 지저분한 중년 남자.

먼지털이개로 깔개를 털던 여자에게 말을 걸고 나서야, 라케는 자신의 행동이 얼마나 이상하게 보이는지 비로소 깨달았다. 여자는 깔개를 털다 그를 돌아보더니 손에 든 작대기를 무기처럼 고쳐쥐었다.

"실례합니다." 라케가 말했다. "저기, 제가 애 하나를 찾고 있어서 그러는데요…… 혹시……"

"그러세요?"

자기 말이 어떻게 들릴지 알았기 때문에 그는 더욱더 자신이 없어졌다.

"네, 여자애인데…… 없어졌어요. 혹시 이 근방에서 그애를 본 사람이 있는지도 모르겠다 싶어서."

"아저씨 딸이에요?"

"아뇨, 하지만……"

몇몇 십대 아이들은 그렇다 쳐도, 모르는 사람들한테도 말을 걸지 말아야지 싶어졌다. 안면이 있는 사람들이면 몰라도. 몇몇 아는 사람과 마주쳤지만 그들도 본 것이 없었다. 구하라, 그럼 찾으리니, 아무렴. 그러려면 자기가 찾는 게 무엇인지 제대로 아는 것이 중요했다.

✳

학교 쪽으로 난 공원을 가로질러가다 그는 요케가 죽은 지하도를 흘긋 보았다.

어제 신문에 실린 소식은 시체가 발견된 정황의 참혹함 때문에 일파만파로 퍼져나갔다. 보통 살해당한 알코올중독자는 이목을 끌지도 못했지만, 어린애들이 목격하고 소방대원들이 톱으로 얼음을 잘라야 했다는 사실 등이 선정적인 호기심을 자극한 것이었다. 기사 옆에는 요케의 여권사진이 실려 있었다. 아무리 봐도 대량 학살범의 얼굴이었다.

라케는 블라케베리 학교의 을씨년스러운 벽돌벽 앞을 지나, 법원 입구인지 지옥 입구인지 알 수 없는 널따랗고 가파른 계단을 지나쳐 계속 걸었다. 맨 아래 계단 옆 벽에 '아이언 메이든'*이라고 스프레이로 낙서가 되어 있었다. 뭔 소리인지. 무슨 그룹 이름인가보지.

그는 주차장을 지나 비엔손스가탄으로 향했다. 평상시 같았으면 학교 뒤편 지름길을 가로질러 갔겠지만 지금은 날이…… 어두웠다. 어둠 속에 웅크리고 있는 놈의 모습이 절로 그려졌다. 라케는 고개를 들어 길가에 쭉 늘어선 키 큰 소나무들의 꼭대기를 쳐다보았다. 가지 사이로 검정색 덩어리가 몇 개 보였다. 새 둥지일 터였다.

---

* 인체 모양의 틀 안에 무수한 철침이 꽂혀 있어 희생자의 몸에서 피를 천천히 배출시켜 서서히 죽게 만드는 중세시대의 고문기구. 1975년부터 현재까지 활동하고 있는 영국 헤비메탈 밴드의 이름이기도 하다.

놈은 비단 생김새뿐 아니라 공격 방식에도 심상찮은 구석이 있었다. 나무에서 뛰어내리지만 않았어도 라케는 놈의 이빨과 발톱이 자연스럽게 설명될 수 있는 것들이라고, 그럴 거라고, 그럴 수 있다고 받아들였을 것이다. 그는 비르기니아를 부축해 떠나기 전에 나무를 올려다보았다. 놈이 뛰어내린 나뭇가지는 족히 5미터 높이는 돼 보였다.

5미터 높이에서 사람의 등 위로 뛰어내리다니, '자연스럽게 설명'하는 데 필요한 사항들에 '곡예사'까지 추가된다면, 그럼 또 모를 일이었다. 이제 와서는 그렇게 말한 걸 후회했지만, 전에 비르기니아에게 말했듯 아무리 생각해봐도 일어날 법한 일이 아니었다.

젠장할……

라케는 바지춤에서 초콜릿 상자를 꺼냈다. 체온 때문에 벌써 녹은 건 아니겠지? 그는 상자를 살살 흔들어보았다. 아니군. 덜걱덜걱하는 소리가 났다. 초콜릿들끼리 들러붙지 않았다는 소리다. 그는 ICA 슈퍼마켓 앞을 지나 비엔숀스가탄을 따라 걸었다.

'으깬 토마토, 통조림 3개에 5크로나.'

엿새 전.

라케는 여전히 돌멩이를 감싸쥐고 있었다. 전단을 보니 글씨를 단정하게 또박또박 쓰려고 애쓰는 비르기니아의 모습이 그려졌다. 오늘은 집에서 쉬지 않을까? 상처가 채 아물기도 전에 비틀거리며 일터로 가는 게 그녀답긴 하지만.

비르기니아가 사는 집 건물 입구까지 와서 그는 그녀의 집 창문을 올려다보았다. 불이 꺼져 있었다. 딸네 집으로 간 건가? 뭐, 집에 없어도 올라가서 문손잡이 위에 상자를 올려놓고 갈 작정이었다. 건물 안 계단은 칠흑처럼 컴컴했다. 목덜미의 털이 쭈뼛쭈뼛 서는 것 같았다.

그애가 여기 와 있다.

라케는 그 자리에 얼어붙은 듯 서 있다가 미친 듯이 달려가서 초콜릿 상자를 들고 있는 쪽의 손등으로 전등 스위치의 반짝거리는 빨간 버튼을 눌렀다. 다른 손은 호주머니 속의 돌멩이를 으스러져라 움켜쥐고 있었다.

불이 켜지자 지하실 계전기에서 약하게 탁탁 소리가 들렸다. 그게 다였다. 비르기니아가 사는 건물 계단통. 누런 토사물 흔적이 있는 콘크리트 계단. 목재 문짝. 그는 몇 번 심호흡을 한 후 계단을 오르기 시작했다.

그제야 피곤이 몰려왔다. 비르기니아의 집은 3층 꼭대기였다. 거기까지 올라가는 내내 라케의 두 다리는 엉덩이에 붙여놓은 무거운 널빤지처럼 질질 끌려가다시피 했다. 그는 비르기니아가 집에 있기를, 그녀의 기분이 좋기를, 그래서 그녀의 안락의자에 몸을 깊이 묻고 그가 가장 머물고 싶은 그곳에서 그저 쉴 수 있기만을 바랐다. 라케는 주머니 속의 돌멩이를 놓고 초인종을 눌렀다. 잠시 기다렸다. 다시 눌렀다.

문손잡이 위에 초콜릿 상자를 떨어지지 않게 잘 놓으려는데, 아파트 안에서 발을 질질 끄는 소리가 들렸다. 그는 뒤로 조금 물러섰다. 안에서 다가오던 발소리도 멈추었다. 비르기니아는 문 바로 뒤에 서 있었다.

"누구세요?"

이제껏 그녀가 그렇게 말한 적은 한 번도 없었다. 초인종을 누르면 탁 탁 탁 발소리가 들리고, 바로 문이 열렸다. 들어와, 어서. 그는 헛기침을 했다.

"나야."

정적. 방금 들은 게 그녀의 숨소리일까? 아니면 그의 상상일까?

"무슨 일이야?"

"그냥 당신이 잘 있나 보려고 왔어."

다시 정적.

"별로 좋지 않아."

"들어가도 돼?"

라케는 기다렸다. 두 손에 초콜릿 상자를 든 자신의 모습이 바보 같다는 생각을 하면서. 철컥 첫번째 잠금장치 여는 소리가 나더니, 데드볼트*를 여는 동안 열쇠들이 부딪쳐 짤랑거리는 소리가 들렸다. 문에 걸린 사슬을 풀면서 다시 한번 짤랑거리는 소리. 문고리가 아래로 내려가더니 문이 열렸다.

라케는 우물쭈물 반걸음쯤 물러서다가 계단 난간에 허리 쪽을 부딪쳤다. 비르기니아는 문간에 서 있었다. 금방이라도 죽을 것 같은 모습이었다.

부어오른 뺨만 빼고 온 얼굴이 자잘한 수포로 뒤덮여 있었고, 눈은 백 년은 숙취에 시달린 것처럼 보였다. 흰자에는 실핏줄이 빽빽하게 얽혀 있었고, 동공은 쪼그라들어 거의 보이지도 않을 지경이었다. 그녀는 고개를 끄덕였다. "내 얼굴 끝내주지."

"아냐, 아냐. 난 그냥…… 혹시나 해서…… 들어가도 돼?"

"안 돼. 기운이 하나도 없어."

"병원은 가봤어?"

"가려고. 내일."

---

* 스프링 작용 없이 열쇠나 손잡이를 돌려야만 움직이는 걸쇠.

"그래. 그럼, 나는……"

그는 방패막이나 되는 것처럼 앞으로 모아들고 있던 초콜릿 상자를 내밀었다. 비르기니아는 그것을 받았다.

"고마워."

"비르기니아. 내가 뭐 해줄 거라도—"

"없어. 괜찮아질 거야. 그냥 좀 쉬고 싶어. 더 서 있지도 못하겠네. 나중에 봐."

"그래, 나 내일 또……"

비르기니아가 문을 닫았다.

"……올게."

다시 잠금장치와 사슬 소리가 들렸다. 라케는 두 팔을 늘어뜨린 채 문 밖에 서 있었다. 문에 바짝 다가서서 귀를 가져다 댔다. 벽장이 열리는 소리, 느릿느릿 안으로 들어가는 발소리가 들렸다.

어떻게 해야 하나?

그녀가 내켜하지 않는 일을 권하는 건 주제넘은 짓이었지만, 라케는 억지로라도 당장 비르기니아를 병원으로 데려가고 싶었다. 어쩔 수 없지. 내일 다시 올 작정이었다. 나아진 기미가 없으면 뭐라고 하건 무조건 병원으로 데려갈 셈이었다.

라케는 한 번에 한 단씩 계단을 걸어내려갔다. 몸이 천근만근이었다. 건물 정문까지 반 층을 남기고, 그는 계단 꼭대기에 앉아 두 손에 머리를 묻었다.

내게…… 책임이 있어.

불이 꺼졌다. 목의 힘줄이 뻣뻣하게 당기는 느낌에 그는 맥없는 한숨을 내쉬었다. 계전기 소리. 타이머가 다 됐다. 사방이 깜깜한 가운데 그는 계단에 앉아 조심스럽게 호주머니에서 돌멩이를 꺼내 두 손에 올려놓고 어둠 속을 응시했다.

와라, 그렇다면, 어서.

✳

비르기니아는 라케의 애원하는 얼굴 앞에서 문을 닫아 걸어잠그고는 사슬을 걸었다. 그에게 얼굴을 보여주고 싶지 않았다. 아무도 만나고 싶지 않았다. 단 몇 마디를 하고 평소처럼 행동하는 데도 엄청나게 힘이 들었다.

ICA에서 돌아온 후 비르기니아의 상태는 급속도로 악화되었다. 로텐이 집까지 데려다주는 동안 그녀는 멍한 상태에서 얼굴에 와 닿는 고통스러운 일광을 그대로 견뎌냈다. 집에 와 거울을 보니 얼굴과 손등에 수백 개의 물집이 잡혀 있었다. 화상이었다.

몇 시간 눈을 붙이고 일어나보니 밤이었다. 전부터 가시지 않았던 허기는 곧 갈급증으로 바뀌었다. 그녀의 순환계는 신경질적으로 몸부림치는 한 떼의 물고기들로 가득했다. 누울 수도, 앉을 수도, 서 있을 수도 없었다. 그녀는 집 안을 빙빙 돌고 또 돌며 온몸을 긁어대다가, 긁을수록 가렵고 화끈거리는 통증을 가라앉히려고 찬물로 샤워를 했다. 아무 소용도 없었다.

말로 표현할 수 없을 정도였다. 문득 스물두 살 때 부친이 별장 오두막 지붕에서 떨어져 목이 부러졌다는 소식을 들었을 때가 떠올랐다. 그때도 그녀는 이 세상에 자기 한 몸 성히 둘 곳이 없는 사람처럼 한자리만 맴돌고 또 돌았다.

그보다 더 나쁘다는 것만 빼면 지금이 꼭 그랬다. 갈급증은 한시도 가라앉을 줄 몰랐다. 그래서 집 안을 맴돌기만 하던 그녀는 더 참지 못하고 의자에 앉아 머리를 식탁에 대고 짓찧기까지 했다. 절박한 나머지 수면제 두 알을 삼키고 설거지물 맛이 나는 포도주를 두어 모금 마셔 넘겼다.

뇌진탕을 일으킨 사람처럼 정신없이 자고 싶을 때도 한 알이면 충분했다. 이번에는 헛구역질이 올라와 오 분 만에 푸르스름한 타액과 반쯤 녹다 만 약을 두 알 다 토하고 말았다.

그녀는 계속 왔다갔다하면서 신문지를 잘게 찢어대다가 바닥을 기어다니며 훌쩍훌쩍 울었다. 그러다 부엌까지 기어가 식탁에 놓인 포도주병을 밀어 떨어뜨렸다. 병은 바닥으로 떨어져 그녀의 눈앞에서 깨졌다.

그녀는 깨진 유리조각 하나를 집어들었다.

생각 같은 건 하지 않았다. 무작정 손바닥에 대고 힘껏 눌렀다. 그로 인한 통증에 기분이 좋아졌고, 그래야 한다는 생각이 들었다. 몸속의 물고기들이 일제히 통점을 향해 몰려들면서 피가 솟구쳐나왔다. 손바닥을 입에 대고 누르며 핥자 해갈이 됐다. 안도의 비명을 지르며 그녀는 손의 다른 부위를 찌르고 빨았다. 피 맛이 눈물 맛과 뒤섞였다.

부엌 바닥에 엎드려 입에 손을 처대고 처음으로 엄마의 젖가슴을 발견한 갓난아기처럼 탐욕스럽게 빨면서, 그녀는 끔찍했던 그날 들어 두 번째로 평정을 찾았다.

삼십 분쯤 지나 바닥에서 일어나 유리 조각들을 치우고 상처에 반창고를 붙일 즈음 다시 갈급증이 몰려들었다. 라케가 초인종을 누른 것은 바로 그때였다.

그를 돌려보내고 문을 걸어잠그고 부엌으로 간 그녀는 초콜릿 상자를 식료품저장실에 두었다. 부엌 의자에 앉아 생각을 정리하려고 애썼다. 갈급증은 그녀를 가만히 내버려두지 않을 터였다. 언제고 다시 자리에서 일어나게 만들 것이다. 알 수 있는 건 어느 누구도 여기서 그녀와 함께 살 수 없으리라는 것뿐이었다. 특히 라케하고는. 그에게 상처를 주게 될 것이다. 갈급증이 그녀를 그렇게 몰고 갈 터였다.

그녀는 모종의 병에 걸렸다. 이런 병을 고쳐줄 약이 있을 것이다.

내일 비르기니아는 그녀를 진찰하고 '네, 이건 단순히 X의 공격 때문에 그런 겁니다. 두어 주 분의 Y와 Z를 처방해드릴게요. 그러면 금방 나을 겁니다'라고 말해줄 의사를 찾아갈 것이다.

비르기니아는 아파트 안을 천천히 걸어다녔다. 또다시 참을 수 없는 지경이 되었다.

그녀는 자신의 팔다리를 때렸지만 작은 물고기들은 손쓸 도리없이 다시 살아났다. 그녀는 어떻게 해야 할지 알고 있었다. 아플까봐 무서워 흐느껴 울었지만 정말 아픈 건 잠깐이었고, 그로 인한 해방감은 너무나도 달콤했다.

그녀는 부엌으로 가 작고 날카로운 과도를 들고 다시 나왔고, 거실 소파에 앉아 칼날을 팔 안쪽에 가져다 댔다.

딱 하룻밤만 견디기 위한 것이었다. 그녀는 내일 도움을 요청할 것이다. 이런 식으로 오래 가지 못할 거라는 건 자명했다. 자기 피를 마시다니, 말도 안 되는 일이었다. 변해야만 했다. 하지만 지금은……

입 안에 침이 고였고, 기대감으로 젖어들었다. 그녀는 칼로 스스로를 베었다. 깊숙이……

(2권으로 이어집니다.)

옮긴이 **최세희**

국민대학교 영문학과를 졸업했다. 번역을 하는 틈틈이 여러 매체에 대중음악 칼럼을 쓰고 있다. 『아름다운 세상을 꿈꾸다』(공저)를 썼고, 『깡패단의 방문』『킵』『예술가를 학대하라』『예감은 틀리지 않는다』『힙스터에 주의하라』『에미넴의 고백』『커밍 홈』『발칙한 한국학』 등을 우리말로 옮겼다.

문학동네 블랙펜 클럽

렛미인 1

1판 1쇄 2009년 7월 24일 | 1판 18쇄 2022년 8월 22일

지은이 욘 아이비데 린드크비스트 | 옮긴이 최세희
기획 김지연 | 책임편집 김지연 | 편집 황문정 박여영
디자인 이경란 이원경 | 저작권 박지영 형소진 이영은 김하림
마케팅 정민호 이숙재 한민아 이민경 안남영 김수현 정경주
브랜딩 함유지 함근아 김희숙 박민재 박진희 정승민
제작 강신은 김동욱 임현식 | 제작처 (주)상지사P&B

펴낸곳 (주)문학동네 | 펴낸이 김소영
출판등록 1993년 10월 22일 제2003-000045호
주소 10881 경기도 파주시 회동길 210
전자우편 editor@munhak.com | 대표전화 031) 955-8888 | 팩스 031) 955-8855
문의전화 031) 955-3578(마케팅) 031) 955-2684(편집)
문학동네카페 http://cafe.naver.com/mhdn
인스타그램 @munhakdongne | 트위터 @munhakdongne
북클럽문학동네 http://bookclubmunhak.com

ISBN 978-89-546-0845-9 04890
      978-89-546-0844-2 (세트)

잘못된 책은 구입하신 서점에서 교환해드립니다.
기타 교환 문의 031) 955-2661, 3580

www.munhak.com